U0946472

SHANG ZHUANG JI

季栋梁 著

北京出版集团公司
北京十月文艺出版社

1

握着电话，想了半天没想起来他是谁，他就感慨地说您真是贵人多忘事啊，我是上庄的。一提上庄，我就想起来他是上庄的村长老刘，尤其是那一身腥膻味儿依稀尚未散去。开完扶贫工作会议的第二天，是小年，我正在家里按习俗扫尘擦玻璃，他敲开了我家的门，一股腥膻味儿扑鼻而来。他提着一个蛇皮袋子，里面装着一只宰后的羊，羊的两条腿从袋口露出来，毛乎乎的攥在他的手中。看上去他至少过了六十岁，一脸的皱纹显示着岁月不饶人的沧桑。他说他是上庄的村长老刘，是找到了单位后才找到我家来的。上庄，是我要去扶贫的村子。我当时的第一反应他是来要救济的，就像春节前夕领导总要慰问贫困户一样，他们当然也不肯放过“过不了年”这个借口，这些人也会走上层路线。这是下乡扶贫回来的老鸭子给我传授的。我让他进屋，他死活不进屋，说就几句话，说完还要回去。我说我们单位你也去过了，楼都快倒了，文化口，没有多大的油水，别指望要这要那的。我们领导你见过了，还没开口就把口封了吧？他嘿嘿一笑说我没开口，我不是来要这要那的。虽然他举止表情看上去有些唯诺，甚至有些卑微，但眼神里透着狡黠精明。我笑笑说那你来干啥？不会是来叫我年前就下去扶贫吧？他说我来落实一下，别到时候没人去把人闪下了。我说人是一定会下去的，可是你别对扶贫期望太高。他头点得就像鸡啄米，说只要人去就行，只要人去就行。然后把装着羊的蛇皮袋子往我手里一擩，掉头就走。我一把扯住他说，这、这你带回去吧。他说你看你这人，我几百里以外背来，你让我再背回去，往臭里背呀？他很生气，倒像是我不通情达理。我说那你等等。我进去装了两条烟两瓶酒提给他。他坚辞不要。我说你不收，那我也不收。我也很生气的样子，他搓搓手这、这咋好么，我拿一条烟吧。我摇摇头。

下乡扶贫按照常规惯例，老历年过了，阳历三月以后才都陆续下去，这还连三月都不到，大年十五都没过，他给我打电话有啥事？莫不是上庄有人遭遇了欠薪，或是有人患了大病遭了大难？老鸭子说你要时刻准备着接待他们上门，你是他们在城里的代办、大使，你家就是他们在城里的办事处、大使馆，甚至是旅馆，绝对不可以轻易许诺他们啥事，许下诺他们就会像你的影子一样纠缠着你。老村长说你务必赶二月十二来村上。我说有啥急事？他说你来了就知道了，一定不能迟了。我说到底啥急事？他说一句两句说不清楚，电话里说费钱，你来了就知道了，你到了草鞋镇往东向上庄方向来，走个三十多里到了驴嵝崄，城里的小车就走不动了，有人在驴嵝崄接你。我还想说啥，他已经把电话扣了。此时领导的电话又来了，他对我说上庄的老村长打来电话，非要扶贫干部在二十七号到岗，你下去一趟吧，让祁师傅送你下去。只能下去了，扶贫一年少不了要和他打交道。扶贫动员大会上领导一再强调，到年底如果扶贫村不签字，扶贫干部就不要回来，啥时签字啥时回来。会上还通报批评了几家没拿到签字的单位和个人。

祁师傅开着跑了十几年的桑塔纳跑了二百多公里后，山越来越大，沟越来越深，斧劈刀砍出来的一般。路紧贴着崖边，车轮不时挤压下去的石头土块在沟壑里滚落发出沉闷悠远的声响，惊起集栖在沟壁崖洞里的鸟儿扑棱棱飞起，丢下几声鸣叫。祁师傅不敢再走，停了车。抬头看看，正是一个崾岘口，仔细端详，却也没有个“驴”样儿。四下看看，见山坡上蹲着一汉子，筒着双手，山风叼起他的头发像蒿草一般纷乱。汉子身边停放着一架驴车，一头青驴在山坡上啃着。其实坡上没草，虽然已经立春，但还是一派冬日肃杀的景象。那头青驴也不是在啃草，而是撵着舔食在风中奔跑的羊粪豆儿。那汉子向我走过来，我才发现他是个瘸子。他说你是来扶贫的干部吧。我点点头，伸出手去，他嘿嘿一笑，两手在身上擦了两下才伸过来，说我叫李谷，专门来接你的。说着一手提起我的铺盖卷，一手提着行李箱，我说我提一件。可他已经提着走了。帮着祁师傅艰难地掉转车头上路，李谷已套好驴车，冲我嘿嘿一笑说上车吧，打咱这“驴的”委屈你了。驴车上大大小小的纸箱码了三层，六七个蛇皮袋子鼓鼓囊囊的，大致能看出来有酒、烟、糖果、花生、煤油、黄砂糖、白砂糖什么的。他牵住青驴对我说坐右边辕上。我说走走吧。他说还有三十多里地，远着哩，路上土尘又大。我说在车上坐了几百里，窝屈得，腿都麻了，你坐吧。他笑笑说走惯了，没听说过瘸子的路多。我想他是觉得驴车太重了，心疼驴。我说开小卖店？他说腿瘸，再干不了啥，老村长让接你，顺便进了点货。他递给我一瓶“康师傅”，我要掏钱，他摆摆手说村上出钱，村上出钱。

小路宛若鸡肠在山间缠绕穿梭，时隐时现。李谷说其实师傅胆子要大一点，小卧车能开进去的，村里进去过小卧车。又说不过城里司机都不敢往里开。我才明白老村长说的“城里的小车就走不动了”的意思。因为驴车拉得有些重，上坡时我们推车子，下坡时他扛在辕上帮驴往后坐坡，我真担心他那条不便当的腿再给驴车从上面碾过。二百多公里的路程用了四个小时，三十多里的路也用了四个小时。

见过马槽的人，就能想象出上庄的地形。两道南北走向的山岭平行着向南延伸了一段，交会在一起，就像一个巨大的马槽，上庄就坐落在这马槽里。到了村部，老村长披着一件军大氅蹴在避风的墙根下吃烟。他迎上来握住我的手说你辛苦一下，事急。说着带着我就往外走。我跟着他沿着村巷往前走，不知道他要带我到哪里去，虽然猜想不出我即将要遇上什么事，但我想要面对的一定是个大难题，心里有些忐忑。老鸭子说一进村，他们就会把你团团地围起来，把所有困难都摆给你，纠缠着你，给你哭诉，那可真是一半泪水一半火焰。他讲过这么一件事，说一个女人来了月经，要让他给买卫生巾，他说你以为我是你老公？那女人却说你看不上咱，咱也不敢高攀，可是你是来扶贫的，你们年年扶，年年扶，扶了多少年了？到现在我骑的还是烂棉花和娃写过字的本子，连包卫生巾都骑不起，你们扶的个啥贫?! 说着，把他的一卷卫生纸顺手牵羊拿走了。

刁野的风从村巷里穿过，扬起一阵一阵的尘沙，打在脸上针剟般生疼。几只鸡被风吹得羽毛奓开像刺猬一般，咯咯咕咕的。不时有狗从院门中扑出来吠上几声，又钻进院子里去了，牛哞羊咩声此起彼伏。有些院落箍窑塌了，由于长年累月烟熏火燎，在昏黄的阳光里黑乌乌的像山洞。有些院落院墙倒了几堵，就像一个风烛残年的老人脱落了牙齿，从豁口看进去，院里长满了干枯的荒草，在风中瑟缩，发出呜咽声。有几扇铁大门，风蚀雨泥的，脱落了铆钉，铁皮在风中发出巨大的哐哐声，锤头大的铁锁锈成了褐红色，被风曳动咣当有声。只有孩子们是快乐的，就像冲击风浪的鸟儿活蹦乱跳叽里喳啦的。倚着门框探出脑袋的几乎全是老人和女人，把目光投过来。我担心他们像老鸭子说的忽然扑向我，将我团团裹住跟我倾诉。我睨了村长一眼，他神情威严，目不斜视，双手高高背起，身正步稳，走得刚拔有劲，大大咧咧。偶尔有人和他打招呼，他只是“嗯”“哼”地应着，多一字都没有。有几个孩子尾随过来，他回头瞪了一眼，他们立刻又折回头跑了。上庄的村巷是简陋的，破败的，尽管也鸡鸣狗叫牛歌羊唱的，但掩盖不住这个村子的破落与贫寒。

没想到老村长带我来到的地方是学校。大门上挂着木制的“草鞋镇上庄小学”的牌子，漆皮脱落，裂了几道口子，用铁丝捆了又捆，字的笔画都错位了。大门只有门墩，没有大门，校园中央有一座四方四正的水泥台子，乌黑的铁旗杆插入半空，没有挂国旗，挂旗的铁扣垂在旗杆的半腰被风曳动，很有节奏地敲出“叮当——叮当——”的声音，仿佛寺庙中挂在檐角的风铃。校园里没有学生，一派清寂，只有风卷着沙尘裹挟着脸盆大的蓬蒿、柴草、塑料袋和驴粪蛋满院子疯跑。

我说：“咋还没开学？城里都开学几天了。”

老村长回头看了我一眼说：“就等你哩。”

我说：“等我？”

他不说话，拧了一把清鼻涕在墙上抹了，掏出一串钥匙打开一间房门。屋里一个大铁炉烧得正旺，炉上坐着一个黑乎乎的铝壶，“噗噗噗”地冒着热气。屋里暖气扑面。屋子显然是刚收拾过不久，地上洒过水，还有些潮湿；床单是新的，折叠的印痕还很明显；桌子、椅子和玻璃擦抹得干净明亮；桌子上摆着教案、教材、参考书，还有一台老式的木壳录音机；案板、菜刀、锅、碗、瓢、盆等灶具齐全，有米、面、土豆、萝卜、红薯；靠后墙摆着两口大缸，我往缸里看看空的，老村长说：“盛水的，冬日没人，屋里不生火，盛上水结了冰就把缸冻裂了，明天起就会有人天天给你送水来。”

李谷把行李提了进来放在床上，看着村长：“我回去了。”

老村长说：“回吧。”

李谷就对我笑笑说：“有事，你就喘一声。”

老村长说：“你先收拾收拾，我这就回去通知娃娃明天开学，吃饭的时候我再给你细说。”说着他往紧里裹裹大衣，缩缩脖子出门走了。

2

我刚刚把房间按自己的想法摆弄收拾停当，老村长提着一大桶水来了，溅出来的水在他的裤腿上结了冰，走动时发出铁皮相碰的声音。他把水倒进缸里说你先掺水洗洗。给风吹了个灰头土脸，头发飞扬成了蒿草。我洗漱完毕，他说去吃饭吧。出了校门，老村长指着前面那道山岭上的一座山峰说："那叫老疙瘩峰，上面有信号，打电话得爬到上面去打。"我说："那道山岭叫什么？"他说："挡山。"我说："是哪个挡？"他说："挡住的挡，还能是哪个挡？你看像不像一堵墙。"我说："像，城墙。"他嘿嘿一笑说："谁能打那么厚那么高的墙？老天爷！"夕阳从村巷铺过来，整个村子米黄色，让人有些恍惚。

老村长家在村子的中部，窑洞、院墙都老胳膊老腿的，和别的院落没啥大的区别，一点也不突出。进了窑洞，炕上摆着一张四方四正的小桌子，灯已经点上，桌上摆着五六个菜，酒已经打开，味儿很醇。我说："家常便饭就行了，这……"老村长脱鞋上了炕，四平八稳地坐下，拍着旁边说："鞋脱了，往里头坐，里头热乎。"我就脱了鞋，坐在他拍过的地方。老村长说："靠在被摞上，城里人腿盘不拢，你就抻开，往展里抻。咱这里就是坐在炕上吃喝这么个习惯。"说着端起酒杯，在我的酒杯上碰了一下，"今儿个咱爷俩好好喝几杯。"然后一仰脖子，一饮而尽。又斟上了酒说，"我说咱爷俩你不多心吧？按你的年龄，我做你的父辈该合适。”我说：“不多心，我父亲快七十了。”“我六十有九了。”说着又端起一杯酒说，“我敬你一杯。”我忙端起酒杯说：“应该是我敬您，哪有您敬我的道理?!”

老村长往我的碗里夹了几块肉说：“自从老眼镜退休搬进了城里，上面就派不下来老师，老教师有老资格不愿意下来，年轻人来了待不住，硬不要这份正式工作，也不愿待在这地方教书，唉，也能理解，咱这里山大沟深，交通不便，信息不通，连找对象也成问题……后来上面想了一招，招代课教师，倒是招了两个高中生，可干了一学期就都跑了，一个月几百块钱养不住人，到外面去打工一月一千多两千地挣哩，外面的世界又热闹。上面没招数了，又赶上了国家撤点并校[①]，有个词咋说来着，对，叫资源整合，唉，上面也有上面的难处，没办法中的办法，就把上庄学校撤并到庙台学校去了。”

我说：“撤点并校已经叫停了。”

老村长叹口气，“都撤并光了，叫停了能起啥作用，撤了的还能再恢复？”

他跟我碰了一杯酒，又说，“一开始计划的是要把庙台学校撤并到上庄来的，那时间庙台学校才七十二个学生，咱上庄还有八十七

①“撤点并校”是2001年开始的一场对全国农村中小学重新布局的“教育改革”，大量的农村中小学被撤销，学生被集中到小部分城镇学校。根据21世纪教育研究院公布的数据，2001年至2010年十年间，我国农村的中小学数量锐减一半，平均每天消失六十三所小学、三十个教学点、三所初中，几乎每过一小时，就要消失四所农村学校。2012年9月初，国务院办公厅下发《关于规范农村义务教育学校布局调整的意见》，报道称曾因“一窝蜂”“一刀切”引起争议的“撤点并校”得到有效遏制，河南、新疆、安徽、江西、河南、宁夏等地立即停止撤并学校。

个学生。可人家庙台朝里有人么，张万顺的儿子在县里做官，背后鼓捣了一下，事情给翻了个过，把上庄学校撤并到庙台了。上庄离庙台十几里，偏远的几个生产队（自然村）都超过二十里，像猪头峁、黄家川、梁家寨去庙台比来上庄多一半的路程，这是我一步一步量出来的，六七岁的碎娃到庙台上学一天还不都走了路了？再说要翻几道深沟，阴森鬼气的，你说咱这里两只手紧刨慢刨日子都过不下去，哪像城里人按时按点地接来送去？我扯着来查看学校的干部让他们丈量，可是人家不丈量么。”

我点着一根烟递给他，他咂了两口说：“咱上庄咋也比庙台要中心，庙台还是从咱上庄分出去的一个大队，你说到哪里说理去？”

我说：“上庄现在有多少学生？”

老村长说：“四十二三个吧。”

我说：“噢，还没城里一个班的学生多。”

老村长说：“要说光咱上庄村，学龄儿童一百八十多个哩，这都是上了户口的，没上户口的该还有几十个吧。现在么，人们对娃念书看得越来越重了，谁也不愿意娃大了和老子一样打牛后半截，孩子年龄大点，年轻力壮的就携家带口进城去了，边打工边供养娃娃读书，不农不工不乡不城的，打工挣下点钱，只有户口还在咱上庄。刚从村里走过你也看到了，许多人家都空壳了，村子里学生娃就越来越少。可还有些家里拖累大、行动不便当进不了城的，你说学校撤并了，娃娃念书咋办？现在这社会不念书还能有啥出路？他们就这一条路。”

老村长喝了一杯酒，说：“我跟他们喊，可没人理我，叫喊了几次，把我当疯子待。我往镇上跑，蹬着书记的门槛喊，蹬着镇长的门槛喊，镇长说你这老刘啊一大把年纪了，又没有孙子在学校读书，这么辛苦值不值？我说值！我说要撤学校，那你就把我的村长先撤了。可他们听不进去，还是执意要撤，我急了骂他们腐败。你说上面明显做得不合实际，他们却不抵抗，这不是腐败是啥？后来给我骂急了，他们就把我的村长停了。可停了我还得喊，在上庄我不喊谁还喊？我这人能缠，一遍一遍地往县里跑，到县上去喊，他们说这是县委、政府定下的事，不能更改。我说毛主席都说了知错就改，有啥不能改的，再开会研究。可人家再没人理我。我找到了教委主任家，在门口一坐一整天，一坐一整天，最后教委主任把我叫进去，给我说了很多，我听出来了，这样的情况也不光是咱上庄，全县这样的情况都多着哩。最后教委主任给我说，只要你能请来老师教书，我按正式老师给待遇，学校给你保留。我说这可是你说的，只要学校不撤，老师的问题我来解决。他问我有什么办法解决。我想到的办法是年年上面给我们村派扶贫单位，按要求扶贫单位要专门派一个人来村上扶贫一年，我就让他们教书。他想想说那就试试吧。但最后还是把四、五、六年级撤并到庙台去了。”

老村长点的是古老的马灯，玻璃擦得明光闪亮的，但窑洞很深，还是很暗，我说：“上庄怎么到现在还没通电，村村通电，那是硬任务，不能落下一户的。”老村长说：“这咱得凭良心说，不能怨国家，前几年人家翻山越岭把路线都踩好了，到村子上一看没办法了，上庄一共六百八十多户，有人的也就六七十户，十分之一，上庄一共八个自然村，但庄点有二十几个，有的庄点就剩一两户人了，有的一户占一个山头，还是寡妇站在大门口，有走心无守心的。后来县上来了个领导，走着看了又看，说要么往起集中，要么搬迁。可集中不容易么，搬迁就更不容易了，最后说是回去研究研究再说，这一研究就没音信了。现在就越没办法了，人越来越稀了。”

隐约看到有个大婶在灶台前站着，我说：“婶，来炕上坐。”

老村长就对着灶台说："秀芝，叫你炕上坐哩。"

灶台那面传来微弱的声音，老村长说，"不管她了，一辈子没拉展过，越老越抽抽了，来个生人就像老鼠见了猫，恨不得钻进地缝里去。"

老村长端起酒杯又在我的酒杯上碰了饮了，说："每年扶贫会一开，单位定下来，我就去找扶贫单位，跟领导提出不要金不要银，只要扶贫干部来教一年书就算完成扶贫任务，我就签字送锦旗。扶贫单位都很支持，不支持也不行啊，我不签字，年底考核他们就过不了关，上面对扶贫很重视的，大会上通报批评哩。"

我说："教书可不是一般工作，不是人人都干得了的。"

老村长嘿嘿一笑说："这你说错了，不但干得了，干得还好着哩，现在下来扶贫的都是年轻人，大学生，文采得很，活也干得认真，今年是第六年了，前五个比老眼镜教得还好，镇上、县里，包括省上，举行个啥比赛，咱上庄学校都能拿上名次哩。盼香的娃马鹏程二年级在县里拿了一等奖，上学期又在县里拿了一等奖，省里拿了二等奖。镇上的小学还没拿上奖哩。用领导讲的话来说，我这个决策是个英明决策哩。"

我笑了，他又说："再说，老师都有参考书，有教学大纲哩，我全买回来了。只要照着上面的规矩把课本上的知识教给他们就成了，大学生教小学生还不跟耍一样？教书这活其实不难，就是领着娃娃一遍一遍地念么。"

我笑笑说："您是村长，更像校长。"

他说："没办法，几十个娃娃哩，一双双眼睛扑棱扑棱地看着，你能忍心不管么？"

我说："我知道许多扶贫干部下来都是到村里绕一圈子就回城里待着，哪能踏踏实实待上一年？教学生可是点对点卯对卯的活儿，万一来扶贫的干部不愿在这里待，您咋办？不把娃娃耽误下了？”

他说：“不会的，来了只要看上那些娃娃一眼，都不会丢下就走的。你想么，这些娃没别的路，就指望读书哩，你不教，他们就辍学了，辍学了一辈子就完了，谁忍心让这些娃辍学？去年来扶贫的陈东方一来就嚷着要回去，说这里太荒凉了，太闭塞了，电不通，网上不了，手机连个信号都没有，会把人圈疯，扶贫干部也没要求非要住在村子上，我又不是来教书的。我好说歹说就是不愿意待。我说就算是帮我个忙，教上一个月，别把娃娃的功课耽误下了，等我找到能替你的人你就走。”

我说：“找上了？”

他说：“哪能找上呀，能找上我还这样作难？我想到的就是熬时间，熬他。只要他能教上一个月，就会留下来教一年。结果，一个月后，他对我说您别找人了，我教，一年，全心全意的。后来教得可好了，盼香的娃马鹏程上学期在县里拿了一等奖、省里拿了二等奖，就是他教的。”

看看我，他又说：“耽误这些娃的学业有罪哩，谁都不忍心啊，你说是不？那一对对羊粪豆儿一样黑幽幽的眼睛最能说服人了。读下书的人都是懂大道理的，他们跟学生有感情了，回去以后还惦记着咱这学校，买了些本子书包文具盒来看过这些娃娃，有个事找他们也都很帮忙，朱小三的儿子往城里转学，就是小陈给办的，没花一分钱就办成了。”

我敬了老村长一杯，老村长一饮而尽，说：“上庄小学四、五、六年级撤并到了庙台，这让上庄学生进城读书提前了三年。以前上完小学才都想办法往城里转，现在上完三年级就得想办法往城里转了。草鞋镇有初中，可教学质量不高，好老师都调县城里了，每年连高中都考不上几个，这几年越办越烂杆（糟糕）了，前年还出了老师睡学生的事，名声也臭了。因此，现在都一步到位，直接转到县城、省城，边打工边供娃上学，上面说是教育移民，有道理，可这负担就重了。”

我说：“我教书没问题，可扶贫的事咋办？”

他跳下炕去，从枣红色箱子里取出一个印着“扶贫工作笔记本”的本子，递给我说：“你看看。”

我翻开一看，连一页纸都没写满：1999年市水电局扶贫水泥五吨，面粉两车；2000年市农贸处扶贫大米五吨，面粉五吨；2001年市畜牧局扶贫绒山羊种羊四只，面粉五吨；2002年县宣传部扶贫大米三吨，书籍两百本；2003年县公安局棉大衣五百件，单衣一千件，面粉四吨；2004年省农牧厅……

我懒得看了，合上本子。老村长说：“都扶了十几年还这样么，扶跟不扶一样，也不是扶贫单位不出力，咱这里条件差，穷根子扎得深了，靠天吃饭，老天爷不下雨，谁都没治。”

我说：“上面要求争取项目，带动乡亲们致富哩。”

他嘿嘿一笑说：“你信？连他们自己都不信，那就是句话。咱这里山大沟深的，又没煤呀油呀的啥资源，你来时也看了，那些大沟几百米深，连个石头都没有，咱这片土地穷到骨头里去了，能争取来啥项目？谁眼瞎了把钱往咱这地方砸？讲话都讲得好听着哩，要真像他们讲的，早都奔小康了，要我说把娃教好了，就是最好的扶贫哩。”

大婶又端上来一个菜，放下就走，我说：“我给大婶敬一杯。”

他说：“她喝酒比喝药还难怅，我替她喝了。”

大婶又蹴到灶堂去了，只看清了大婶一头白发。

“挖过你的底子，领导说你学问大着哩，教过十几年书，还是专门写书的作家，写书，那多日能。”他笑笑，“派你来扶贫是咱上庄这些娃的福气啊。”

我忽然想起来，说：“您跟我们领导咋说的，他怎么一直没告诉我？”

“你们领导说不用给你说，说你这人善良，又是写书的，要下乡体验生活，只要到了村子上肯定就离不开了。”老村长抹了帽子挠挠头，“只要你把娃好好教上一年，扶贫任务就算完成，所有的字我都给你签得好好的，年底村上还写表扬信、弄锦旗送到你单位上。”

酒杯太大了，碰得又勤，没一会儿工夫，一瓶酒就见底了，他又开一瓶酒，“从一个热闹的地方一下子放到这天聋地哑的地方待上一年，真是难为你们了，我敬你一杯。”他端起酒杯在我的酒杯上一碰又一饮而尽。

我说：“不能再喝了，您年岁大了，应该少喝点。”

他说：“你别替我担心，酒量是练出来的，我三岁上爷爷就拿筷顶子蘸着酒喂我，你放开喝，不一定能喝过我。再说人生有时间，死有地方，老天爷都安排好了，阎王叫你三更死，小鬼不留你到五更。这酒是好酒哩，纯粮食酿的，你还记得？”

看看酒瓶，我想起来是我回赠他的酒。

他又往我碗里夹了几块肉说，“人终归是要死的，我这一把年纪了，不知道哪天眼睛闭上再也睁不开了，能做一点事就算一点事吧。多做一点事，到那世受的罪就少一分。以前啊，老想着家里的事，恨不得把整个村子都弄成自家的，恨不得跺一下脚挡山都抖哩，可越老越觉得上庄就是一棵大树，这一家一户都是树结出的果子，一个村的人就像一家人一样。你说当不当村长都把我叫老村长，就像老村长是我的名儿，村里的事，你不管谁管？就说那些正念书的娃娃，没有了学校，放了羊，你说你心里不难受么?!”

我想，每个来扶贫的都是经历过这么一场酒，他还能走开么？谁不死心塌地留下来呢?!

3

开学，对于学生来说就是节日。有了学生，校园一下子显得生龙活虎的。学生快乐得就像小麻雀叽叽喳喳，嘴没个闲的时辰。校园里聚集着些老人和女人。显然他们是送孩子来上学的。

打开教室门，展现在我面前的情形让我想起了那句话：“土桌子，土台子，里面坐着些土孩子。”桌子是土筑的台子，不过用水泥抹了面子，磨得明晃晃的。板凳是两个土台子架一根碗口粗的木头，一排坐四个人。地倒是用红砖铺的，但有些砖碎了，有些砖没了，坑坑洼洼的。窗户上玻璃碎了好几块，用装水果的纸箱板子钉着。村长说：“上面给的桌凳妙巧得很，不结实，这些碎土匪三摇两晃就腿是腿，面子是面子，虽然学校还在，但在县上的名单里已经撤了，要个啥都难怅，这土垒的结实，推倒了几锹泥就垒起来。”

在一张桌子上，用粉笔写着两句话很醒目：“请你不要再迷恋哥，哥只是一个传说”“我写的不是作业，是寂寞”，这两句话是去年最流行的网络话语。两句话的中间画着一个大哥，叼着一根烟。别说，画得还很传神。另一张桌子上竖着写了一句话：“张虎爱朱小娥。”我心里笑笑，这倒一点儿不落后。

因为这是一学年的第二学期，工作相对来说比较单纯，主要是报到、领书本，排座位和选班干部，都可以维持原状。上庄处在干旱带上，十年九旱，但孩子的名字中带水的却不少，孙玉泉、刘水生、曹海波、曹海涛、顾清泉、张彦江、朱永河、李大水、李水花、孙大海……这些名字让人感受到迎面而来的水味。

报完名后点了两遍名，先认下了几个班长：三年级班长是马鹏程，二年级班长是孙玉泉，一年级班长是顾清泉。与上学期留的花名册一对比，花名册上显示上庄小学一共四十六个学生，差了三个学生。我问马鹏程，马鹏程说过完年他们全家搬到城里打工去了，他们就跟着到城里念去了。十一个三年级，十四个二年级，十八个一年级。二、三年级坐一个教室，一年级坐一个教室。散发着墨香的新课本让学生激动、兴奋，一拿到手就都开始咿咿呀呀朗读起来，校园便有了琅琅书声。报到结束，发完书本，就已是小晌午了，各年级整队，班长安排下午打扫教室、校园的事，谁拿锹，谁拿扫帚，谁拿簸箕，谁拿背篼。班长显得很有权威，一群叽里喳啦的小家伙让一个和他们一般大小的班长指挥得整整齐齐，纪律严明。我想这就是组织的力量。然后他们就排着整齐的队伍，高唱过《让我们荡起双桨》，然后就解散了。

李谷在驴拉车四边捆绑了几条板子，驴拉车就成了一个货架，最丰富的是娃娃的消费品，吃的东西最多，麻辣条、麻辣棒、麻辣块、麻辣丝、糖酥棒、米花板、花生、柿饼、瓜子、泡泡糖、跳跳糖、饼干、面包、方便面、罐头、娃哈哈、旺旺雪饼、袋装牛奶之类；也有学生用品，作业本、笔记本、书皮、文具盒、铅笔、炭素笔、钢笔、彩笔等；也有装着豆豆糖的玩具枪、吹起来的气球、大刀、贴画、跳跳球、弹弓之类的玩具；也有烟，哈德门、兰州、黄山、白沙，十几个品牌，最好的烟是五块钱的，最多的烟是两块钱左右的，还有一包一块的黑棒子。刚刚过年不久，又是开学，学生身上都是新崭崭的压岁钱，购买力很强，李谷忙得连个打招呼的时间都没有，只是远远地投过来一笑。我明白了，他昨日接我顺便进货是为开学准备的。

下午，学生们带着锹、扫帚、簸箕、背篼来了。一个冬天，西北风在校园积攒了许多尘沙、蒿柴、塑料袋，羊、猪、牛、驴、骡子在校园里留下许多粪便。校园虽然是黄土夯筑，但经过一阵尘土飞扬的铲除打扫，院子里一下子显得朴素而爽朗了。我发现地上有许多被分割得整齐的小方块，就像一块块“责任田”，打了方格线，依稀看清楚旁边写着马鹏程、黄小河、朱二喜、牛大水、胡杏等名字。我想大概是学生做什么游戏留下的痕迹，看样子这个游戏需要全校学生的集体参与。

校园很大，有阔绰的操场，可是一件体育器材都没有，就剩一副篮球架，还东倒西歪的。篮球架是就地取材用木头做的，篮板豁了几处，不过篮框还在。我踢踢篮架，木头倒没有朽，扶起来还能让学生打篮球。

木头的篮球架让我备感亲切。在所有的体育器材中我童年的记忆里只有篮球架。那年大队来了社教队，社教工作队队长喜欢打篮球，可小学里没有篮球架。他就带了队上的王木匠去公社看了篮球架，回来放倒了几棵树，一副篮球架就做了出来，立在大队部大院。一时间打篮球就成了村里唯一的娱乐活动。

大人们打篮球，我们一群孩子就在边上扎堆喊叫，谁家人或亲戚投进一个球，谁就兴奋得像自己投进去似的，真是一人进球全家光荣。刘五个子有一米九，村里人都叫他骆驼。他跳起来能抓住篮框，把球扣进去。因此，一度成为我们崇拜的对象。因为没有篮球，大人们下地干活，我们就像大人一样排成队一个一个跳着去够篮板。可是篮板太高，对于我们来说无疑是上天揽月，时间长了也就没意思了。后来，我们捻了毛线加上布穗缠裹成一个又大又圆的球，我们叫毛蛋。

当然要像带篮球那样自如是不可能的，但用力拍也能跳几下，砸在篮板上也能反弹回来，不影响抢篮板和投篮，这就足够让我们快乐了。

第二年雨水多，地喝饱了，篮球架下面经常汪水。一天刘五抓住篮框，篮球架就倒了下来，头也给砸破了。篮杆埋在地下的一截水泡久了朽了。虽然社教队已经撤回去了，可村上人们打篮球已经上瘾了，他们就把篮杆往下栽了半截，照样能打。这下大人都能抓到篮框扣球了，便都成了NBA的超级巨星，你也扣，我也扣，篮球打得比以前更好看了。

篮球杆往下落了一截，于是够篮板就又成了我们的一个目标。那个秋天，篮板的高度成了我们唯一的高度。那是一个我们通过努力可以达到的高度，我们很执着，多数的时候我们就在那里够篮板，黑灯瞎火的了，我们还在够着，直到大人们吼起我们的名字。那个秋天我们这支队伍中有两个人够上了篮板，这更激发了我们够上篮板的志气。可是还不等我们够着，大队长从公社拉回来了一副标准的篮球架，木头的篮球架被放倒，劈成了一堆柴火。有一段时间，我们还到新篮杆下去够篮板，可是那实在是太高了，渐渐地就没了兴趣。偶尔经过时，我们也跳一下，但那只是一个毫无意义的动作了。我摸到篮板已经是高一了，摸到篮环已经是高二了。

老村长走过来，踢了踢篮球架说："以前有篮球架，腿子都是铁的，后来让几个狗日的给偷着卖了铁了，再要要不来，村上就砍了几棵树做了一副，那年让风刮倒了，学生娃越来越少了也越小了，就再没扶起来。"

打扫完卫生，我想把篮球架立起来，可挖了两锹，地冻着，只好等地消了。

我把学生集合起来，宣布明天正式开课，布置各年级回去预习第一课。马鹏程说："老师，不开大会了？"我说："开什么大会？"马鹏程说："每学期开学都要召开开学典礼大会。"我想想说："今年就不开了吧。"马鹏程嘴唇动了动，没说啥走了。院子里就叫喊起来，"老师说不开大会了"，"老师说不开大会了"。

学生一走，校园一下子就冷清了，李谷在收拾摊子，我说："这一天收入还可以吧？"他嘿嘿一笑说："凑合。"说着扔给我一包"黄山"烟，"不上档次，你凑合着吃吧。"我知道这种"黄山"烟的价格，五块钱一包，曾经抽过好些年，现在不过是抽了十块钱一包的"云烟"。我给他五块钱。他阴了脸说："咋，看不起我？"我说："你这风吹日晒的一天才有多少利润？"李谷说："赔不了，好着呢。"我将钱塞进他口袋。李谷将车子推到避风的地方放稳，拆开一包"黄山"递给我一根烟，我接过来点了。他的口袋里还装着一包烟，是一块钱的黑棒子。

三月的风虽很硬朗，可阳光已经有了热度，只要避风向阳的地方就很暖和。我们蹴在避风的墙根下抽烟，李谷说："其实开学典礼大会还是要召开的。"我说："那是走形式。"李谷说："大人看是走形式，可对学生娃那可不一样，学生娃看重这个，开学仪式上，每个年级都要选一个学生代表班里学生发言，表决心，树目标，鼓舞人心哩。"我搓着手说："你刚才咋不说？"李谷一笑说："当着学生的面咋说？驳你的面子失你的权威哩。"我说："明天召开一下？"李谷说："召开一下对着哩，有些形式还得有。"

老村长来了。老村长手里捏着手机大小的收音机，耳朵里塞着耳机，看上去有些时尚。李谷起身打了招呼就拉着车子走了。老村长又蹴在李谷刚才蹴的地方，我说："明天新学期开学典礼，还得请老村长讲个话。"他嘿嘿一笑说："还啥讲话不讲话的，就是说几句。"

我说："我给你写个讲话稿吧？"他说："算了吧，我是白识字了，那些年上夜校识了几个字，你是文肚子，写下的东西我讲得了？就随便讲上几句吧。"这时一个女人赶着驴车进来了，咣当咣当的，一听就知拉的是水。老村长说："给你送水来了，马鹏程的妈，盼香。"

驴车上架着的拉水桶是装汽油的大圆桶改装成的，桶上套着两个驴车上的旧轮胎，稳稳地卡在车厢里。桶口焊了一截铁管，铁管上面套了一截自行车内胎，折了几折用麻绳扎着。盼香解开扎绳，把水放进提桶里，我起身去提水，老村长说："让她提吧，溅出来的水把你的衣裳脏了，洗衣服还得费水，咱上庄水贵如油啊。"看看盼香的鞋子和裤腿，落满了尘土，我想这桶水路该不会近。一车水盛满了一个大缸，卸完水盼香赶着驴车走了。我说："这水从哪里拉来的？"老村长说："一碗泉。"我说："远吗？"老村长说："在小龙沟沟底，十几里路程。"我说："村里人一直在那里拉水吃？"老村长说："哪能老拉着吃，家家都有两三个窖，收满一窖水能吃个一年，唉，汶川大地震，咱这里也受了灾，人虽没伤亡，可窖塌了不少，水跑光了，等于折了大财。"我说："学校也有窖吧？"老村长说："有，两个窖，也摇烂了，水全渗光了。学校断了水，用水是由各家各户承担的，村上排了送水日程表，挨家挨户轮流给学校送水，盼香双胞胎儿子都上三年级，送水她就排了第一。"我说："双胞胎？"老村长说："就是三年级的马鹏程、马万里。"我说："这、这名字不像弟兄俩。"老村长说："按马家宗谱，马鹏程、马万里这辈是'洪'字辈，马家宗谱传得年月久了，不要说他们这辈，下几辈用的字都取下了。可盼香这媳妇子图个意思好，有前程，为给两个娃叫这个名，连家门（户族）中人也闹翻不认了。"叹了口气，又说，"盼香这个媳妇子想法大着哩，就是命太苦了。"

老村长眼角挂着给风刮出来的老泪，抹下帽子拍拍土，头发白刷刷的，说："你看，我给你派饭呢，还是你自己做呢？"他似乎是在征求我的意见，却不等我回答又接着说，"派饭，粗茶淡饭的，有时候地里活一忙，日急慌忙的，一碗冷水一个馍也是一顿，一天吃一顿饭也是常事，单独给你做，也没工夫。再说你们城里人吃得细，怕也吃不惯，也觉着不卫生。"我说："我自己做吧。"他说："要不嫌弃就在我家搭伙吧。"我说："谢谢您费心，还是我自己做吧，我以前在乡下教书，自己做着吃了好几年。"他说："也好，自己做的顺自己的口，城里男人都会做饭，比女人还会做，听说电视上讲做饭的就有个男人，天天快做饭的时候在那里讲。"又说，"村上给你补助，米面油肉都村上管，这几天就先在我家吃吧。"

学校旁边是村上的大麦场，大大小小的柴草垛像一个个馍。傍晚时分，麦场上人多起来，都从自家的柴火垛上撕了柴草，在麦场旁边一块空地堆起了一座山包，我想到今天是正月二十三，知道要"燎疳"，今晚是传统的"燎疳节"。燎疳表达着人们驱邪除魔、保佑平安、庄稼丰收的祈愿。传说"疳"是一种顽固的病毒，只有用火烧燎，才能消灭。还有一个传说是人类犯了天条，上天要收人，定在正月二十三将人全部烧死。太白金星偷偷下凡给人传话，让正月二十三这天放火，在上面跳来跳去。玉皇大帝打开南天门一看，只见人给烧得乱跳，便以为人类已葬身火海了。老家也有这节日，这些年已经没有参与过了，因为城里没有"燎疳节"。

柴火堆点燃后，大家都在火上跳来跳去，太小的孩子由大人抱着跳来跳去。柴火烧成火籽后，老村长用铁锨"扬五谷花"——铲一铁锨火籽扬上天空，喊一种五谷的名字，天空火星四散，像放礼花一样壮观。如果喊到某种庄稼，扬出的火星明亮繁多，就说明这种庄稼今年会有好收成。所有的五谷名喊过来，一堆火籽也便扬净了，落在地上还没有灭亡的火籽，人们便去踩，叫消灭害虫。

老村长说："以前燎疳家家户户门上点堆柴火燎，真是万家灯火哩，现在没人了，过年连人七日[1]都不过，初四五就都动身了，一家一户连个疳都燎不起，凑合到一起燎燎，就是应个节气事。"

---

① 人七日，农历正月初七，亦称"人胜节"、"人庆节"等。传说女娲初创世，在造出了鸡狗猪牛马等动物后，于第七天造出了人，所以这一天是人类的生日。

4

迷迷糊糊地被一声“报告”叫醒，一睁眼才发现天已大亮。几把穿好衣服拉开门，门框后面露出一双双眼睛。从迷糊中灵醒过来，我恍然大悟，忙说：“先、先上自习。”马鹏程说：“老师，今儿个该升旗。”“对对，对，升旗，升旗。”我拍拍脑袋，有些窘迫地说：“集合，整队。”开学的第一天是要升旗的，这只要家里有上学的孩子都知道，第一天学生要穿校服，系红领巾，升旗手、护旗手要披绶带，戴白手套，学生把这看得很庄严。马鹏程说：“老师，国旗在你这达。”我脸也顾不得洗，在房子里翻找。国旗找到了，递给马鹏程说：“快去。”马鹏程接过国旗说：“老师，还要用录音机放《国歌》。”我这才明白那台木壳录音机的主要用途。按下播放键，声音却乏沓沓的，都走样了。我拍拍录音机，声音还是乏沓沓的。马鹏程说：“老师，电池没电了。”我忙进房间，打开旅行箱翻找。老婆说山里最离不开的是手电筒，专门买了一个手电筒给我装上，还带了几节电池。翻出电池装进录音机，按下了播放键，高音喇叭就传出雄浑嘹亮的《国歌》。我匆忙出来，见四个同学每人拽着国旗的一角，迈正步走向旗杆，马鹏程站在旗杆下，郑重地接过国旗，在绳上挂好，一下一下匀称而有节奏地拉着，红旗缓缓升向天空，高高飘扬。虽然他们没戴白手套，没披红绶带，但一样庄严。同学们都高高抬起头仰面朝天，左手高高举过头顶，风儿拽动着红领巾。我也情不自禁地高高举起了手。自从离开学校，我就再也没有经历这庄严的时刻了。

三月的早晨，春寒料峭，出气成霜，寒气逼人，山风很硬朗，吹在脸上刀割针刺一般。同学们的脸蛋被山风掠得通红通红，可他们的头依然高高仰起，一只只举过头顶的手高擎着，一脸庄严……校门外聚集了许多村民，在这山野，观看学生们的升旗仪式，不比天安门升旗仪式逊色。等我把手拿下来，手都冻拙了。

升旗仪式结束后，我宣布下午举行开学典礼大会。我说："每一个班选一个学生代表上台发言。"学生们欢呼雀跃起来，立刻在班长的指挥下分工搭起会场来。马鹏程从我的办公室翻出了两条红绸子和几张白纸，说："老师，横幅你写还是我们剪？"我明白他们要做会标，就说："剪，你们剪，老师的字写得很丑。"马鹏程就嘿嘿笑笑，抱着红绸子和纸出去了。校园里一派繁忙景象，搬桌子的抱凳子的拴绳子的，几个女生在教室里剪字。教室地基比院子要高出几十厘米，伸出廊檐两米多，正好做主席台，摆了三张桌子五个板凳，一绺子红绸子苫盖了桌面，录音机还带着两个话筒，也摆在了桌子上。一条"草鞋镇上庄小学开学典礼"的会标很快做了出来并挂在了教室的廊檐下。会场就这么摆出来了，一切都像模像样的。会标上剪出来的字并不比城里电脑打印出来的字逊色。看着他们，我在想如果没有学校，他们将会是一种什么状况呢？

天公要作美，就会给个好天气，刮了一早晨的粗硬的西北风，吃过午饭竟然无声无息了，虽说春寒料峭，但不刮风天气就立刻有了春天的温和暖意。主席台上坐着的除老村长和我，还有盼香和李谷，我想他们三个人就是上庄的领导层了。

老村长的口才真好，讲得既通俗易懂，又鼓舞人心，还列举了上庄考出去的几个大学生，连我都觉得鼓舞。我想要是我给他写讲话稿，绝对写不到这个份儿上。几个学生代表是三年级班长马鹏程，二年级学习委员李志远——李谷的儿子，一年级班长顾清泉。学生代表的发言也博得了一阵一阵的掌声。大人们来得不少，都站在学生队伍后面鼓掌。老村长给我说除了在家里动弹不了的，上庄的人能来的都来了。开学典礼就像一个节日，不仅是学生的，也是家长的。

我用了一个中午写了讲话稿，念得还算顺利，老村长拍拍我的肩膀说："到底是文肚子，那些词儿用得多好，虽然我不懂，但一听就是好词儿，要是那些年，都能当口号喊哩。"我说："村长讲得真好。"老村长嘿嘿一笑说："断断续续几十年的村长了，年年讲嘞，讲顺嘴了。"李谷照旧把摊子摆到校园里来了，他给我竖了大拇指，说："好，讲得好，有文化，比前几个都讲得好。"我拍下了许多照片。

教室里氤氲着一种孩子特有的气息，与新书本的墨香融合在一起，这就是童年的气息，是欣欣向荣的气息，天天向上的气息，我很熟悉这种气息，大学毕业后我曾经被这种气息熏陶了十几年，所以备感亲切。阳光从窗口敞亮地扑进来，教室一派明媚，所有的眸子一片晶莹。

教室里只架着一个火炉，就在讲台附近。对于坐六七十个学生的教室来说，一个火炉的热量实在太微弱了。尽管教室的后门是封死的，窗户也是封死的，缝隙都是用透明胶带粘封了，但教室还是给冻透了，就像冰窖，寒意砭骨。我让学生将火炉移到了教室中间，并将学生往一起集中了一下。

二年级和三年级一个教室，给二年级上课，三年级就只能自己预习。我打开课本，说三年级先对照拼音熟悉语文第一课后面的生字词，每个字词写二十遍，二年级把数学课本翻到第一页。话音刚落，三年级学生立刻跳起来就往出跑。我说："你们干啥往外面跑？"马鹏程说："报告老师，我们去写作业。"我说："写作业跑到院子里干啥？"马鹏程说："老师，不在院子里写，在哪达写？"我说："在院子里写？"马鹏程看出我的疑惑来，说："老师，作业本上写家庭作业、课堂作业在院子里写。"我猛然想起院子里那些写着名字的"责任田"，原来是"课堂作业本"啊。

给二年级上着课，我偶尔扫视一眼院中，学生种瓜点豆似的趴在院里，往那一块块"责任田"里填字，看上去更像一群啄米的小鸡。写错了，手就是橡皮擦了，用手刨几下再写。三月初的阳光尽管明媚，却无法驱散砭骨的寒冷，他们都没戴手套啊，不时地两手合起来大口大口哈着热气取暖。给二年级上完课来到院里，"责任田"已是密密麻麻横竖成行落满了字。他们手里的"笔"是一截废旧电池里的炭棒，磨得明晃晃的。我拿过李波手中的"笔"，在地上写了几个字，比粉笔硬多了，但因为磨得光滑，用起来还算流畅。看着他们冻得通红的小手，我心里涌起一阵悲伤。城里的孩子坐在有暖气的教室里还戴着手套。马鹏程跑进教室，拿了一截粉笔来说，老师，你拿粉笔画圈打叉。我说快进去到教室里烤火吧。可同学们都围着看我批他们的作业。等批阅完摆在院子里的课堂作业，我的手都冻拙了。

中午放学后，去老村长家吃过饭回来，见有一半的学生没有回家，他们围在火炉边，烤他们带来的馍。有几个学生从李谷那里买了方便面，直接撕开，将调料面撒在方便面上"咔嚓咔嚓"干嚼，因为太干，噎得脖子一抻一抻的，一个孩子噎得直打嗝，另一个给拍着脊背。真让人看了寒心。

炉膛里学生塞了土豆，土豆烤熟的香味发散出来。李小宁双手捧着土豆跑过来，说："老师，吃洋芋，烤下的洋芋比煮下的洋芋香。”我抹了他头一下，说：“老师不吃，你吃吧。”有学生悄声说：“老师是城里人，不喜欢吃洋芋。”他就显得有些失望。我说：“谁说我不爱吃洋芋，我最爱吃洋芋，咱俩一人一半。”李小宁嘻嘻笑着说：“老师，还有哩，还有哩。”从那天开始，讲桌上总会摆着一个或者两个烤得脆黄脆黄的土豆。

我开了门让他们进去喝水。他们直接抓起舀子从缸里舀了水喝，我说：“生水不能喝，也太冰了。”黄花花说：“不咋的，家里也这么喝。”我问他们为啥不回家？他们说家远。我去了李谷家，让他进五个暖壶，三十个碗。我想让孩子中午能用开水泡馍和方便面，这是我唯一能做到的。

我问李谷一个作业本得多少钱？李谷说：“有三毛的，有五毛的，也有一块的。”我说：“你再给进二百个作业本来，一块的。”李谷说：“我给你按批发价。”我笑了笑把钱递给他，他拍拍自己的脑袋说：“这话我说得不好，我给每个学生送一个笔记本。”我说：“算了，我几天的工资就能给每个学生发十来个本子。”看李谷脸上动了动，我想我这话说得也不好。我说：“再进两个篮球。”李谷说：“篮球得到县上去进，镇上没有，那得等机会。”

两个年级在一间教室上课，自然会互相影响。我想再开一间教室，反正那些教室也闲着。上庄小学学生最多时有二百多，教师十二个，教室并不少，一共有八间，为什么要把两个年级集合在一间教室里？我去找老村长，老村长说学校在县上已经撤掉了，就没有了经费，现在的一些经费都是教委从别处挤挪来的，压缩了老多，取暖费、桌椅板凳门窗玻璃维护费都按人头往下拨，你没看那些教室一块玻璃都没了？村上呢啥费都不让收了，拿不出钱来。再说天气这么冷，一间教室坐十来个人，教室冷得就像冰窖，还不如挤到一起热乎。老村长把暖壶、碗和作业本的钱给我，我说："算了，没几个钱。"老村长说："差啥你就说一声，这点钱村上还拿得出，你就负责给咱把娃教好，后勤有我保障哩。"

过了几天，村长抱来两个篮球，说："管紧一点，这些碎㞞（孩子）费得很，一年打烂过十个篮球。"我问一个多少钱，村长说："一个八十块，两个一百五十块。"学生见到篮球两眼放光，他们从山野沟谷里搂了几捆干蒿，在栽篮架的地方点了一堆火，将冻土烧化，把篮球架栽了起来。每个年级一天有一节体育课，以前就是做操跑步，现在添了打篮球，校园里便有了另一番生机。上庄周围的老汉们，闲暇时候也会来校园打一会儿篮球。不过，那不是打，他们跳不起来，也跑不动了，用他们的话叫"耍篮球"。

5

李谷拿了些泡菜来，说：“今晚到我那里去吃。”我说：“在我这里吃吧。”他说：“我都准备好了。”他满屋子走了一圈，说：“你一个人老待在屋里孤不孤？”我说：“挺清静的，看看书。”他说：“还没人往你被窝里钻吧。”说完给给一笑。

李谷的小卖店就在自己睡的窑洞。木板钉了简易的货架柜台。虽然地方狭小，货倒挺全的，日用百货五金样样都有，品种还真齐全。我往里看看，说：“嫂子呢？”李谷说：“跑了，跑到你们城里去了，都好些年了。”我觉得我是揭了他的伤疤，戳到他的痛处，就说：“不好意思，我……”他嘿嘿一笑说：“跑了就是跑了，日囊㞞，领不住婆娘么。”

我脱了鞋上了炕，李谷就像变戏法似的立刻在炕桌子上摆上了两盘菜，一盘子猪耳朵，一盘子猪肘子，都是酱的，看得出来他是去进货时从镇上买回来的。还有一碟子瓜子，一碟子咸菜拌榨菜，一小筐核桃。他拧开一瓶酒，酒杯有拳头大，一杯足足有一两。

我说：“把志远也叫过来。”

李谷向里面努努嘴，说：“能少下他的?! ”

我看看拳头大的酒杯，说：“这么大的杯子，几杯就把人搞翻了。”

李谷边斟酒边说：“夜长，慢慢喝，边喝边拉闲，喝得晕晕乎乎啥都不想了好睡觉啊。”

我也不客气，我特能吃肉，老婆说我是狼转世的。才喝了半瓶酒，两碟肉让我吃掉了一大半，李谷冲我竖起大拇指说：“你这人实在，不像有些人吃饭虚头巴脑地作假，吃饭一定要实在，人要吃饭作假就不能交了，自己都哄自己，还不哄别人。”又碰了两杯酒，他长长嘘了一口气说：“我给你说说你嫂子吧。”

我点点头。

他点了支烟，悠悠吐出一口说，“按正常情况来讲，像我这样瘸了一条腿的半残人要想娶个女人是做梦哩，多少健壮的人娶个媳妇都犯难哩。我爹娘早亡，除了两孔窑洞，再没啥家业。到我娶媳妇的年龄，我才发现爹娘积了德，给我留下一个水灵灵的妹妹。媒人一撺掇，二十五岁那年，我用妹妹换回了媳妇桑巧。这叫换头亲，城里人觉得不道德，可在咱这方圆是天经地义的事，家里条件不好的都是这样解决问题的。桑巧的哥哥，身体没啥残疾，就是反应有些迟钝，城里人说的有点智障，两个眼睛往一起斗，就是斗鸡眼。换亲有换亲的规矩，怕哪一方不守规矩，半路不负责任走了歪路，把别人闪在半路上，摆一桌宴席，请两家户族里主事人出面主持，立下字据，谁家女子半路上生了邪念，有了二心，另一方就要接回自家女子。为了保险起见，双方女子身份证都交给男方家压了。身份证攥在男人手中，女人想走也走不了。以前这种婚事是最牢固的，叫亲包亲。可这些年不一样了，女子都出外打工，见了世面，有些女子就守不住了。桑巧在城里给人家当过几年保姆，刚娶过来，她就唉声叹气的，我知道她心里泼烦，桑巧长得俊俏着哩，人都说像画儿上走下来的，在城里当个明星都是拔尖的。这样的女子，嫁个啥人都配得上，嫁我这样一个一走路日天戳地的男人，心里能好受？可我心里说在这村子里谁心里没事，哪个出外回来心里没事？日子长着哩，啥心病都消解得了，都能疗治得好，一年半载身上掉下个肉疙瘩，就把你拴得定定的。一年后，桑巧给我生了一个大胖儿子，看得出桑巧很高兴，对儿子好得，话也多了。第二年，桑巧下地干活，上山放羊，日子理得顺顺当当的，我就把心放下了。娃长到三岁，我想桑巧不会走了，娃就是拴娘的桩，就是拴女人的石头。桑巧还跟我说将来一定要把儿子培养成个大学生做个城里人。我就想人家没走的心，咱还把身份证扣着就没意思了，一起过日子，总不能老这么防贼一样。我就把身份证翻出来还给了桑巧。忽然一天早晨，桑巧就走了。翻桑巧留下来的东西时，我才明白从嫁给我那天起桑巧就一直准备走，三年里她给儿子做下了能穿五年、大小不等的衣服和鞋袜。对于存心要跑的人，我知道找不见，可我还是背着儿子跑了三个月的路，也是为了给她娘家一个交代，免了村里人的口舌，丢一只鸡都得找一找，况且是个人，你说是不？”

我给他添了杯酒，续了支烟。他说：“半年后，我去了妹妹家。妹妹生得稠，已经两个娃了。我往妹妹门口一站，妹妹知道我的意思，就背了一个娃抱了一个娃跟着我回来了。妹妹的公公婆婆只是眼泪汪汪盯着我，啥话也没说。我正在气头上，他们要拦阻，我会和他们拼命的，我腰里别着家伙哩。可他们就那么看着，唉，都是老实巴交的人。妹夫跑到我前面一步一个头一步一个头地磕着，我一直努力着不去看，可妹夫就那么跟着，一村人就那么看着。难心啊，我都觉得我太不够人了。可我还是没有松口吐话。妹妹边走边说你回去吧，母猪肚子大了，出不了三五天就下，警醒些，把娘叫过来，别下下来让母猪一屁股全压死了，心就白操了。走过几步，又喊着说晚上记得上大门，这几年不及那几年，下夜功的人多了。都过了一道山岭了，妹妹还喊着说豌豆该锄第二遍了，荒了庄稼咱就没吃的了。我明白，妹妹这么喊着说话，看上去是在给她男人安排活，其实是在说给我听。我心软了几次，可还是没让妹妹回去。妹妹来家后，下地干活，回家收拾屋子做饭，活干光了一闲下来就站在门口发呆。这么过了几天，妹夫就撵来了，说猪娃下了十三个，死了两个，娘照顾着哩，糜谷都锄过了，家里啥东西都没丢，五个母鸡下蛋，两个母鸡闹窝，一个公鸡让老鹰抓走了。听着两个人说话，我心里好凉好凉。妹妹还给我说别人说柱子傻柱子呆，哥，他一点都不傻，一点都不呆。两个人在地里干活说说笑笑，回到屋里叽叽咕咕，晚夕睡下一家几口又说又笑又打又闹的。儿子也挤在偏窑里不愿回来，我硬将儿子抱了回来，屁股上拍了两巴掌，儿子嘴一扁一扁的不敢哭出声来，却憋得咕儿咕儿的。我感到很煎熬，又过了几天，实在煎熬得不行了，我就对妹妹说你们走吧，回家吧。妹妹抹着泪水说哥……妹夫跟着也说哥……我说回呀，快回呀！妹妹说哥，我和柱子回去给你好好苦，挣下钱给你再娶个女人。我说啥都别想了，好好过你们的日子，我有福旦就够了，桑巧也对得住咱李家了，给咱留下了根，也就够了。妹妹号哭着领着男人走了。我坐在山梁上放开嗓门号哭了一个下午。家门中几位吃了宴席在协议书上按了手印的主事人都来了，说世事再瞎也还没瞎到这种地步吧，他们不把人找回来，就赔钱，当初订下的规矩。我摇摇头说，算了。他们说还翻了天不成？难道我们说话像放屁？我们的脸是沟子（屁股）？我说算了，算了。老人们不依不饶地说你怕啥？有我们呢，这事我们不能不管，还没规矩了?! 我说算了，这是我的事，我做主了。他们冲着我发了火，骂我日囊㞞，羞先人，女人活该跑了。

“后来，我把娃撂到妹妹家进了城，边打工边找桑巧，要找到她我就一刀子把她捅了，都别活了。可是我腿有毛病，干活力没比人少出，可人家觉得我沾了他们的光，老板也看咱像个混工钱的，吃人家下眼饭，挣的也是下贱钱。有一年，我回来看过儿子，去城里走到镇上，在老拐子摆的种子摊前坐了一个下午，我又趸了回来。从我记事起，爹带着我去赶集，老拐子就摆个小摊，小摊上摆着几十个小布袋，里面装着各种菜籽瓜子，每个都有几个品种。娃娃们欺负他腿瘸，溜到跟前抓一把就跑，因为有些种子是能吃的。他不追只是跺跺脚，用一个长杆子够着捅一捅，说吃种子，养腾子（傻子）。几十年了，他还那样摆着小摊。可他把三个儿子都供养成人了，还出了两个大学生。回来后，我就办了个小卖店。”

他又开了一瓶酒，说：“不说这些烂事了，你帮我端详端详志远，读书有没有出息，将来能不能考上大学。”

我说：“他很聪明，考大学没问题。”

他盯着我说：“实话？”

我说：“实话！”

我只能这么肯定地说，其实他也知道这事谁也说不准，日子还长着哩，日子越长不确定因素就越多，变数就越大。但我知道他需要这样的话。

李谷就很激动，一抬脖灌了一杯酒说：“日子就像铁匠铺里的砂轮，什么沟沟坎坎都能打磨平了。现在我一点儿都不恨桑巧了，鸟儿都拣胖枝子落哩，别说人了。城里那么好，要啥有啥，我去了都不想回来哩。桑巧那么漂亮，就是给城里生的，应该过得好着哩。我现在啥都不想了，就想着哪天她突然回来把儿子带走到城里去读书，儿子要是在城里念书，考个大学没问题，这娃就是念书的料，可在咱这山窝窝里就难说了，教书是个大学问，要专业的。”看看我又说，“我不是说你，你别多心，学校不是这么开的。”

他从柜台下摸出一条子“云烟”塞了过来，我说：“你这是干啥？”他嘻嘻一笑说：“不让你白吃，你要付出劳动的，给娃开个偏灶，吃个偏食。”我说：“说实话，我给全村的娃娃都开偏灶哩，一共就四十来个学生，负担又不重。”他说：“你不收我咋整？你也知道咱这达谁吃得起这么贵的烟。”我掏出一百元钱，说：“那我买了，反正我抽烟。”他不接，我说：“我知道，你啥话也别说了，再说我生气了。”我把钱塞进他手里，他长叹一口气说：“你们是可怜我们这些人啊。”笑笑又说了一句，“啥时间能让我们这些人可怜一回你们这些人，日子就有过头了。”这话透着一股砭骨的寒意。

6

用粉笔写着“请不要迷恋哥，哥只是一个传说”“我写的不是作业，是寂寞”的那张桌子，坐的是朱小文和黄富，很快我就认定那是朱小文写的。朱小文很活跃，看得出来他在城里待过，对城里流行的生活元素知道很多。他有很时尚的穿戴，很流行的书包，很前卫的文具盒，还有很多城里学生的玩具、用具。因此，他游手好闲，学习不专注，作业很粗糙，多笔少画的情形很多，“目”“日”不分，三点水和两点水不分，双立人和单立人不分，家庭作业也不完成。不过，数学题倒做得很干净利索。我决定去朱小文家里，用教育行话讲，就是家访。

朱小文家在村子的西头。到了大门口我溜到墙根往里探探头，我怕狗。走在乡村最可怕的东西就是狗了。山里人家家都养狗护家，有时还不止一只，而且都不拴，见了生人扑起来很是凶猛，更可怕的是一个吠叫，就会招来十几只狗围攻，那阵势让人毛骨悚然。有一次下乡我就被狗咬了，裤子也撕了个大口子，屁股都露在外面，给几个女人看到了，大笑不说，还说干部脸上看上去白净得瓷片一样，沟蛋子黑洼洼的。尽管我已经学会了像上庄人一样行走时手里总提根棍子，但还是有些胆怯。忽然背后传来声音，把我吓了一大跳：“进去吧，他家没狗。”我回头看了一下，一位大嫂倚门而立，怀里抱着一个孩子。进了院子，一位大娘正坐在墙根缭一条孩子的牛仔裤，花白的头发上落着草屑，衫子和裤子上补着几块补丁，布料颜色很不相配，深一坨浅一坨，黄一块红一块的。她眯缝着眼睛看看我，停下手中的针线活，站起来，说：“是老师啊，快进屋坐。”我想可能是在开学典礼上她认下了我。我说：“大娘，就在院子里坐坐吧。”大娘说：“进屋去，我给你泡糖茶喝。”我说：“你忙你的大娘，刚刚喝过水。”我帮她拣去了头上的草屑。大娘说：“小文又闯下祸了？”我说：“祸倒是没闯下，就是学习……”大娘说：“唉，小文这娃在城里学得又鬼又精，扯皮溜谎的，管不住嘛，老师你就多操心、多担待。”我说：“大娘，这不是担待不担待的事。”大娘说：“我没治，一点治都没有，离开了娘老子，这碎东西天不怕地不怕的，骂呢比我嘴还歪，打呢我又追不上。”我说：“他爸妈不在么？”大娘说：“都在城里。”我说：“小文在城里念过书吧？”大娘说：“念过，去年后半年才回来的。”我说：“咋就回来了呢？”大娘说：“唉，两个狗日的进城好的没学下，瞎的学了一大堆，离了，爹不是爹了，娘不是娘了，一个娃都没人养了，送回来了。”正说着话，门外一阵吵闹，进来三个孩子。我一看是二年级的朱小伟，一年级的朱小军、沈秋菊。三个孩子一看到我，立刻齐刷刷站成一排，手掉得顺顺的，低着头看脚尖。大娘嘻嘻一笑走到跟前，说：“老鼠见了猫了吧？”我说：“三个都是您的孙子？”大娘说：“都是孙子，两个家的，一个野的，小军是小文的弟弟，秋菊是小女儿的丫头，小伟是二儿子的娃。他们的娘老子都在城里打工。”

我盯着三个孩子看了一眼，说：“小军、秋菊、小伟，过来。”三个就挪着脚步过来了。大娘说：“啧啧啧，一物降一物，蜈蚣把蟒捉，这下有人熟你们的皮了，没个管住你们的人，你们还去抓玉皇大帝的胡子编辫子哩。”这么说着大娘笑眯眯走过去，一个孙子头上抹了一把说，“馍在笼子里挂着，取了馍照挂起来，别让老鼠们钻进去了。”可他们还站着，朱小军睨了我一眼，又垂下头去，我说：“奶奶的话你们没听见？”三个立刻就跑了。我又说，“回来。”三个人又跑了回来，在我面前齐整整地站好，我说：“不帮奶奶干家务，就罚一早晨站，欺负奶奶，就罚一天的站，听下了没？”三个齐声说：“听见了。”我说：“大声点。”三个大声说：“听见了。”我说：“去吧。”三个又跑走了。

我给大娘点了根烟，大娘咂了两口说：“小文在城里学坏了，鬼心眼多，胆子大着哩，村里来了狗贩子，小文做主把狗卖了。我从地里回来一审问，他们合起来撒谎，一个人打了他们一柳条，晚上他们几个趁我睡着了，把我衣服全泡在了水盆里，害得我没衣服穿，一个早晨没出得了门。有时候鼓动几个小的用驴缰绳把我手脚都捆了。这娃不管住点迟早会学坏的。”我说：“大娘，我来管他们。”大娘说：“多谢了，唉，话说回来，都是些不懂事的娃娃，离了娘老子的娃可怜着哩，他们一个个隔了奶就在我跟前，一年爹娘都见不上一次，没人疼没人爱的。”我知道大娘心疼孙子，怕我手重了。大娘拉起衣襟揠揠眼睛。我不知道她眼角的泪水是因风溢出来的，还是因悲伤溢出来的。

这时间朱小文回来了，在门口探了下头，吐了一下舌头，准备溜走。我叫了声朱小文，进来。朱小文就走了进来。他的牛仔裤撕了两道口子，膝盖都露在外面。我说：“奶奶手里这条还没补好，你又把那条撕烂了?!”他看了我一眼，那目光桀骜不驯，并不像那三个低眉顺眼地看自己的脚面。面对他我竟然有些无话可说。我知道像他这样大的年龄，正是拗着一股劲儿听不进去话的年龄。我说往跟前站。他扭过头来盯着我说：“我不怕你，你只教我一年就走了，又不是年年都教我。”我说：“你不怕我，那你怕谁？”这时间大娘走过来附在我耳边说：“他怕老黄瓜。”我说：“老黄瓜？”大娘说：“就是老村长。”我说：“你不怕我，可你怕一个人。”朱小文偏着脖子看着我说：“我谁都不怕。”我说：“你怕老黄瓜，可老黄瓜怕我，我是他请来的。”一提老黄瓜他把头勾了下去。我把他的作业本拿出来，说：“每个错别字写五十遍，再要写错，每个字写一百遍。”我知道有人批评过这种惩罚式的纠正，但，这却是最有效的。他接过作业本，我给了他一个新作业本说：“写在这个本子上，以后错别字全给我写在这个作业本上，你要是在这学期不改正粗心大意的毛病，我就把这个本子在全校展览，让村里人都来看，让老黄瓜看。”他嘟着嘴接过本子掉头要走，我又说：“你是很聪明的学生，可是你不用心，你要用心，谁也学不过你。”他回头看了我一眼，我说：“再要惹奶奶生气，我就让你天天到老黄瓜门口去站岗。”他进屋去了。大娘高兴地说：“对着哩，对着哩，就要这么治哩。”

我说：“大娘，小文一个娃娃，咋会怕老黄瓜？”大娘说：“老黄瓜脸上带煞气，大人都怕哩，娃娃能不怕？他要阴着脸走过，鸡狗都无声哩。”我哧地笑出声来，大娘说：“上次小文把狗卖了，老黄瓜知道了来抽过小文两鞭子，说由着你长大了还不杀人放火，那两鞭子抽得重哩，脊背上指头胖的肉棱子背了好些天，晚上睡觉都乱喊乱叫的，从那以后小文见着老黄瓜的影儿就藏起来了。”临走的时候，大娘说：“你等等。”便进屋去了，不一会儿端出一方腌猪肉和一碟豆芽菜，我没有推辞。大娘又说：“唉，没爹没娘的娃可怜哩，两个千刀万剐的，老师，你给多操个心，娃娃没罪么。”

7

虽然春寒未退，但花不误节令地绽放了，一朵接一朵，一枝接一枝，一树接一树，纤细的枝丫被蓬勃的花朵压得低垂，上庄的果园繁茂奔放极了，纷乱的花枝都伸出了园墙，春色满园关不住，岂止是一枝红杏出墙来。“黄四娘家花满蹊，千朵万朵压枝低。留连戏蝶时时舞，自在娇莺恰恰啼。”上庄的春天比唐朝诗人笔下的春天繁盛多了，姹紫嫣红的果园以浓酽的香气，覆盖了上庄。

上庄人家都有阔绰的果园，两三亩大，四五亩大。这跟上庄的人居住习惯有关。因为依山坐落，上庄人居住的均是崖窑——选择向阳的山坡，开出一个十余丈高的断面形成崖面，然后掘窑洞，形成院落。根据家口大小，开出的断面宽窄不一，掘出的窑洞也有多有少。最大的院落有六七孔窑洞，最小的院落也有三孔窑洞。上庄的土质好，是白僵土，质地坚硬，因此窑洞阔大，深、宽、高分别在十二米、四米、三米左右。一般有一孔正窑，也叫主窑，然后两边各掘几孔窑洞。因此，上庄的院落里窑洞多是奇数，或三或五或七或九孔。窑门多用石头垫基，土坯砌成，开上下两孔窗户。开崖面在院落两边形成了侧崖，会再掘两孔低、浅、小的小窑，作为草窑和牲畜窑。掘窑洞掘出的土推出来就铺垫起一个院落，筑土墙围起来，一分两半，一半做了院子，一半做了果园。因此窑洞越多，果园便越大。果园里以苹果、桃、李、杏、梨、枣树为主，树垄间种些菜蔬、豆、瓜、花生、葱、蒜之类。因此，既是果园，又是菜园。

上庄虽包裹在山的襁褓之中，但山谷间、塬顶上还是有相对平坦的土地，交通要比谷中便利多了，可平地是吃饭的好地，谁舍得用作安家？而且在平地里落家，那是要盖房的，木、砖、石、瓦、灰（水泥和石灰）以及匠人，样样都是要花钱的，而掘窑洞需要的只是苦力。

“去年今日此门中，人面桃花相映红。人面不知何处去，桃花依旧笑春风。”这首诗用来表现眼下的上庄确是贴切的。因为十户人家中有六七户院门紧锁，花园多是寂寞的，大多数果园无人看顾。老村长说：“枝繁花茂的看上去风景好得很，可结果子就不行了，多数果园好些年没剪，树都长疯了，披头散发的。以前啊这果园是咱上庄人创收的主要渠道，原先县上提出过‘春赏山花烂漫，夏摘桃李芬芳’的发展口号，现在没人了，树不误人，人误了树啊。”

我穿过村巷一路拍着照向挡山爬去。我得上老疙瘩峰去打电话。这是每个周末的功课，给老婆报平安，向儿子问好。

挡山是一道绵延两百多里的岭山，起起伏伏的憨莽身躯绵延数百里，又左出右突生出千百条山岭，山岭间是莽莽苍苍东奔西走的沟壑，这使得挡山仿佛一条巨大的蜈蚣。山有起伏，便有了形象，十里不同名，挡山也就有了许多名字，有叫蚰蜒岭的，叫卧佛岭的，也有叫脊背梁的，叫大龙岭的，在上庄一带叫挡山，都很形象。老疙瘩峰是挡山延伸到上庄，大约觉得太平淡了，腰身一弓，隆起一疙瘩山峰，依旧是黄土的，就是高，却并不奇险，叫峰有些勉强，就是一堆土峁，最高的一个疙瘩看上去像一顶草帽，上庄人就叫了草帽。手机显示的海拔有一千六百多米，无疑是上庄的通信塔了。站在老疙瘩峰放眼四顾，梁峁沟壑起起伏伏，眯着眼睛看，整个上庄就像波涛汹涌的大海。

从县域地图上看，倚着挡山大大小小上百座村庄。上庄四周的地名不是含沟带壕，便是带梁含峁，鼻孔梁、扁山梁、野狐壕、低头沟、抬头沟、门头沟、折腰沟、断头沟、串山沟、土匪沟、扇把子梁、三串子沟、三道梁、扫帚壕、白虎山、车轴沟、陈岔壕、大北山、大岔梁、大峁疙瘩、大牛山、墩墩梁、乏牛坡、高峁梁、高庙梁、关门山、锅底梁、郭堝沟、黑刺梁、荒土梁、韭菜沟、阳屲高山、骆驼山、雷公岭、老荒梁、老爷山、张沟、八个沟、齐家峁、七星沟、前庄沟、切路峁、清静沟、青龙山、清水沟、踏山壕、太白山、鸦儿沟、压山咀、猪头峁、钻天梢、长城梁、砂河壕、山尾子梁、和尚峁、上岔峁、崔家壕、上赵沟、深水沟沟、石碑梁、沟大梁、石头窝子沟、石窑壕、双沟、水岔沟、露水沟、水平沟梁、四道沟、四道沟峁、司家沟、四营大沟、松林沟、苏家沟……

上庄处在典型的黄土高原丘陵地带，山、岭既不是悬崖，也不是峭壁，一味慈眉善目，因此这里人把山、岭多数称梁、峁，虽然不够险峻，但密度极大，气势磅礴。沟、壕更是纵横捭阖，每道梁下都伏着几条深沟大壕，互相串通，有些沟、壕绵亘几百里，倘若有水，便有大江大河的气魄。沟、壕的垂直深度有几百甚至上千米。有一条沟就叫十八里沟，据说一上一下十八里。因为沟、壕，梁、峁的高度就绝对有了，也有些险峻了。可谓梁相扶而沟相通，如果硬要用一个词来形容这片土地，那就是“千山万壑”。如果说这片土地用一片树叶来形容，那这些梁、峁、沟、壕便是其发达的脉络。在这片土地上行走，不是越梁，便是翻沟，路就是这样被拉长了。两个村庄鸡犬之声相闻，但因隔着一条沟，要串个门往往要走上几里甚至十几里的路。路就在巨蟒般的梁峁上、游龙般的沟壑间斗折蛇行，极其细微恍惚，就像谁落下的一根鞋带。而有些路就仿佛一根根泛白的丝线，断断续续，那该是一家人或一个人重复走出来的，放置在这苍苍茫茫草木稀疏植被瘠薄的旷野，也十分的醒目明白。山野空旷孤寡，由于封山禁牧，牛羊也极少见了。一脉的黄褐上浮着一层淡淡的青色，就像雾气。稍高一点的植物就是席芨和母猪刺，极其硬朗，因为耐旱，长得还有点气势。山风掠过，瑟瑟有声。

上庄一共八个自然村，上庄、瓦楼梁、黄家川、二道沟梁、张家沟、梁家寨、榆树壕、猪头峁，都匍匐在挡山脚下，每个自然村又由几个小自然村组成，东坡几户，西沟几家的，各占山头，倚梁峁临沟壕而坐，他们称之为庄子。庄子大到几十户，小则七八户三五户不等，最小的庄子只有一户人家。站在老疙瘩峰上，所有的庄子尽收眼底，倘若不是花果树木此时正绚烂绽放，窑洞、院墙、园墙、牲口圈舍，以黄土夯筑的村庄在这枯黄的山野衬托下，完全就像一个考古现场。

挡山的梯田是很壮观的，一直从山根修到了山顶，一阶一阶的，像通天的长梯，不比云南哈尼梯田、广西龙胜梯田逊色。只是由于雨水丰沛，庄稼丰润的色泽组成童话般的图案让哈尼、龙胜梯田就仿佛一幅幅壮美的油画，成为摄影家竞相朝觐的圣地。可上庄处在干旱带上，已立春快两个月了，还没下一场雨，除了须根耐旱的劲草努力长出一丝瘠薄的青苔，整个山野一味枯黄，一道道梯田就像一个个空白的画框，没有嵌入浓墨重彩的画儿。然而，人们依然在地里劳作。

老周套着一对骡子在犁地，我说："天都这么旱了，还干呀？"

他"唷"的一声叫停骡子，说："干给老天爷看么。"

这话说得狠呀，这是跟老天爷较劲，以干活的形式向上天祈祷甘霖。

老周说："正是犁地的时候么，地犁好了等雨，不像你们么，月月有个麦子黄，咱们是一年才有个麦子黄，一年的庄稼两年做，今年没雨了，还指望明年哩，人误地一晌，地误人一年，庄稼汉的日子一年指望着一年。"

上了挡山，老村长蹴在老疙瘩峰上，眯着眼睛，就像一只打盹的老鹰。

和我一样，老村长每逢周末也爬上老疙瘩峰来打电话。

老村长拔掉耳塞，说："人老了，给儿子报个信还活着，头不疼脑不热的，再问问镇上有啥事务。"

老村长拿过相机看看，我说："拍两张？"

他说："浪费那钱做啥。"

我说："数码的，不浪费。"

"旱得有皮没毛的，有啥拍头，今年看天象又麻达了，老天爷这是要绝咱上庄啊，三年了没给个好收成。"他把相机还给我，指着前山后岭，说，"你看咱上庄这梯田壮观不？雨水广的年份，这梯田可就出彩了，一样庄稼一样色彩，一道一道的，漂亮着哩，那才有个拍头。有一年雨水广，来了几个人，照相机就像炮筒一样架着拍，拍了几天，报纸上还发了老大一块哩。"

在一个土台子前，老村长说："你知道这土台子是干啥的么？"

我看看不是烽火台，老村长说："修梯田插五星红旗的，旗杆比大腿还粗。一杆大旗整日在风中呼啦啦地飘扬，一过驴嵝崄就能看见这杆红旗哩，小红旗满山遍野都插满了。那些年上庄红火着哩，全省农业学大寨的典型，全公社抽人在上庄修梯田，搞大会战。一千多号壮劳力，你想想那是什么场面。嘿，那时间不是兴比学赶帮超么，人的积极性要调动起来，那可是好大一股力量哩，热火朝天的。那些年许多事情啊现在想起来就像耍哩，可是修梯田做得没错。咱这达年平均降水量不到三百毫米，蒸发量却过了三千毫米，说十年九旱是有些夸张，十年六七旱是常情，土地都在坡上，宁种一个窝窝子，不种十个坡坡子。窝窝子就是平地，养墒攒肥，坡地就不行了，水土流失厉害，梯田保土、保水、保肥，成倍地增产。按我那时的决心，上庄所有的山坡都要修成梯田的，修下的梯田最终得利的还是咱上庄人。这一档一档的梯田，是咱上庄人吃饭的金碗银钵，只要老天爷照顾，一年给上几场透雨，庄稼就成了，打一年吃个三五年。”

老村长双手叉腰，眯着双眼审视着前山后岭，神情有一种痴迷甚至是陶醉，我想他已经回到了过去。

李谷把老村长与两个大人物相提并论，一个是陈永贵，一个是邓小平。“他那时间可红了，要不是出事，说不定能做第二个陈永贵哩。”李谷说，“陈永贵还不是修梯田修上去的？”老村长给人吆过脚（脚户），识下了几个字，解放后成分好，当过社里会计、生产队长、民兵连长，后来当了大队长。农业学大寨那几年，上庄大队的梯田在全省都修出了名，好多大领导都来看，还开现场会。可就在老村长风头正劲的时候，却没把住出了事。在野鸡岭修梯田放炮炸山时，炸埋了秀芝的男人，秀芝就成了寡妇。尽管秀芝已是三个娃的娘，年龄却才二十几岁，正是最水灵的时候。老村长和支书两个都打秀芝的主意，可秀芝偏就喜欢老村长。支书咽不下这口气，组织了一场捉奸，把老村长捉在了秀芝的炕上。大队正驻着工作组，立马召开了批斗大会。秀芝家成分是地主，老村长不但抹了官帽，还给扣了顶四类分子的帽子，押上了批斗台。捉了奸，这事就等于挑明了，秀芝就死心塌地跟老村长好着，再没嫁人，老村长一手托两家，唉，也是把苦受了。秀芝大儿子十八岁那年想当兵，老村长虽然倒台了，但毕竟当了好几年大队长，在上面维下人哩，跑前跑后想尽办法让那娃当了兵。“这事不简单哩，那时间干啥都讲个成分，成分天大，压得多少人抬不起头来，你想想这娃爹是富农，娘是地主，那事有多难？可他硬办成了，上面人其实还是认他哩。”李谷说。秀芝的儿子当兵当得好，在部队上提了干，后来转到县上，出息得很，现在已经是大局长，不但把两个弟弟在城里安置了，连老村长的儿子也拉拽进了城里，说是打工，其实已经是城里人了，坐办公室哩，干的活又轻松，这金那金的啥都有，楼房早都住上了。“你猜猜他和那支书最后咋样了？他们结成了儿女亲家，老村长的女儿嫁给了支书的儿子，你说老村长这度量，那才叫大哩，一般人这样的仇不知要记几辈子哩。”李谷说得非常感慨。老村长老伴去了，秀芝就过来服侍老村长。“他们没领结婚证，老村长说秀芝死了还得埋回人家坟里去，总不能让人家隔世落单，咱坟里已经埋下一个了。你说老村长这人做事，那叫义长，大气。”

包产到户后，老村长当了村长。有一年上面下来调查农民人均纯收入，选点选在上庄，镇上的书记亲自陪下来调查。他们算纯收入，越算老村长觉得越可笑，把驴粪、牛粪、猪粪、羊粪、人粪都算成了钱。老村长说：“噢，原来拉泡屎都是收入哩。”书记就说：“你想，如果你不拉屎，地里就没肥上，庄稼就会减产，要上肥就得买肥料，可不就是钱，省下的就是挣下的，这理也不懂？”老村长就说：“噢，书记，你还记得么，我有一次把一泡屎拉到你家了，你还没给我开钱哩。你要不给我开钱，那就要在我家纯收入里扣掉一泡屎钱哩。”老村长和镇上的书记是老熟人了，他对这么算收入有意见，就敢说。修梯田那会儿，书记还是个娃娃，当宣传员，上庄修梯田上了省报，就是他写的稿子。书记的脸子都掉下了，他还笑着说：“要这么算，我看纯收入能过三千哩，该小康了。”结果镇上人均纯收入大打了折扣。书记发火了说：“你不要干了。”老村长不饶人，说：“就因为一泡屎钱？你当我愿意干？连个破夜壶的钱都不值，下次你再带上人来算收入，干脆把屁也算上，那股臭味还熏过庄稼，庄稼也长膘哩。”

后来，老村长又给选上了，这次是支书。有一次镇上开会，镇长说：“只有落后的干部，没有落后的群众。”老村长说：“你说的这是心里话？”镇长说：“这是放之四海而皆准的真理。”老村长说：“那你还不向我承认错误，向我道歉？”镇长说：“我为啥给你承认错误，给你道歉？”老村长说：“你刚才是不是训我了？”镇长说：“安排个工作你先推三阻四的，我还想抽你哩，训你算轻的了。”老村长说：“是啊，只有落后的干部，没有落后的群众，我和你相比，可不就是个群众，你咋能训我，还想着抽我？再说你说的这工程那工程的，不合实际么，还不让人说话。”镇长说：“你别给我蹬着鼻子上脸。”老村长说：“咱哪里有资格蹬着你的鼻子上脸，镇长，是你心底阴暗，才那样想的。”镇长就拍了桌子，说：“我就心底阴暗，你能咋样了我，你这个支书不要干了。”老村长也火了，说：“就你这样还往四海里放哩，不要说老龙王，虾兵蟹将都不要！”后来，有人给他分析说老村长是“心底阴暗”这个词用坏了。老村长说：“我平时哪里用过这么高级的词，可那天不知这个词咋就冒出来了，可能是旁边几个小干部悄声说的，灌进耳朵里了，没压住就蹦了出来。可他发那么大的火，值得么？比娃娃翻脸还快。”

村组织搞改革，支书、村长一肩挑，老村长又被选上了。那年县上推广种紫洋芋。紫洋芋产量高，价格好，可是娇贵，怕旱，不好抓苗，而且种子贵，还要上化肥，下得苦多，投入又大。头一年，一秋没雨，一冬没雪，地里就没底墒，种上成活率也不高，产量肯定上不来，大家积极性不高，再说人都进城打工去了，地都撂荒了。可上面要的是亩数，不是产量。老村长说："这有难度，也不符合实际。"镇长戳着老村长的鼻子说："你少在这里给我扯卵泡子（睾丸），这是县长从外国取回的经，今年他亲自抓的头号工程。"老村长说："不要说是县长，就是省长能咋？问题是天不下雨，种金子它也不长。除非是龙王爷抓的工程。"镇长说："少给我找借口，完成不了任务数，到时候翻脸把你撤了别怨我。"老村长说："那你现在就把我撤了吧，我给你烧高香哩。"镇长说："把你想得美死了，要给我亩数报不上来，在部队上我让你提头来见哩。"这镇长是个军人出身，做事喜欢绝对服从。推是推不过去了，老村长把手机一关，躲到城里儿子那里去了。种紫洋芋的季节过了，老村长回到村子才知道他已经不是村长了，镇上派了个干部兼村长。年底，种了紫洋芋的连种子、化肥钱也没收回来，找到镇政府，干部们全都躲回家去了。兼村长那干部摩托车、手提电脑啥都让人扣了，还是老村长要来给送回去的。李谷说："邓小平才三起三落，可老村长都四起四落了。"

"唉，没人了，你看这前山后洼，能看到几个人？以前哪块地里没人？蚂蚁虫儿一样地在地里忙活，人就是土里的个虫虫儿，现在彻底孤寡了。"老村长说。

天气还有些寒凉，给山风一掠，就更有些寒冷，但只要避风向阳，就暖和多了。在一个避风向阳塄坎后面，老村长坐了下来，点了根烟，说："咱上庄说是八个自然村，那是指村民小组，其实要说十几户以上的自然村有二十几个，现在一大半都没人了，村子荒废掉了。"他关掉了收音机说，"有个冯骥才你知道吧？那是个厉害人，他把事看得透彻啊，提出来要保护这些古村落，他说古村落是中国的根脉，这有道理啊。”

传统村落被称为中华民族的DNA，有着丰富的物质文化遗产和非物质文化遗产[①]。

老村长说：“你说咱上庄这些庄子，哪个不是老庄子？黄家川、梁家寨、周家台子，那都几百年上千年的老村子了，这你从那些老坟就能看出来，大户的老坟都一百多座。有这些庄子的时候还没有县城哩。前些年收古董的一拨一拨往来跑，老常一个尿壶还卖了一千块。

---

① 根据民政部的统计数字，我国自然村落十年前有三百六十万个，现在只剩下二百七十万个，过去十年总共消失了九十万个自然村，每天都有八十至一百个村落消失。一千三百多项国家级“非遗”和七千多项省、市、县级“非遗”绝大多数都在村落里。专家指出中国的自然村落是农耕文明最小的社区单位，由于历史悠久、文化板块多样、民族众多、环境不同，导致村落形态各异，经过历史的变迁，中华文明最遥远绵长的根就在村落里，大量重要的历史人物和历史事件都跟村落有密切关系，甚至是发源地。传统自然村落是民间文化生态“博物馆”、乡村历史文化“活化石”，是中华民族优秀传统文化的重要载体和象征，价值不比长城小。曾经翻译过法国农村社会学家孟德拉斯《农民的终结》的李培林通过几年的调查，写成了《村落的终结》，提出了这样一组数据：二十年的时间里，我国的行政村数量从一百多万个锐减到六十四万个。他这样感慨：“它们悄悄地逝去，没有挽歌、没有诔文、没有祭祀，甚至没有告别和送别，有的只是它们的废墟上新建文明的奠基、落成仪式和传承欢呼。”冯骥才是中国文联副主席、国务院参事、作家，近年来致力于非物质文化遗产的抢救和保护，2012年4月，在他的倡议下，国家决定由住房和城乡建设部、文化部、国家文物局、财政部联合启动中国传统村落的调查与认定，将保护传统村落列入国家重点项目，并颁布了第一批六百四十六个中国传统村落的名单。2013年10月，住建部、文化部、财政部共命名两批一千五百六十一个中国传统村落，并建立了国家保护名录。国务院发展研究中心牵头完成的《中国农民工战略问题综合研究报告》说：农民工在城市沉淀的程度和长期居留倾向增加，由“候鸟式”流动向迁徙式流动转变。这就意味着我国农村的大量村落将走向衰亡。

结果惹得一些人都在地下挖，有几户人家的祖坟都给人刨了，碑都让人拉跑了，唉，这啥世道么。梁家寨挖出一块碑，一个匾，是唐朝的，新新的，驴日的都是败家子，卖了，我蹬着门槛骂过，也只能骂骂，还不敢往上说，说了把人抓进去咋办？”

老村长说：“翻年我就七十了，儿子和你婶的三个儿子来搬过几回了，最后都发火了。儿子蹬着门槛跟我喊我是你抱的捡的？我不养活你了？让人咋说我们？就是到城里受罪你也得受！儿子也说得对着哩，小着我养活你，老了你养活我，人活着就是个交换，互相享福的事，谁不享谁的福都不行，惹人笑话么。

“可看着村里的事没人管么，就剩些女人、老汉、娃娃、痴傻、残障，没人操心，连要个救济都摸不着门。就说娃娃上学吧，要是没个人管，学校早成牲口圈了，你说能不管么？我在上庄起起落落的几回，村里人张口老村长，闭口老村长的，一选就选你，你说你不管谁管？”

老村长把鞋脱下来垫在头底下，身子抻得展展的，说：“你说这么躺下多舒坦，这太阳好的，能把骨里蓄下的阴寒逼出来，你说城里有这么好的太阳，有这么好的地方？就是有，你这么睡下，人家不把你当疯子才怪哩，躺的地方不对，人家还说你影响市容哩。”

我也那么躺下来，老村长说：“人把苦下到哪达哪达亲，我在上庄把苦下了，看着一棵树一堵墙一个塄坎都是亲的。上庄接这村长的有两个人，一个是李谷，一个是秦家堡的冯有，我给两个人说过，可都不愿意干，说法都是一样的，跟上面人不对卯，见了面还没张口就顶上劲了。其实他们是觉得就剩下些女人老汉，痴傻残障，当村长没意思，事还不少，上面有个啥动作你得应事，干部下来你就得伺候，一个月给的那点钱，不够三天两头开会摩托烧的油钱。可除了李谷和冯有，老的老，病的病，见了干部连个话都说不顶当，整日盯着自家的小日子盘算，还连家里的疙瘩都弄不平整，再就剩下些女人了，担子没人接么。”

我说：“女人也能干，像盼香。”

他说：“猪毛擀不了毡，女人当不了官，再说，盼香心里盛着事哩，迟早是要到城里去的。”

说着他竟然打起呼噜来了。

8

韭菜沟是上庄方圆最大的一条沟，垂直深度应该在七八百米，像大河一般纵横捭阖、气势磅礴，其他的沟都是它的支流，只可惜这沟是干涸的。整条沟中有土无石，但崖壁却也刀削斧劈一般让人眩晕，时而会有悬土坍塌，发出轰隆一声，扬起一股土雾。过沟的路就在悬崖峭壁间斗折蛇行，时隐时现。要翻过这道沟，老村长说需要两个小时。我沿着沟走着。周末，我就走到这旷野里来，感受这地老天荒的宁静与荒凉。我想用相机拍一个系列，从某种程度上来讲，要表现真实的上庄，写作是无法达到摄影所具备的震撼力的。镇上文化站的老王给我提供了一辆“电驴子”（摩托车），但我喜欢步行，在荒天野地里走走停停，很有行走的感觉。

韭菜沟的对面是五更岭，就像一条渴极了想要饮水的巨龙探身到韭菜沟里。五更岭上有个人在扬土，一把一把抓着往天上扬。我也抓了几把土往天上扬了扬，继续走路。走出一截了，却见那人还在扬土，嘴似乎一张一张的，我两只手圈着耳朵，屏气凝神也听不清，因为风向他那边吹。我想他该是在胡儿嗨哟地吼唱。在这连飞鸟也稀少的寥天地里，谁都会寂寞的，往天空扬把土，看土尘在风中起落，胡儿嗨哟地吼上几声，听声音在沟壑间穿越，也不失为消解寂寞的一种乐趣。我想他应该是在偷牧，羊群肯定是隐藏在这附近的深沟大壑里。实施了封山禁牧，牛羊不许出圈放牧，但留守在村里的人多数都还养着羊，只不过羊群普遍小了，最大的羊群也就五六十只，像以前两三百只的羊群已经很少见到了。遇上了干旱年景，养羊就是他们唯一的经济来源，他们会赶出来偷牧。

我又冲着他扬了几把土，也胡儿嗨哟地吼上几声，继续走自己的路。可那人从坡上往下奔来，边走边一把土一把土地扬着来，隐约听到他啊嗷地叫唤，我停下了脚步。他离沟沿越来越近，我才看清楚是个老汉，斜披一件藏蓝色中山装，戴一顶藏蓝色帽子。到了沟沿上，老汉扇着衣襟喘着气。韭菜沟虽深，但并不宽，老汉眉骨上一颗瘊子都看得清。他大喘几口气说："你这人，我那么扬土，你咋就是不站下？追得人嗓子冒烟哩，你看你弄得我这一身汗。"我笑了说："我弄得你一身汗？"老汉说："不是？你要是早早站下，我能撵出这一身汗？"我说："你没叫我呀。"老汉说："还没叫你，我都扬了多少把土，你没看见？"我诧异地说："你扬土是叫我？"老汉说："你看这寥天地里还有别人？"我笑笑说："我还当你心慌了，扬土耍哩。"老汉说："一辈子跟土打交道，还没耍够？扬土耍？你是不是觉得我二着呢？"我笑了，举起相机给老汉照相，老汉说："怪不得见人扬土不站，你不是咱这里人么，别照了，衣裳旧兮兮的有啥照头?!"我掏出烟说："吃一根？"老汉嘿嘿一笑说："够不着么，给你省一根吧。"说着从领口抽出烟锅，装了一锅旱烟，说："你是做啥的，找宝的？"我说："这里有宝？"他说："大地震那年，山开了，埋进去不少东西，有一链子骆驼（驮队）给山吞进肚里又合上了，说驮的全是金银财宝。"

我想他说的该是海原大地震[①]。

驮队被山吞了，我在记载海原大地震的相关史料中见过记载。我说："有人找过宝？"老汉说："找过，我小的时候还给带过路哩。整个山都走了几里，埋得太深了，找起来难着哩。"我说："我是来上庄扶贫的。"他说："噢，看上去也像个干部。你给周天河捎带个话，他儿给他找下个看仓库的活，让他赶紧进城去，一个月管吃管住八百块哩，这娃把事业干大了，周天河认得吧？"我点点头说："经常来村部，爱和人扎堆谝传。"他一笑说："那就是个卖嘴的货，人不踏实，可养了个好儿子。"说着站起来，"你说现在这日子孤寡的，山野里连个人都见不上，话捎回来两天了，就是捎不出去，送一趟话得翻这沟，人老了怯路哩。"走了几步，又回过头来，"记着，以后见人扬土得站住，那是给你传信哩，别日急慌忙，像跑了婆娘，这一口气跑出了几里路，跑得我两腿拌蒜哩，可不敢这么害人了。"我笑笑。

爬上驴脊背梁，听到歌声。歌声顺风而来，很清晰：

---

① 海原大地震发生在1920年12月16日晚上八点钟，震中位于海原县的干盐池附近，世界上有九十六个地震台都记录到了这次地震。震级估计为里氏八点五级，矩震级为七点八级，烈度十二度，为最高级别烈度地震，是中国有地震记载中最高烈度的地震，波幅是1976年唐山大地震的十一倍能量，约为二亿吨TNT炸药、一千二百枚原子弹爆炸的能量。极震区东起宁夏固原，经宁夏西吉、海原，甘肃靖远、景泰等县，面积达二万余平方公里。1922年《地学杂志》所刊资料表明这次地震共死亡二十三万四千一百一十七人，震中海原县人口不到十二万，死亡百分之五十六。2010年，海原大地震九十周年，专家研究后认为死亡人数应该超过二十七万。这个数字超过了唐山大地震及阿勒颇大地震，使得海原大地震上升为人类有史以来第三大地震。

头一回寻你你不在呀，
你大（爸）敲了我两烟袋。
哎哟哟，脑上冒起疙瘩来。

是一个汉子在唱。

“啧啧啧，看把你娃可怜的。”

是一个女人的声音。

汉子又唱：

二一回寻你你不在呀，
你娘正在剁白菜。
哎哟哟，手提菜刀撵出来。

女人骂：“剁你娃两刀才解恨哩。”

爬上鱼脊背梁顶，见峁上坐着的却是个老汉和婆婆。

老汉又唱：

第三回寻你你不在呀，
你婆正在捡苦苦菜。
哎哟哟，唆着黑狗咬我来。

婆婆说：“你个没皮脸的，干部从喔坡坡上来了，眼看着到跟前了，你还唱哩，老不正经，让人家听到了，寒碜不寒碜。”

上庄人把那说成“喔”。

老汉说：“听见就听见了，怕人家说我勾引你，坏了名声？我还稀罕他听见了咧。”

婆婆说：“你不要脸我还要脸。”

老汉说：“老了老了，还把个喔看得值钱的，你说谁造下个脸，为了顾个这，把人害了一辈辈。”

又唱起来：

谁要把我俩手掰开，
快刀提到他门上来；
谁要把我俩来拆散，
那得要两个人头换。

婆婆说：“啧啧啧，干部过来了，别唱了噻我的祖宗。”

老汉说：“你别打搅，我再吼几段。”又唱起来：

毛毛雨儿罩阴山，
水红花儿罩塄坎；
手牵手儿到阴间，
鬼门关前咱团圆。

吼唱得有些咬牙切齿。

我走过去，婆婆说：“转呢呀，这山野里孤寡得有啥稀罕的？”

我笑笑，婆婆有些不自然地说：“老没出息的，唱了一辈子骚曲儿，黄土都壅了脖子，还没个正经。”

老汉捋着足有五六分长的银须，说：“年轻的看着年轻的好，白胡子老汉毬势了，还怕人笑话？人老咧就啥都不值钱了。”

我坐下去，给老汉递一根烟，老汉不接我的烟，说：“你喔烟太绵，没劲，还是旱烟劲道。”

婆婆撇着嘴说：“没福消受，硬吃仙桃一口，不吃毛李子半背篼，人家喔好烟你不定吃过。”

老汉说：“活到这年龄眼看快死毬了，才知道这世上啥都一毬样，还要喔牌子，吃上一根就能上天了？得是。一辈子吃喔烟的人也没见上天。”

我知道这里的婆婆多数都吃烟，递给婆婆一根烟，婆婆看看烟说：“啥烟噻？”

我说：“中华。”

我当然抽不起“中华”，这是给一位老板写了篇东西，老板送给我几条，来上庄带来了。

老婆婆说：“听说过还没见过，你尝一根，总算在这世上多吃了一口。”

我递给老汉一根，老汉接了，眯着眼睛仔细看看。

婆婆吸了两口，咳嗽了几声说：“这烟硬，呛人，还贵得很，一盒总得个十几二十块吧。”

老汉“啧啧啧”，说：“你口气好大，十几二十块？不知道别胡说，不怕丢人，这是专门给领导造的烟，领导吃的东西能便宜？”

婆婆说：“不知者不为怪么，有啥丢人的？”

老汉说：“一盒六十多块哩，去年根子办事哩，人家就要吃这烟，镇上都没卖的，到县城几个店都没整条的，最后还是托人去一个领导家里买了两条子。”

婆婆说：“抽起来也就喔么样，还么贵。”

吃过一根烟，我又递根烟过去，婆婆接了，掏出自己的烟盒将那根烟装进去，挥挥烟盒，“这烟你不吃，一盒才两块钱，还没你喔烟一根值钱，家里喔死鬼还没吃过哩，让他也尝尝。”

老汉撇着嘴说：“棺材瓤子了，睡毬到炕上除了眼睛动弹再啥都不动弹了，还稀罕得，吃个啥还惦着。”

婆婆撇撇嘴说：“别说硬话，谁也不是铁打钢做的，都有躺下动弹不了的那一日。”

我把一盒烟递给婆婆，婆婆摆摆手说：“就吃个稀罕，这东西吃上也不长肉，再好的烟都是个冒烟改心慌的东西，我那死鬼瘫到炕上十几年了，让稀罕一下就行了。”

我说：“大叔高寿？”

老汉说：“七十有七了。”

我说：“这么大年龄还有这么好声嗓，难得哩。”

老汉说：“不行了，唱曲儿要气长呢么，人老了首先短的是气么。”

我说：“唱得美着哩。”

老汉说：“日子孤的么，唱着耍哩，你说这寥天地里，连个人渣渣儿都见不上，没个声响，土地爷都觉得孤哩，唱曲儿就当敬神哩。”

婆婆说：“唱骚曲儿敬神，不怕土地爷见怪捻掐你娃。”

老汉说：“土地爷的毬，泥棒棒子，怕个他？几年了连一场好雨都请不来，唱骚曲儿敬他算高抬他了。”

婆婆说：“你个老半吊子，这样的话也敢胡往出撂，小心土地爷一把把你拽土里去。”

老汉说：“那我感谢他八辈祖宗哩，他把我收了我把孽脱了，人活到这世上就是受罪来了，你还当来享福来了？”

这话让我震颤，与《俄狄浦斯王》最后那句合唱台词“人不死，何言福”简直如出一辙。

老汉说："女人难怅哭鼻子，男人难怅唱曲子，曲子是个好东西，唱起来解泼烦，也长精神，日子难了，唱唱就松宽了；人乏了，唱唱就有劲了。"

我说："再唱一首解解闷。"

老汉一抻脖子"啊咳"一声就唱起来：

骑（qiá）白（biē）马，挎洋枪，三（sā）哥哥吃（chè）的（dì）是八路的粮，有心回家看妹妹胡儿咳呀，打鬼子我（ě）顾不上。

婆婆说："这歌儿熟吧？"

我说："词听不大明白，可调很熟，一时想不起啥歌，蒙住了。"

婆婆说："那几年唱毛主席的《东方红》，就是拿咱这曲儿改下的。"

老汉又唱：

刮大风，刮大风，今天刮得好大的风，刮得拦羊的钻窜洞，刮得碾骨碌转流星，刮得磨盘翻烙饼，大嫂赶紧把门顶，门缝里钻进一股风，刮得三岁的娃娃转窑顶，七岁的娃娃满炕滚。

婆婆说："哼，你没见年轻的时候，驴尾（yǐ）巴上挂辣角（gě）子甩红了，十里八乡的撵着唱哩。"

老汉说："那时间日子没啥指望，大集体么，再日能的人都在地上趴着哩，显不出来，就是个唱么，唱歌儿管吃么，省下的就是挣下的，外面多吃一顿，家里人多吃一口。”又唱：

远照那个公社灰篷篷，主席台搭得像天安门，书记你就好比是毛主席，你老人家挥手我们前进。

老汉唱罢说：“这曲子唱出麻达了，人家揪住不放，说书记自比毛主席这是反动话，还要我害人，要我说‘书记你就好比是毛主席’是书记让我这样唱的，那词儿是书记写的。那我能说？书记是个好书记，人没架子，见了我抓住手都摇半天哩。你说咱一个打牛后半截的，人家一个大书记，不嫌弃咱，咱能说亏心话？啊呀路线斗争残酷着哩，他们想把书记弄下台掌权哩。我说你们想弄就弄我，把我蒸了煮了炸了都行。可人家看不上弄咱这号人。”

我说：“那这词是谁写的？”

老汉睨了我一眼说：“那时间人年轻，脑子活泛，一张口词儿就像泉水一样往上泛，那年头不还搞农民赛诗赛歌么，他们照着纸念，我开口就能唱出诗来。知道不，以前耍社火，我是个仪程官，说仪程[①]

① “说仪程”是社火活动中的一种程式，由一两个能说会道的人扮演“驿臣官”。“驿臣官”相当于古代驿站接待人员，自然要能说会道。社火队伍中“驿臣官”走在最前面，社火队进村时，“驿臣官”要说一些大吉大利的话，这就叫“说仪程”。说词没有现成，全靠自己的临场发挥，碰见什么要说什么，还要说得形象生动，朗朗上口。在调研非物质文化遗产的时候，我见过“说仪程”的两个传承人，他们真是张口就给我来了一段：这一个领导不像人，好似文曲星下凡尘。提笔能写梅花篆，开口能把李杜吟。又一指小车说：这辆小车不简单，金光闪闪赛龙辇。车上坐过八大仙，个个手中掌大权。

那是张口就得有词，还要说得对，说得顺口。”

老汉说：“现在没事了，这脑壳木了，反应慢了，也记不下东西了，以前‘转九曲[①]’都一口气唱得下来，一个字儿都不差，跟着阴阳唱经挣过钱，现在连两段都记不下来了。”

我说：“现在咱这一带还有‘转九曲’这种活动么？”

老汉说：“多少年没转了，转不起来了，没人了，都在城里漂着哩，过年都不回来了，转灯要的就是个人么，人少了就没啥意思了。”

我开玩笑说：“老叔，你对婶子有意思吧？”

老汉拍着大腿咯咯咯地笑起来，“看你这娃瓜的，黄土都壅到脖

---

① “转九曲”有的地方叫“转灯”，属于一种民间风俗性祭奠活动，已经被列为三百六十项省级非物质文化遗产之一。大场面的“转九曲”要摆几座城，城城连环相套，光灯要用三百六十盏，寓意在一年内驱逐邪魔，消灾免难，人畜平安，五谷丰登，安宁健康，幸福美好。“转灯”民间传说出于《封神榜》，说是三仙岛的三位娘娘（云霄、琼霄、碧霄）为报杀兄之仇在西岐布下一座战阵，叫作“九曲阵”。自立了玉帝、三官庙（天官、地官、人官）和古佛殿后，为纪念三位娘娘替兄报仇丧命而改为“九曲灯”，后来发展成为“九曲秧歌”，与正月十五赏灯有些类似。“转九曲”在申报非物质文化遗产项目时，我观看了全过程，唱词有一百多句，融民间故事、神话传说、历史典故于一体：程咬金为王在山东，猛然想起史大奈，汉朝的马武保真龙。夜观春歌美髯公，大闹庆阳李广将，三下河东赵匡胤。尉迟恭大战盖苏文，鲁郑思三打陶三春，倒坐开封包大人……

这样大型的转灯活动如今已经很少见到了，但作为丧葬仪式中的一个环节，转灯至今仍然保留在民间的葬礼中，也叫麸子城，规模大大缩小了。阴阳用麸子画一座城，用灯也只有三十六盏。伴随着“转灯”有“偷灯”的习俗，据说偷个绿灯生女子，偷个红灯生儿子。因此偷灯的都是小媳妇，守灯人会高喊：“偷灯养小子嘞！偷灯养小子嘞！”挑逗年轻媳妇来偷灯。

子了，还有喔心思？唱着耍哩，你还当真了？你娃能这么想，怕到我这年纪还能骚情起来哩。”

我较真地说：“我是说以前。”

老婆婆撇撇嘴说：“以前他有意思的人少了？”

老汉说：“有过意思么，可人家光阴过得大的，大小姐哩，眼皮皮往上翻，瞭得远的挡山都挡不住，咱染（黏）不上么。”

婆婆说：“你就屈人吧，不怕断气了遭报应让蛆唛咧，后来呢？咋不说了？嘴唇儿肿得像羯羊尾巴捂严实了？”

老汉给给[①]一笑说：“解放了，日子一个倒栽葱，翻了个过儿，大小姐成了地主丫头了，不敢染（黏）么，地主那帽子重得磨扇一样，窑都压塌哩。”

婆婆说：“拱墙的猪，就是嘴头子上的劲大。”

老汉说：“人活一世干毬蛋，就像蚂蚁搬土山，早上搬到东边去，晚夕又搬到西边，人啊活一天两个半日子么，走的都是重复路。”

婆婆背起背篼要走，我说：“大婶做啥去？”

婆婆说：“给羊找草去，这天旱得，家里喂下几只羊还没尝个青哩。”

我端起相机照相，婆婆说：“人老自丑哩，一脸的壕壕，还照啥相哩。”话这么说着，还是把给风吹乱的头发收拾了一下。

每人照了几张，我又把相机调整到自拍，捆在犁把上，跟两个老人合影，老汉一笑说：“跟我们这样的人照相不怕掉你的价？”

我说：“那是我的荣幸。”

---

① 给给，西北方言，含意丰富的笑。

老汉说："啥人都能看到眼里，你这人将来能成大事。"

顺着山梁继续往前走，婆婆说："你要去陶罐吧，没人了，都铁将军把门，就剩下两三家人了，你去了怕一个人也见不上，陈老婆子去女儿家了，张川家的赶集卖猪娃去了，再就是老不死的，头摇得像个拨浪鼓。"

我走出不远，老汉又唱起来：

西北风刮得冷森森，
什么人留下个人想人？
阳畔上的核桃背洼上的枣，
咱俩为什么这样好。
你要走来我不让你走，
挽住你的胳膊拉住你的手。
你是哥哥的命蛋蛋，
搂在怀里打战战。

老汉唱得咬牙切齿的。老婆婆也唱起来：

毛丝布裤子裹大腿，
碱畔上来了个骚情鬼。
路畔上菱子出不了穗，
走你的路来受你的罪。

陶罐村果然家家户户都是铁将军把门。村巷里见到一个老汉，拄着拐杖走走站站，头一摇一摇的，自言自语，我想大概就是老不死的。老汉盯着我看了许久，说："做啥的？"我说："走走。"老汉说："收古董的？"我说："有古董？"老汉说："鬼子进村一样，都扫荡了几趟了，连有了年头的尿壶都收走了。"我笑了，他没笑。递给老汉一根烟，点了，继续往村巷深处走，老汉说："没人了啊，都进城撵钱去了，钱比他爷他婆还亲哩。"又说，"等我死了，这庄子也就死了。"

再往里走真就再没见到人，倒是见到了一群鸡，悠闲自在，打鸣唤伴的。有只大红公鸡甚是英武，偏着头看看我，竟然扑上来啄我，有些不依不饶的。我和它逗了一阵，拍了些照片。整个村庄走了一遍，粗略地数了一下，有二十七八户，只见到了老汉一人。

回去的路上，我顺道去周天河家。周天河的儿子周成远没考上大学直接背了铺盖卷儿从学校进城打工，进一家商场里推销电器，几年下来干得不错，成了商场电器销售经理。周天河正在果园里松土，我把老汉捎的话说了后，他嘿嘿笑着说："管吃管住一月能挣八百块，找这么个活儿不容易，就坐在房里按个遥控器，把车放进来放出去，跟上班一模一样，八个小时，你说活儿轻省不轻省？"我说："活儿是挺轻省的。"周天河说："以后亲戚朋友买电器就喘一声，成远现在管那一摊子，我给说说还不给你弄个最低价，这一带人买电器都找成远哩，成远都给的是最低价。要是你单位买，你揽过来，给你提成哩，有钱大家挣么，现在就这么个世道么。"我笑笑说："到时候一定会找你。"

9

挡山上一种非常艳丽的花开了，甚至有些喧闹。这花名叫猫蹄蹄花，就像母猪刺一样根系发达，成墩生长，有汤盆那么大，最大的一墩有笸箩大，十分耐旱，再旱的天气，它也会不误节令开出艳丽的花朵。仔细端详，五朵小花攒成一大朵，每一朵小花有一根尖锐的刺隐藏在花蕊中，极像猫爪。花瓣极小，呈紫红色。花茎和叶片都是青灰色，因此，不开花时你看就像是死的。贴近闻闻，香气逼人。其实，还有一种小黄花贴着地皮开得更盛，遍地都是，十分含羞，名叫米蒿，只是被猫蹄蹄花的磅礴气概淹没了气势。

上了挡山，见刘水生、曹海波、曹海涛、顾清泉、张彦江、朱永河、曹志、梁志民、王大海、王小海、梁永远、马鹏程等一群小孩子在挡山梁上顶牛。这是他们经常在校园里玩的一种游戏——将一只脚提起至胸前，互相顶撞，谁提起的那只脚先落地或者整个人倒地，就算输了。他们会打一些小赌，赌资有时候是一根麻辣条，一颗水果糖，一块橡皮擦，有时就是几块小石头。今天顶牛的赌资非常之大，是这遍布的梁、峁、沟、壕。让我感到意外的是他们竟然有一架望远镜。谁赢了，谁就会拿望远镜望上一阵，抬手一指，圈走一山，圈走一沟，真是豪气干云，颇有指点江山的气概。

王大海跟马鹏程顶牛，马鹏程败下阵来，王大海拿望远镜望上一阵，抬手一指：“猪头峁是我的。”

王大海又和梁志民顶牛，梁志民赢了，拿望远镜望上一阵，抬手一指："和尚峁是我的。"

梁志民和曹志顶牛，梁志民又赢了，拿望远镜望上一阵，抬手一指："驴脊背梁是我的。"

他们的身边放着镰刀、绳子、背篼、蛇皮袋子，玩过一阵他们会去沟壑里给牲口找草。因为天旱，山坡上草没有长出来，只有很深的沟壑里才有长高的草，因此他们把割草说成找草。

我隐在塄坎后抓拍了一阵，走过去，给他们每人拍了特写，说："就以你们今天玩的内容为素材，每人写篇作文，谁写得好有奖励——老师会把给谁的照片洗出来送给他。"

望远镜是王大海的，他爹从城里专门买回来让他爷爷瞭羊用，他们家的羊群曾经是上庄最大的，有四百多只。现在羊群没了，他爷爷也去世了，望远镜就成了王大海的。王大海说："老师，瞭得可远了，只要驴嵕崄过来人，就能瞭见，你瞭瞭。"望远镜虽是城市大街上背一串卖的那种，但确实能瞭见驴嵕崄发白的路径。

看着他们，我想起了艾特玛托夫《白轮船》中那个"夏天，差不多每天都要跑到山上去，用望远镜眺望伊塞克湖"的小男孩。伊塞克湖里有一艘往来的白轮船，小男孩想象着自己变成一条鱼，游到白轮船身边，白轮船上有他未曾见面的爸爸。有一天，小男孩扑进湖水中，游向白轮船，然而，白轮船却开走了。我想他们经常会拿着望远镜瞭望驴嵕崄，就像小男孩瞭望白轮船。驴嵕崄是入上庄出上庄的唯一通道。

从南山坡上转下来，翻过一道沟，眼前的坡上有一户人家。树枝柴蒿扎起了院墙，向日葵秆编织了柴门。在院墙外我抽了根树枝提在手中，咳嗽了几声，没听到狗叫，我想狗可能串门子去了，春天是狗发情的季节。推开掩着的柴门，院里也没人。三孔窑洞，除了正窑是木门，其余两孔窑洞都是树枝扎着。听到铃铛的声音，循着铃铛声找去，有个两岁大小的孩子，在地上跌跌撞撞地追撵着几只鸡，跌倒了抓起一疙瘩鸡粪往嘴里塞，我忙抱起来把他手和嘴里的鸡粪掏干净，掏出纸擦擦。小孩不认生，咧着嘴对着我笑，露出一排洁白的门牙。我用指头轻轻戳他的额头，他笑得咯咯咯的，两只手舞着，袖口上的铃铛就更响亮了。

“老师！”背后传来一声。我回头一看，是顾小军，背着一个背篼，里面是拾的粪。

“这是你家？”我说。

顾小军“嗯”了一声，放下背篼说：“老师，进屋坐吧。”

屋里除了两口水缸，两个破旧的箱子，再啥也没有。在桌子上，我看到了这世上最黑的一块馍，完全像一团淤泥，苍蝇起起落落。

我说：“你爹呢？”

顾小军说：“在城里拾瓶瓶哩。”

顾小军字写得很好，就是基础有些差，尤其是数学，像是断过链条。

我说：“小军，你是不是生病休过学？”

他说：“没、没有。”

我说：“那你的数学怎么会这样差呢，有些课你脱节没上过？”

他捻着衣襟不说话，我想他不说有他的难处。从屋里出来，我说：“小军，你是个聪明的孩子，你要用心念书，将来肯定能考上重点大学。”类似的话我已不止一次地说过了，但这种重复是有意义的，尽管这话大而空洞，可他们需要这样的话语，尤其是上庄的孩子更需要这样的话语鼓励。

我说：“每天下午，你到学校来老师给你补补课吧。”

顾小军说："谢谢老师。"

这时门外走进一个女人来，顾小军说："娘，老师来了。"

她从肩上放下锄头，说："快请老师屋里坐嚜。"

她一转身我才发现她只有一只胳膊，一条袖管一荡一荡的。

顾小军说："娘，老师要给我补课哩。"

我忙说："小军很聪明，学习踏实，就是底子有些差，补补就跟上了。"

她说："谢谢老师，你咋不给老师泡茶喝？"

"不用麻烦了，"我拍拍顾小军说，"今天下午就来吧，把上学期的课本也带上。"

顾小军跳了个蹦子说："是，老师。"

出了顾小军家，到了远处我回头看看，想起那首《逢雪宿芙蓉山主人》来："日暮苍山远，天寒白屋贫。柴门闻犬吠，风雪夜归人。"也想起了上庄人说的一句话：家穷得连狗都养不起。贫困，是个我们一直频繁接触的词，报纸、文件、讲话里都有，然而，倘若你不走近，就永远不会有那么强烈的感受。真正的贫困比我们说的讲的写的更贫困。

两周后的一个周六的早晨，我跟着李谷去了趟一碗泉，才知道一碗泉远不说，路实在难走。往去走一直是下坡路，至少有十四五里路。路上虚土掩没脚面，坑坑岗岗的，深一脚浅一脚。每位驮水拉水的，都同时赶着一小群羊，带起一道飞扬的尘带。一碗泉在长风沟沟底，沟极深，沟底有一道浅浅窄窄的溪流，水清碧，却咸苦，滴溅在鞋面裤角，就留下一个白坨，就像盐渍。溪流两边寸草不生，浮着一层雪霜一样的碱末。靠近沟崖的地方有几眼泉，水不太苦，他们称之为甜水。拉水的人络绎不绝，泉水泛都泛不及，都用马勺在往桶里刮。等了两个多小时，才轮到李谷打水。我尝尝，水很咸涩。我摇摇头，想起一个故事，说有一次来了视察干旱的，正碰上一个孩子赶着一头驴从沟里驮了水往回走。电视台记者建议领导尝尝驴背上驮桶里的水，这样电视镜头就丰富一些。领导就走到小孩跟前，趴在驮桶上舔了舔，因为水咸苦，领导咂着嘴唇摇摇头。孩子立刻说这水苦得很，驴喝上都咂唇摇头哩！一直以来这个故事被认为是有人故意编纂出来讽刺那些走马观花的领导的，现在看来，可以怀疑这个故事的意图，但不可以怀疑这个故事的真实性。

我说我用的水好像没这么咸涩。李谷说你用的水是窖水，知道你吃不惯这水，其实家家窖里还有点水，都不敢用，一是应急，万一家里有个事顾不上拉水；二是养窖，窖里水干了，胶泥就会脱落，窖就坏了。死水怕个勺勺舀，谁也不知道老天爷啥时才给一场能收上水的过雨（暴雨）。

从一碗泉回来，门缝里塞着一张纸条，打开一看，是一张请假条："老师，我去省城拾瓶瓶了，感谢老师给我补课，此致敬礼。顾小军。"

我忙向顾小军家走去，一出门却碰上了马鹏程，手里提着一只鸡，已经宰了，毛也拔干净了。马鹏程说："顾小军去城里拾瓶瓶了，一早他们就搭蹦蹦车走了，等你等不住，把鸡送到我家了。"

我说："他不念书了？"

马鹏程说："念，每年天一热他就和他娘一起到省城里跟他爹一起拾瓶瓶，天气凉了，街上喝水的人少了，就回来念书。"

我抬头望望挡山，"他爹一条腿，一直在省城里拾瓶瓶。"马鹏程说。

接连几天，我的眼前浮现着在城里见到的那些拾瓶人的身影，我想我在城市里与顾小军一家一定遇过面，只不过我们不相识罢了。

10

一朵硕大的花很鲜艳地开在荒地上。这么早的天气，还有这么艳丽的花朵。走过去后，才发现是一群蝴蝶在一团刚刚拉下的牛粪上攒成了一簇。蝴蝶是在咂吮着牛粪里的水分，我的到来也没能惊动它们。我轻轻捏住一只蝴蝶的翅膀提起来，其他的并没有惊飞，继续扎在牛粪上。我放开那只蝴蝶，它飞了两圈，又一头扎在那泡牛粪上去了。

我要去马鹏程家。马鹏程和马万里是双胞胎，可要是陌生人见了他们，谁也不会把他们当成双胞胎。在城里要是双胞胎，人们会从衣着鞋帽到书包玩具等等，刻意把他们打扮成双胞胎，炫耀他们的与众不同。可是马万里和马鹏程差别太大了，马鹏程脸膛白净，很是活跃，可马万里脸膛黝黑，两条胳膊黑得像烧火棍，蔫头耷脑。马鹏程穿得比马万里好，就是书包也比马万里的新，文具盒也要比马万里的高级。两个人学习差距也大，但是从课堂上的反应看，又不是智商问题。我想或许是马鹏程竞赛拿了奖，老师抬爱、家里重奖励的结果。对这样大年龄的孩子来说，如此对待会产生强烈的副作用。快到马鹏程家时，看见盼香掮着锄下地去了，我就向着山野走来。

山野里有零星的树，东一棵西一棵地散落着，不成片不成林，因为干旱，吸吮不到足够的水分送往高端，树冠多都枯死了，但整棵树并没有死，在半腰又生出些新枝新叶来，看上去像一个个少白头。

一棵杨树下有三只羊盘来盘去，就像三朵飘落的云团儿。到了树下，树下有一堆干死的树枝，抬头看树上猴着一个孩子，是马万里。他正奋力地折一只胳膊粗细的死枝。看到了我，他从树上很利索地溜下来，叫了声“老师”。他的胳膊和脚腕上被划出横一道竖一道的血痕。我抹了一下他的头，说：“你折枯枝干啥？”他说：“烧锅烧炕。”他从腰里解下麻绳边捆扎那些树枝边说：“老师去家里坐吧。”我说：“好。”我帮他把干枯的树枝收拾整齐捆好，说：“老师背上吧。”马万里忙摆摆手说：“老师，使不得，树枝的油都晒出来了，沾在衣裳上洗不下来，衣裳就糟蹋了，你喔衣裳贵着哩。”他解了拴在树上的缰绳说：“老师，你帮我拉着羊吧。”马万里背着柴捆走在前面。那柴捆大出他三倍，拖在地上的树枝拉出一道土尘。羊并不顺着路走，往两边的草地和庄稼地里钻，三只羊合起来，劲还挺大的，我走得跟头流星的。马万里嘻嘻一笑说：“老师，这时节的羊见着青不好拉哩，你得扯上个劲。”我说：“你哥呢？”他说：“在家里学习哩。”

进了院门，东墙根的阴凉下摆着一张桌子，马鹏程趴在桌子上写作业。看到我，马鹏程站了起来，说：“老师来了。”

院子里有一个很大很高的柴垛，马万里开始往柴垛上码柴，显得很吃力。马鹏程把凳子往我跟前摆了一下说：“老师，您坐。”然后把作业本往我面前有意摆了一下，站在那里。我没看作业本，说：“还不快帮你弟弟码柴。”马鹏程看了我一眼，慢腾腾走向柴垛。我走过去和他们一起将树枝码上柴垛，我说：“这么大的柴垛，能烧好长时间吧。”马万里说：“细详点能烧两年。”

我进了窑洞，放着木柜的半面墙壁贴的全是奖状，有十几张之多，多一半是马鹏程的。

盼香回来了，走得气喘吁吁的，说："在地里看着你来家里了。"我说："你忙你的，我随便走走。"盼香说："有啥忙的，今年的苦又白下了，三年老天爷没给一个好收成。"马鹏程端出一碗水来，盼香接过来一气灌了下去，说："给老师泡一杯茶，多放点蜂蜜，润肺，这天燥得。"我说："一碗凉水就成，我不喝甜的。"盼香笑笑说："你别客气嘛。"马万里刚趴在桌子上写作业，盼香说："万里，羊还没饮吧，还不快饮羊去，都晌午了。"马万里又背着吊桶拉着羊出去了。马鹏程端出一杯茶来递给我说："老师请喝茶。"我接过茶，他又坐到桌前去了。

盼香从背篼里掏出一小把叶片鲜嫩的草来，撒在院子里，鸡们就扑过来，她一伸手就捉了一只，说："鹏程，给娘把刀拿出来。"鹏程进屋拿出了菜刀。我说："别宰鸡，家常便饭就行了。"盼香没有说话，提着鸡往前走了两步，将鸡头搭在一截木头上，一刀剁下去，鸡就身首分离了。"一直想着请你吃饭哩，家里事多，今儿个就在我家吃，没准备个啥，你别笑话。"盼香边拔鸡毛边说，"鹏程学习咋样？"我说："很用功，也很聪明。"盼香就开心地笑着。我说："其实没那么多作业，不必整天都写。"她说："是我布置的，让他抄课文哩，口里过十遍不及手上过一遍，抄一遍比背十遍要强，我念书那会儿，有个同学我们都叫淌鼻子，两个袖子抹得明晃晃的像镜子照人哩，坏死了，照心戳了一扫帚，一心的坏眼眼子，老给老师罚站抄课文，一抄就是五十遍。后来，他的书念得比谁都好，考上大学了，现在当干部哩。"我笑笑，她说："你说鹏程以后能考上大学么？"我说："没问题。"我只能这样重复。她说："老师，你给鹏程吃点偏食吧。"我说："我会关心他的。"盼香说："鹏程要不学好，你就打，咋打我都不会埋怨。"我笑了。马万里拉着羊回来了，盼香说："万里，给牛拌料少点麸子，天旱了，喂得再好，有劲也使不上。"马万里又背着背篼进了牛圈。

盼香锅灶麻利，一会儿就整出了四个菜。她拿出一瓶酒来，我没让打开。吃过饭，盼香提出两把小凳子来，我们坐在阴凉下。

"我知道你是为万里而来的，"盼香说，"我的情况你也知道了吧？"

我点点头。

盼香的经历，李谷给我讲过。盼香的第一个对象叫周长春，两个人是指腹为婚。周长春家是南湾的，盼香家是刘寨的。南湾和刘寨隔着一道梁，虽说是两个村，但地块连着地块。两家关系很好，牲口不配对互相配对使唤，谁家遇个事互相帮衬。一年，周长春的娘和盼香的娘都怀孕了，两个男人就说要是生下都是男的，就让他们结为兄弟，都是女的就让她们结为姊妹，一男一女就让他们结为夫妻。结果生下来是一男一女，两家摆了桌席，就订下了娃娃亲。上学的时候，两个人一起读书。盼香念完初中就不念了，周长春继续读书，后来考上了大学。这在村里破了天荒。周家在村里大摆宴席，盼香一家都去了。红白喜事是展示未过门媳妇们才艺的舞台，做了周家十几年媳妇，盼香成熟得落落大方，里里外外的活儿忙得利索出彩，人们就感慨地说真是天生一对儿，也艳羡地说跟上秀才当娘子，跟上屠户翻肠子，盼香这丫头命好啊，跌到福窝里了。然而，周长春上到大二就写了一封信退了亲，用了"指腹为婚父母包办是愚蠢的婚姻""没有感情的婚姻是不道德的"这类话语。接到信那个晚上，盼香上了吊，幸亏二娘机敏，一直盯着。盼香救下来就呆痴了。周长春的爹是个门框碰了头都要踢三脚的倔汉，扑到城里，一个砍脖子将儿子砍得趴在地上，一口痰唾在儿子的脸上，吼了句："你个驴日下的，没感情，盼香十几年的针线给你白做了？人家娃的手你白拉了？放狗屁哩，你驴日下的就是陈世美转世的，再踏进家门老子断你一条腿。”周长春的爹一进盼香家门，“扑通”跪倒在盼香家地上，说你就当我周家这门人死绝了。盼香有一个弟弟，一直在念书。盼香被退婚让一家人受尽屈辱，一家人把报仇雪耻扬眉吐气的愿望寄托在了弟弟身上。可弟弟复读了三年，还是负了众望，也就认了命。弟弟年过二十，该娶女人了，可连年干旱和奶奶一场大病，让家里一贫如洗。父亲一筹莫展。一天晚上，盼香说话了，她说换亲吧，我该嫁人了。家里人都吃了一惊，这是盼香呆痴后说的第一句话。盼香就嫁给了上庄的前进。六岁那年，前进家喂着一匹马，一日前进要揪几根马尾做网扣去套鸟，给马一蹄子尥在脑门上。前进脑门上留下了一个月牙形的疤痕，人也傻不叽叽的二三不分了。前进有个哥哥，下南山窑背煤，井塌了，捂死在煤窑里，赔了十万块钱。前进家出钱给盼香的弟弟娶了女人，盼香就嫁给了前进，也算皆大欢喜。第二年，盼香一肚子生下两个儿子，可把马家一家喜坏了，大摆了宴席，满月那天，公公跟盼香提了个要求，把老大过继给大儿，大儿没结婚。毕竟来过这世上，不要让大儿这门黑了。公公说只是个名分，逢年过节上个坟烧个纸，娃还是在你跟前。盼香很爽快地答应了，因为是老大的命钱才有了他们这桩婚事，这份恩还是要感念的。一天，前进掏着扫驴蹄子下的粪，又着了驴一蹄子，照踢在了月牙形的疤痕上，结果，前进就像睡了一觉醒来了，机敏成了一个正常人。前进机敏了，把盼香疼得跟亲娘一般，说话、吃饭、行事都看着盼香的眼色，苦活、重活、脏活都争抢着做了。前进痴傻着的时候，盼香和国庆好过。前进虽然呆傻，可干活有的是力气，活也干得有模有样。盼香只要递给前进一块馍和一根鞭子，前进就赶着猪上山了；只要递给前进一块馍和一把镰刀，前进就背着背篼进河谷了。前进机敏了，盼香就想和国庆断了那事。盼香对国庆说你把心收了吧，好好待你女人，我们都不痴不傻不呆，大道理得懂，这事想起来我们罪孽深重哩。可国庆不想断，老是纠缠盼香，撬门翻墙的，围追堵截的，盼香躲都躲不开。一天，国庆的女人去了娘家，盼香就去了国庆家。国庆抱起盼香就要上炕，盼香却挣脱开来说你要答应我一件事才行。国庆说我答应。盼香说这是最后一次，完了就收心，以后不要再纠缠了。国庆嘻嘻嘻一笑我答应。盼香舀了一碗清水，在地上画个十字，把水碗放在十字上，说你跪下赌个咒吧，赌咒才顶事。国庆说你让我赌十字咒，最毒妇人心，你要咒死我？盼香说只要断了，赌咒你怕啥？国庆就跪在地上嘴里咕噜着。盼香说不行，你要大声地说，清楚地说，让我听得明白。国庆说我要再纠缠盼香，就让我这东西一辈子废了。盼香蘸了水在国庆的额头上画了个十字，说也算，你要记着你赌的咒。可国庆是个赖货，不但不收心，反而更加肆无忌惮了。盼香被逼得无奈，又一次约了国庆，这次她指缝里夹着一个刀片，将国庆下身割了个一塌糊涂。国庆养好伤后成了废人一个，再也干不成那事了。那事在村里动静大了，国庆的女人回了娘家，国庆也不知了去向，再也没回过上庄。可是前进也消失得没个影踪，是死是活连个音信都没了。老马两口子在村里待不下去，也走了，有人见过，说是在城里捡破烂。

李谷分析说我怀疑盼香生在犯月。我说什么是犯月。李谷就念道：正月蛇，洞中休；二月老鼠饿昏头；三月老牛遍地走；四月猴子满山溜；五月兔；六月狗；七猪八马九羊头；十月虎，满山吼；十一鸡，架上愁，十二老龙海底游。李谷说犯月也叫败月，每个属相都有一个月在受难，谁正好生在这个月就犯月了，像蛇犯正月，生在蛇年的正月就生在犯月了。有犯月就有旺月，正鸡二兔三羊青，四蛇五马六月龙，七猴八羊九月鼠，十月老牛也有功，十一月猪在灰堆卧，腊月的狗会把财门。李谷说旺月就是每个属相都有一个月运势最好，像鸡旺正月，谁在鸡年正月出生，就是生在旺月。血犯更厉害，就是怀在犯月哩。唉，男犯妻家，女犯自身。唉，都是命，你说不是命，一个人活得哪有这般难怅的？

我点了一根烟，盼香拿着鞋底边纳边说：“我不打算供养万里读书了。”

我吃了一惊，斜了一眼坐在阴凉下写字读书的马鹏程和马万里。

盼香说：“没啥避讳的，我给他们两个也这么说过了，我一个女人单膀独力的，供得起一个，供不起两个，得有一个帮我干活撑起这个家，我没办法。这事他们也是抓过阄的。”

“啊，抓阄？”我又看了一眼马鹏程和马万里。

盼香说：“鹏程抓到了念书，万里抓到了干活，都是命。本来鹏程干活就耍滑头，万里干活实诚，再说鹏程过继给他大爹了，没有他大爹用命换来的钱，也没有他们，让鹏程读书也对着哩，免别人的口舌。”

我知道她一腔泪水在汹涌澎湃，但不知道她如何将那一腔泪水抑制得风平浪静，不溢一滴。

她说：“我说都是命，你们就认命吧。”

我说：“可、可两个孩子一样的聪明好学啊。”

她说：“这我知道，我的儿子我难道不晓得他们？所以我才让他们抓阄，要是一个聪明一个不聪明，也就用不着抓阄了。”

我说：“这、这对万里不公平。”

她说：“生在我们这样的家里还讲啥公平，供养成一个，总比两个都耽误了窝在山沟沟里强。”

我说："以后万里大了，你会后悔落抱怨的。"

她说："大了他就该体谅我这个做娘的难处，要是不能体谅我，就等于我白养了他，抱怨有啥意思。"

一个母亲做出这样的抉择，内心要经受多大的痛苦，可盼香的表情那么平静、从容，她的口气冷漠，就像在说别人的事一样，她的目光冷峻，连一点泪光都看不到。

然而，当我出了大门，我听到了盼香号啕大哭，声动山野。

盼香说得没错，凭她确实供养不起两个儿子读书。从盼香家里出来，我感到心里堵得慌。我上了挡山，当我坐在山顶时，我看到了马万里，他背着背篼，拉着三只羊往挡山上爬来。我真想和他一起坐坐，给他说些什么。可我又能跟他说些什么呢？我没有迎过去，而是躲了起来，我不敢与他那双忧郁而迷惘的眼睛相对。

11

每逢周末，我要到草鞋镇文化站去给手机、相机和充电宝充电，上网收发邮件，顺带洗澡。

在上庄待过了，一进入草鞋镇，一个词会脱口而出：豁然开朗。其实草鞋镇所在地只不过是群山互相谦让出的一小片相对平整开阔的山谷，一个狭长的小盆地，——草鞋镇依然是被裹在山的襁褓中。草鞋镇是一个古镇，宋明时的志书中就有记载。尤其是编织草鞋历史更为悠久，宋朝的史志中就有专门的记载。编织草鞋用的就是这条山谷中遍生的席芨草。席芨草成墩生长，根系庞大，茎细节长，一枝枝茎秆像箭镞从根部蹿出，最长者达两米。茎秆实心，坚韧耐磨，是扎扫帚，编织背篼、筐、篓、席、簸箕尤其是草鞋的上好材料。席芨编织的草鞋耐磨，绵柔不打脚，草鞋镇因此得名。1936年红军长征经过这里，草鞋镇人民给红军送去了两万双草鞋，这被写入了中国共产党党史。草鞋镇文化站的老王告诉我，草鞋镇人一度觉得“草鞋镇”名字太土，而且老有被人踩在脚下的感觉，曾想改一个诗意雅致的名字——云河镇。草鞋镇没有河，有一条沿山边逶迤的山水沟，只有下了过雨，沟里才有泥沙俱下的汹涌洪水，这不是“云河”的由来。山谷中遍生的席芨草春日出穗，至秋成熟，穗、叶、茎秆一片银白，整个山谷就像飘满白云。有一年秋天，来了一帮文人墨客，赏过席芨草，作出些诗文画作，创造出了“云河”这个词。更名之事一报到省上就给毙了，还被领导骂了个“没有政治头脑”。

镇文化站王站长五十岁了，是个业余作者，写民俗散文，拟写民歌，写过一些漂亮的句子，譬如“低头看得见爹娘，抬头才看得见天堂”“风是沙的路”“这是一片失去激情的土地，因为老天爷太老了”……他搜集整理了相当数量的民谣民谚。我们单位办有一个内部刊物，经常发表老王的作品，老王就很满足，成为我们铁杆的通讯员，每期刊物出来总要多要几本。因为我也写东西，老王跟我就格外亲近，他也写过小说，最后觉得自己天赋不够放弃了。草鞋镇的草鞋编织被列为省非物质文化遗产，老王对我们是感恩戴德。后来单位淘汰的旧电脑送给了他一台，他就更加感激涕零了，跟我们的联系越发紧密。每年总要送些干枣、果脯、山楂片之类的土特产，都是大包装。这几年开始兴吃杂粮，他又开始给我们送杂粮。我来这里扶贫，文化站没有小车，只有一辆摩托车，老王提供给了我。我坚辞，说他工作要用，老王不高兴了，说我要去哪里，随便就能借上，在草鞋镇上这点能耐咱还是有的。连汽油也要管，我说汽油回去能报销。文化站的经费就是点人头经费，而人头只有他一个，一个人头一年四百块经费，还不够一个月下乡的油钱。而他的主要精力还不全在文化上，镇上但凡有拆迁、劫访、包乡之类的工作，他就被抽去，一抽就是半年一年。老王是个用心做事的人，这几年他围绕着“草鞋”这一品牌做了不少工作，组织了一批老头老太太编织草鞋。当然现在没人穿草鞋了，可他和几个传承人对草鞋进行了创新改造，一是打低碳养生牌，为城里人编草拖鞋，深受城里人欢迎，因此我们单位几乎每个干部家人人都有席芨草鞋；二是开发以草鞋为主的席芨编织工艺品，微缩的草鞋、小手包、席芨贴画、人物挂饰等，也闯开了市场。老头老太太在家里编织，他组织商贩挨家挨户去收，做得挺成功。他还推动镇上打出了“发扬伟大长征精神，穿草鞋阔步新征程”的草鞋镇精神。

每到镇上来，我都不愿打扰老王。他太热情了，总是要请我吃一顿，“改善改善，山里生活艰辛。”我要付钱，他就说我看不起他。每当我去掏钱时，他早就把账付了。有一回我硬把账付了，他又把钱硬装进我的口袋里，很生气，“我到了你门上，你能让我掏钱？怕把功换下了，到时我去讨扰你？”“咱这十顿也顶不上在你们城里的一顿。”吃过了他还要买几块熟肉、肘子、蹄子之类的给我带上。可我又不能不去他那里，一方面想和他见见聊聊；一方面我得在他的办公室充电上网。后来，我想出一个办法，到了草鞋镇，我先逛逛集市，拍拍照片，吃过午饭再去找他。

草鞋镇是一个偏僻的乡镇，但在这一带却是政治经济文化中心。草鞋镇三天一个集日，和周边的太和镇、岭山乡的集日统筹设定，草鞋镇逢农历一、四、七为集，太和镇是农历二、五、八的集，岭山乡是农历三、六、九的集。草鞋镇的集日很有历史，从史料中看，明朝时就很盛大了。

到了镇上，我先是洗澡，因为到了中午、下午，洗澡的人就多了。澡堂叫“春风洗浴”，有四五间房大，是以前的供销社改造的，墙壁上“毛主席语录：发展经济，保障供给”的老标语依稀可辨。洗十块，搓十块，给一小袋洗发膏。还有男女共浴，价格四十元，豪华五十元，男女共浴是喷出来的，又在后面加了小括号，写了“夫妻”。还有中式按摩、泰式按摩、全套按摩，明码标价。老王让我去他家洗澡，我婉拒了。他曾陪我洗过一次，问我洗素的还是洗荤的。老王是个很有意思的人，他在说笑话的时候从来都不笑。我明白他的意思，因为招牌上写着有男女共浴服务。我拍了老王一巴掌，说：“后面写着‘夫妻’。”老王说：“没看‘夫妻’是括起来的？知道你看不上，都是老同志了。”“老同志”这词让我笑了，他依然不笑，接着说，“不是大嫂就是大婶，年轻点的漂亮点的，都去大城市为你们提供服务了。”中间的墙是隔出来的，不隔音，旁边大约就是豪华的男女共浴室，动静还挺大的，老王隔着墙壁撂了一句：“小心命着。”我笑笑。老王说：“别看这洗澡设施不咋样，要那啥，洗一次没有百十块出不来，能搞价，薄利多销么。”老王是羞耻感极强的人，“那啥”有许多词可以明指，但他羞于说出口。他说：“扫过几次，罚了款继续开，扫就是为了钱，你说这啥事么？要么你就直接封门取缔，要么你就合法化，这么是弄啥？风气瞎到底了，连学生娃都知道‘春风洗浴’里面干的勾当，我给领导提说过，你猜领导给我说啥？无农不稳，无工不富，无商不活，无妓不繁，还给解释说解决了多少人就业，这不是个屁话？脸都不要了。”说着一指窗外，“看着那片建筑工地了么，建洗浴城哩，咱草鞋镇是交通枢纽，一些跑长途贩运的大车，不愿掏钱上高速，都跑这里，红火着哩，我要不是个搞文化的，怕别人背后戳脊梁骨，早就开洗浴城了，文化这东西也害人哩。”说到这里，他笑了笑。

洗完澡出来已是十点，集市已经很兴旺了。街道其实很宽，既是街又是道，街边就是一个阔大的农贸市场，可人们都不进去，以街为市，当街摆摊，整条街道挤得水泄不通。牛哞、驴咴、羊咩、狗咬、鸡叫、人吵。马、骡、驴、牛也随意把粪便拉在街道上，羊群经过，撒下黑色丸药一样的粪豆，冒着热气。有的老汉赶集骑着马或骡子或驴，备着鞍子，搭着褡裢，有的鞍子上备了栽绒褥子，织着简朴的图案。年轻人多骑摩托车，每辆摩托车都捎好几个人，最多的大小捎七个人。也有捎羊的，羊羔用褡裢，大羊用背篼。也有捎猪娃、鸡以及羊皮、五谷杂粮的。女人则多是坐蹦蹦车。

过来一辆小车，给人流困住寸步难行，按喇叭人们就像没听到，没人让路，司机就轰得油门“呜儿呜儿”的，一站在当街的汉子嘿嘿一笑说：“这𡲬货脾气还大得很，属骆驼的，喷人呢。”其他人就都笑了。

两个老汉站在当街说着话，一个老汉拉着驴从中间穿过，那驴尾巴一撅喷出一股稀屎来，溅在一个老汉身上。老汉说：“瞎𡲬，把驴咋拉着哩？我给你一个砍脖子。”拉驴老汉回头说：“啧啧啧，来来，你来么，有本事把驴沟子塞了去，日怪得很，谝传到干梁子谝去，站在当街谝传，你占在理上了？”老汉卷起手里提着的蛇皮袋子擦擦，抓了一把土往溅了驴屎的那一坨一撒，两个人又继续说他们的话了。

街道两边各种吃食摊点见缝插针，一字排开，凉粉、碗坨、麻汤饭、荷包蛋、炖羊肉、羊杂碎、羊腥汤、小米捞饭、荞面圪坨、荞面饸饹、油糕、糖糕、油馍、米酒、黄米饭、黄米馍、豆钱钱饭、手擀面……蒸、炸、煎、熬、炖、炒、烩手法都用上了。卖手擀面的喊：“擀的就像纸，劃的就像线，下到锅里莲花转，捞到碗里赛牡丹，客人吃了三大碗，过了七个州，跨了八个县，赞的就是咱周大的面。”卖锅盔的在喊：“人到世上，猴到树上。文魁武魁，顶不上锅盔，吃饱肚子，这辈子不吃亏。”卖羊腥汤的直接唱着卖：“荞面圪坨羊腥汤，死死活活相跟上。喝了我的羊腥汤，干妹子让你搂抱上。”这真正叫把食、色、性结合起来。每个摊点都围着人，桌子凳子有限，就蹴着站着端了老碗吃，像在村巷里，边吃边和人说话，做买卖。每个赶集的人既是卖家，又是买家，卖只鸡买油盐酱醋，卖半袋子黄豆买烟酒糖茶。有贩子街这头收了皮子到街那头卖去，卖不了赶另一个镇的集，因此说倒腾买卖。

一个老汉拉着孙子，在糖包子摊前，孙子不走了，说："爷，我要吃糖包子。"老汉说："一个五毛哩，买五毛钱的糖回去做多少糖包子，还不把你娃吃得胀死，这账不会算？集罢了爷买糖回去让你婆给你做。"孙子打死拽拽不走，爷爷说："走噻我的先人，嘴是好忍的，石头是难啃的，由嘴吃倒江山哩。"老汉使劲拉拽着，就像拉一头倔强的牛犊。

有个酒饭摊子，一个铁皮桶套的小炉子，上面坐着个黑乎乎的铝锅，老汉坐在凳上，手拉小风箱呼哧呼哧地扇着。酒饭也叫甜醅子，黄米掺燕麦煮个半熟用酒曲子发酵一日而成，有酒的味道，吃多了也醉人，但具有消夏解暑的功效。老汉看我一眼说："来一碗？"我有些犹豫，因为血糖高，这东西是很甜的。老汉说："自己采制的酒曲子，五月端午那天上玉皇岭采草焙制的，不是城里的机器日鬼出来的。"我坐下，老汉说："吃还是喝？"吃就是直接吃酒饭，喝就是酒饭加点水烧滚，打一个鸡蛋，就成了城里的醪糟。我说："半碗吃，半碗喝。"老汉笑笑，说："看把你吃得秀气的。"老汉揭开铝盆，提起一个木勺一扤扣在蓝边碗里，其实已经大半碗了。递过半碗来，又问："甩一个蛋还是两个蛋？"他们把往汤里打鸡蛋叫甩。我说："甩一个吧。"老汉又问："要饼不？"我说："不要。"老汉一笑说："你们是吃稀罕哩，又不是吃肚子哩。"来了一个汉子坐在凳子另一头，凳子立时往下一沉。汉子把帽子往桌子上一扣，说："两碗，一碗吃，一碗喝，来四个饼，甩四个蛋。"老汉说："看把狗日的阔气的，不过日子了？"汉子手捏了鼻子往地上一甩，又在桌腿子上一抹，说："没见过世面，这就不过日子咧?!"老汉说："狗日的口气大的，寻下好活咧？"汉子说："给镇上墁院子哩，你说是不是好活？"老汉说："我听说镇上的钱不好要。"汉子说："镇长亲自叫的咱，小品里都说农民工工资不能拖欠，合同都签下了。”老汉说：“你也叫农民工，守着婆娘不离炕头，人家到城里揽活的才叫农民工。”汉子说：“不种庄稼干活养家的都叫农民工。再来两碗，带走。”老汉说：“还念想着婆娘？啧啧啧，看你娃出息的。”汉子说：“她没喔口福，给镇长婆娘捎的，镇长婆娘爱吃着哩。”老汉说：“啧啧啧，会来事咧，逛得比猴都精了。”汉子嘴忙起来，一碗酒饭竟然五口吃完了。老汉端上一个蓝边的老碗，汉子接过呼噜呼噜吞咽，边哈着气，我一小碗还没吃完，他一碗汤四个蛋四个饼犹如风卷残云。汉子把帽子往头上一扣，看了我一眼说：“干啥的？”并不等我回答，提了塑料袋便噔噔地走了。老汉说：“钱还没挣上就大吃二喝的，吃嘴撂脚后跟的货，挣镇上的钱，镇上都花的是贷款哩。”我笑笑，老汉说：“一个侄孙子，恋家，围着锅台转的货。”我说：“老人家家在镇上住？”老汉说：“在火村，天旱了么，跟集卖个酒饭。”我说：“一天收入还行吧？”老汉说：“猫儿吃糨子，嘴上抓挖哩，靠这发不了财。”又笑笑说，“不像你们，背个包包，晃荡着啥力不出就把钱挣下了。”

竟有卖烤洋芋的。在城市里卖烤红薯的到处都见，卖烤洋芋的还是第一回见。法国人把马铃薯称为“地下苹果”，德国人称为“地梨”，俄罗斯人称为“第二面包”，这里人不会这么比喻，他们说草鞋镇三件宝，洋芋、土豆、马铃薯。开始听到我说这不都是马铃薯么。老王说：“不一样么，说洋芋是粮食，说土豆是蔬菜，贩子则称之为马铃薯。”这一解释立刻就觉得有内涵，深刻了。老王说：“咱这里人苦日子过成习惯了，出多远的门，就带几个烧洋芋当干粮。”是啊，上庄有些学生就带几个洋芋当午饭的。洋芋烤得皮黄里酥的，一个才五毛钱，大小随便挑，都有拳头大。红薯一个要一块。我要了两个洋芋，卖洋芋的是个女人，看看我说："吃稀罕？"我点点头。她捏了一撮盐面子用小纸片包了，说："撒点盐末子，吃上香。"

经过一个杂粮摊，有荞面、黄米、小米、苦荞米、绿豆、黑豆。摊主说："带些粗粮回去吧，你看这小米多黄，绿豆多绿，黑豆多黑，咱这荞面纯纯的，不像你们城里卖的荞面一撮荞面都没有，白面里掺了麸子当荞面卖哩。"说着抓了一把黑豆，往一个盛着清水的碗里一撂，"你看我这黑豆没染过一丁点儿颜色，不像你们城里卖的，回家一泡，水黑了，豆白了。"我笑笑，说："过几天买点。"摊主一听我没买的意思，说："俺们刚吃上肉，你们又吃菜了；俺们刚娶上媳妇，你们又包二奶了；俺们刚吃上糖，你们又尿糖了；俺们刚吃饱肚子，你们又开始减肥了；俺们刚拿白纸擦沟子，你们又用它擦嘴了……哎呀，你们城里人呀，你说怎么这么失笑人！"说完自己开心大笑起来。

看到了老曹，就在街道边，身后放满了背篼、筐、篓……一个套一个，高高的有几大摞，看上去就像一座座塔，席子和扫帚摆放在地上，占了老大一块地方。前一阵，我去老曹家想买两个背篼，几把扫帚。学校里打扫卫生用的背篼烂得脱了底，扫帚也秃了，学生打扫卫生轮到谁谁就得从家里带工具。有些家远的学生不带工具，干脆就用书包往出背垃圾。老曹一次给了我背篼、筐和簸箕三件套，四把扫帚。我给他掏钱，他说值个牛价还是马价，咱能让你掏钱，要说我该给学校赞助赞助。老曹有七个子女，四个儿子都在城里打工。三个儿子都成家立业了，孙子都还在身边，只剩下四儿子这一个负担。老曹年龄不大，五十出头。按说这年龄在城里打工，找个活路还是很容易，工钱上也不会吃亏。但因为老曹有这门手艺，一直没有出门打工，边种地边务劳这门手艺，农闲时节，老曹像个织网的蜘蛛，整日坐在银白的席芨秆上，编织他的生活，用上庄几个老汉的话说，“老火镰旱涝保收”。因为老曹常年盘腿坐在那里编织席芨，双腿罗圈，背也驼得厉害，人们就给他起了个外号“老火镰”——火镰是一种比较久远的取火器物，形状酷似弯弯的镰刀。老曹编织席芨的这门手艺是家传的，长辈给红军编织过草鞋。

老曹说：“正好晌午，请你下馆子。”我递给他一根烟说：“发大财了？”他嘿嘿一笑说：“咱们这号人能发大财？能发财的都是财神爷的娘舅，不过今儿运气美得很，县环卫处的一个干部，一下子要了三百把扫帚，一看是个大干部，干脆得很，拍了二百块钱的订金连个字据都没要。”我说：“我请你。”他说：“今儿你别跟我争，得我请你，挣大钱，打个尖，打个尖才能留住钱。”说着回头喊，“大麻子，两老碗烩肉。”我说：“老碗大了，我吃了酒饭，买了两个洋芋还在手里捏着哩，来一小碗吧。”老曹悄声说：“老碗跟小碗里面的东西没多少区别，就是多口汤水，这些街面上的人奸得屎里面挑着吃豆子哩。”大麻子喊：“吃芫荽不？”芫荽就是香菜。我说：“吃。”大麻子又喊：“吃辣子咋样？”我说：“扎实着呢。”老曹说：“你把我们这达话说会了。”我递给老曹一个洋芋，老曹嘻嘻一笑说：“这也买着吃，多少钱一个？”我说：“五毛。”老曹说：“啧啧啧，一斤洋芋才卖三毛，这钱挣得跟抢一样么。”蓝边老碗真是实诚，满得往外潽。我把肉往老曹碗里搛了些，老曹说：“你这人，请你吃个饭，你把肉全搛给我了。”老曹问我要米饭还是饼。我说：“米饭吧。”他要了一碗米饭，自己从包里掏出馍来，说：“天气热得，不吃就坏了。”我想到一个笑话，说是一个老汉赶集，中午进了饭馆，问一碗烩肉多少钱，一碗揪面多少钱，一笼包子多少钱，逐个问了一遍。又问一碗面汤多少钱，掌柜的说不要钱，老汉说那来两碗。然后坐在那里掏出背的馍泡着吃。我想老曹大概是这样的，或许他会偶尔下一顿馆子，但更多的时候，他要碗面汤泡着自己的馍吃。吃饭的工夫，老曹卖掉了几个背篼，两把扫帚，老曹说：“沾你的福气了。”我笑笑。老曹说：“这些东西家家得用，现在务劳这门手艺的人越来越少，生意好着哩，几个儿媳妇我就是靠这手艺拉扯回来的，我叫他们回来一起干，咱也能成立个啥公司，可狗日的都恋城里，也看不起这活，其实我一个干这一年，等于他们两个人在城里一年打工的收入，城里能挣钱，可也能花钱，攒不下么，要能挣还要能省呢么，省下的就是挣下的，唉，也没办法，孙子都得在城里念书，不念书咋行？待在村里，就把娃的书误下了。”我说：“现在有几个孙子了？”他说：“光家孙子七个了，最大的都十六了，明年高考哩。”我说：“学习该不错吧？”他说：“听说好呢，咱也不懂。”我说：“下午我捎你回。”老曹说：“我赶了驴车。”

传来锣鼓梆子声，我说：“有唱戏的，咱看戏去。”老曹说：“你看这一摊子，没工夫么，在这里能听着，听听也过瘾，在市场里唱哩，你去看吧。”我递给老曹一根烟，点了，一扭身看到了老王。老王说：“我估摸着你今天要来，等了你一个上午不见，果然在集上。”我说：“估摸？”老王说：“你电脑、手机都该没电了吧？”我笑笑，老王说：“吃过了？你咋这人么，到门上了溜墙根，怕把功换下了到了城里连累你？”我说：“上庄的老曹发财了，非要请吃个饭。”老曹说：“就是，就是，我给站长要一碗？”老王说：“我吃过了。”我给老王点了根烟，老王在老曹的屁股上踢了一下，说：“我给你说的喔事你咋想下了？”老曹嘿嘿一笑说：“咱粗手笨脚地干不了你喔细活么。”老王说：“你个㞞货就是钻钱眼里了，我给你说把你列为非遗传承人，给你钱不说，以后留名百世哩。”老曹嘿嘿笑着，说：“你先把我列上么。”老王说：“做梦娶丫头，尽想好事，没有付出就想得到。”老王跟我一起走，说：“我让他加入草鞋非遗传承保护组，就是叫不进来么，这些人啊，脚梁面上看事，都是见利不见义，镇上几个传承人，我一个人给他们写了几千字的东西哩。”

一辆“时风”三轮车开过来，上面拉了人，还有铺盖卷儿和大包小包的，简直就像个移动的小山丘。大致数一下，这辆车大小拉了三十六人，比中巴还能拉人。车上全是老人女人，还有几个十几岁的孩子。开车的倒是个小伙儿。三轮车这里人叫蹦蹦车，城里人却叫“三二八”。老王给我解释过“三二八”，说“三”代表车子有三个轮子；“二”是指二百五，通俗来讲就是指脑子缺根弦儿，做事不要命；“八”是指八成人，就是指心智不健全，不知死活的人。所以“三二八”可以这么理解：一个不要命的二百五，开着三个轮子的车，上面坐着一群不怕死的缺心眼。老王说：“城里人就这样，骂人不带个脏字，放到这里来，活得还不如乡下人哩。”蹦蹦车是这一带主要的交通工具，赶集、拉运货物，人们出行基本全是靠蹦蹦车，因此还有一个形象的叫法：“肉包铁。”车厢是经过改装的，加宽加高了铁护栏，捆绑着三层木板，一层一层往外延伸，就像体育场的看台。马力也是改装加大了，跑得过大卡车。安全系数自然不高了，经常出事故。前年曾出过一个大事故，一车人翻到几十丈深的沟里去了，死亡十六人。我正照相，小伙儿停了车扑过来说：“少照毬我。”我笑着说：“就照两张。”小伙儿说：“一张也不行。”旁边一人说：“你是记者吧。”我说：“不是。”小伙儿从车上抽了摇把提到了手里说：“不是记者也不许照！”我笑笑，他脖子一拧说：“我看你给我照？你给我少骚情，小心我把你喔吃饭的玩意儿砸了。”老王正和人说话，撵过来说：“把你娃说得日能的，你砸我看看，你知道喔多少钱？你几个蹦蹦车的钱都买不来，还砸了？你蚊子打喷嚏，好大的口气。”小伙儿说：“人服王法草服风，我没犯王法，谁能把我咋样？”老王说：“你没犯王法？这车是拉人的？你拉人去干啥当我不知道？”小伙子呼着粗气翻着眼睛看着老王，老王说：“咋？不服气？这里是你撒野的地方？不撒泡尿照照。”小伙儿说：“不用照，知道你是公家的人，背靠大树乘凉哩。”又摇着了车，对刚刚下车的人咆哮，“上车，上车，走咧，走咧。”一个女人说：“不是说连夜走么，不怕路上给拦住罚款了？”小伙儿说：“让上车就上车，㞞话多得很，没看着人家脸子吊得比驴脸还长。”老王踢了小伙儿一脚，说：“想起事？”小伙儿说：“宁跟老虎争食，不跟官差起事，咱哪敢跟你们生个事，你们拿指头抠个壕壕，咱们这些人当沟翻哩，你起开，不跟你弄毬事。”我收起相机忙说：“不拍了，不拍了。”然后扯了老王就走。就听身后有女人嘟囔：“说好了赶个集，给娃买件衣服，都给娃捎话让请假在路边等着取哩。”

老王说：“知道为啥不让拍么？蹦蹦车不是老出事故，现在严禁这种车拉人，他们这是要去内蒙古抓发菜，抓发菜破坏植被，国家也三令五申地禁哩，怕你拍了照，到时候交警、农牧这些部门拿着照片找他罚款。”我说：“就开着这蹦蹦车到内蒙古去抓发菜？这里离内蒙古境可不近哩。”老王说：“蹦蹦车是农用车，不让上高速（公路），也不敢上高速，只能黑明昼夜地走，白天躲着，去内蒙古得走三夜两天，去了在荒山野地一住两三个月，直到麦子黄了才回来，今年看这架势又是个旱年，夏收时节也不一定回来。”我说：“内蒙古不管么？”老王说：“抓哩，咋不抓？比咱们抓得力度大，可内蒙古地盘多大？管不过来，再说有发菜的地方都在荒漠深处，人迹罕至，打游击战么，给他们取了个名叫游击队员。”我回头看看那辆蹦蹦车，并没有开走，人都已经散进市场里去了。老王说：“人穷了命就贱了，没办法，你看都是些老人女人娃娃，这一旱地里一点指望不上，总得搞点副业，也都可怜着哩，这老天爷没有悲悯情怀啊。去年，有一车人进了沙漠再没出来，镇上派人搜寻过，没有找到，估计怕是让沙尘暴给活埋了。”

老王说：“先去办公室把电充上。”我们就去老王的办公室，把几块电池和充电宝都充上。来到了市场门口，老王说：“我给咱们买两瓶水。”我想让他买吧。三个老汉在门口和把门的讨价。门票每人三块，三个老汉非要每个人少五毛。把门的是铁塔一样的壮汉，鼻尖上长一瘊子，坚称不能少，三个老汉趔了个架势要走，把门的说：“趔过（错过）黄河没渡口了。”一个说：“没渡口就没渡口了，不看死不了人。”三个老汉真要走了，把门的就喊，“一个人给你们少五毛，啧啧啧，五毛你们就富了？”一个老汉说：“那你从我们每个人身上多挣五毛就富了？说喔闲话做甚？找气受呀？”三个老汉心满意足进去了。把门的看着我说：“看不？跟他们一样吧，你也两块五。”我给了他六块说：“按三块收吧，还有一个人。”把门的笑着说：“城里人就是大方，这些人是毬毛捋着吃虮子，也不嫌尿腥气，五毛钱费半天口舌。”我笑起来，这家伙说话真狠。老王买来了两瓶水，说：“你票买了？”我点点头。老王说：“我们的钱你也收？”把门的眉毛一挑说：“你谁？”我说：“文化站王站长。”把门的立刻满脸堆笑说：“噢噢，噢噢，呀呀呀，王站长，有眼不识泰山，那咋能收。”忙把钱退给我，又掏了烟递过来，打着打火机给我们点了，说：“站长，陪领导呀，这阵没好地方了，你到台上去坐，老王在台上哩。”进了大门，我说：“你挺有威信的。”老王说：“用得着我哩，他们唱戏，得我批了才能唱。”又说，“不管理不行，他们胡演哩，以前放开不管，跳脱衣舞，木桩舞，说黄段子，还有政治笑话，嗬，中央领导的段子都讲，跳脱衣舞，还让你上去摸，摸一下五块十块地挣哩，城里打击的东西多都流窜到这里来了，咱这里山高皇帝远的，都以为可以胡作非为么。”

看戏的人真多，已经离戏台很远了，满眼都晃荡着脑袋。自行车、摩托车、蹦蹦车、手扶拖拉机都成了登高看戏的工具。戏已经开演了，人还继续拥进来，一会儿我们就给裹在人中间了。背后一人问：“唱的啥？”一人说：“好像是《周仁回府》，我看耍帽翅把帽子耍掉地上了，像是周仁正哭坟哩。”一人骂骂咧咧：“那不是卖肉的朱屠户？他也上台唱戏哩，毬，骗人哄钱，为钱都不要脸了，啥人都敢上台，难怪耍帽翅把帽子耍掉了。”一人说：“草台班子将就戏，凑合着看，有看的总比没看的强。”我觉得脖子凉飕飕的，像是有雨星落下来，可抬头看看，晴空万里。抹抹脖子，是麻子壳。回头看看，几个人站在手扶拖拉机上面，每个人嘴唇上都沾着一堆麻子壳。一个老汉提着个蛇皮袋子，在人群中挤来挤去，到我跟前说：“买麻子不？”我说：“咋卖？”他撑开袋子，有三个大小不一的纸杯，说：“小的五毛，中的一块，大的一块五。”我说：“没处装么。”老汉从口袋里掏出一个叠成三角形的报纸袋，我说：“来一块的。”老汉扤了一杯倒进纸袋里，看上去杯子很大，倒到纸袋里其实没多少。老王拿过那纸杯说：“你个老夙亏心不，一拃高的杯杯里面垫了半拃厚的纸。”老汉说：“量不少，值得，纸杯大点人爱买么，人都喜欢眼见的便宜么。”说着又抓了一把递给老王。老王说：“我不要，门牙死光了，嗑个毬。”老汉嘻嘻一笑说：“像娃娃那样嚼也香哩么。”老王接到手里对我说：“到台上去看？这里一个字都听不清，音箱不行，从歌舞厅抬出来的。”我说：“我照相，你到台上看去。”老王说：“我不看了，都是草台班子，到跟前也听不清，记不下词儿就胡哼唧，省团啥时下来看看，名角就是名角，那才过瘾。”又说，“街面上几个能唱几句的一凑，找了两个串村唱戏的，就唱起大戏了，也是好收入，现在啊，只要能挣钱，啥点子都敢往出想，啥台子都敢摆。”

市场其实是个老戏园子，戏楼是个古戏楼，大约建于20世纪六七十年代。两边的墙壁上用水泥制作了“千万不要忘记阶级斗争”“阶级斗争一抓就灵”“要斗私批修”“无产者联合起来”等毛主席语录，戏楼子正中额头顶着一个“忠”字，每边有三横，表示万丈光芒。看得出那时间做的活儿结实，经历了几十年风雨没有一个字缺胳膊少腿。倘若是现在的活儿，估计不出一年，也就残缺不全了。也有些新标语，是白灰刷上去的：“打工是铁杆庄稼，结扎是致富根本！”“要想早踏致富路，少生娃娃多养猪！”“贩毒，枪毙！”“再苦不能苦孩子，再穷不能穷教育！”“盗墓，就是自掘坟墓！”“邪教就是地狱！”“打好综治维稳总体战，争创安定和谐幸福镇。”

脚底下到处都是牛羊骡驴的粪便，散发着臊臭。围墙边还拴着牛羊骡驴。看样子戏园子是一园两用，上午是做牛羊骡驴市场，中午腾空了场地唱戏。老王说：“我都建议了几年了，把戏园子与市场分开，可文化是软实力，软得稀里哗啦的，说话就像放屁，两三万块钱的事都办不了，门前弄了个看不出名堂的不锈钢雕塑，像个棒槌一样，花了几十万。”说着，老王一指高高的雕塑，“你猜老百姓把喔雕塑叫啥？叫他大（爹）的锤子。”说完给给一笑，“你仔细端详端详，真有点像哩。”我眯着眼睛看看，点点头。锤子，在上庄一带是指男人的生殖器。

我想找个高点的地方拍照，旁边有辆蹦蹦车，我往上挤，一男子说："下去，下去，你肥得就像咆牛，上来还不把车压趴下了。"咆牛就是种公牛。老王喊一声说："纸糊的？"那男子说："就是纸糊的，咋了？"老王挤过来，一个老汉忙上前说："你个瞎屄，瞎眉日眼窝的连王站长都不认识，镇长的讲话都是王站长写的哩。"那男子嘿嘿一笑，一把就把几个人掀下车去，腾出老大一块位置。我说："照几张相就下去。"男子说："你照，要不我开上拉着你转着照。"我笑笑说："谢谢，不用。"照了一会儿相，我对老王说："去你办公室吧。"上网处理了些邮件，几块电池和充电宝充满了电，我就告辞，老王非要留饭，我说："回去要备课，明早还要上课。"老王说："吃了喝了再走，有'电驴子'你怕啥？"我说："夜不观色，不怕掉到沟里去。"老王看看太阳说："这阵就开始，喝两盅，我也想喝。"我说："吃了一碗烩肉，这阵才四点，能吃进去？"老王说："你先看着门。"就走了。不一会儿提来一个塑料袋，有卤猪蹄，酱牛肉，还有半只鸡。我说："你呀……"老王说："值个牛钱还是马价？顶不上省城三道菜。"老王去单位上，领导安排让我请过一顿饭，现在他把情全还到我身上了。

出来，街道上已空落落的，杂物遍地，一片狼藉，我说："这么早集就散了。"老王说："出门不走夜路，赶集的都在山里住着，几十里路程，走好一阵哩，不像城里逛街，街都在自家门前，就跟自家的一样。"

12

我正批改作业，门吱呀呀被推开，探进一个脑袋，是杨六郎。杨六郎弟兄七个，他排行老六，人们便叫了杨六郎。在这里，杨家将的故事家喻户晓，妇孺皆知，许多地方的传说都跟杨家将有关。杨六郎说：“你不忙吧？”我说：“不忙，快进来。”杨六郎进来，我说：“你不是去城里儿子那里了么？”杨六郎说：“唉，待不下去了，再待下去我怕就给气死回不来了，正好清明到了，回来上坟。”又说，“回来连家门都没有进，拐了个弯找你来了。”我说：“没吃吧，吃面还是米？”他说：“吃、吃过了。”我笑笑说：“你舍得下馆子？到我这达还作假？”他嘿嘿一笑说：“你不是有桶装的方便面，泡桶方便面。”我说：“做饭不麻烦，我饭做得很好的，学生正好送了两只呱呱鸡，方便面有啥吃头。”杨六郎说：“喔是你们吃够了，我们吃喔可是香着哩，汤汤水水一点都不剩的。”杨六郎吃了一桶方便面，满头大汗，抹了一把汗水说：“你们把福享了，这么好吃的面说没啥吃头，你说这汤香的。”我知道杨六郎这时间来找我，肯定有话想说，而且话长，就把袋装的榨菜和花生米撕开几袋，又开了一瓶酒，拿过两个水杯，一人半杯。杨六郎咂了一口，说：“哎呀，我还得跟你说道说道，心里憋闷得不行么，这儿都是跟我一样两眼墨黑的人，说道也是白说道，不耽误你啥事吧？”我笑笑说：“夜长着哩，能耽误啥事。”

有一回，杨六郎跟我上挡山用我的手机给儿子打了电话，路上他给我说道过他的苦恼。杨六郎的小儿子杨家泰考上了大学，虽说上庄先后也考出去了五六个大学生，杨家泰不是上庄唯一的大学生，但杨家泰考取的是全国重点大学，而且在首都北京，“杨来运很是张狂了一番”，这是周天河说杨六郎的话。杨来运是杨六郎的名字。周天河的话让杨六郎很不舒坦。在上庄杨家和周家都是大户，杨六郎和周天河的爷爷为了一块地，结下了冤仇。到了杨六郎和周天河这一辈，虽说冤仇淡了些，但都还互相较着劲，而杨六郎和周天河两人互相看不上，一直也不对卯。杨家泰考上重点大学，为杨家争了光，也为杨六郎争了光。杨六郎杀两头年猪，大摆宴席，十八道菜，上的是整鸡，比娶媳妇的宴席还厚，杨六郎说：“连我自己都觉得张狂。”杨家泰大学毕业三年过去了，考公务员考了十几场，三次取得了报考岗位笔试第一名，可面试均给刷了下来，这让杨六郎义愤填膺，“第一名不要，要第二名第三名第六名，面试个啥么，这分明留后门让人走么，这就是腐败么，你说这理到哪里去说?!”让杨六郎没想到的是去年后半年，杨家泰宣布他这辈子将不再参加任何考试，然后便去了服装市场和小商小贩一样倒腾起服装来，杨六郎心里又是急躁又觉窝囊。今年杨家泰竟然跟着周成远推销电器。这对杨六郎的打击是致命的，杨六郎简直如坠悬崖，“个驴日的，投到人家娃门下干去了，这不是替半截子扇了我一个大嘴巴么，音哑畜生不会说话都知道记仇哩。”周天河因个头矮小，人们给他起了外号半截子。“狗日的书是白念了，给一个庄子上的人扛长工，还是我杨家的仇人，这啥毬事么?!鼻子淌到眼窝来了，把羞先人当喝凉水哩！”杨六郎用了一句非常粗俗的话，“窝囊得屄里生蛆哩！”事情就这么颠倒过来了。杨六郎找儿子认真地谈过一回，说你换个别的工作，我就不信那么大的省城，再找不上活儿了，挣得少一点的活儿也行，钱你不用愁，我不还在家给你苦着么。儿子说我干得好好的，为啥要换？杨六郎说好你爹个锤子，你不知道咱家和他家几辈子的仇冤了？儿子说到底有多大的矛盾，谁把谁家的祖坟刨了，还是谁把谁家的娃搡到窖里了？不就是先人手里积攒下的鸡毛蒜皮矛盾么，再说那是你们的事，我们处得挺好的。杨六郎说你把老子的脸往你娘的裤裆里塞啊，书念到狗肚子里去了，这理都不懂?！你让老子在杨家户族咋说话？在上庄咋活人啊？老子还在人前头走路不？在人前头说话不？儿子说要说咱这村子在省城里就是沟大的一坨，几百万人，咱村里的人有几个？见识短浅，农民意识，井底之蛙，坐井观天。儿子一连几个词用得杨六郎没话说了。

我端起酒杯和杨六郎撞一下，杨六郎喝了一大口，说：“就说杨家跟周家多少年的仇冤、我跟半截子不对卯放在这世上屁都不是，就说咱是井底之蛙，坐井观天，农民意识，见识短浅，那你把事往长里做呀，个驴日的，宣布不再参加考试了，这么丢人的事啊，竟然摆了一桌酒席宣布啊。开始我还想那就是个赌气的话，你说几次第一名都没录取，咋能没气？刚出笼的馍馍还有气哩。可今年眼看半年过去了，一次考试都没参加，往年都考过三四回了，现在啥都兴考，不考试那就一条出路都没了，个驴日下的啊，脑子让驴踢了还是让门挤了呀。”

杨六郎忽然啜泣起来，鼻涕眼泪混流了一脸，哽咽着说：“你说在咱这里念个书多难，上小学都是民办老师代着哩，这不说了；上初中按规定是在草鞋镇中学，可教得不行么，好老师都调城里了，老师里没有正儿八经的大学生，都是进修来的二把刀（二次学历），那肯定是有差别的。师傅不高，教下的徒弟趔腰，一年考高中都考不上几个，到镇上念就是个混，我就想咋也得转到县城念。可要转到县城念，朝里没人转不进去，就是花钱的事，可就是花钱咱也背着猪头找不着庙门么。后来，没办法，我是揣着脸去找了半截子。半截子的外甥建成当兵转业回来在县上给领导开车，周成远就是通过他表哥转到一中的。花了两万块，还宰了一只大羯羊。上高中又划分在了五中，县城一共五所高中，那是个垫底的高中，人都说教得不行，我只能低三下四再去找半截子。半截子说进一中得花三万块，我愣怔都没打，这是供娃念书，又不是耍赌逛窑子。又花了三万。”

他忽然狠狠拍着桌子说：“知道我为啥看不上跟半截子处么？要说爷爷手里的仇怨也早就淡了，虽说杨周两家老辈人还较着劲，可年轻人走动得勤了，连亲都结着呢，现在你也看到了，人都走得四分五裂的，村上还剩下几个人了，连狗都不咬仗了，谁还抱着陈年老账。要是还记仇，就是家泰念不上书，我也不能去求半截子转学，你说是不？我姐的女儿嫁给半截子的外甥的大哥的儿子，拉扯成了亲戚，说起家泰转学的事，建成还说早知道结成亲戚，就不该吃我家一只羊抽两条烟了。最后硬给我抱了一箱酒两条烟。我才知道五万块钱让半截子狗日的吃了。你说咱土里刨食的个人么，一分钱都是从牙缝里抠下来的，你吃个一万两万也就行了，成五万地吃，你说心黑不黑，心比驴毬还黑，这人你说还能交？从那时起我半个眼睛都看不上半截子这个人……唉，这都不说了，咱朝里没人么，人家该吃。”

我递给他几张餐巾纸，他把纸接过去放下，却用袖子抹了一把眼泪，说：“半截子现在是逢人就把我供家泰读书当笑话讲哩，当短一样地揭哩。在别人跟前算我的账，中学的花销都不说了，光四年大学少说六万多，还耗去了四年光阴，要不上大学，有这六万倒腾服装做买卖，四年也该有点收成，就是打工也能攒下五六万。这里出外进的十几万没了，要加上初中高中转学花的钱，至少二十万打水漂了。这个账没算错，我自己也算了一回又一回，但我不觉得这钱打了水漂。你说要是说花在念书上的钱都是打了水漂，那这世上在啥上花钱不是打水漂？国家每年招收多少大学生，考不上还花钱走后门上大学，那些家长哪个不比咱见过世面明白世事，他们会拿钱打水漂？可你看这娃现在，倒腾服装、推销电器，那就是个贩子呀，那些活儿就是斗大的字识不了半升的人都能干么，跟贩牛贩羊有啥区别?!念了一场书，落了这么个下场，不甘心么。”

他情绪激动，站了起来，说：“不说供他读书花了多少钱，就说他读书下的那苦，咋也该往前走呀。要说家泰读书，那是把苦下了，黑明昼夜地学，头发一把一把地掉，看得我都心疼。复读到了第二年，他说爹我不念了，我说鼓个劲，差个十几分么，考上就是进了天堂了。不说他下的苦，我就没受苦？那时在生产队，我哪一年不比别人多挣一二百个工分，我顶着多大的压力？现在又不像那些年包分配，考不上五六年七八年地复读，都是考一年，分数差不多了复读一年，分数差得远的就出去打工了。我供他复读三年，跟我关系近的，都劝我又不包分配，费那劲做啥，还有多少人等着看笑摊哩，半截子就叫响说他儿要能考上，他把周字倒着写。你说他现在这个样子，我这不是喝别人的汤烫了自己的嘴，在人家跟前啥话都说不出来了。”

我点了根烟递给他，他狠咂了几口，打着哭嗝说：“唉，不说那些了，老话说老人欠儿子一个婆姨，儿子欠老人一口棺材，话虽听上去难听，理却是这么个理么，有供他读书的钱，给他娶个婆姨绰绰有余，把他安顿妥当了，我这当老子的事也就了了，我这么苦恼做甚？要说活人吧，咋活也能把一辈子活了，像我这样没念下书的人，世上一层哩，日子不照样过？也好着呢。可、可你说日子咋么个好算好着呢？我们这些人活的个啥人？一辈子跟着日子跟头流星的，哪里容你有个想法？就是有个想法，你能按想法过活么？你说他书念成了么，就该活个有想法的日子么。不是想让他和我们这号人过不一样的日子，我何苦供他复读三年？往大里说我杨家门户不小，没出五服的几百口人，没一个公家人，我就想培养出个公家人支撑门户么，人活在这社会上，总得有个人打点吃喝以外的事么。就像他转学，咱杨家门里没人么，有人半截子能吃我五万？我对他要求不高么，没望想他扒多大前程。我一直把他当个希望供养着，你说他念了那么多书咋就不明白我的心思么。真要不考了，不要说供他读书花的钱，他下的苦、我受的苦，一家人的希望都真正打了水漂。”

杨六郎的失落与痛苦我深能理解，因为我的复读经历与杨家泰极其相似，而杨六郎为此所承受的也与我的父亲极其相似，他说的许多话与父亲说的如出一辙。我曾写过一篇《生命的节日》，记录了我的那段经历，发表后被收入中学教科书：

那个七月已经远去了。然而，它已经成为我生命的节日。

对于莘莘学子来说，七月，意义重大，是人生一个非常重要的坐标。许多人因为这样一个坐标，彻底改变了自己人生的轨迹。尤其是我们，生活在这片贫瘠的土地上，七月真正是一个鲤鱼跳龙门的日子。

一进入七月，一种赌徒的真正感觉袭击了我。我就如同一个把所有赌资都押上的赌徒，等待着开牌。那种痛苦的折磨就像一朵含苞待放的花蕾渴望着太阳和雨水的滋润，尤其像我这样的赌徒已经不止一次在七月输到山穷水尽的地步。更让我感到痛苦恐惧的是在我所有的七月中，父亲也经历着同样的甚至更为深刻的痛苦的折磨。

一年一度输赢揭晓的日子如约而来。和许多父亲一样，我的父亲一大早将我叫起来。他没有言语，只是用那种目光笼罩着我。这目光凝滞而沉重，仿佛将我置于一潭黏稠的汁液中，使我喘不过气来。父亲从他贴胸的衣袋里摸出十元钱来，在他递给我钱的时候，有些迟钝，手有些颤抖。而我接过那带着父亲体温与汗味的十元钱时，手颤抖得更加厉害。我努力表现得自信一些，结果越是要表现得自信，手就越发地颤抖，像深秋里的树叶一样，以致连我的身体也抖起来。我是逃遁似的离开了那双眼睛。虽然我知道那双眼睛是善良的仁慈的宽厚的，但我内心无法排除对这双眼睛的恐惧……我再也输不起了。

我一步一步走向学校，内心的恐惧正在加剧。经过村庙的时候，我不由得走来走去，跪在了那泥像之前，我想没有人比我更加虔诚，没有人比我叩的头更响。

第一年的七月，好容易挨到了“开牌”的日子，父亲递给我十元钱对我说如果中了，就打十元钱的酒回来，没有中，别糟蹋钱。父亲的话总是这样的直接。可因为仅仅差了两分我没有给父亲打上酒，我带着家人渴望花掉的十元钱回来了。父亲没有责备我，然而他越是不责备我，我内心的痛苦就越沉重。到了新学期开学的时候，父亲对我说再去念吧，差两分一年咋都弄够了，我那时候在生产队哪一年不比别人多挣个三五百工分？我无法对父亲讲学习和劳动的不同，我只有努力学习。

第二年七月的“开牌”，我又输了十二分。当我再次把钱放在父亲当面的时候，父亲火了，他对着我吼道：狗日的鼻涕淌到眼窝里——倒来了，你给我回来打牛后半截去，老子没有钱供你享福。是的，在家乡那样焦苦的地方，谁不认为读书就是享受呢？我想对父亲说如果读书真正可以叫作享受的话，那么我宁愿受苦。可是我说不出那样的话来。父亲一辈子好强，他是多么希望能够培养出一个读书人来支撑门面，来打点种田以外的事啊。要批房地基，他跑了多少趟，没有批下来，可是有人偏偏一批就是两处。这对于一辈子面朝黄土背朝天的人，打击是沉重的，这让他充分认识到了种田人的可悲与无奈，人家无非就是有一个在县里开车的儿子。然而我们弟兄硬是一个个不争气，大哥二哥相继种了田，希望便寄托在我的身上，可我偏偏如此不出息。我期待着新学期的开学，可是又怕这个日子的到来。然而日子并不因为我内心矛盾而就推迟。开学了，父亲说再读！父亲依然没有多余的话。可那每个字都像石头一样，把地能砸出个坑来。他亲自送我到四十余里以外的乡里上学。父亲走在我的前面，拉着驴，驮着我的铺盖，他的步履显得有些疲劳，甚至是麻木，那已经驼了的背越发弓得厉害，仿佛背负的东西越来越多了，非要这样将背弓起来似的。他已经是年过花甲之人，应该是歇缓享福的年龄了。

看着父亲的背影，我忽然失去了赌的欲望，我为什么要继续赌下去呢？怎样不是活一辈子呢？我的朋友、我的同学不都输了个精光回来了么？我鼓足勇气说："爹，我不复读了，回家种地吧。"父亲回过头来看看我，他的目光里不再有那种凝重，反而凶恶起来，仿佛被激怒的老虎，一甩手，手里的鞭子狠狠地抽在我的脸上。之后便默默无言，继续走自己的路了。我的脸火辣辣地疼痛，可是我心里却踏实了，我想至少父亲对我发怒了。

第三年的七月，不争气的我又输了，我捏着那十元钱在一个山梁上坐了许久，最后我一狠心走进了供销社，打了十元钱的酒。当我看着那晶莹的液体带着醇烈的芳香汩汩地流进瓶子，我的眼泪却来了。我顺着小路往回走，二十二岁的身体却感到了从未有过的沉重与疲惫。在与村子相对的山梁上，我远远地就看见父亲像一只老鹰，蹴在大门口，他手里长长的烟锅不停地喷出烟来，像一列钻出隧道的火车。父亲站了起来，他伸了一个非常舒展的懒腰，身体像蜷缩了一个春天的花朵尽情地舒展开来，两只长长的胳膊伸了伸，还上下起伏了几下，那是一种飞翔的姿势呀！父亲真像一只要飞起来的老鹰。我想我手中的酒瓶在夕阳的余晖里一定放射出耀眼的光芒，这光芒一定照亮了父亲的眼睛，父亲一定闻到了代表着喜庆与快乐的酒香。

在父亲的注视下走完一段上坡下坡的路，我感到浑身的不自在，两条腿仿佛给什么绊着一般，不足一里路，我却走了十几分钟，走出一身大汗来。刚刚走到大门口，父亲就对着院子喊：“红红，快把凉水给你哥哥端出来。端上两大碗！”

我再也忍不住郁结的悲伤，一放声就哭了出来，两腿再也支撑不住，扑通一声坐在地上。

我说我没考上！

父亲一扬手里的长烟锅，打在那两瓶酒上，酒瓶碎得十分彻底，酒像月光一样洒了一地，醇烈的酒香弥漫开来。

妹妹正端着水出来，由于惊吓，碗掉在地上碎了。

父亲一转身走向山顶。夕阳将父亲的身影扯得很长。我默默地跟在父亲的身后，我想父亲会转过身来给我一烟锅，两烟锅……甚至更多，我渴望这样。然而，父亲没有。到了山顶，父亲又装了一锅烟，吸了一锅又一锅，最后父亲说做官中状元都是出在祖坟里，咱坟里没埋下。

我对父亲说：“爹，你再给我一年时间！”

父亲抬起头看看我没说什么，他抽着烟凝望着天空。

开学了，父亲再次拉着毛驴驮着铺盖送我上学，一路上我们没有说一句话，可是我却听到了更多的无法用语言表达的话语。父亲走在我的前面，他的背驼得越发厉害了，让我想起门台上那棵旱了多年的弯脖榆树来。我的泪一直流到了学校。

后来，我终于用那十元钱打回酒来了，那是一种非常廉价的散酒，用黑缸盛着，有一斤的勺子，有半斤的勺子。因此买那种酒叫打。可是即使再廉价它也是酒啊。它代表着喜庆与欢乐，它就是节日。除非过年婚娶能喝到酒外，再是很难喝到酒的。用家乡人的话说酒是有闲钱的人喝的。家乡人没有闲钱。家乡人的钱比家乡人还忙。

父亲醉了，把我也弄得醉意蒙眬。他拉着我的手直叫我兄弟。这让我想起他拉着我家的那头老牛叫兄弟的情景。我想我不是个好儿子，我让他跟着我受了四年的折磨，如果我第一年就考上，我的父亲或许不会醉成这个样子，更不会喊我兄弟的。

父亲要为我举办村子里最丰盛的宴席，我说算了，这几年把家里拖累的。可父亲说这是啥事，这事能轻易让过去？这是咱祖祖辈辈最大的节日，砸锅卖铁也得过大了。

从考上大学到毕业，我一直奔波于尘世之中，往来于凡俗之间，忙着娶妻生子，忙着房子、儿子、票子以及多彩的人情礼仪，几乎挤不出什么闲钱来买名贵的酒。后来我终于挤出点闲钱来买了上好的酒，送回乡下。可是父亲听说这酒一瓶就四百多元时说酒没有贵贱，只有心情有贵贱。我点点头，父亲没有文化，更不是哲人，可是他说出的话常常让我要思考许久许久……

那瓶酒至今还放在家里的枣木老柜中，因为父亲自己喝觉得没意思，拿出来招待人却又觉得太奢侈。

他连喝了两杯酒，说："我一跟他说，他就说你懂啥，一跟他说，他就说你懂啥，啊呀，跟我顶上牛了，眼睛瞪得铜铃一样，倒像我是阶级敌人，把他往黑路上引哩，把我的心伤了个透透。他已经二十八了，要不念书都几个娃的爹了，周成远跟他同岁，都两个娃了。这回去，我跟他摊牌了，跟他说你瞎瞎好好找个媳妇，我给你操持着娶了，我把当老子的义务尽到，你过瞎过好是你娃的本事。一提这事驴日的就跟我绷眼睛，不要我管。气头上我就心想不管就不管，老子把你供养成大学生，责任也尽到了，可气消了又不甘心么，他两个哥哥的日子他也看到了，都打工十来年了，挣得供不上花的，没家没舍地漂着哩，他念了那么多书，咋也不能像他爷、我和他两个哥哥一样一辈重复一辈的日子么。……你说咋办么？你得给我想个办法啊，我没路走了。"

我说："这样，五一我回城里跟家泰聊聊。"

他说："那拜托你了，你是文化人，也是过来人了，见多识广，好好给说说，把词用上往扎实里说，宁可死在阵上，不要死在炕上，人得往前走啊，咋能不考呢，就跟那娃一辈子呀？人能糊涂一时，不能糊涂一世，糊涂一世那就没治了，糊涂一时会害一辈子的。书不能白念么。家泰要考肯定能考上，迟早的事。"

13

远远看去，莽苍的梁峁与高远的天空融为了一体，因为一栋孤零零的房子耸立在梁峁之上，区分了天地，就天还是天地还是地了。那不是一户人家，而是一座小庙，看上去就像一个老者，伫立在山梁之上，凝视着脚下的村庄，而在村庄里，你一仰头便看得见小庙。

在上庄这样的小庙基本上一个自然村就有一座。上庄和前墩、后壕几个村庄供奉一座小庙。小庙坐落在灵山上。灵山是一座小山，在上庄周围并不高大，显得小巧，但有些独立，有些挺拔。站在庙台上四下看去，七零八落的人家就匍匐在脚下，通往小庙的小路犹如西藏大地随处可见的玛尼堆上一条条飘扬的经幡。有些路极细微，仿佛一根泛白的鞋带，在这莽莽苍苍草木稀疏的荒野，也十分的明白醒目，那是一户人家或者一个人走出来的。

庙院的大门是一个老式的木板门，门板有一拃厚，扣着，没有上锁，方便许愿还愿祈福禳灾的人随时进入。庙院很大，足有三亩，但只有一大间房子，上庄人称之为神堂。砖墙瓦顶，房脊上没有任何饰物，就像普通人家的房子，不同的是伸出的那个弧形檐廊，要比普通人家的檐廊长出几米，用了两根立柱。檐廊下有一个水泥砌成的香炉，日晒雨淋，水泥面裂了许多口子，有的地方已经脱落，露出泥胎。神堂门也是扣着的，有一副对联也是常见的“上天言好事，回宫降吉祥”，镌刻在门框之上。

房间没有吊顶，椽子不是松椽，有杨木，有柳木，粗细不一。屋顶铺的苇席也黑褐了。房内极其简朴，没有塑像，没有壁画，更没有熏得眼睛都睁不开的巨型香灶、成排的长明蜡烛，自然也没有和尚尼姑。俗家弟子，无钟无鼓，只有一个碗大的木鱼。泥壁素墙上，挂着一块红布，上庄人叫神幛。红布上面挂着些木牌，便是一个个神位了。神幛前没有木制、石凿的香案供桌，而是用砖砌了一个台子，上面摆着家用的铁丝一般的细香和白色蜡烛，香炉也是几块砖垒成的。庙的围墙是在残存的老地基上砌筑的。从残存的老地基上看，这里应该有过一座气派的庙宇。

我的家乡村庄里也都是这样的小庙。小庙虽小，却承担着和那些名寺大庙一样的职责，给人以寄托，以希望，以信仰，以约束，以忏悔，以惩戒。天旱遭灾了，上庙告罪祈祷；风调雨顺了，上庙还愿感恩；家里日子不顺，上庙禳解；女人不生养，上庙许愿；孩子不乖（生病），抱去庙上讨符；老人去世，众孝子要去朝庙。人们就是这么虔诚而卑微地走向小庙。

虽然因为贫穷，乡亲们很现实，但在上庙这事上，从来不像有人说的临时抱佛脚。上庙是人们日常生活中的一门功课，是唯一没有组织吆喝的自发的集体活动。平日里每逢农历初一、十五的早晨，人们端着备好的香盘，从一条条小路走向小庙，就像单位、部门的例会，风雨无阻。

随大人们上庙也是孩子的功课。生活在小村庄的孩子有个头疼脑热，大人领着或抱着去庙里向老爷祷告求药——用黄表纸盛回一点香灰，配点桃木尖柳木屑院心土，以水冲服，有些病竟就那么好了。那些三天两头不乖的病公鸡，会从神幛上剪一绺红布，回家后做成项圈戴在脖颈上，就算得到了老爷（神灵）的庇护。如果你在村子上见到戴着布项圈的娃娃，那说明是受着老爷保佑的。因此，再调皮的娃娃进了庙门就肃穆起来，虔诚起来。上庙有许多禁忌，准备供品时一定要洗漱，不洗漱会害（生）疮，后辈儿孙会害狐臭；上香时一定要将香插端直，如果插歪斜，后辈儿孙会有背锅斜眼，会走邪路。

这些年走的地方多了，气派的豪奢的名寺大庙进过不少，反倒觉得这样的小庙让人亲近，就像一户人家，随人而居，与人为邻。进城这么多年了，每次回村我都要上庙，像去村上的那些老人的屋里一样。

那年一位上海朋友非要跟我到家乡去看看。到了家乡看到山头上的小庙，说这户人家倒是很有想法，把家安在山梁上，站得高，看得远，日子该过得不错。当他走进小庙，大为惊讶，说世上还有这么可怜的庙，哪个庙不是高屋大宇红墙绿瓦的。看了庙门上“上天言好事，回宫降吉祥”的对联，感慨地说这是世上最简陋的宫了。

有一回下乡调研一个村庄移民搬迁，有个老汉提出一个问题：我们搬走了这庙咋办，就这么撂了？总不能没有庙吧。有领导说迁去的地方有庙，比你这庙大多了，也灵验多了，名气大得很。老汉却说庙不在大小，这庙我们供奉了几辈子，说撂就撂了？我说庙也搬过去，把村部盖成二层楼，楼上是庙，楼下是村委会，合署办公，也算有个监督。大家都当笑话听了。那老汉认真了，说这主意好，神佛在上，村委会在下，正应了头上三尺有神灵么，有神灵监督，看他们还做亏心的事！这世上许多东西人都不信，就相信善有善报恶有恶报。

然而，这可能吗？

我叩拜上香后出了庙院，看到几个老汉往山上爬来，我知道他们是上庙来了，今儿应该是老历十五。

老村长捏着几把香，老周提着一桶水，老黄端着香盘。香盘是家用的普通杏木盘子，铺一方红绸子，盛放了敬神的供品就成为敬神的香盘。进了庙门，他们洒了水，扫去地上干起的浮土，掸去神幛上的灰尘，把每一个神牌往正里扶一扶，虔诚地跪下，摆上苹果、梨、馒头，然后上香，叩头，作揖。出门来蹲在庙院里吃烟。

我说："这里以前该有座大庙吧？"

老黄说："以前咱们灵山庙大着哩，佛堂十间，塑像十八尊，钟、鼓都有，每年四月初八的庙会，老爷灵验得很，解放的时候，还有两个和尚哩，大地震都没震倒，可惜'文化大革命'给拆了。"

老村长说："灵山庙明朝时候就有了，八几年还议过重修的事，这几年人走光了，重修的事再就拾不起来了。"

老周说："这庙啊不但是镇一方妖魔鬼怪，也镇人哩，你说是不？庙虽小，可踏进庙门心里的虔敬都是一样的。人如果没有忌讳还了得？"

这话深刻，神是一种信仰，庙是一种约束，人是需要约束的。

老黄说："跟那些大庙比，咱这庙就是个村长。"

这话对，庙就是一个隐性的村长。

14

管小武去唐王庄看他资助的三个孩子，顺道来上庄看我。唐王庄就在挡山那面，虽一山之隔，却是两县。管小武是作家里面有钱的主儿，他靠给老板写报告文学发了，开了一家文化传媒公司，房子换成别墅了，儿子留学美国了，车子开上奥迪了，在唐王庄还资助了三个孩子，每年都会去看一两回。

晚上我们在老村长家喝了一场。第二日是周末，我和管小武一起去唐王庄，出了校园，进入村巷，一个小伙子站在村巷里抻开两条胳膊拦车。村巷本来窄狭，勉强能过一辆车，他这么一拦，就是一夫当关了。管小武停了车，小伙子嘿嘿一笑，说："把我捎上。"不等我们回话，他拉开车门直接上来了，"你们要去哪里？我给你们带路。"我说："去唐王庄，路熟，你忙你的，不麻烦了。"他说："你看地里光秃秃的么，老天爷不给活，谁也没干的。"出了村巷，管小武说："你要去哪里？我先送你。"他嘿嘿一笑说："不去哪里，坐你们的车逛逛。"到上庄已经过去了几个月，年轻力壮的小伙子我还是第一次在村里见到。我说："没出去打工？"他说："前几天才回来，家里有点事。"他自我介绍叫李玉堂。我差点脱口叫出"你就是倔种"。我打量他几眼，跟我想象的有出入，他并不是五大三粗脸露凶相的模样，他的面目甚至有些清秀慈善，就是皮肤黑糙。

关于李玉堂的倔，老顾当笑话讲过。按辈分，老顾是李玉堂的姑爷爷。门框碰了头，提根棒棍打得门框直掉泥皮；砖头碰疼了脚趾头，提起斧头将砖砸成了一堆粉末；垂下来的树枝扫了脸，一顿砍刀将树砍成秃子。最经典的是有一回李玉堂在山梁上放羊，一股风将草帽给叼走了，他追着草帽一直到了沟底。戴了草帽，刚上了梁顶撵上羊群，又一股风刮飞草帽，他又一直追到沟底。上了山顶一根烟还没吃完，草帽又被风叼走，滚落沟底。李玉堂站在山顶吃了几根烟，扑到沟底，驴日狗养的骂着跳着蹦子将草帽踩个稀烂，还唾了几口，浇了泡尿。老顾笑得都快岔气了，说我就在对面梁上放羊看着哩，你说要么不追毬了，要追了就捡回来，从山顶追到沟底，二三里地跑了几回，却把草帽踹碎了，你说这娃的脾气瞎不瞎，那天的风日怪，这狗日的更日怪。

李玉堂的媳妇春草年前跑了。我到上庄没几天，老李就来找过我，"娶进门还不到一年么，十三匝子新崭崭的老人头，连号码都没乱啊，说不回来就不回来了。"上庄人把百元大钞叫老人头。我说："彩礼十三万？这么高？"老李说："现在都这么个行情么。"老李请我过去给亲家说说，我说："我说能顶用？"老李说："咋不顶用？你是干部，公家的人，不看僧面看佛面，狗日的心里怯着哩。"我去了一趟，没见到春草，只见了春草的爹，我说了一大堆话，老汉只是闷着头吃烟，把个窑洞吃得像烟洞，旱烟味烈，呛得我直流泪。从始至终老汉只重复一句话："打得过不成了么，麻绳蘸上水往死里打呢么，再过下去我娃怕就没命了。"大约一个月后，老李又找过我一趟，说："他们给春草把对象都寻下了，听说彩礼都收了，眼看着要嫁人了。"问我这事能不能打官司。我说："玉堂和春草把婚离了？"老李说："没有。"我说："还没离婚，就敢嫁人？这是重婚罪，要判刑的。"老李说："唉，当时只是摆了宴席，没领结婚证。”我说：“结婚咋连结婚证都不领？”老李说：“这里谁领结婚证，领了结婚证公家就知道了，计划生育就盯上了，要一胎两胎生不下个儿子，罚得你钻都没处钻。”我说：“不领结婚证，生下孩子不上户口了？”老李嘿嘿一笑说：“你们城里人这方面脑子不行，有户口娃娃长，没户口娃娃就不长了？都等娃快上学了才花钱办户口哩，公家也说了，不让有黑娃娃。”我想想说：“结婚几个月了？”老李说：“眼看一年了。”我说：“这应该构成事实婚姻，官司应该能打。”老李说：“能打赢么？”我说：“应该能。”老李说：“你老说应该应该，说得人心里没底么。”我笑笑说：“我给你问问。”老李说：“都说见婚姻说合，见官司说散，有一分奈何也不想经公，这事你就帮个忙吧，也太气人了么，墙活一锨泥，人活一口气，我知道官司不好打，是个花钱的事，钱我们花。”我上老疙瘩峰打电话咨询律师朋友，朋友说：“官司可以打，不过他得有心理准备，我可以把他们打成合法夫妻，但不能打成真正夫妻。”我说：“什么意思？”朋友说：“你想两家都打过官司了，这种伤害不是一般的伤害，两个人还能生活在一起？女方不回来，你能有啥办法？这不是财产官司，法院可以强制执行。而且我估计把他们打成合法夫妻，紧接着他们就会打离婚官司，男方经常打女方，搞不好靠到家庭暴力上去了，女方还可以向他们索取赔偿及生活费，从这个意义上讲，他打这官司达不到目的，打官司的真正输赢，在于目的是否达到。”我想对老李来说这可不是他要的结果。过几日，老李来了，我婉转地把意思说了，老李愣了半晌，深深叹了一口气说：“你别操心了，驴日的不让我管，看他驴日的咋闹腾去。”

上庄到唐王庄有四十多公里，要翻挡山，路特别别扭，走了两个小时。管小武留下了钱，还带了衣服、书包、书籍，给孩子的爷爷奶奶带了烟酒糖茶。老唐一家千恩万谢地硬要留吃饭，我们谢了。回上庄的路上，经过榆树壕时，李玉堂说："去我家吧，大块羊肉也炖得差不多了。"我们不打算去，道了谢，李玉堂说："大块羊肉就是给你们炖的，不吃就糟蹋了。"管小武说："给我们炖的？你早打算请我们吃饭？"李玉堂点点头说："刚满月的羊羔，粮食喂下的，到城里你吃不上这么好的肉。"管小武说："好。"掏了五百块钱，李玉堂说："羊羔自家喂的。"管小武硬塞，李玉堂眉毛一挑说："啥意思么，看不起人是不？你们城里人钱多是不？我拿了你这钱就拔了穷根了?!"管小武忙赔着笑脸说："我不是那意思，你多心了。"院子大门小，车进不去，李玉堂说："停在外面没事，村子上没几户人了，也没人敢动这车，都怕这车哩。"进门的时候，管小武悄声说："这家伙怪有意思的，脾气看上去是不大好。"我悄声说："性格倔强，人叫倔种。"

李玉堂掺好了热水端出来让我们洗洗。洗脸的时候，老村长也来了，管小武抱下了几瓶酒。李玉堂说："咋能喝你的酒，酒家里已备下了。"老村长说："喝老板的酒，他那酒香，你能备个啥酒。"拳头大的羊肉块子用一个四方杏木盘子端上来，管小武吃了几口，说："这肉真香啊，一点都不膻。"老村长说："咱上庄的羊是纯种滩羊，国家保护品种，咱上庄有十几种中药材，甘草、苦豆子、秦艽，都是羊的好草，饮的是沟里的水，碱性大，羊肉就不膻。"我说："你知道人咋说这里的羊肉么？喝的是矿泉水，吃的是中草药，拉的是六味地黄丸，尿的是太太口服液。"管小武"哧"地笑喷了。我又悄声说："还有后半截哩。"管小武问："咋说？"我说："等以后再给你说。"

喝过两瓶酒，老村长不喝了，说："你们说吧，我先回去了。"

李玉堂说："舅爷，你给说么。"老村长说："你没长嘴，我说？事就这么个事，死马当个活马医，成就成，不成就拉倒，有啥难开口的。"老李说："咋了，你嘴不是歪得很么，人说一句你三句等着哩，这阵嘴叫驴踢了？"我对老村长说："有事去我那里说吧，正好一起回去。"老村长说："你们说，我走回去，喝了酒坐这东西颠得晕。"老村长走后，李玉堂嘿嘿一笑说："今晚就住我家吧，让大老板也住住窑洞，被褥炕单都是新的，没沾过身。"管小武说："好好，科学研究表明窑洞冬暖夏凉，最宜养生。"

窑洞很整洁，大红喜字、花花绿绿的彩带还在，墙上挂着两个大相框，里面镶着李玉堂的结婚照，地上摆着几件新柜子，还有一套沙发，都用塑料布苫盖着，依然还是洞房模样，挺温馨的。从结婚照上看，春草长得是很漂亮的。李玉堂要拉掉沙发上苫着的塑料布，我说："躺炕上说吧，躺展舒坦。"我们就上了炕。

我递给李玉堂一根烟，李玉堂没接，掏出自己的烟说："我这烂杆烟你们不抽，你们抽你们的，我抽我的。"

我硬塞给他说："都是冒烟的东西。"

我估摸李玉堂是要说他媳妇的事，就直接说："咋就老打春草？"

李玉堂说："你听那老驴瞎说，一巴掌一捶也是个打？再说了谁挨打不是嘴瞎招的，要不是她嘴瞎，我吃疯了打她？"

我说："女人么，哪个不嘴碎？忍着点不就过去了。"

李玉堂说："喂猪骂猪，赶驴骂驴，干啥骂啥，说话听音，打鼓听声，分明就是骂我么，一句话就是不想让你在家里待，逼我出去打工，搁你你忍得住？"

"娶来就是个娘娘，当菩萨供到板板上都供不住，你个驴日下的，还三天两头地捶你妈，现在的女人是捶得下的？瞎（hā）迷日眼窝的连轻重都掂不来，毬皮鞔鼓——硬撑，撑扯没？”原来老李站在门外。

“我是三天两头打了？说话把不住门。”李玉堂双掌拍着炕，“现在你就是拿刀把我剐了，事能回头？”

老李说：“你个驴日下的就是在老子跟前耍倔本事，本事大把你妈接回来，老子给你烧香磕头哩，拿十三万打水漂，你当你是官老爷大老板？你就是个糊脑子，还不让人说了。”

李玉堂跳下炕，说：“你脑子清干，你日能，你进来说。”

老李说：“日你娘，你做下的事让老子说？装了十几万烧得毛都长不住，把四下里的女娃挑遍了，挑了个你妈，定亲的时候我就不同意，我咋说的？那家人麻达，钱财上黑，那女子猴，活泛的眼皮皮都会说话，娶过来守不住，不听老子的话，硬拗着要娶你妈，娶了个啥下场？”

管小武说：“彩礼十三万？”

李玉堂说：“现在就这么个行情。”

老李说：“羞先人去，十万的你不娶么。”

李玉堂说：“我是说现在，今年张旺的女儿改子不要了十五万？”

老李说：“前年有这么高？是你驴日的烧包，把事做冒风了咋不说？”

李玉堂跺着脚说：“还让人说不让人说？吵毬得，我不说了，你说去。”

老李说：“我说去？净沟子推磨，转着圈圈丢人的事，你让我说去，你说着五八，不说着四十。”

李玉堂说：“你不说话嘴痒得不行啊？搅打毬的，闲得没事了，去看我舅爷家有好烟么借两包来。”

老李骂骂咧咧地走了。

“前面都撂过，我给你们往简短里说，要不等会回来又搅打得说不成了。”李玉堂咳嗽几声，清清嗓子，“春草的弟弟要娶媳妇，他爹让我拿六万，不要说我结婚欠下一沟子烂账还没还清，就是我有钱，我的钱也不是狗屙下的，是不？我娶春草你少收点彩礼，哪怕是少收个三五千，给我顾个面子，那我也认了，人么总得讲个道义，一个女婿半个儿么，老先人说下的话都是规矩么。可你把我当半个儿待过？当时女子彩礼的行情最高也就十万，你看我对春草痴心，心黑得要十三万，一分都不少，恨不得把我家刮了，十三万在这方圆是冒了尖的，都说是我把彩礼抬高了，谁见谁骂。要说十万也能娶上，可咱看上人了么，你说娶个女人一达里要过一辈子哩，我多花三万就是要买个称心如意，我认了。现在你娶儿媳妇，凭啥要我给你掏六万，天下有这理么？你做事不留后路，现在拿多少那是我凭心举念的事，有你这么摊派的，你是镇上的干部？我娶春草哪一分钱不是我冒着生命危险挖煤挣下的，给我姐家摊了五万还是六万？再说你儿在家里躺着让我拿钱？真把不要脸的药连纸包包都吃上了。春草一回娘家，老东西就哭哭啼啼上吊抹脖地闹，逼我出去拉高利贷。拉六万高利贷，那驴打滚的利钱背上，就是个黑窟窿，打工一年挣下的就是个利息钱。下煤窑挣钱多，可挖煤那是干阳间的活儿花阴间的钱，有今儿没明儿的活儿，我整整挖了十年煤，遭了三次难，一次窑塌被埋了五天，一次瓦斯爆炸了震晕了，一次让水淹了，命大么没死下，可一提煤窑我头皮麻扎扎的，三次赔偿的钱加上挖煤挣下的才娶了春草，我还想好好活着哩。春草回来就跟我闹，逼我出门打工。人都骂我是倔种，我这人就是倔，顺着来咋都好说，拧着来你拧不过我。我干脆就不理会这事了，我说你让你爹死了心，我就是下窑挖煤，也不会给他一分钱。后来春草就跑到娘家不回来么。唉，不扯那些了，一句话没遇上好亲戚，要说春草刚嫁过来好好的，都给她爹带坏了。”

续了根烟，李玉堂接着说：“春草跑了后，我找了不下十趟，老东西连春草的面都不让见。我咽下一口气去南山窑下窑挖煤了。咋能不怕？那就是阴曹地府啊，可人都说大难不死必有后福，事不过三，我都遭了三次难了，人活一辈子赌的就是一句话么。我就想我一下煤窑挖煤，春草也就回来了，我豁出去六年，给老东西挣六万。可谁知那老驴是半夜起来吃豌豆，变驴的心早就安下了，他给春草把男人都寻下了。我提着一把尖镢去了，想着把驴日的一个一个一顿尖镢刨了，活得这么难心，有啥毬意思，都不要活了。可一家人不闪面，我骑在墙头上那么羞辱了一番，人家就是不露面，我在墙头上吃了两包烟，把我吃恶心吐了，也吐明白了。我才三十岁，还没活过个好人，为啥拿命换那一家子烂命？我站在墙头浇了一泡尿，就把大门楼子刨倒，把狠话也撂下了，老子这就下窑挖煤去，再娶个丫头给你老驴看看。可春草生了，还是个儿子。春草不回来算毬了，吃亏添福，我就当个亏吃，可儿子是我李家的骨血，那得要回来，这天经地义的事，就当十三万买个儿子，也值。我去要儿子，老驴说女人都不是你的了，娃还能是你的？你说世上有这号人么？我跑了三趟，连儿子面都没见上。后来我想那老驴钱财上黑，春草的彩礼给大儿娶了媳妇，小儿子要娶媳妇正急得像热锅上的蚂蚁，我就想掏上一千把儿子要回来。唉，这话一提头，日他妈坏了，老驴是蚂蚱吃露水跟在秆秆上，说一千就想买个儿子？城里买只狗还几千哩。你说这是人说的话么，把我儿子跟狗比？我恨不得把老驴撅成两截子，可我懒得跟老驴扯来扯去，日子不等人，早早把儿子弄回来下窑挖煤挣钱去，就说你开个价，老驴一开口就是五千。我一口就唾在老驴的脸上了。你说我的儿子，我掏五千往回买，这成啥事了，还有天理没？我想算他妈的了，老子能造出一个来，就能造出两个三个来。可我爹不依不饶，逼着要孙子。我说等我挣下钱了，娶个女人给你生一个生产队。我爹说羞你先人去，娶了一个挖了十年煤，再娶一个不把你驴日的皮扒了，就你驴日的那本事，娶了一个都守不住，再娶个还是个跑货，就说不跑，能保证给我生个带把的？现在生个儿子多金贵？你要让老子断根呀，不孝有三，无后为大，你想让老子死了也睁着眼睛呀？整日就是这些话，在你耳边像苍蝇蚊子嗡嗡。我头都快炸了，又不能跟他对骂，他有肺气肿，一着气就恨不得把肺咳出来，我怕他把肺咳炸了。可再去老驴家人家连门都不让进，隔着门缝骂，夹在两头受气，我只能跑到荒山野岭躲着。可躲了些日子我挨不住了，这么躲着咋行？我还得出去挣钱哩。我咬咬牙，心想钱是个啥，好汉子身上的垢甲㞞汉子的命，力气是个啥，力气就是个尿脬越挣越大，五千块不就是白挖几个月的煤么，就当让老板哄了，让贼掏了，耍赌输了，让婊子套了，让骗子坑了。我去再找，日他妈，老驴是荞面搋搋见风就硬，又涨价了，一万。我气从头顶往出冒，一巴掌就扇在老驴的脸上，说你长的是嘴呀？还不如给女人养娃娃去，有一万老子还娶丫头哩。我跟老驴打起来，可人家两个儿子都在么，三个把我摁住捶了一顿，唉，事就这么僵住了。”

老李回来了，从老村长那里拿来两包芙蓉王，李玉堂给我们一人扔了一包，我递给他说：“我们有抽的。”李玉堂又扔回来说：“让你们拿着你们就拿着，扔来扔去的泼烦不泼烦。”又说，“唉，日他妈的，当时咬咬牙，五千块应承了也就没事了，黏到这烂事里两个多月了，把几千块又误了。”

老李说：“你驴日的就是没脑子的货，明知道那老驴日的就认得钱，还跟他提钱，自己把指头往磨眼里搡。”

李玉堂狠狠咂了几口烟，说：“要说一万块也没啥，多挖几月一年的煤也就有了，可是人丢不下气咽不下么，要是个丫头也就算毬了，看他的下眼？可是个儿子，咋也得要回来。”

“你驴日的就是……”老李话没说完，李玉堂抓起枕头就砸过去，人也跟着从炕上跳到地上，老李掉头往外就跑，李玉堂净脚追出门去，就听老李噔噔噔地跑出大门去了。李玉堂进来把门从里闩上了，说：“不说了，过去的撂过，说正事，我想请你们给我跑一趟。”管小武说：“我们跑一趟……”李玉堂打断说：“丑话说到前头，不让你们白跑，我会给你们报酬。”我说：“不是报酬的事，这事我们能干什么呢？”李玉堂说：“你们别怕，不让你们杀人放火，就是让你们去吓唬吓唬狗日的，一吓唬狗日的说不准就把娃给我了。”

我忽然醒悟了，李玉堂跑到村巷拦车，坐我们的车“逛逛”，又炖大块羊肉招待，晚上还留住他家，都是在为这事造势，彰显我们跟他不是一般关系。管小武说：“吓唬他们？他们能害怕？”李玉堂说：“谁不怕公家人？去跟他们撂句狠话，往卖儿卖女上靠，往重婚罪上靠，老驴不尿裤裆才怪哩。别看老驴赖得狗都淌眼泪，胆子小着哩，不要说见个干部，见了村长都前襟长后襟短的，势利着哩。”管小武说：“这怕不好使吧？”李玉堂说：“就你们这人，这车，他们怯着哩，镇长才坐个桑塔纳，能买你们这车一个轱辘子。”管小武说：“知道这车的价？”李玉堂说：“煤矿上老板就坐这种车，大家都认得，Q7么，规定当官的只有省长才能坐哩。”管小武说：“我们去……”李玉堂摆摆手说：“一句话这活儿你揽不？一万块钱给那些没良心的，咱们咋花不行？佛争一炷香，人争一口气，只要事办妥当了，一万都给你们，人都叫我倔种，我说话算话，我就为了一口气。”我说：“行，我们去一趟。”李玉堂说：“那咱们明天一早就走，不远，误不了你们的事，你们早些缓着吧。”

酒喝得有些多，我和管小武出去走了走。月亮清明，星若钻石，天宇湛蓝高深。管小武说：“明天真去？”我说：“去一下，指望着咱们呢。”管小武说：“真能吓着他们？听上去就像笑话。”我说：“你别说，这里人真怕哩。”

我给小武讲了自己亲历的一件事。

当记者那几年，有一回几家媒体组成联合采访组深入基层采访，车一进村就给一个老汉拦住了，那老汉趴在车头上大喊冤枉。陪同采访的县委宣传部副部长就紧张了，劝不走，要把人拖走。我说让他说么，看是啥事。他们不好再拉拽，那老汉就把他的冤枉说了。他家和邻居家因一个鸡蛋生了口舌，后来矛盾越积越深，不久前两家打了一架，人家儿子带了三个警察坐着“日儿”车（警车叫起来日儿日儿的）回来把他抓走了。老汉给铐了一个晚上，打了个鼻青脸肿，最后给人家掏了一千三百块的医疗费。事情过去好些天了，老汉给套在这事里出不来，越想越觉得不对劲，警察为啥青红皂白不问，连一句话都不让他说，直接圈进一间房里一顿乱捶。他打工的时候见过警察审人，说得少了都不行，可他们审都没审就捶了他，而且圈他的那房子也不在派出所院里。再往下想，那娃就是个打工的，警察多牛逼，见了他们这号人连个好声气都没有，是他想叫就叫来的？他家又没亲戚在公家干事。越想越觉得事很蹊跷，他就去了县城，待了三天，搞明白了，那娃是干保安的，保安服跟警服很像，而且不是警察照样能穿警服，警服街上就有卖的。还搞明白了顶棚上闪灯的车也不光是警车，消防车，救护车，看护草原的车，给领导开道的车都有闪灯。他觉得自己不是被警察收拾了，而是那狗日的娃叫了一起当保安的冒充警察把他收拾了。

我告诉他其实要细看，还是有分别的，警察的穿着跟保安还是有区别的，衣服有编号，有牌子。老汉说那狗日的车上的灯红红绿绿一闪一闪的，一进村子大人娃娃都喊着警察来了，警察来了。车上下来的三个穿得又跟警察很像，大盖帽戴得武玄玄的，紧张得哪顾上细想细看，大意了。要不然，抓我？别看我老了，再有那么三个瘦猴也不一定是我对手。我说没找镇上？老汉说找了，镇上、县上找了几趟了，人家又是说时间过了，又是说那娃找不见，推着不办么。上天无路，入地无门，我只能拦轿喊冤了。副部长说你明天去找我，我给你解决。老汉说你把名片给我一张，我知道你们主持公道哩。我掏了张名片给了老汉。之后老汉就被强行推走了。采访回到县城刚住进宾馆，老汉又找到宾馆来了。我说副部长不是答应给你解决么。老汉说靠不住，当着你们的面才这样说，你们一走，找他们连个好脸子都看不上，门难进着哩。我说我真解决不了。老汉叹口气说我认了，就当个亏吃，我也弄明白了，冒充警察是犯法的事，要是假的，我又拦你们又追你们到县城，你还给了我名片，他狗日的就心里不闲哩，事扳回来扳不回来，也不能让他狗日的心闲。晚上，县常委宣传部长和一个副县长接待采访组，副县长正好分管公安口，我把情况说了一下，副县长说有这事？没王法了，冒充警察这是犯法，我一定严惩不贷。常委宣传部长说我们一定解决好，千万不敢见报。我说邻居间的事，把老汉的钱给退了就行了，也别太难为他们。我回去的第二天，老汉又给我打电话道谢，说他回去的当晚，狗日的就挨不住了，把诈我的钱全退了回来，还提了两瓶酒两条烟，让我不要告了。又过了几天，宣传部长又打来电话说那事解决了，那家把老汉的钱全退了，还倒赔了两千块医药费。

管小武说："要在城里，出了这种事那可有的闹。"我说："城里哪能出这事，这里山大沟深天聋地哑的，有些人最远就去了个镇上。"管小武说："李玉堂要说的是实情，他老丈人也真是太过分了。"我说："去了见上面咱们好好说说。"管小武说："一个姑娘彩礼十几万，听上去真吓人！"

第二天早晨，李玉堂带着我们去了沟台子。路上，李玉堂给我们交代，见了面你们一定要横，要摆出那些干部的架势，双手叉腰，指头往他鼻子上戳，眼神要凶巴巴的，说话口气一定要大，不容他们插嘴，拍桌子踢板凳都行，要压得住阵势，把他往死路上逼。又嘿嘿一笑说你们见过世面，也都是当干部当老板的，这些话你们经常说哩，路数熟，还用我教。可是春草家大门上了锁。问了旁边一户人家，说走了，几天前就走了。问去哪里了，说不知道，大车小辆的，一时半会儿回不来。又说你看这天旱得，守在这里有啥守头？麻雀都往有水的地方飞哩。李玉堂翻墙而入，不一会儿出来，说："日他妈，肯定有人连夜传话了，上庄老胡家跟他们家有亲戚。"我说："邻居说走了几天了。"李玉堂说："那是春草二爹家，能有实话？院里的水坨坨还湿湿的。"管小武说："我们等等。"李玉堂说："等不来的，说不定就在谁家躲着盯着我们呢，这村子都是一姓人家，抱团得很。"抽了根烟，李玉堂仰天长长吁了一口气，说："走吧，你们来过就行了。"

回去的路上，李玉堂说："算毬了，一口气咽了，就等于我给他家背一年煤，我把我儿买回来，我奶奶说过人得吃点小亏，小亏不吃吃大亏，他富不了，我也穷不了，一万块钱拿去一家人吃药去。"又说，“其实，我也不想闹得太狠了，有儿子了么，长大咋给儿子说，不管咋说人家是娃的外爷，人家是娃的娘，对娃来说这都是钢刀割不断的亲戚。你说我娃长大了，这亲戚能不走？人家是骨髑主儿（娘舅家人），娃结婚时能缺了娘舅家人？要不是顾念儿子，我一个包子（炸药包）把驴日的一家早给平了。”

李玉堂下车时，给管小武二百块钱。管小武说：“这是做啥？”李玉堂说：“事没办成，不能让你们白跑，总得把油钱给你们。”管小武说：“你咋这样的人，看不起人是不？”李玉堂拍拍车说：“这车掀起的土尘都不一样，你们把好人活了。”又笑笑说，“这么高级的车这辈子怕就坐这一回，谢谢你们。”

15

清明放假我没回去，虽然加上双休日三天假，倘若只是扶贫，回去可以多住上几天，可这教书是要按时到校的，一来一去顺利就得三天，不顺利得四天，五一还放假，等五一再回去。老村长捏着一卷纸来了，说："害得你清明也回不去上坟，按说这清明是要到坟上的，明日你到十字路口烧了吧，十字路口也能得上，老先人惦记哩。"又说，"十块钱纸钱你得给我，不然，你烧完你先人也得不上，让我先人得了。"清明城里人叫扫墓，上庄人叫上坟。我说："我上过坟了。"老村长说："清明还没到，你就上过坟了？"我说："城里兴早上，怕到了清明有事打扰耽误了，三周前我回去开扶贫跟踪会就上过坟了。"老村长说："清明节现在不是放假了，专门让上坟哩，咋还能有事打扰了？"我说："清明不是叫小长假么，安排出门旅游的，赴同学聚会的……"老村长说："噢，就是把敬先人的事不当回事么，清明节那就是亡人的节日么，上坟要是能随便择日，定个清明节做啥？国家都放假哩，唉，现在啥规矩都守不住了。"我脸红了，老村长说："我不是说你，现在这风气不好，我儿子也说是七事八事的，不想回来上坟，我一骂就说有你上了就行，你说这是啥话，上坟敬祖的事我能替了他？他年年得给我回来，今年倒好，单位上组织出去旅游了，单位上组织咱还能说啥?!"我掏了十块钱，老村长说："坟不能重上，上过坟了就算了，我给我家先人烧了去。"又说，

"活人免个死人意，谁知道亡魂在哪里，阴阳的经都这么念哩，可留传下来的都是规矩，是规矩就该守着。"

老村长的话让我很惭愧。这些年了，清明节这天我没按时上过坟，都是在离清明还有几周、一个月选个周末就上了，即使清明节有了假期，也是如此。每年一入三月，兄弟姐妹就开始张罗扫墓的事了，都说早早上，到时候万一有个啥事打扰了。听上去似乎很看重这个节日，事实上这让清明作为节日的意义大大打了折扣。一年只有一个清明节，有什么重要的事要在这一天打扰这个节日呢？无非是为旅游、同学聚会等诸多事由腾出时间。对于一个节日，这失去了起码的尊重。清明扫墓，是对祖先敬意的延长，不仅仅是一种形式，而且是一种守望，更是一种责任。米兰·昆德拉在《生命中不能承受之轻》中写道："从我们幼年时代起，父亲和老师就告诫我们，背叛是能够想得到的罪过中最为可恨的一种。可什么是背叛呢？背叛意味着打乱原有的秩序，背叛意味着打乱秩序和进入未知。"显然，在城市，清明节成为旅游的小长假，这是一种集体背叛！

我上了挡山，站在老疙瘩峰上，上庄的村庄和坟地历历在目。因为在上庄只有村庄和坟地，才生长着茂密繁盛的树木。在这片苍黄萧索的土地上，有树木就很醒目了。上庄坟院里的树木比村庄里的树木更古老，这是因为村庄的树木长成可用之材，人们就会砍伐做木头用于日常生活，而坟院的树木除非自然死亡，无人敢轻易砍伐，树木就得到了很好的保护。上庄的坟院都以家族为单位，只有出了五服才可另立坟头，不出五服另立坟头便是背祖叛宗了。所以有几十座上百座坟茔的坟院很普遍，一座坟院占据一面山坡，呈金字塔形排序，极其威严壮观，坟院中超百岁的大树很普遍，硕大的树冠，山风掠过，飒飒有声。有些树与坟院同龄，一派高古气象。

坟院的树木以椿、槐、杨、柳居多，我问过老村长，为什么坟院不栽种些花果树，老村长说是有讲究的，一是花果树不抗旱，容易死掉；二是骨架小，长不成参天大树；三是花果树招娃娃，揪果子容易攀折，也打扰先人的清静，人死了图的就是个清静么；四是花果树中有些树像桃木、杏尖都镇鬼，坟院里就更不能栽植了。他说按说坟院栽松、柏最好，可松、柏高贵，咱这里栽不活，椿、槐、杨、柳长得快，活得旺，只要扎下根去，几年就长成大树了，“椿”与“春”同音，“槐”与“怀”同音么。按说榆树抗旱，皮硬，抗虫害，牲口也啃不动，是咱这里看家的树种，可榆和“愚”同音，栽了榆树子孙后代会愚。

人们挎篮提篓从一户户庄院出来，沿着一条条小路会到一起，集体走向坟院。平时看到的人不多，但聚到一座坟院，人还真的不少。在坟院里，人们跪成几排，奠酒焚香，升表烧纸，不时传来哭声，然后培土添坟。炮声意味着上坟完毕，人们就坐在坟院里享用泼撒后的供品，小孩追逐嬉闹，大人笑语喧哗，就像一种团聚。我想起了《帝京景物略》的记载：“三月清明日，男女扫墓，担提尊榼，轿马后挂楮锭，粲粲然满道也。拜者、酹者、哭者、为墓除草添土者，焚楮锭次，以纸钱置坟头。望中无纸钱，则孤坟矣。哭罢，不归也，趋芳树，择园圃，列坐尽醉。”许多传统只有在乡下得到了完美的继承。

上过的坟，坟头都压了纸，就像绽放出一朵圣洁的白菊，在这以苍黄为主色调的山野十分惹眼。

老村长上过坟也上挡山来了，我递根烟过去，老村长说：“把你喔烟点上几根撂到这荒野里吧，今儿吃个啥都要泼撒一下。”

这我懂，是一种随时祭祀，依旧表达着一种敬意。

老村长说：“山野里有孤魂野鬼哩，孤魂野鬼也是鬼，阴间跟阳世是一样的。”

我点了几根烟，扔在荒野，说：“从上坟看上去比平时见到的人要多。”

“村里没有这么多人了，许多人都是赶回来上坟。”老村长说，“比不上以前了，以前上坟的队伍拉得老长老长的，坟院都跪满了。像顾、黄、曹、朱这几个大户，坟院都过百座坟了，许多人大灾荒时都跑到陕西、新疆去了，清明节还回来上坟。一二百人的队伍，满山坳都是人，气派着哩，你就能感到生在一个大家族多么有势。一门人（一个户族）旺不旺，看清明上坟就知道了。我家祖坟在陕西，民国十八年家乡大灾荒，我爷爷、奶奶带着几个儿子逃荒，逃到这里就活下了爷爷和我父亲，给老曹家拉长工，解放了就住下了。我家人丁不旺，我爹生了我一个，到我这一代又生了一个，儿子也生了一个儿子，孙子以后还不知道生儿生女哩。”又说，“唉，还是女人娃娃多，以前女人是不上坟的，女人是外人，烧纸自家先人得了，现在改进了，女人也能上，有人上总比没人上强。也没办法，你说近处打工的还能回来，走得远的回来一趟没个几百上千元花回不来，观念也就淡了。”

老村长双手叉腰，说：“坟院就是另一个村庄啊。”

我说：“坟头上压纸有什么讲究么？”

老村长说：“坟头压纸，一是告诉人这坟后世有人，清明过后，坟头没压纸的坟就是孤坟，要是有后人，先人坟头没压纸，就说明坟没上，那要遭人们唾骂的，以后处世为人都成了话柄，咱上庄要说起谁，如果说先人坟头几年没压纸了，那就把人说到骨头里了。二是咱这里讲究坟不能重上，坟头压过纸，晚来的儿孙就知道坟上过不能再上了，就是要约束儿孙一起上坟，所以上坟不能一家一户零敲碎打，专门有人组织哩，显得后辈势重，儿孙和睦团结，即使是后世儿孙之间有多大矛盾，上坟必须是一起上的。你看上过的坟，坟头压了纸多赢人，讲究一点的人家在坟头上压的都是专门做的纸菊花。”

天地间总感觉浮着朦朦胧胧的尘雾，不很清爽，老村长眯着眼睛说：“土雾罩，挂犁套，今年到这时间不给一场雨，年成是跌定了。”眯着眼睛看，大地上浮动着一层气浪，像粼粼波光，又像熊熊火焰。老村长说：“那是太阳在晒地下的水汽哩。”山野里有龙卷风，还不止一个，形成一个个通天的土柱，柱心卷起的柴草、树枝、塑料袋飘在半空，老远就听见飒飒有声。老村长说：“旱魃，天一旱就出喔东西。”我拍了几张，老村长说：“这都是中不溜儿的，大的能把羊卷起来，把屋顶揭了，有一年张六二爹的老二就给旱魃卷走了，落在十几里以外。”

老村长说的旱魃，我想该是传说中引起旱灾的怪物。《诗经·大雅·云汉》：“旱魃为虐，如惔如焚。”《说文解学》：“魃，旱鬼也。”孔颖达疏：“《神异经》曰：‘南方有人，长二三尺，袒身，而目在顶上，走行如风，名曰魃，所见之国大旱，赤地千里，一名旱母。’”《子不语》卷一《旱魃》里描写为：“猱形披发，一足行。”袁枚《续子不语》又说：“尸初变旱魃，再变即为犼。”纪晓岚在《阅微草堂笔记》卷七写道：“近世所云旱魃，则皆僵尸，掘而焚之，亦往往致雨。”老家的民间传说是宋真宗时，旱魃作怪，竭盐池之水。真宗求助于张天师，天师就派关羽去降伏。关羽苦战七天，降伏了妖魔。真宗感其神力，封为“义勇武安王”。这日恰是农历五月十三，后民间便多于是日举办关帝庙会，祈求关帝显灵逐魔消灾、普降甘霖，并把这天称为雨节。且以为是日必雨，所谓“大旱不过五月十三”。倘若不雨，则求之关帝必验。

我从包里掏出一瓶矿泉水递给老村长，老村长摆摆手，“这寥天地里不能喝，越喝越糠（渴），你想太阳也渴呀，从地里咂不上了，你喝点水还从你身上咂去了。”

天空有两只鹰，一上一下地飞，越飞越高。

老村长说：“鹰这东西三天打一回食，吃饱了就往高里飞。”

16

二年级新增了一名同学，刘平安，刘大奎的儿子。是长武送来的，长武是平安的舅舅。刘大奎在建筑工地上干活，上面掉下来一块砖头砸在头上，救醒后半呆半傻的。后来，老板派人跟他们私了，老板说经了公你们也占不到便宜，一是你们是农村户，赔偿标准跟城里人不一样；二是你们上面没人，占了理也赢不了，最多打个平手；三是官司打起来可不是一天两天的事，一年能判下来都不错了，一旦打起官司来，我还会管你们吃住吗？你们光吃住得花多少钱，拿到手的钱减去这些钱，还有多少？四是国家要收这费那费，扣下来你们还能拿到多少？五是你们也没钱，光律师费要多少，你们能请得起好律师吗？请不起好律师能打赢官司？老板一二三四五说完，说你们自己想吧。长武和姐姐几个人一合计，就接受了人家说的八万元。老板又给了他们每个人五百块。

我说："人都这样了，八万块能干啥？"长武说："死一个才赔二十万。"我说："死一个人当然才赔二十万，一死百了。可大奎活着，啥都干不了，就得让他们养着，才三十多岁，一年一万元的生活费，你算算是多少？还有娃和老人呢。"长武说："把手续都做了，手印子都按了，咋办？再说那老板人也挺好，咱又是在人家那里挣钱出的事……"我说："这不是人好不好的问题，得给大奎再要点，他以后咋办，这一辈子长着哩，还有娃哩。"长武又说："我们也打听过了，说是国家有规定，我们农村人就是死了，赔的命价和你们城里人也不一样。”

是啊，这确是事实，老板总能抓住政策的要害。2005年，我还在报社供职，《中国青年报》曾报道过一件事，当时还写过一篇时评。12月15日凌晨六时，在重庆市江北区某中学读书的何源和同校的两个同学一同坐三轮车去学校，在上坡路段时，铺金公司一辆满载货物的卡车刹车不及，车辆失控，发生侧翻，正好将三轮车压在下边。三个鲜活的生命就这样凋亡了。何源的两个同学每个命价二十万元，可何源的命价只有五点八万元，这其中还包括了丧葬费等费用。命价是如何计算出来的呢？何源的父母得到的权威解释是：2003年12月4日通过的《最高人民法院关于审理人身损害赔偿案件适用法律若干问题的解释》中明确规定：死亡赔偿金按照受诉法院所在地上一年度城镇居民人均可支配收入或者农村居民人均纯收入标准，按二十年计算。重庆市权威统计数据显示，该市全年城市居民人均可支配收入为九千二百二十一元，全年农村居民人均纯收入二千五百三十五元，这两个数字分别乘以赔偿年限（二十年）后，就得出了这样的结果。最后，据说肇事方铺金公司赔偿了八万元，加上肇事司机自己出于理解和同情，单独赔偿一万元，何家总计得到赔偿金九万元。似乎这家公司的领导确实已经做到仁至义尽了。生命就这样被贴上“贵”与“贱”的标志，皆因为农民不是一种职业，而是一种身份，用这两年流行的话语来说，这应该是体制性命价。事实上类似的事情发生得很多。

我给报社昔日的同事打了电话，把情况说了。我知道记者弄这事最为得力。过了几日，同事回话说老板答应再给十万，只能这个数了。长武从城里领钱回来，给我买了一大堆东西，我又提着去看了大奎。看着痴傻的大奎，我想倘若不是我，八万他们就已经很满足了。

长武请吃饭。长武家在米蒿梁，和榆树壕一个自然村。我捎着老村长一入村子，就听到锣鼓声和念经声。老村长说："长武这娃精明得很，你看这一桌饭神也敬了，客也待了。"我说："敬神？"老村长说："谢土么，你听这又敲又念的。"进了院子，就见房门前摆着一张苫了红布的香案，供着木雕的神像，墙壁上挂一方蓝布，写有两副对联："诚敬有神室家庆，尊严在位衣食丰""天官地官水官之灵纲纪造化，上元中元下元之气流行古今"。阴阳道袍道帽，一手打镲，一手敲木鱼，像是在念，又像在唱。在老家，我不止一次见过阴阳念经，多数口齿不清，因此说阴阳的嘴，胡唠嗑，但这阴阳却是字清音正：此是我造听我断，一要人丁千万口，二要财宝自盈丰，三要子孙螽斯盛，四要头角倍峥嵘，五要登科及第早，六要牛马自成群，七要南北山府库，八要寿命好延长，九要家资石崇富，十要贵显永无疆。

长武跪在香案前焚香升表烧纸，脸色肃穆，神态虔诚。

长武家除了五孔窑洞，还有三间砖瓦房，这在上庄算是不错的家境了。看得出盖起来有些年月，门窗是木头的，漆皮脱落了，房顶生满墨绿的苔藓，瓦楼间有尺高的蒿草。

过了一会儿，阴阳提着铜铃边摇边念，开始在各房间和院里四个角落穿行。长武跟在后面端着香盘，胳膊上挎个小篮，小篮里盛着麦、糜、谷、荞麦、豌豆五谷粮食。阴阳在房里窑洞边摇铃边念，边抓篮中的五谷粮食四下撒打，边撒边念：一散东方甲乙木，代代子孙食皇禄；二散西方庚辛金，代代子孙斗量金；三散南方丙丁火，代代子孙早登科；四散北方壬癸水，代代子孙大富贵；五散中央戊己土，代代子孙寿比彭祖。撒打完出门来从香盘里取出三寸宽的符往门框上一贴，长武就跪在门边焚香升表烧纸磕头。三间房子、五孔窑洞，包括羊圈、牛舍、鸡埘、狗窝、猪圈及院墙四角都念到，撒到，所有的门上都贴了符。然后一路念着撒着出了大门。鸡、麻雀、鸽子、喜鹊迎来了好生活，跟在阴阳屁股后面，啄五谷粮食，两只猫潜伏在角落伺机扑向麻雀，狗则龇着白森森的牙盯着猫。阴阳在大门外念过一阵，大门门框两边贴了符，长武跪在门外烧光了盘中的表和纸。进得院来，阴阳坐在香桌前，将一把席芨剪取一尺长的秆儿，用红绿黄蓝白黑彩纸剪出了三角旗，一一画了符咒，长武恭立一旁，将小旗一一裹粘在席芨秆上。纸旗做完，长武又和胶泥做了一个圆墩，阴阳提笔在胶泥墩上画了些符咒，然后将纸旗一一按方位插好，又提铃摇着，口中念念有词来到大门前，长武捧着胶泥墩爬上梯子，按阴阳指点的，将胶泥墩子墩在门楼子正中央。有小风吹着，那些纸旗帜就迎风招展。

长武下了梯子，脸色活泛起来，他洗了两把泥手，双臂抻开，像拢鸡一样说快屋里头坐。我说："谢土呢？"长武说："正好回来了，把土谢一下，快一年没谢土了。"

上了炕，老村长说："城里人谢土不？"我摇摇头说："没见过，但我知道农村盖房、丧葬有谢土的。"阴阳说："造房、打窑、抬埋亡人，那是大谢土，平时也要谢土哩。"我说："多久谢一次？"阴阳说："一年得一次，家里顺了不顺了都得谢土，像打个窖，盘个炉子，垒个鸡窝，造个猪圈，院墙倒了补堵墙，墙皮脱了补锹泥，都算是'破土'，得随时谢土，谢土么天经地义的事。"老村长说："土得谢啊，谁也不是吸风屙屎长大的，土里吃土里长，走路睡觉都在土上，连死了都埋进土里烂在土里，就是擦沟子你还用个土疙瘩，就像你用一个人，总得给人家道个谢吧。"阴阳说："万丈高楼平地起，楼再高不还是建在土上？砖不是土烧的？石头不是土变的？啥不是土做的？连人都是土做的，女娲娘娘造人不还是用土？嚼倒泰山不谢土，不谢土就是忘恩负义。"把泰山都能嚼倒，却"不谢土”，是何等地忘恩负义。我说：“说得好啊，谢土其实是一种感恩过程。”老村长说：“对了，这话说得好，人吃土地一辈子，土地只吃人一口。人活在这世上，就是活在土上，再日能也离不开土。”长武一人敬了一根烟点上，老村长问阴阳：“明天给我家谢一下。”阴阳说：“明天已经给大奎家应下了，要不先给你谢？”老村长说：“那就先给大奎家谢，后天给我家谢吧。”

饭菜还是很丰盛的，竟然有鱼，不过不新鲜，已经有些味道了，想必是从城里买回来的。老村长在阴阳的头上拍一巴掌说：“个老㞞，天旱了，人闲了，贴着土地爷的胯子你倒把嘴头子吃油了。”阴阳说：“嘴头子再油，也没你村长嘴头子油哩，你是看得见的土地爷么。”老村长说：“比得上你？你是吃了死人吃活人。”我说：“吃了死人吃活人？”老村长说：“要不咋叫阴阳？”我恍然大悟，说：“敬佩。”

正吃着喝着，一婆婆进来，啧啧啧地说：“长武狗日的日子过得细算哩，一桌客神也敬了，村长也敬了，干部也敬了。”老村长说：“老婊子鼻子倒比狗鼻子尖，闻着荤腥就撵来了。”婆婆说：“吃惯的野狐子比狼利，你都吃上了，还寒碜人。”又对阴阳说：“明儿给我家也谢个土，这两天闲着。”阴阳说：“大后天吧，明天给大奎家谢，后天给村长家谢。”婆婆说：“大后天就大后天，反正天旱得没活儿，那就说死了。”说着要走，长武说：“三奶奶，不吃两口咱心里过得去？”婆婆说：“不吃了，家里做着哩。”长武说：“你还害臊？大后天到你家就吃回来。”婆婆说：“这娃长了个玻璃脑子啊，你看这话说的，不吃还不行了。”说着就去了锅台。老村长说：“坐桌上来，怕谁把你咋咧，趔得那么远。”三奶奶说：“一辈子没上过桌子，等下辈子转个男的吧。”老村长斟了两杯酒说：“老婊子，赐你一杯酒。”婆婆嘻嘻一笑说：“赐酒，你还当你是皇上，三宫六院地快活哩。”老村长说：“待干部哩，长武今儿破财了，这一杯酒就几块哩。”婆婆喝了，啧啧啧地说：“快给我口水喝，一道火路，不如我孙女拿回来的葡萄酒，还甜甜的。”我敬了婆婆一杯，婆婆说：“快算了，这东西烧头，晕了。”

吃过饭，长武把我拉到一边说：“还有个事请你给帮个忙。”我说：“啥事？”他说：“我在城里染上了脏病。”我说：“脏病？脏病是什么病？”他脸憋得红彤彤的，吭哧吭哧了半天才说：“就是性病。”我说：“怎么染上的？耍小姐了？不知道这个世界到处是病？那么不小心呢？”他说：“不是不小心，是把套子整掉了。”我扑哧地笑出声来，说：“你倒是能耐挺大的。”他勉强笑笑，说：“小姐也这么说，时间长没回家嚒。”我说：“城里到处是看性病的广告。”他摇摇头，说：“几个月了，钱没少花，可病就是不回头，今年打工挣了点钱，全花在这头子上了。”我说：“现在科技发达得很，除非艾滋病没有办法，不会是艾滋病吧？”他给给给笑起来，说：“连个外国女人都没见过，还艾滋病呢。”我说：“现在这艾滋病可不光是外国人才有。”他说：“这种病不是正大光明的病，狗日的大夫黑得很，把握咱不敢声张的心理，就是有能耐也不给你往好里看，吊着宰你的钱哩。我都看过好几个大夫了，钱没少花，病越看越重了。”我说：“到正规医院看。”他说：“去了，人家让填表，怕表一填就记录下了，传出来不好听么。”我说：“这我能帮了啥忙，我又不是大夫。”他说：“只要找个熟悉的大夫，给说上一声，别填表，也别传出去，花多少钱我照出，不讲价钱。没熟人这病就是个无底洞，你是城里人，一定有熟悉的大夫。”我老婆就在卫生系统，上老疙瘩峰给老婆打电话，老婆说不会是你染上病了吧。我说这病只有在你们城里才能染上。

17

喜鹊去一碗泉拉水，骡子惊了，水车从小腿上轧过去轧断了小腿。上庄使唤的牲口多是驴和骡子，尤以骡子为主。骡子没有生育功能，犁地、拉车、驮粮食比驴有劲。但是骡子性子多疑，经常受惊，一旦受惊便不顾一切狂奔，不像驴那么稳重。

我掏了一千块钱让喜鹊去城里看腿。她死活不要，说张台村的刘赤脚就能看，花不了多少钱。正说着刘赤脚已经来了。刘赤脚捏揣了半天，用三块竹板往起一夹，一些布带子一缠，给了去疼片和阿莫西林，就算看完了。我说："这不行的，万一接不好就是一辈子的事了。"刘赤脚瞪了我一眼说："腿子折了，胳膊断了，不是啥大病，大牲口的腿崴折了，我接上照拉犁拉磨的，多少年了没出过差错。"我把钱硬塞给喜鹊，老村长说："你那单位，算了吧。"我说："能报，这种情况能报。"老村长说："你别心里过意不去，不要说你教他们的娃娃念书，就是住村扶贫，啥都不干，送水也是他们的义务，只能说她运气不好。"我说："我不是这个意思。"老村长说："那放下五百块就行了。"说着硬把五百块塞回我的口袋，之后，他掏出五百块来，说："村上给你补助五百块。"我把五百块又塞给了喜鹊说："还是去县城看看吧。"

从喜鹊家出来，我跟老村长说："得给学校打两口窖，要不就是来一场雨，没窖收水，总这么送水不行。"老村长说："难着哩，我去找过，每个学校都有水窖指标，可人家说县上学校名单中已没有上庄小学，没有分配指标。”我说：“打一个窖得多少钱？”老村长说：“土窖三五年就坏了，也装不住水，可打水泥窖光是水泥、钢筋、砖头、石子也得三四千块哩，还不知今年涨成啥价了，山大沟深的，运费得一两千块，还有人工，前些年人工可以摊派，这几年摊派给谁？在村里的都是老人女人，再说水泥钢筋这活，得有技术，这份钱也省不下了。”我说：“五一放假我回去想想办法。”老村长说：“你那文化单位，自己日子都过不好，别为难了。”我说：“我努力努力，上面说要投钱投物哩，不能光去人。”老村长说：“这样吧，五一过后，把娃带出去，反正有勤工俭学这一课哩，让他们受点苦，鼻子钻个烟，就知道好好学习天天向上了。”我说：“他们才多大年龄，能干啥？”老村长说：“嘿，有一种活儿他们比大人干得好。”我说：“啥活？”老村长说：“摘枸杞，这季节正最需要人哩，这几年上庄周围把地卖到那里的人不少，人也熟，五一放假一过，咱就带学生过去。”

县教委来了“关于举办感恩之旅”的通知，在五一到来之前，县教委将组织所有被资助的孩子到资助他们的企业去参观学习。鉴于一些企业老总系各级劳动模范，为了不影响老总们参加各级政府的五一劳动节表彰活动，感恩之旅活动时间定于4月25日到28日，4月25日在县教委报到。相关学校的五一假期提前，五一不再放假，正常上课。要求有被资助的学生的学校组织学生唱会一首感恩的歌（《感恩的心》），写好一封感恩的信，说好几句感恩的话。

上庄小学的所有学生都是受资助的。

《感恩的心》这首歌我倒是会唱，可是记不全歌词。上课时我问学生谁会唱《感恩的心》，学生全部举手。马鹏程说：“老师，是不是要举行感恩之旅了？”我有些诧异，说：“你怎么知道？”马鹏程说：“每年这时间就搞一回。”我问一年级都会唱不？一年级齐声说：“会唱。”我起了个头，同学就唱起来：

我来自偶然像一颗尘土
有谁看出我的脆弱
我来自何方我情归何处
谁在下一刻呼唤我

天地虽宽这条路却难走
我看遍这人间坎坷辛苦
我还有多少爱我还有多少泪
要苍天知道我不认输

感恩的心感谢有你
伴我一生让我有勇气做我自己
感恩的心感谢命运
花开花落我一样会珍惜

我说：“鹏程，你把歌词写在黑板上，让大家抄一下。”同学们说去年抄的还在。那就是说“写好一封感恩的信，说好几句感恩的话”也都驾轻就熟了，我是不用费事了，可我却感到沉重。

老村长说：“你回去度假吧，我带他们去。”我说：“没事，我带他们去。”老村长说：“去年就是我带他们去的，顺便去儿子那里打一头，几个月没见孙子了，你也好久没有回家了，五一假期又提前了。”

我想也好，正好去找领导，放假时间领导就不好找了。我很想为上庄学校做点事，可上庄学校遇到的很多问题我都解决不了，只有打两口水窖这事我还能努力努力。

18

回到城里，我直奔单位去找领导。单位正组织出去旅游，不参加旅游的，发三千块钱。旅游即福利。领导对我说：“给你打电话打不通，你来得正好，快回去收拾吧。”我说了打窖的事，领导说：“单位你也知道，哪有钱啊，正常工作的经费都不够，东挪西借地开展工作哩。”我说：“挤一点吧，没个多也有个少，到时候总结起来也有个说头。”领导说：“已经动员让大家捐点旧衣服，还有看过的书和杂志。”我说：“重要的是水窖的事……你给上五千，我不去旅游了。”领导皱皱眉头说：“两码事。”就去接电话了。从财务上领钱出来，在领导门口站了站，我回了家，老婆把着门说：“先生，你是不是走错了？”我说：“快准备一下，我们明天去旅游。”老婆一听亢奋起来，说：“你们单位组织旅游允许带家属？”我说：“非典型旅游，去上庄。”老婆神情黯淡，说：“扶贫的地方有啥旅游的？干山枯岭鬼哭狼嚎的。”我说：“当今如果你真能找到一个鬼哭狼嚎的地方，那多么幸运。”老婆说：“不去，那地方穷得……”我说：“去了保证对你身心健康有很大好处。”老婆说：“有什么好处？”我说：“净化芜杂的心灵，你不是老不满足么，到了上庄，你就会有百分之百的幸运感，会有百分之百的满足感。”我把照片拷到电脑上让老婆看，她看了就来了兴趣。不过老婆还是警告我说：“假如你要骗了我……”我忙接着说：“第二日，我就背着把你送回来。”我去商场买了三个篮球和一个使用电池的收音机。在上庄，确实需要一个收音机。

晚上，我约杨家泰吃饭，杨家泰说有个应酬。我说：“这样吧，你吃完饭给我打个电话，咱们喝个茶，我在尚书房茶楼等你，不见不散。”杨家泰说：“非要不见不散？”我说：“你自己看着办吧。”九点半，杨家泰来了，夹着一个小皮包。杨家泰中等个头，长得挺精神，握手时他说：“我早知道你，你是作家，读过你不少文章，我也有过作家梦，曾经写过诗，还发表过。”我笑笑。他也笑笑，说：“我知道你在上庄扶贫，我父亲跟我提到过你，我知道是我父亲让你找我的，我知道你想和我说什么。”几个“我知道”之后，他直接就说起他这几年参加各种招考和工作的经历。他很健谈，口齿伶俐，思路清晰，表述流畅，叙述中夹杂着对社会严厉的批判与否定。

“三次第一名都被面试掉了，我到底长得歪瓜裂枣也不说了，就说去年，我和同学同考一个岗位，我笔试第一，他笔试第四，一面试，他成了第一，为啥？不就因为他爹是个官僚么？换位思考，换成你，你会怎么样？或许你没有切肤之痛，从年龄上看，你应该是赶上了分配的政策。

“对于这个社会的腐败与黑暗，我想你应该比我了解得更多更深，不用我细说，像我们这样的人就不该读书，现在大家不都在说读书是有钱人和有权人的事，这不就是个以金钱衡量一切以权力操纵一切的社会么。我在想或许像我这样出身的人不该读书，就像那个放羊娃一样，放一辈子羊，还没这么烦恼。我对这个社会已经绝望了，再也不会去参加任何狗屁招考了。”

说着他看我一眼，“那个放羊娃的故事你该知道吧？”

我没有说话，他继续说：“一个城里人到山里游逛，遇到一个放羊娃，问放羊娃放羊干啥？放羊娃答挣钱。问挣钱干啥？答娶媳妇。问娶媳妇干啥？答生娃。问生娃干啥？答放羊。这个故事你也知道吧，这是城里人编造出来嘲弄我们这些山里人的。不过，对我们来说有深意，现在就想如果不读书，就像这放羊娃一样傻乎乎地一辈子就知道放羊娶媳妇生娃，重复先辈的生活，也是挺幸福的。

“你不要听我爹说的，一个农民，一个大山深处的农民，一辈子土里刨食，面朝黄土背朝天，完全处在这个社会的主流之外，他什么都不懂，他知道这个社会有多么的腐败与黑暗？他能理解得了你我的苦恼与不幸？他能有什么样的价值观？”

说着他站起来，“我爹再找你，你应付一下就说跟我谈过了，我跟我同学咋了？他以为全世界就上庄那么大？……你就给他说我现在挣得不比你们干部少。”

他夹起小皮包，伸出手来说：“谢谢你，如果哪天我开始写东西，一定会去拜访你。”

我没跟他握手，说：“这就要走？不想听我说点啥？”

他愣了一下，说：“有啥说的？檐前水滴的旧窝窝，都是老一套。”

不过他还是坐下了。

我点了一根烟，说：“一个农民，一个大山深处的农民，面朝黄土背朝天，一辈子土里刨食，愚昧，无知，浑浑噩噩，是不？这就是你眼中的父亲？你就这么总结了他的大半生？我能想象得出你跟父亲说话的语气、神态、举止，那是不屑的，蔑视的，颐指气使的，理直气壮的，你从没认真审视过你的父亲，因为你从没看起过他。”

他说完就走的举动刺激了我，我来气了。

“你们弟兄是怎么长大的？喝西北风？你两个哥哥如何成家立

业？你复读三年，不是父亲的坚韧顽强，你有复读下去的信心和条件？你的价值观又在哪里？就凭他请我来找你谈谈，就不值得你感动与反思？毫不客气地讲，和许多农村出来的孩子一样，你染上了看不起自己出身，包括看不起亲人与故乡的恶习。说到他的懂与不懂，他懂得供养你读书，希望你过上和他不一样的生活，不要重复他的苦难，这就足够了，你还要求他懂什么?!

“摆上一桌，宣布不参加任何考试，你给谁宣布？除了你的亲人，谁会在乎你的宣布？你的宣布只是对你的亲人在宣布。我写过一篇《我是父亲的想象》，对于一个父亲来说，儿子是什么，就是父亲的想象，因为，他把人生所有的意义与梦想都寄托在了儿子身上。他种了一辈子庄稼，你是他种的一种特殊的庄稼，他倾注了大半生的精力在等待收获，你的宣布让他一无所获，这比他种了庄稼却没有一点收成更让他绝望，你伤害了他的尊严，你让他所有的付出都失去了意义。你说换位思考，那么你站在父亲的角度思考过么？你说父亲不理解你，那你理解过父亲么？你和他有过推心置腹的交流么？你宣布之后轻松了，但把不幸和痛苦转嫁给了你的父亲，你不觉得太自私、太恶劣了吗？

“你宣布不参加任何考试，或许会有人说你恃才放旷，甚至你自己也是这样认为的，你觉得这个社会委屈了你，但我不这样认为，你无‘才’可‘恃’，充其量也只是毫无意义的‘放旷’罢了，你有什么？你就像那些明星为了引起关注而故意制造绯闻，像一些名人寂寞得久了说几句毫无根据的大话沽名钓誉，有的只是一身玩世不恭的痞子气，拙劣至极！考试拿到第一名能证明什么？不要说像你这样的重点大学毕业生多如牛毛，就是研究生也满大街都是，你拿什么来证明你的优秀？拿一遍遍炒公司的鱿鱼？拿把茶水泼到老总的脸上？从你自谈的所谓经历我反而看到的是你的好高骛远，怨天尤人，牢骚满腹，浮躁委顿，颓废逃避。你把自己估计得太高了，你太飘忽了。不错，我是赶上了分配，我在一个离县城一百多公里比草鞋镇还落后的僻远乡镇中学教书十年，你会接受分配一待十年？”

我想我的话语是刻薄了些，哀其不幸，怒其不争，就杨家泰目前的状态，是需要刻薄一些，甚至是刻毒一些。

“这个社会确实存在着这样那样的问题，你有很多正义的理由与激愤把这个社会驳得体无完肤，但是，你理性地思考过这个社会么？你能全部批判否定？你和在酒吧里喝着啤酒骂娘在网吧里打着游戏发微博骂娘的愤青没什么区别！翻年你就小三十了，就是做一个愤青，也到了该理性思考的时候了。你以为你看透了这个社会？说实话你连父亲都没有看透！他说过一句话，你想都想不到，他说人可以糊涂一世，不能糊涂一时，糊涂一世那就没治了，糊涂一时会害人一辈子的。有一篇文章题目是《是什么限制了你的能力》，其中‘否定性思想’‘抱怨’‘自以为是’等几条名列前茅，建议你去读一读。”

说完，我走了，到门口，我又说：“如果不读书真就不会这么烦恼？不读书你就是那个放羊娃，进入那样的生活轮回，只不过放羊换成了打工，你父亲所有的苦恼都是你的苦恼。放一辈子羊真的很幸福么？不要说放一辈子羊，你现在连上庄都不愿意回，清明你都没有回去上坟，跟我谈论这个话题你还缺乏起码的阅历。”

到了外面，坐在街边一条石凳上，我想我是不是有些过火伤害着他了，毕竟他是受了伤害的人。可又想，或许从不同角度的伤害可以起到疗伤的作用，正如以毒攻毒。

19

老婆是地道的城里人，又生长在南方，上庄这一带她是第一次深入。上庄的贫困、干旱、孤寡都让她震撼，大发感慨。更让她感慨的是上庄人的好客，他们就像招待多年不见的远方亲戚排队请我们吃饭，到上庄的第二天，她吃了五家的饭。这令她大为震动，眼里噙着泪水一遍一遍地说："这地方人咋这么朴实，咋这么好么。"因为假期提前了，五一还得上课。我上课，她就像走亲访友一样在村子里乱窜。

中午我和老婆在长生家吃过饭，去了榆树壕老黄家，老黄的孙子黄生两天没上课了。老黄正在侍弄果园。果园旁边是猪圈，几头大猪扒着圈墙哼哼唧唧的。我们进了果园，老黄嘿嘿一笑，抱了从树间铲下的草隔墙扔过去，猪立时就不哼哼了。他拍拍手上的土，说："屋里坐吧。"老婆说："就在果园里，多好的果园。"就拿着手机拍照去了，老婆玩微信上瘾，这样的果园风光在微信上是十分流行的。树间各种蔬菜各有几垄，长得生机盎然。我说："天这么旱，你这园子务劳得不错。"老黄说："种得早，覆了膜，平时用洗脸洗衣服的水饮的。"有几垄西瓜、香瓜，零星地结着几个，小碗那么大，老黄弹弹这个拍拍那个，我知道他是在挑瓜，说："这阵瓜哪里能吃，西瓜没熟，不如葫芦，别糟蹋了。"老黄说："你们城里人早吃上了，不过大棚里的没咱这的好吃。"老黄摘了几个锤头大的香瓜，我说：

“糟蹋了。”老黄说：“不甜，吃个脆劲儿，拴拴，还不下来见老师。”树上一阵窸窣作响，黄生从一棵苹果树上溜下来，双手垂落，靠树站着不说话。老黄摸摸孙子的头说：“给老师洗瓜去，再给爷拿包纸烟来。”黄生看看我，用衣襟兜着香瓜进去了。

我说：“黄生这两日咋没上学？”老黄叹了口气说：“我正给做思想（工作）哩。”我说：“出了啥事？”老黄说：“感恩之旅回来，这娃就不对劲，一直闹别扭不念书，我问了几遍都不说，晚上给他婆说了，他婆给我说了。唉，县上兴师动众地搞感恩之旅，咱们还把这看得重的，人家就没把这当回事。娃们去了，老板没露面，安排了几个人接待，可那几个人不待见这些娃娃么，不让动这不让动那的，好凶的，就像防贼一样。这么大的娃娃么哪有不游手好闲的，看啥都新奇稀罕么。拴拴不知动了人家的啥，人家一个砍脖子砍了个马趴，鼻子都蹭掉了一片皮。”

黄生送来一盒纸烟，老黄拆开烟盒递给我一根点了，又说：“不能说人家老板不好，忙么，说家里有多少个亿，那得多少人给他往回挣，好几个省都有人家的企业，摊子铺得老大的，不管着能行？我打工那几年，有一年老板听说我当过生产队长，把我高看一眼，让我带工，几十个人带一天喊得嗓子都冒烟哩。摊子大了不好管，也能理解，可是你忙，就不要弄这个活动么，安排了你就见见娃娃，花上一个时辰能耽误你啥事？走之前，拴拴还花了半晚上工夫给恩人写了信，说一定要亲自交给恩人，读给恩人听，可娃去了连恩人的面都没见上，心里本就不亮堂，又挨了人家一个砍脖子，唉，本来是感恩去了，挨了一个砍脖子，你说心里能没事？现在娃娃少，都是惯下的，顶在头上怕吓了，含在嘴里怕化了，在家里都舍不得戳一指头，他们就给了一个砍脖子，哪受过这样的气？拴拴这娃别看小，省事早，会想事了，这事搁在心上了。老板给娃准备了礼物包，那礼物不敢说人家没心，都是没见过的稀罕东西，估摸一个人得百八十块，回来那礼物包就没打开过，闹腾着叫我把礼物包给退回去，书也不念了。”

黄生用盘子端了切好的瓜出来，给我们一人一牙儿，结果比苦瓜还苦，我说：“你看糟蹋了。”

老婆说：“这老板也太不像话了，他咋就不为孩子们着想，这对孩子心理健康不好。”

我忙给老婆打手势让她不要说了，孩子本来心里就憋着气，她一说就越往心里去了，无疑是火上浇油。

老黄说：“感恩我们知道感恩么，你说这事做得。”

我说：“黄生，争个气，将来也做那样的大老板。”

老婆摸摸黄生的头说：“就是，争口气，将来考个重点大学，当大官，管那些大老板的大官。”

我说：“快收拾一下，明天就上学去，你学习那么好，再落课许多同学可就把你超了。”

黄生点点头，又猴上树去，老黄说：“老师在，还这么匪？”

黄生说：“我给老师在树尖尖上找几个杏子吃。”

我说：“不要找了，还吃不成，小心摔着。”

“摔着他比摔个猴子还难！”老黄说，“其实这些娃娃从小学到初中，公家啥都免，条件好的地方连早餐都免费供上了，家里花不了几个钱，都能供得起，将来考上高中、大学那才花大钱哩，不知人家以后资助不？”

我说：“肯定有人资助，只要娃能考上。”

老黄笑着说：“你这一年满了就回去了，以后我找你你还认得我不？”

我笑着说：“咋能不认得，一辈子朋友了。”

老黄说：“拴拴以后肯定得转到城里念书，到时还得麻烦你。”

我给了他一张名片说：“到时候一定找我。”

老黄说：“留下晚上在家里吃饭。”

我说：“不麻烦了，下午还上课。”

老黄脖子别着一根三尺长的竹烟杆，看上去有些老旧了，我抽下来看看，烟杆上吊着个烟荷包，葫芦样式，一面绣着喜鹊梅花，一面绣着一个狸猫蝴蝶。

老黄说：“我爹留下的个念想，嘴子是玉石的？”

老婆拿过去说：“真好看，是艺术品，咋绣出来的？”

老黄进屋去拿了几双鞋垫，还有针扎子和香包、香囊、烟荷包，都是刺绣品，图案吉祥，绣工精美，小巧玲珑，既有实用性，又是装饰品，这几年也都陆续列入非物质文化遗产保护项目，我也学会了欣赏。

看得出老黄老婆的针线活应该是数一数二的，花鸟鱼虫草木不仅图案生动活泼，而且配线十分艺术，为了让色泽自然，柔润，是将一根根丝线再次劈开，几种颜色的丝线又重新搓揉在一起，从而使颜色之间的过渡不生硬，就像是机绣的一般。就拿喜鹊来说吧，从白向黑的过渡中，她是用了褐色、紫色、青色，互相杂糅在一起，这些色由淡到浓，一点都不呆滞，自然过渡。再比如那腊梅的干与枝，主色调是黑褐色，但她却用了黑色、驼色、褐色、蓝色和白色等色，从而形成了枝与干的深浅浓淡各有不同，仿佛是颜色调制好之后画出来的一般。

老婆拿起针扎子说：“这是啥？真漂亮。”

我说：“针扎子，就是别针的，把针别在这上面，拴在纽扣上，不丢也方便。”

针扎子分上下两部分，下半部分是瓤，插针；上半部是套，罩住，女人系在腰间或上衣内襟，做针线活计用针存取自如，也是女人的装饰。

老黄笑笑说：“别笑话，女儿在城里擦皮鞋，有些人要鞋垫，就动员一家人做，都是老婆子做的，眼麻手抖的。”

老婆说：“还说绣得不好？一对比咱是枉做了女人。”

老黄说：“其实这鞋垫看上去好看，不实用，走不了几里路就磨得没样子了，城里人不讲究实用，讲究好看么。”

老婆说：“这就是艺术品，垫脚多奢侈。”

老黄拿起香包、香囊说：“五月单五快到了，你们不戴，带回去给孩子玩吧。”

老婆说：“谁说我不戴。”

我说：“怎么没见老伴？”

老黄说：“去娘家了，地里没活，女人脚活，娘家就走得勤了，娘家爹岁数大了，过九十了。”

20

老婆在单位是文艺积极分子，单位每年七一、十一、元旦，节目都是由她编排，我忽然想到六一儿童节将至，就说："我想搞一台节目，你给咱导演导演排练排练。"老婆说："那是咱的特长。"我激她说："你能不能，别出了洋相让人家笑话。"她撇撇嘴说："小看人，我们单位每年节庆节目都在省厅机关汇演中拿金奖哩，那全是我的功劳。"一听排节目，学生高兴极了，叽叽喳喳的。我说："所有学生都要编排上。"老婆说："知道，都是从学生时代过来的，学生可看重这样的活动了。"

老婆设计了八个节目，有朗诵，舞蹈，课文里的情景剧，集体表演唱，合唱，独唱，三句半，信天游。有一个节目是《感恩的心》，集体表演唱《感恩的心》。我说："这个节目就不要排了。"老婆说："为什么？"我说："这首歌他们都唱过无数遍了，他们刚刚感恩回来，不要让孩子们太压抑了，他们心里会感恩，不需要这么一遍遍提醒，让他们的心灵轻松一点吧。"老婆拍我一巴掌说："有道理，你还真是当老师的料。"我建议换成他们经常玩的顶牛游戏，通过舞蹈艺术的形式表现。

学校有一面鼓，破了一面，另一面受了潮，搬出来在太阳下晒晒，一敲还行。有一对镲，一只烂掉了一牙儿，但还能打。音乐就是那台录音机了。排演时，老婆说："服装不统一，出不了效果。"我说："别要求太高了，一戴红领巾就统一了。"老村长说："他们都有新衣裳，在箱底里压着哩，六一那天都会穿出来的。"排演节目，最是学生快乐幸福的时刻，第一天排练许多孩子就穿了新衣服来。老村长笑眯眯地说："看把这些碎狗日的高兴得，像拾了狗头金。"彩排的时候，我通知学生都穿新衣服来。彩排完老婆比较满意。五一假满，送老婆去公路上拦了班车，老婆说："老公，我们真应该满足了。"

我把三千块钱给了老村长，有些不好意思，老村长说："你还真要到钱了？"我说："我这人也难缠哩。"老村长笑笑说："我去镇上、县里跑了个苦，才缠了一千块钱，还是省里钱多，好往来弄。"勤工俭学的活儿老村长联系好了，并在镇上雇好了跟娃的蹦蹦车。我说："不行，二百多公里路，这家伙可不安全，我在城里就知道这东西老出事，还是雇个班车吧。"老村长说："没你们城里人说的那么悬，上庄人上新疆，去青海，都是这东西。"又说，"每年到了枸杞成熟季节，跟娃就开着蹦蹦车往南边拉人摘枸杞，多少年了，从未出过事。"我说："还是再想别的办法吧，一是蹦蹦车实在太不安全，二是没遮没拦的，都是孩子，别吹感冒了，去了干不了活儿还得花医疗费。"老村长说："别看他们一个个瘦得跟猴似的，天天风吹日晒，皮实着哩，他们都是坐这车长大的，一到假期，都坐这车去摘枸杞哩。"我坚持说："我们到公路边去等班车吧。"老村长说："四十多个人，等来班车也拉不下。"我说："那就雇辆班车。"老村长急了说："哥哥哎，山大沟深的，离公路最近都三十多里，去哪里雇班车？再说一来回得好几天，这些娃挣下的钱不够车钱。"我坚持不同意坐蹦蹦车走。老村长拍拍我肩膀说："就蹦蹦车了，拉我们去，再拉我们回来，没事儿，有事儿我背了，你听我的，我有分寸，路上让开慢点。”我只能妥协了，说：“一年级也去？”老村长说：“摘枸杞活儿是个人就能做，娃娃眼尖手快，比大人干得还好哩。”我说：“那就雇两辆蹦蹦车。”老村长说：“这东西能拉人，你没见大家赶集，四十多个大人一车都拉得下。”我坚持雇两辆，这回老村长妥协了。上蹦蹦车的时候，朱小军的手背被车厢边凸起的铁皮削掉一片皮，立刻血流如注。我正着急给他寻东西止血，他抓了一把土捂在上面，嘿嘿一笑说：“土是最好的长药，一阵阵就长好了。”我说：“该带点药。”村长说：“没事的，贱养的娃皮实，耐摔绊。”我想要在城里，该大呼小叫地往医院送了。

一个学生平均一天能挣三十到四十元，两周时间就挣了一万多元。老村长算了算，说：“加上你缠来的三千我缠来的一千，打两个水泥窖的钱够了。”看着最大才十一最小只有六岁的孩子们，枸杞刺在他们的手、胳膊、腿、脚脖上留下道道结痂的伤痕，我的眼泪出来了，我说：“我向同学们致敬！”他们齐声说：“向老师致敬。”我说：“明天赶紧回吧，课落下了。”老村长说：“再干两三天，让每个娃挣上点钱，高兴高兴。”我想想也对，落下的课周末可以补上。又摘了三天枸杞，一个娃娃身上就有了百十块钱，他们欢呼雀跃。

老村长给了我两千块钱。我说：“这是啥意思？”他说：“一千块钱是你辛苦所得，另一千块钱是你给喜鹊的。”我说：“那一千块钱单位报了。”老村长就笑了，说：“你那单位还给你报这钱？你哄不了我。”硬硬塞给我说，“你收下吧，别犟，说个实话，你就是不要一千块钱也帮不了啥，倒给她心里把事放上了。”我说：“好，我收一千，那一千就打窖吧。”他说：“打窖的钱我心里有数。”我想想说：“那就六一开大会好好奖励一下学生。”他说：“也好。”路过县城，老村长说：“咱们把奖状奖品买了吧。”我说：“发奖学金。”老村长说：“还是发奖状、奖品，那几个钱帮不了他们的日子，可奖状能激励他们哩，你没见谁家娃娃得了奖状都在墙上贴着么？”我说：“有道理。”我怕学生进了县城跑丢了，可老村长说：“把学生带上也让逛逛县城，好多娃还没到过县城哩，再下顿馆子，把馋痨都给治治。”我说：“好，回去让他们写篇作文，就叫《逛县城》。”

回到上庄，老村长就召集人开始打水窖了。全村的女人老人都参加进来了，赶着牛车驴车去镇上拉水泥、钢筋，沟里拉沙子，挖窖桶子。老村长说：“找了两个匠人，其余的活儿上庄人自己干，也让他们在家门上挣个胭脂钱烟火钱，平时没个挣钱的路子么。”笑笑又说，“我听说现在城里女人抹在脸上的钱比穿在身上的钱多，一瓶抹脸油过千哩，是不？”我说：“过万的都有。”

21

孩子的想象力和创造力是丰富的，远超大人之上。六一的早晨，他们只花了三个小时就把村里破旧的老戏台打扫干净，布置出了节日气氛。他们从山野采摘了山丹、串串红、紫铃铛、小寡妇等野花，用绳子穿成彩带搭成了拱门。许多学生还把家里过年挂的各式各样的灯笼拿来，挂了几排。“庆祝六一国际儿童节暨上庄小学优秀学生表彰大会”的横幅很端庄地挂在了戏台廊檐下。所有的孩子都穿着新衣，喜气洋洋。李谷照样把驴车改装的小货摊摆到戏台子下面。

节目演出得不能说很成功，但可以说很精彩，很有意义，尽管有学生掉了花，满地乱抓，有学生踢掉了鞋，大喊我的鞋我的鞋，李志远还把一段词背错了，其他同学都忘记了演出，当场就纠正起来，可是气氛是快乐的，重要的是上庄人关注，在家的人都来了，提着板凳的，抱着草袋子的，提着砖头的，许多人也穿了新衣，就像看大戏一样。颁奖过程也很隆重，放着《国歌》，老村长讲了话，三好学生、优秀学生代表各选了两个上台发言，村上的领导班子上台颁发奖状、奖品。精彩部分我全拍摄了下来。

奖励仪式结束，人们还意犹未尽，不肯散去。

下面有人喊，好久没这么热闹过了，老村长给咱们吼一段。老村长兴致极高，抹了帽子塞到我手里说：“好，给娃娃们的节日助兴，我来《打銮驾》中的一段。”

将八抬平落在大街（哎）上，有包拯下轿来细看端详。龙凤辇绣五彩金光明亮，銮驾队分左右甚是辉煌。头队里开道锣叮当响亮，二队里鬼头刀不离肩膀。三队里刽子手喝道前往，四队里盘龙棍有短有长。五队里仙人掌十指朝上，六队里朝天镫金裹银镶。七队里杏黄旗霞光万丈，八队里珍珠伞耀日增光。九队里芭蕉扇秋叶模样，十队里金字牌正院昭阳。莫非是奉王旨谒庙降香？有包拯提袍跪街上， 宫娥彩女笑嚷嚷。倒退一步自猜想，猛然想起事一桩。曾记得当年登金榜，高中魁首把名扬。披红插花金殿上，去游三宫见娘娘。包拯不是俊雅相，爹娘生就黑面庞。三宫六院笑声畅，笑我包拯貌不扬。那时节有言忙奏上，尊声国母听其详。为臣面黑心明亮，要为国家作忠良。说得主母心欢畅，赐我红绫遮容光。今日凑巧刚用上，免得宫娥笑一场。叫王朝将红绫戴爷头上，有包拯跪街上参见娘娘。王朝马汉莫喊威，听本相把话说明白：见国母如同是见万岁，惊动了凤驾礼有亏！叫王朝马汉董成薛霸一个一个往下退，包文正在大街参拜娘娘！

一片掌声过后，老汉们吆喝，再来一段，再来一段。老村长说：“你们这些瞎屄（坏东西）要把老屄整死啊。”激起一片欢笑之声。

老村长说：“老骚胡来几段，我看嘴痒得早忍耐不住了。”

我四下寻寻，看到了山坡上跟婆婆对歌的老汉站了起来。

老汉说：“我是老骚胡，你是老羝胡么？”

骚胡是山羊里的公羊，羝胡是绵羊里的公羊。

老村长说：“你别胡骚情，今儿是娃娃的节日，口下留情。”

老汉说：“娃娃就不长大咧？”

老村长说：“你要敢胡唱，那些婆娘不把你喔嘴撕成个竖的才怪哩。”

老汉一伸脖子，自己南腔北调地报幕：“我叫胡常清，今儿给小朋友献上的节目是《拾黄金》。”

下面便是一阵掌声与喝彩。

他转过身去，等转过身来时，两个眼窝白晃晃的，头上多了一顶带着红球的小丑帽，显然他是作了准备的。他半蹴着就像个侏儒，一摇三晃往前走，挤眉弄眼：

说我穷，道我穷，人穷干下了穷营生。昨晚睡在城隍庙，西北风吹来浑身冷。想前些年我运气正，挣下的钱就拿不动；买下个毛驴往回送，爹也是喜，娘也是喜，媳妇一见嗯呦就胡骚情，锅灶里边烙得嘣嘣嘣；这几年，运气瞎，掷骰子一掷个瞪眼八，打牌不来杠上花；家产、田产、好财产，一下子卖了个平铺摊；没办法、可咋办呀?!抱着肩膀跑回家；爹也是打、娘也是骂，媳妇一见，呸!呸呸！不要脸的东西你死去吧！死不死、不由咱，她能唾来咱能擦；死皮赖脸把她气，没料想气死了爹和妈；媳妇离婚回了娘家，丢下我，光棍汉，大街乞讨度生涯；有一天我运气好，隔壁大嫂对我嘹；隔门给我一碗饭，我只顾吃、没顾上看，有一个丫环好捣蛋，隔墙撇来一块砖，不偏不倚砸得个端；打了碗、倒了饭，大狗吃是小狗看，把我气得翻白眼；没奈何、回庙转，搂着肚子把觉眠；鼓打一更一点半，冻得我啪啦啦颤；

鼓打二更二点半，鼻涕流成长丝线；鼓打三更三点半，冻得我好像孙猴子吃辣蒜；鼓打四更四点半，冻成一个圆蛋蛋；鼓打五更天明了，拉上棍棍可要讨；东庄讨、西庄要，要到何日才能了，才能了呀么才能了，一定是个不得了……

开口说咱们陕西省，有一个县名叫扶风。东扶风、西扶风，两个扶风加武功。武功有个玲珑塔，塔上边坐了个喇嘛僧。头上顶了个烂补衬，身上穿的千补丁。教了六个大弟子，个个弟子有名声。大弟子名叫嘣吓愣瞪叭，二弟子名叫叭吓愣瞪嘣，三弟子名叫腾吓愣瞪獭，四弟子名叫獭吓愣瞪腾，五弟子名叫红吓愣瞪面，六弟子名叫面吓愣瞪红。

学生沸腾了："哇噻，哇噻。""再来一段，再来一段。"

老汉说："些个碎驴日的，还听上瘾了。"

又自己报幕说："下面我和改花娘给娃们献上《夫妻识字》。"

山坡上跟老汉对歌的婆婆站起来说："快别胡来咧，臊死个人了，牙都掉光了，兜不住风了，还唱啥？"

老村长说："不唱不行，顶义务工哩。"

几个婆婆已经将改花娘推上台来。

改花娘上了台，一下子展脱了，起声就唱：黑咕隆咚天上，老汉接：出呀出星星；花衫婶：黑板上写字；老汉：放呀么放光明。花衫婶：什么字，老汉：放光明，合：学习，老汉：学习二字我认得清；花衫婶：认得清，老汉：认得清，花衫婶：要把道理说分明，庄稼人为什么要识字，老汉：不识字不知道大事情，旧社会咱不识字，糊里糊涂受人欺，合：如今咱们翻了身，受苦人变成了当家的人，睁眼的瞎子怎能行，哎咳哎咳咿哟学习那文化最呀当紧呀么嗯哎哟。

他们不仅唱，还有动作，配合默契，显然曾经一起上台表演过。

大人们喊：“再来一段，再来一段，好久没听这么过瘾咧。”

老汉说：“上坡捶驴不心疼呀，肺都快炸了，嗓子里扯毛绳哩。”

我递给老汉婆婆一人一瓶水，说：“谢谢，谢谢。”

老汉说：“谢谢你么，搭这么个台子不易哩。”

老村长说：“让小娥来一段，毛泽东思想宣传队那会儿，唱铁梅唱得可红着哩，在省里都唱过。”

我说：“好，好。”

小娥正是朱小文的奶奶。她走上台来，立刻赢得一阵掌声。

老人也不推辞，一口气来了《红灯记》里的两个经典唱段，唱完了老人傻笑着逃跑一样下台去了。

老村长又说：“鼓掌欢迎老师来一首歌。”

于是掌声四起，我摇摇手说：“我不行，不行。”

老村长说：“啥行不行的，吼两嗓子，图个热闹、喜庆，娃娃的节日么。”

李谷也说：“来一首，来一首。”

同学们也打着节奏喊：“老师，来一个，老师，来一个，老师，来一个。”

我说：“好，那就来一首《水浒传》主题歌《好汉歌》，我起个头，大家一齐唱。”我起了个头，一首《好汉歌》山呼谷应。

会散了，老村长扯着声嗓吆喝说：“走走走，喝酒去，几个老尿（老汉）都去。”路上他感慨地说：“老了，年龄不饶人，年轻那阵子，一起子吼个五六段，连口水都不喝。”

22

我提了两瓶酒去榆树壕，想看看李玉堂，不知道他的事处理得如何了。

已是豆麦飘香，糜谷拔节的季节，然而上庄，田野寂寥荒芜。开春到现在滴雨未落，许多庄稼没种进去，强种进去的庄稼也没长出来。

上了榆树梁顶，我听到吼声：六月里的黄瓜下了架，巧口口说下些哄人话。/哥把妹妹当朋友待，妹妹呀口甜心苦把良心卖。/一壶壶烧酒两碟碟菜，一碗碗的羊肉直放坏。/羊肚子手巾染上了红，劝了妹的耳朵劝不了心。/发一回山水冲一层泥，想一回妹妹脱一层皮。/石榴儿开花石榴儿红，半路上闪人妹好狠的心……

是李玉堂在吼，吼得声嘶力竭，咬牙切齿。

这是出了事的爱情表白，在这方土地，出了事的爱情产生的结果只能是这样的谣曲。我佩服在这块地方上男男女女们的承受力。一段爱情散了，也仅是长吁短叹了几日，塬畔上坐上几日，壕沟里吼上几日，然后，就认命了，他们很少有为情而殉者。维持他们生活的唯一理论就是认命。认命了，他们的心就宽了，而在以后的岁月里，那段如胶似漆的情感经历，会成为他们生命中的一个念想，隐藏在生命里最不起眼的角落，不会再轻易地触动它，任它在贫困与艰辛中漫漶，在忙碌与挣扎中湮没。他们不会对自己说“我曾经爱过”之类的话，但是，当你行走在那片土地之上，看到一个人孤零零地站在山梁、塬坡上呆痴痴地凝望时，那他（她）一定是在念想之中了。

我隐在一道土梁梁后面，听着李玉堂在唱。我不能让他看到我，那会打扰他的宣泄，而且会羞着他，对他来说这是隐秘的苦难，倘若我对他表示同情，那会让他无地自容。

许久之后，我看到李玉堂顺着山梁回去了，我抽了根烟才进村。一入村，碰上一个挽着篮子的老婆婆，瞥了我一眼，匆匆就闪进大门去了。我走过去推推大门，门却从里面闩上了。我拍拍门，里面没人应声，背后有人搭腔："她怕你们这种人。"我回头一看，是李玉堂。我说："我们这种人？"李玉堂说："就是干部，公家人。"我说："为啥？吃过亏？"李玉堂说："她怕调查，当你是来调查的。"我说："调查啥？"李玉堂拍着门大喊："二娘，开门，我是玉堂。"木板门吱咛咛开了，老婆婆抱着一个孩子。孩子裹着一个小被子。小被子是大团牡丹花那种被面，很鲜艳，孩子就像坐在花丛中。李玉堂大声说："是扶贫干部，来家里看看。"又对我说，"耳背了，说话声音得大点。"我瞥了李玉堂一眼，李玉堂一脸菜青，眼圈青乌，脸庞红肿。我说："你的脸咋了？"他说："撞到墙上了。"

崖窑有两个窗户，上面的窗户大概为了过冬暖和，用草帘遮盖着，还没有揭开。门头上的一个窗户很小，又用纸糊着，窑洞里光线很暗。站了一会儿，眼前才逐渐清晰起来。没有桌子，没有板凳，除了一个箱子，连一件木制的家具都看不到。炕上只铺着一条毡，其余的是竹席。墙上挂着一个镜框，里面有十几幅照片，是唯一比较亮活的景致了。李玉堂说："你看这家寒碜的，连个板凳都没有，你炕上坐吧。"婆婆说："这窑老掉泥皮，炕上有土尘，别灰了你的衣服，等我给你找个单子铺上。”我说：“没事，没事，土么，拍拍就掉了。”我坐在炕沿上。李玉堂说：“把宝儿给我抱着，你泡两缸子茶来。”孩子哭得不行，李玉堂在地上载来载去摇晃着。李玉堂说：“我二爹有两个儿子，玉文，玉武。玉文和我都在南山窑固湾煤矿挖煤，挖了几年煤，媳妇也说下了，彩礼也上清了，眼看着要娶媳妇了，矿井瓦斯爆炸，我给埋了几天救出来了，可玉文没我命大，把命丢了，掏出来时浑身都是血窟窿。煤矿是个私人小煤矿，说是没这证没那证的。煤矿都有死人指标，死的人多公家就封了，出了事故就全瞒了私了。那次死了七个，老板怕透了风声，很干脆，一个给二十万，还答应安排每个死者的家属到矿上继续干活。现在打工的人多，一窝蜂一样往煤矿上拥，煤矿上钱好挣么，到哪里也挣不上矿上那么多钱，煤矿用不了那么多人，想卖命也不好进。我二爹和亲家一商量，就把给玉文定下的媳妇又定给了玉武。二十万一到手，借钱的人把门槛都踢断了，不借人就全得罪下了。没办法，我二爹和玉武一合计，就在县城里买了房子。二十万说是多，也只够交个首付，加上装修、结婚，把家里攒下的几个钱都添进去了，还贷了二十几万，一个月连本带息的得好几千，玉武两口子没明没夜地干还紧巴巴的。后来，那煤矿又出事了，还是私了，事情本来捂住了，可林家寨欢喜家闹翻了，把事带了出来。欢喜死了，赔下的钱欢喜爹不给欢喜媳妇分。那媳妇才二十出头，还没娃，会守一辈子寡？分了钱嫁人不带走了？结果，儿媳妇家里人见分不上钱，就把事给捅破了。事一捅破，上面来人一调查，那次事故也带了出来。前前后后好几拨人来村里调查，我二爹那人又囊，树叶落下来都怕砸着头，躲进城里打工去了，就把我二娘留在家里支应，我二娘给吓毛了，一见干部模样的早早就溜墙根走了，怕人家把钱要回去。”

婆婆端来茶，放在炕桌子上，从李玉堂怀里接过孩子放在炕上，孩子就哇哇地哭，婆婆说：“碎祖宗，你悄声噻，谁也没有整天吃生牛肉，把你抱上载来载去的，我这胳膊疼得就像棒打了。”说着又抱起孩子载来载去。李玉堂大声说：“这是扶贫干部，不是来调查的，到家里看看。”我大声说：“这孩子是玉武的孩子吧？”婆婆说：“是玉武的，儿子，头胎。”李玉堂又接过孩子抱着哄，我说：“大婶，你坐下，我们说说话。”婆婆不坐，站在那里搓手，就像两片榆树皮搓出的“嚓啦嚓啦”的声音。我说：“没事，这钱他们要不回去。”为了让婆婆更放心，我掏了张名片递给婆婆说：“如果有人来追讨那钱，你给我打电话说。”李玉堂说：“听明白了么，这是省上来的干部，唾口唾沫都是钉。”婆婆双手抖如秋叶，接过名片说：“谢谢您。”李玉堂说：“你把名片藏好，别丢了，谁来找麻烦，你就把名片给他看，”又对我说，“也我给一张。”我给了他一张。

李玉堂说：“原想到一下子有了二十万，日子能过得好一些，唉，没这二十万，日子过得还没这么恓惶哩。”我说：“没吃低保么？”李玉堂说：“两个儿哪能吃上，虽说一个死了，可赔了二十万，又在城里买房子了，就更吃不上了。”我“呃”了一声，给孩子掏了二百块钱。李玉堂说：“算了吧。”我塞给婆婆，婆婆又塞给李玉堂说：“你看谁去镇上，让给买几袋奶粉回来，宝子吃得没奶粉了，才几个月，还不认饭，两个狗日的也不回来一趟。”李玉堂脸一红说：“你看老成个啥了，连面子都不知道顾了，这话你等干部走了再说不迟么。”我说：“还要顾面子么？”“去我家，我还说正要找你去哩。”李玉堂说，“晌午在我家吃饭，早想叫你吃个饭，七事八事的。”我说：“好。”李玉堂大声说：“二娘，晌午不要做饭了，在我那面吃。”

出了门李玉堂说："你是个有福之人啊。"我看看他，他说："你看么，我早晨打了三只呱呱鸡，晌午你就来了。"我笑笑说："你专门去打的，这有啥稀奇。"李玉堂说："就是我专门去打，你又不知道，没福的人腿短得撵不上么。"又说，"我确实是给你打的，想着鸡呀猪呀的你也吃腻烦了，就想给你打几只呱呱鸡，你们城里人讲究吃野味儿么，前些年一上午打个五六只松活着哩，现在不行了，天旱得野东西都少了。"我说："你费那么大劲做啥？"他说："一是感谢，二是还求你哩。"我说："啥事就说么，这不见外了，事咋弄下了？"李玉堂说："事了了，掏了六千，多亏了你们。"我说："啥忙没帮上……"李玉堂说："还是起作用了，我去谈的时候他们口气就软多了，要不然，那老驴掉到钱眼里了，会痛快地给你少四千块？那老驴要是心狠把我儿子抱出去卖了，能卖两三万哩。"我说："他还是有恻隐之心，毕竟以后还要做亲戚，你他不认了行，外孙将来他也不认？这亲戚是不想做就不做了的？"他说："也对着哩，唉，丫头不让回来也就算了，我的儿子还要我花钱往回买，你说这世道瞎成啥样了？这事都出。不说这了，求你件事，给娃起个名。"我说："名还没起，几个月了？"李玉堂说："四个月了，你说那些瞎㞞，能起个啥名，把娃叫了个狗娃。"我说："你就说一声，还用请？"他说："按宗谱娃这一辈名字中间一个字是彦。"

老李在院里，满脸喜色，李婶抱着娃，李玉堂接过娃说："娘，你去做饭吧，把呱呱鸡都炖上。"老李说："再捞方子肉。"我接过孩子抱抱，挺可爱的一个小家伙，眼睛毛茸茸的。"像他娘，"李玉堂指着耳垂上的痣，"他娘这达也有个痣。"

我从手提袋里掏出两瓶酒，李玉堂笑着说："你拿的肯定都是好酒，放下你招待人，我们喝不糟蹋了？"我说："是小武留下的酒，让我专门招待你，没见上你的面，给你提来了。”

吃过饭，我思考名字。“彦”是一个很有文采的字，古代指有才学、德行的人。美士为彦。——《尔雅》；人之彦圣。——《礼记·大学》；彼其之子，邦之彦兮。——《诗经·郑风·羔裘》。因为经常在名字中见到，有记忆。我配了几个词，一一写出来，做了解释，李玉堂选了“博”，老李指着“明”字说：“我觉得明字好，日月明么。”李玉堂啧啧啧地咂着嘴唇说：“对了对了，你别胡搅了，啥水平么，多少个人叫这明那明的，就是再明也叫得都没光气了。”老李说：“那个笔画多得难写得，看得人眼睛都花。”“一简单得很，叫个一行不？”李玉堂把孩子塞到老李怀里，“窑里太闷了，咱们去场上，有风。”说着提了凳子，我说：“不提凳子，咱们靠草垛躺着，不比坐凳子舒坦？”到了草垛跟前，我才想到我们吃烟，就说：“还是靠墙蹴吧，别把草垛点着了。”

我们靠着墙蹴下去，小风掠过，甚是凉爽。他看看我说：“你是个好干部，不顾惜自己的衣裳能和我们这些人一样靠墙蹴着。有些干部下来，坐都不坐，抄着个手，连个手都不跟你握，就像我们的手上有屎哩，跟我们说话都是吆驴喝牛的口气，好像我们驴牛都不如。衣裳上沾点土拍打半天，土能有多脏？吃的啥不是土里长出来的？”

他把一截麦秸塞在嘴里嚼着，说：“原想着掏一万买回自己的儿子，春草也就跟我回来了，哪有女人不疼自己骨肉的，儿子回来她也就跟着回来了，唉，事没按我想的走么。”我说：“见到春草了？”李玉堂说：“见上了，她爹不让见，她硬见的，一口都唾到她爹脸上了，就凭那一口，我所有的怨气都消了。”我说：“我再跑一趟。”“没用了，昨日已经嫁了，彩礼收了八万，这次嫁得远了，嫁到河南去了，一个收猪贩狗的，她说走得远远的，眼不见心不烦。”

李玉堂用指头抠着地面，用杵子夯筑起来的场面被他抠出一道壕沟，“她说她也没办法，她爹不是上吊，就是喝药的，她爹真要有个三长两短的，她这辈子就活不下去了，别人唾沫星子都会把她淹死。”其实像她爹那样的人，根本就舍不得死，可她一个女儿，咋办？她开始也想回来，可后来不想回来了，她说她也想过了，就是回来，日子也过不好，她爹已经跟张寡妇黏上了，那寡妇两个儿，大的十六了，小的十四了，一个跟着一个要娶女人，你想一个寡妇家条件能好到哪达？到时候还不是上吊喝药地逼钱？她家就是个没底子窟窿，填不满。她恨他爹，也恨我，她说她逼我出去打工就是想躲开她爹，她哥就是怕他爹纠缠，一结婚两个人就到深圳打工去了，连个音信都没了，想黏也黏不上了。

“春草娶回来，我想在家里好好过几年日子，刚结婚么，家里又再没逼人的事，长拖拖的一辈子哩，日子慢慢过么，着急啥？日急忙慌地就跑到城里能过个啥日子？住的地方就是猪圈狗窝么，好点的房子租不起么。你说不打算在家里过日子，我把家里收拾那么舒贴做啥？我家你也看了，你说舒贴不？……我迟早会出门打工，不打工日子能过下去？可她爹闹腾得不行。”

忽然“啪”的一声，他在自己的脸上狠狠地扇了一巴掌，“就是住猪圈狗窝的命，还把自己想得高级得不行。”“啪”他又在自己的脸上狠狠地扇了一巴掌，我忙一把扯住他的手，点了一根烟给他，他三口就咂完了一根烟，说：“人都叫我倔种，以前我觉得我不是倔，我是有我自己的想法，唉，现在看来，就是倔种。唉，倔真是瞎毛病。你说人都往城里跑，你守在村里做啥？要是结婚后我和春草一起进城打工，哪有这样的烂事？老驴要到城里逼我们，还要能找得见。……你们城里人把倔人叫一根筋，这根筋看不到找不见么，要找得到，我一刀将它剁了。……说啥都晚了，跟你叨咕这些做啥？

“她爹收了我六千，她给了我一万，我不要，人都走了，我要一万块钱做啥？可她塞到娃衣裳里，回来我才发现。唉，这事不能说，传出去她爹能放过她？她男人还不知是个啥人哩。”他站起来，说，“春草你没见，你见过照片，相貌漂亮，身材也好，比照片还漂亮哩。”

他始终没有流泪，但他的喉结在滚动，喉咙里闷雷滚动。

他说：“我明天就出门了，得给我儿挣钱去。”

我说：“还去南山窑挖煤？”

他说：“不了，挖煤那活儿，就是在阎王门上打转转哩，你说娃没娘了，我再有个三长两短，就没爹了。”

23

盼香提来了一捆小白菜和一筐鸡蛋，我说："小白菜放下，鸡蛋你提回去。"她说："你就放开肚子吃噻，再也没个啥。"我说："你看，盆子里、纸箱里都是鸡蛋，时间长就坏了，提回去给孩子们吃吧。"平时送菜啥的，放下就走，可今天她坐在床沿上，我知道她有事，李谷说她可能要走，把羊、鸡、猪都处理了，那垛能烧两年的柴火都拉到娘家去了。果然，她说："我想把马鹏程转到城里去读，我去庙台看了，学校的老师好几个都是雇来的，还老不坚守岗位，再说路远，十几里路，娃一天全走了路了。"停了一下，又说，"反正迟早要进城读书，早早去也好，到了城里也能打工，说是比种地强。"我说："万里咋办？"她说："送到他外婆那里去。"我说："书不念了？"她说："念，这么大还做不了啥，先让念着再说，去庙台念。"我说："庙台离你娘家近？"她摇摇头说："也不近，能念下去了念，念不下去就没办法了。"我长叹一声。"我城里没亲戚，你帮鹏程转个学吧。"她掏出一沓钱放在桌子上，说，"这事难办，要花钱哩，这是五千块。"我说："想去县城还是省城？"她说："能去省城当然好，省城里教学质量高。"我说："省城消费也高。"她说："我知道，消费高可挣得也多，活路也宽，好找些，再说主要是娃念书么，省城教学质量肯定比县城好，我听说县城里好些老师的娃念书都往省城里转。"我把钱推给她说："钱你收着，我给你办。”她说：“你拿着办吧，我知道这事难办，是花钱的事，五千肯定不够，你先拿着办，有门道的话我再拿。”我说：“我有关系，不花钱。”她说：“有关系也得花钱，现在就这么个世道。”我没有坚持，我知道如果不把钱放下，她就认为我不尽心办。她走到门口，回转身来说：“要是省城办不成，县城也行。”又说，“我先带鹏程到城里去，要是供养起来不吃力，就把万里也接过去。”

我上老疙瘩峰，给在教育厅的同学打了电话。我是师范院校毕业，有许多同学都在教育口上。我说：“一定要办，没有钱花。”同学给给给笑着说：“下乡才半年孩子就上学了，是速生品种啊。”我说：“你就像帮我儿子一样帮帮吧，我这是帮你积德哩，你该积积德了。”同学说：“那好，我不想积德，你找别人吧。”我说：“办也得办，不办也得办。”笑骂了几句，他说：“县城还是省城？”我说：“省城，别弄个末流学校糊弄我。”他说：“你是不是跟娃他妈搞到一起了？脱不了身，要求这么高，催得这么急。”我说：“一周后我给你打电话。”同学说：“口气大得，你是老几呀。”我说：“记着，在我上面睡了几年？放屁咬牙做春梦都在我上面。”同学说：“嘿嘿，你要是个女的这么要挟还差不多。”我们在大学是上下铺。很快办妥了，学校也还不错。我把钱退还给了盼香，她说：“至少请人家得吃个饭，这么大的事。”我说：“不用。”她说：“这咋行？人家帮了这么大的忙，人情都落在你身上了，你收着吧。”我撇开话题说：“鹏程现在有些骄傲情绪。”她说：“这我看出来了，到了城里他就骄傲不起来了，人家娃娃都念过啥书？他念过啥书？”没有想到鹏程在外面站着，盼香一把拉进来，说：“记住，这是咱家的大恩人，一辈子都不能忘记了，跪下，磕头。”马鹏程扑通就跪下磕起头了。我忙拉起来说：“这是干啥，以后千万不要这么做。”

过了几日，李谷来问我盼香娃的学是你帮忙转的？我点点头说："你咋知道的？"他说："志远回来说的，鹏程在学校都喊叫开了。"我"呃"了一声。他说："我就说她家城里没亲戚，这事咋就那么容易办成了。"说着掏出一沓钱来，"你帮我志远也转一下学吧。"我看看他，他说："人家一个女人家都带着娃出去念书，咱一个大男人还比不上一个女人呀。"我把钱推过去，说："不用钱，我帮你办。"他又把钱推了过来，说："老刘的孙子转到县城里连请带送花了一万多哩，省城里入个学生更难，我知道行情。"我说："咱们上老疙瘩峰，你听着我给你办。"上了老疙瘩峰，我说："是转到县城还是省城？"他说："当然是省城，盼香都转到省城去了。"我又给我同学打了电话，同学说："你这还西瓜皮擦屁股没完没了了。"我说："我帮你积德哩。"同学说："少拿积德来要挟我。"我说："不要挟了，求你了还不成。"同学笑了，说："这就对了，求人还这么理直气壮，你再说一次求我的话。"我说："为啥？"同学说，"你们文人都清高，听文人求人是一种享受。"我变了个腔调，说："求你了大处长，你就是再生父母……"同学啧啧啧地咂着嘴，说："好了好了，肉麻，原来文人求人这么让人恶心，还是上次说的那个学校，去了就说我说的。"刚刚挂了电话，电话又响起来，是老同学。老同学说："最后一次，别再揽这些破事了。"我说："不是破事，是积德的事，你不想积德可我想积德哩。"挂了电话，李谷说："咋也要让儿子念成个干部，像你这样打个电话不花钱就能把这么大的事办了。"

我们躺在阴凉下，我说："不想再娶了？"李谷说："其实，娶女人的钱我攒下了，娶个姑娘都够，可是我不想娶了。"我说："为啥？你再娶一个让你那前妻看看。"他摇摇头说："跟她较啥劲，也是可怜人啊。”我说：“打一辈子光棍？”李谷说：“谁想打一辈子光棍谁脑子就让驴踢了，日子过不到人前头，娶来也怕守不住，我得用这些钱供养儿子读书。”我说：“你心里其实有人哩。”他愣了一下，说：“谁？”我说：“盼香。”他脸红了说：“可不敢胡说噻。”我说：“敢说你对她没意思？当我看不出来？”他说：“人家志向远大着哩，不敢想。”我说：“我给你牵线搭桥。”他慌了，说：“千万别在她跟前提说，她没那心思，她的心思全在娃上。”我说：“别以为你把啥事都看透了，或许你没看对。”他说：“你不了解她，她心里较着一股劲儿哩，她在争一口气，那口气她憋得太久太久了，她得出了！”又说，“盼香是个好女人，就是命太苦了。”

长武专门从城里回来谢我，高兴地说：“花了一百五十块钱，病就好利索了。”我说：“病好了就在城里好好打工挣钱，跑回来耽误时间又费钱。”长武说：“病好了，咋也该谢谢你，我当这辈子完了。”我笑笑说：“东西你提回去，我在你家吃一顿饭吧。”他说：“这咋行？多亏你，不然不知道要往这黑窟窿里塞多少钱哩。”吃饭期间，长武一点都不避讳老婆，我悄声说：“你婆娘知道这事？”他说：“知道，咋不知道。”我说：“没和你闹事？”他说：“闹，咋没闹，我走的时候她交代过，不要把病带回来，我还是把病带回来了，挨都不让挨，我用过的东西拿开水消毒哩。”我惊诧地说：“你婆娘给你交代过这？”他说：“出门打工一走一年，那还不憋坏了机关。有专门做那活儿的呢，又不是没做那活儿的，老婆也体谅哩。不过有规定，一季一次，后来想着冬季回来，把冬季这一次给扣了，就剩下三次了。”就像讲黄段子，可他没有笑，我也没笑出来。他说：“唉，这种事还得找你，丢人丢到家了，娃大了咋也得培养个城里人啊。”吃过饭，长武说：“明儿老婆也进城，我看下个地方，擦皮鞋该不错。”我看看床上玩的两个孩子，说：“孩子咋办？”长武说：“我姐夫成那个样子，我姐也进不了城，就放在他们家，念书时再说，走一步看一步。”

24

老村长来说快骑摩托捎我去顾家梁顾二家，我心里一惊，说咋回事？老村长说顾二把儿子绑架了，把公安招来了。我心里才安了。前几日听说顾二睡炕了。在上庄睡炕的意思就是病倒了，而且病得不轻。镇上的大夫都来了几趟，老婆往镇上的棺材铺都跑了好几趟，像是在准备后事了。我打算去看看老顾，老村长说装着哩，往回哄儿子，没出息的东西，一碗饭几遍地热着吃，你换个别的手段么。

顾二有了五个女儿后，才有了儿子宝子。宝子结婚后，两口子一直在城里打工，已有了两个女儿，老大比老二大一岁半。小女儿已经三岁了，宝子媳妇却还没怀上，顾二觉得按一岁半的间隔规律，咋也该有第三个了。顾二逼问儿子，儿子说怀了一个小月（小产）了。又过了一年，还不见儿媳妇怀孕，顾二再问儿子，儿子说自小月一个就再怀不住了。顾二觉得蹊跷，说你妈也小月过，还不止一个，不照样怀了你。儿子说谁知道咋回事么，人跟人能一样？顾二说怕是城里苦大挣得，让你媳妇回来，娃生下了再去城里打工。儿子说我在城里，她待在家里能生出娃来？顾二脸红了，不好再说啥。儿子说我们也着急，想早早给你生个带把的孙子，把你的心病治了。去年过年，宝子两口子回来，一天两个孙女一人拿着一个避孕套吹气球，顾二明白是咋回事了，当下就跟儿子干了起来。儿子说明给你说了，我们不再生了。顾二差点背过气去，甩了儿子一鞋底说日你娘，不孝有三，无后为大，你狗日的不懂？老子一气子生了你五个姐姐才生下了你，给罚得炕上连毡都没一条，全家人在净炕上滚，把你抓大了，你让老子断后啊?! 儿子却说断后也是从我这断的，你有了我，给先人能交代了，下地狱也是我下，跟你没关系。顾二虽然快气炸了，可他口气软了，这事主动权在儿子，就说你别怕罚，罚的钱老子担着，不让你掏一分。儿子说你的钱不是我的钱？这不是钱的事，也不是怕罚的事，养那么多做啥？墙上都写着哩，越穷越生，越生越穷，那是大实话，大道理，城里没儿子的人一层哩。顾二压着气说你五个姐姐的彩礼爹一分没动给你存着呢，还不都是你的，我和你娘能花多少钱，你生，生下给我们抱回来，我们给你养，不拖累你们。儿子说你们养？你们能养个啥？顾二火了，说咋了，日你娘，你们几个我们养得缺胳膊少腿了？儿子说你咋不看人家城里人，家里都一个娃，都培养成大学生了，出来就是公务员，坐在办公室里拿工资，我们除了卖苦力人家谁要？三伏天太阳毒得像土蜂蜇，汗水像雨点子落，还得在工地搬石头砌墙，活得个啥人？人家谁正眼看过我们一眼？顾二说你个驴日的，老子没供养你念书？让你复读就像要你的命，现在怨到老子头上来了?! 儿子说我为啥不复读？我打下个啥基础？人家城里老师都得有教师资格证，没教师资格证上不了岗，咱这里的有么？人家城里娃念书，挑学校，挑老师，请家教，咱有挑的有请的？小学就这么所破学校，老师还是民办的，草鞋镇老师都是二把刀，哪个是正儿八经的大学生，好些老师都是从民办转正的，县上高中一所学校考不了人家省城一个班的，人家省城几个学校考大学都连班端了。顾二气得扳下鞋底就捶炕，说日你娘去，家泰不考上大学了，还是全国啥大学哩。儿子说咱上庄这些年毕业了多少学生，有几个杨家泰？顾二说你咋不能成个杨家泰？你就是个日囊尿，给老子摆道理?! 儿子说跟你说不明白，城里人……顾二说打了几天工，就跟城里人比啊？拥着杵子打月亮不知天高地厚。儿子说我咋就不能跟城里人比？只要再不生我就能当城里人。顾二说不生娃你就是城里人了？羞你先人去！儿子说我先人不是你么？你想咋羞你咋羞去，人家城里不要说没儿子的，一个不生的都多得是，我为啥还要生？城里人不比咱们懂得多，不比咱们看得明？顾二说怀里没有糊屎的，坟上没有烧纸的，将来死了几天坟就让荒草淹了。儿子说这一世都活不好，还管喔一世？再说未必有儿孙的人都年年上坟，每年清明坟头没压纸的荒坟多得是。顾二一鞋底甩在儿子脸上，说日你娘去，好的没学下，瞎的学了一大堆，早知道生下你这么个拧把子，就不该让你狗日的活，一屁股捂死算了。儿子说那你早就绝后了，我投胎到哪达不比这个烂杆地方好?!

为了这事，顾二找过老村长，他们是姨兄弟。老村长说我去说啥？让他们生那就是超生，违反国家法律。顾二说你就看着我断后？老村长说政策这么下去，谁也保不准自己不断后，大趋势么，这么大年龄了还解不开？就是生个儿能咋样？孙子就能保证生个带把的？迟早断了的事。顾二生气了，说站着说话腰不疼，你抱上了孙子，当然能唱高调说这大话了。为此，顾二生了老村长的气。

顾二想动家门，借助户族的力量往下硬拿，可人都在外面打工，家里没几个主事的男人，遇上这些事，女人一点事都顶不上。顾二兄弟四个，老大已经不在了，老四在南方打工，只有他和老三，弟兄俩你一句我一句说了两天一夜，没把儿子说得回心转意。后来儿子在城里打工干脆不回来。为把儿子骗回来，顾二想了一招，在身上洒了老鼠药，装喝药自杀。虽然灌了稀屎吐了一地，恶心得好几天吃不进去饭，可把儿子整得服软了，答应再生。顾二不放两口子走，说钱早挣迟挣没关系，又不是揭不开锅，生根留后是大事。儿子说去年的活儿是包活儿，还没干完，工钱没全发，今年干完了工钱才全发，总得让我把工钱要回来吧？顾二这才放两口子进城。然而，儿子一去不复返。为了把儿子骗回来，顾二装了病。儿子回来了，可没进门，而是在山梁上看着爹干这做那的，就喊着说爹，你该在梁上栽个消息树，让我娘扛个红缨枪把风瞭哨，见我回来了让我娘急忙把消息树推倒，你赶紧上炕装着叫唤。顾二给气坏了，从院里追上梁来，儿子边跑边说正是揽钱的季节，把我诳回来，挣不上钱不说，这一来去几百块的花销，你做这事缺德不缺德？顾二说有你狗日的缺德？儿子掉头就回城了。临近过年，顾二做了充分的准备，把窗户全部钉死，两口子一回来就锁在窑里，绝不让进城了，可两口子没回来。顾二捎话带信，上挡山打电话，儿子坚决不回来。眼看又半年过去了，顾二想不出别的招数，只能继续装病。为了让儿子相信，这次他让老婆又是请镇医院的大夫，又是往镇上棺材铺跑，并让老婆打电话要儿子回来带他到大医院去看病，经过一番折腾这才把儿子两口子骗了回来。两口子一进家门，就被锁在了窑里，每天从窗口递吃递喝。宝子被锁在窑里叫天天不灵，叫地地不应，倘若不是和小舅子一起回来的，或许两口子给关上一年两年也没人知道。小舅子来叫宝子和姐姐一块儿进城，才知道姐夫姐姐被锁起来，跟顾二喊叫了半天，顾二不放人，就上挡山报了警。

我和老村长赶到顾二家，宝子两口子已被公安解救了出来。一个警察正训斥顾二：“做事也没个掌握，你这是非法拘禁，限制人身自由，知道不？要在城里不把你抓起来圈几天还日怪了，一大把年岁了，做事还由着性子，啊。”

又掉回头训斥宝子：“日囊尿样，一指头戳个洞的破门，两脚还不踹开了，报警光彩呀。”

宝子说："你踹两脚试试？别看那门板旧，那可是整块的榆木板，过百年的老货。"

另一个警察个高身胖脾气大，吼着说："跟我们犟嘴，在城里待了几天胆子练大了，我一个砍脖子让你娃摸不着东南西北。"

走了两步，又回过头来对宝子小舅子说："这叫绑架啊，有个毬，绑架？这是非法拘禁，连个意思都弄不懂，瞎毬用，害得人跑这么远的路，油钱你掏？"

宝子小舅子嗫嚅了一句："有事找警察，我找错了？"

警察翻了一眼，"人忙毬得揣鞋拾帽子的，家务事报个毬警，下次再胡日鬼捣棒槌，看我咋收拾你娃。"

那脾气大的警察看着老村长说："老刘，好好管管你的人，这出的啥事么，要往上报也算治安事件哩，给你记一条划算不？"

老村长说："这我管得了？人关了我都不知道。"

警察说："你可记着，治安也是一票否决制，到时候数条条排名，排名靠后了别说我们没提醒你。"

顾二唯唯诺诺地跟在警察屁股后，说："都是喔驴日的不懂事，害得你们跑一趟，你们把他拉进去圈上几天，好好给熟熟皮。"

脾气大的警察回头怒目而视："你说拉进去我们就拉进去，派出所是你家开的？听你指挥，我们不讲法律咧?!"

两个警察上车了，宝子立刻拉了箱子带着女人就走，顾二提着一把铁锹拦住去路，说："你狗日的要敢走了，老子不劈了你，你屙到哪达我吃到哪达。"

宝子说："你就是把我剁成肉酱，包了包子，我也不生了，你剁吧。"

顾二挥锹就砍儿子，脾气大的警察又扑回来，手指剟点着顾二的头，说：“老汉，我刚说的话是放屁?! 我告诉你别再胡整了，这在城里早把你弄进去了。”

顾二说：“他是我儿，不听话你们不管还不让我管？”

宝子说：“听你的话，你死了这份心吧，我不会再生了，我听国家的话，你这是逼我犯法。”

顾二抡锹就冲儿子砍去，脾气大的警察一把扯住，把顾二甩了个跟头，说：“我的话像放屁是不？再张狂把你拉去圈几天。”

顾二扔了锹坐在地上号哭起来，警察上车要走，宝子拦住警车说：“把我们带上。”

脾气大的警察说：“滚毬得远远的。”

宝子说：“你看这架势，你们一走，又把我关起来，我还得报警麻烦你们，把我们带上，我给你们掏油钱。”

这么说着，两个人钻进车里去了，警车“日儿”“日儿”叫着扬起一道土尘走了。

顾二大叫一声没气了，连喊带叫过来就睡了炕，老村长说：“人家都走了，还装给谁看，起来，越睡越病，没病都睡出病来了。”

顾二有气无力地说：“我这回是彻底病了，起不来了。”

老村长说：“一把年纪了还醒不透，生娃是圈在窑里让生的？圈了一天一月，能圈上一年，你把心尽到了，老先人也都知道了，看毬他们，你还有几天活的，自己作践自己，起来该干啥干毬去。”

“我怕没救了，真起不来了。”顾二的声音微弱。

窑洞光线幽暗，老村长贴近顾二的脸看看，拉着胳膊摸摸脉搏，说：“这老屄不对劲，眼睛咋都掉到坑里去了，乌黑夜暗的，像两个山洞，脉也摸不着了。”

顾婶哭着说：“几日水米没打牙了。”

老村长说："你个老半吊子，闹绝食啊。你碎先人把你当回事了？你给谁绝食，人家头都不回走了。"对我说，"你骑摩托去老董家，把量血压的拿来给量量。"

我从老董家拿来血压计一量，顾二的低压不到四十，高压只有六十，老村长说："人气了血压高哩，你倒气成了低血压了，快给熬红糖水，再打两碗蛋汤。"

我说："我给宝子打个电话吧。"

老村长说："打也不会回来了，还当又撒谎哩。"

老顾说："你给打，干部的话他狗日的敢不信。"

我上挡山给宝子打了电话，宝子不信，我说："我的话你也不信？你爹血压低压只剩下四十了。"

在老顾家吃饭的当口，宝子回来了，媳妇却没回来。

一院子哭声，接着便是吼骂声。

吃过饭，我和老村长在老顾院里吃烟，我说："过去劝说劝说。"

"有啥劝的，让哭一哭骂一骂，把气都出一出。"老顾说，"我二哥这人太固执，要是我我才懒得管毬他。"

老村长说："别卖嘴，放到你身上你就想开了？咱这年龄的人，过这个坎儿都难。"

正说着话，宝子趴在墙头上喊："三爹，你过来一下。"老顾说："啥事？"宝子说："说事哩。"老顾说："说来说去就是车轱辘话，有啥说的，你现在人大了，还听得进去我们这些人的话，想说和你爹说去。"还是起身去了。我说："要不要我们过去？"老顾说："算了，你是城里人，那狗食见了拿你做例子，更得势了，话就更说不进去了。"老村长说："那我们先回去了。"老顾说："急啥么？我过去看看，别再闹出人命了。”

过了足有两个小时，老顾回来了。我说：“咋说下了？”老顾说：“谈好了，老子拿钱出来给儿子在城里按揭买房，儿子保证生个孙子，立了字据。”我“呃”了一声，老顾摇摇头说：“儿子给老子立的字据，那就是张纸，一指头就戳个窟窿。”老村长说：“生娃的事容易得，说生儿子就生儿子？”老顾说：“唉，这娃在城里逛贼了，把老子套在里面了，五个丫头的彩礼少着也有二三十万，抠得啊，炕上连个单子都不铺，就在席上滚，那席都十几年了，像上了一层漆，这下好了，让儿子一把全掏走了，还高兴得不行，血压都正常了。”又说，“我还想着我二哥后半辈子能过个好日子，五个丫头的彩礼放开花也花到死了，哎呀，他受罪的日子在后头哩，要在城里住下去容易得?! ”

25

水泥窖打成了，我就天天盼着下雨，可辽阔的天空永远是那么湛蓝，那么高远，吝啬的老天爷连片多余的云彩都不布。一天，天阴得很重，棉絮状的云团压着挡山，压着上庄，大地沉凝，山谷风吼，大有山雨欲来风满楼之势。我心想该下场雨了吧。可中午过后，云退得一干二净了。坐在挡山顶上，我说："阴得这么好，就是不下雨。"老村长说："这云是乏云，退云，在别处下了雨，路过咱上庄。"又说，"老天爷给上庄下场雨难怅着哩，就像要他的老命一样。"

好年景这季节该是收获豌豆的季节，可上庄没有收成，土地一片焦黄，空气中浮着焦煳味儿，只有野草的努力让山谷有了一种青苍之气。但上庄人还是在地里忙活，他们在收拾残局，他们得把种子地再翻过来，为下一年做准备。老村长眯着眼睛审视着，说："种了一袋子，割了一抱子，装了一筐子，打了一帽子，以前还能收一帽子，这几年连种粒都收不回了，你说全球都变暖了，咱这地方就更没出路了。"又说，"年底开总结会的时候，你给提提，就说上庄真正要想脱贫致富，就搬迁到有水的地方去，联合国的人来了都说这里不适宜人类生存，自己人会一级一级撒谎，别人总不会撒谎吧？这几年旱得连鸟儿都少了，你就说这里的麻雀都搬到有水的地方去了。"

忽然一天，老天爷像是感应到了上庄子民的渴望，在上庄的天空布了云，派龙王爷携着雷公电母趔趔踏踏洋洋洒洒地来了。咔嚓嚓的炸雷滚过，蓝幽幽的闪电劈过，暴雨倾盆而下，雨点大如铜钱，砸在地上，尘烟四起，给风一搅，一派硝烟弥漫的战争气象，山坡上刹那间水如巨龙奔涌而下，都汇集到这沟这壑里来了，势若猛兽，訇声若雷。这是一场过雨。上庄人把雨分为两种：普雨和过雨。普雨就是“润物细无声”的细雨。过雨就是暴雨，之所以叫过雨，是因为它来得急去得快，长不过半个小时，短则三五分钟，来势凶猛，犹如倾盆。对于上庄这片土地，过雨的破坏力是巨大的，过雨来一次，沟就深一次宽一次，路就断一次。过雨并不能像普雨那样缓解旱情，它带给上庄的唯一收获就是给窖里装满生命之水。

整个上庄欢腾起来了，学生都像快活的鱼儿在雨中奔窜，任疯狂的雨水浇湿自己，老人妇女掮着锹忙碌着往窖里收水，所有的水窖大张着嘴巴，吞咽着奔袭而来的山水。老村长穿着雨衣掮着锹出现在学校的水窖边，我打了伞撵过去，说：“这么大的雨还出来，不怕浇出病来。”老村长说：“洪水会把水路撕开口子流到别处去，我得看着往窖里灌水，错过这场雨，怕再收水就难了。”他抬头看看天，看看地，又说：“过雨都会携裹冷子，今儿这雨善，没携裹冷子，要是恶雨，云泛红色，风阴冷阴冷的。”上庄人把冰雹叫冷子。

一时半会儿，雨过天晴，我看看表，这雨下了十四分钟。就这十四分钟，上庄所有的窖以及盛水的器具大大小小全装满了。学校的两个水泥窖装得满溢出来。我趴在新打成的窖口一看，水黄澄澄稠得像药汤。老村长说：“几天时间就澄清了。”

我说：“这两窖水用一年没啥问题吧？”老村长说：“细详一点

用个三年都不成问题啊。”老村长掏出两把大锁，把窖锁上。我说：“还要上锁？”老村长说：“没水的时候有人偷水哩，在咱上庄，偷水不是偷，也怕娃娃掉到窖里去。”老村长把钥匙递给我，说：“不管以后谁用这窖，都会想起你来。”我说：“以后谁用这窖……”老村长说：“唉，我也不知道这学校还能支撑几年，这么下去不是长久之计，或许明年就倒灶了。”我说：“有您老人家，这学校倒不了灶。”老村长说：“翻年我就七十了，人活过了七十，就是活天哩，今儿晚上脱了鞋，不知明儿早上穿不穿，有今儿没明儿了的，谁也说不上啊。”我说：“你老能长命百岁哩。”老村长说：“毛主席全国人民都喊万岁哩，也没活过一百岁。”拍拍我的肩膀又说，“人活一辈子不就是让人有个念想，你说是不？有这两口水泥窖，多少年后，村里要有人，还记得你。”

老村长掮着锹在村巷里走，在一个院门前用锹抵住一堵墙推晃。墙根给洪水涮了一道壕，给老村长一推晃动起来。老村长说：“来搭把力。”我说：“你要把墙推倒？”老村长说：“没看摇晃，就在路边，说不定啥时倒了把人打在下面。”在村巷里走了一遍，老村长推倒了四堵墙，有两家塌了两孔箍窑，老村长说：“还好，都是没人的。”

一棵老榆树被雷劈成两半，白森森的，就像劈开的两扇猪肉。看得出这树从心里枯了。老村长趴在树杈间看看，说：“人老了出怪，树老了成精，那阵雷凶的，不知把啥东西殛了。”

第二日，孤寡了半年的土地上，一下子热闹起来，这块地里一对耕牛，那块地里一对耕驴，也有牛驴、驴骡配套的。站在挡山上举目四顾，田野里忙活的全是老汉、女人和娃娃——城里人所谓的386199部队[①]。

这场雨来势凶猛去势急，仅仅淋湿了地皮，给七月骄阳一晒，地皮已经白了，再往下刨，有一寸厚的墒。对于干渴了一年的土地，这点墒是没有意义的。梯田中老周挽着个席芨篮子，篮子里装着种子，边走边撒，我边拍照边说："这时节了，种啥怕都晚了，还能有收成？"老周说："撒点大燕麦，这季节只能给羊牲口种点草。撒上了也是个望想，要是能等上一场雨，就能收上，喂羊牲口顶料哩。"

撒了一绺地，老周赶过两头牛，套上了耱，耱是用山上的母猪刺编的，耱齿磨得亮白而锋利，阳光一照晃眼。我说："不犁，种子埋不住发得了芽？"老周说："这点墒，支不住犁翻，犁一翻把干土翻起来了，就等于没下。耱一下，把种子耱进地皮就行了，再不下雨，这苦还是白下了。"

经过前庄子，刘罗锅家门口聚着几个人。我走过去，看到一个年轻小伙，刘罗锅介绍说我儿子刘安。刘安犯的事我知道，为工钱打折了包工头一只胳膊，人家说要么赔十万块钱，要么就坐三年牢，刘安不赔钱，说三年能挣十万？我坐牢。就坐了三年牢。

---

① 386199部队，"38"即指留守妇女问题，"61"即指留守儿童问题，"99"即指留守老人问题。中国2012年第六次人口普查资料显示，全国有农村留守儿童6102.55万，占农村儿童37.7%，占全国儿童21.88%；全国60岁以上老年人口已达1.78亿，农村老龄化水平高于城镇1.24个百分点，接近1亿，其中农村留守老人已近5000万；全国老龄办发布《全国城乡失能老年人状况研究》表明，2010年末全国城乡部分失能和完全失能老年人约3300万，占总体老年人口的19.0%；根据中华全国妇女联合会的调研数据显示，全国留守妇女约5000万人，由此推算，中国有5000万个家庭处于夫妻分居的现状。这可是一支庞大的队伍。

刘罗锅把堆好的一堆柴火点着，不断用棍子挑拨，火很快就熊熊燃烧起来，刘安从火堆上跨了过去，刘罗锅也从火堆上迈过去，说，“一跨百灾消，一燎百难了。”刘安的娘也从火上跨过去。七八个孩子，就像正月二十三燎疳一样，从火堆上蹦子流星跳过去，刘罗锅喊：“这不是燎疳，不能来回跳，只能一顺子跳。”又冲我笑笑说，“遭灾遇难，回来燎燎，去邪气，一燎百了。”他把柴火往起挑挑，火势更旺了，冲我说：“干部也燎一下。”我说：“我也燎一下？”刘罗锅说：“你是越燎越旺，升官发财。”农村一语双关一语多用运用得比城里精准。有没有作用，至少有一份好心情。我拍刘安的肩膀，刘安冲我笑笑，进去了。刘罗锅看着儿子的背影，嘿嘿一笑说：“狗日的三年牢坐得胖了，也白净了，现在监狱里也养人哩。”

26

我正在批阅卷子，盼香来了。我说："鹏程门门功课分数第一，万里第五。"她脸抽搐了一下，说："我来开转学证明，明天打算就走。"我说："这么早就走？假期一个多月哩。"她说："早早过去寻活儿。"我给她开了转学证明，又写了家里的地址、我和老婆的手机号码，说："到了城里有啥难处找我们。"她脸上浮着歉意的笑，说："可不敢再麻烦你们了，我哥哥和弟弟都在省城里打工，几年了，有落脚的地方。"我说："等两天走吧，学校要开表彰大会，三年级要举行毕业典礼。"

学生都拥在我的门前，他们在等着看成绩。我叫进几个学生来，让他们登记成绩。正准备去找老村长，老村长来了。我说："三年级得举行个毕业典礼。"老村长说："对，还得表彰一下，鼓鼓劲，再合个影，一起念了一趟么，我让李谷进奖品去了。"正说着，马鹏程捏着一把钱进来了，说："老师，合影钱。"我说："哪来的？"马鹏程说："收的，每人三块。"我说："退了，我来照合影，老师有相机。"马鹏程说："洗相还要钱哩。"我说："不要，不要。"马鹏程迟疑了一下，走了，我冲着他背影说："下午一、二年级也合影，全校合影，明天上午开表彰大会和毕业典礼。"就听马鹏程在院里通知："下午合影，一、二年级也合影。明天上午开表彰大会和毕业典礼。"校园里就一片欢呼之声。

下午，学生们就像过节一样，个个穿得新崭崭的，都打着红领巾。毕业典礼和表彰大会，开得很隆重。还是那破鼓、破镲和老录音机，照样搞出很隆重的气氛来。奖品很丰富，我多写了几张奖状。

我教老刘如何拍摄，然后我和老村长、李谷和盼香坐在中间。学生给老村长也戴了个红领巾，老村长高兴地说毛主席那时候跟学生照相，也戴红领巾哩。三个年级合影后，又全校合了影。照相的时候马鹏程对老刘说："按快门的时候你提醒大家喊茄子！"照相结束，朱小文和马鹏程就争起来，朱小文说："土老帽儿，人家城里人现在照相都不喊茄子了，喊抢钱！"

盼香带着鹏程和万里来辞行，我说："明天咱们一起走吧。"她说："不了，我还得去娘家一趟，把万里安顿下，就从娘家直接走了。"我说："好吧。"我知道她怕再麻烦我。晚上，老村长准备了一桌丰富的饭菜，几个在附近的老汉凑了一桌，个个喝得你说我唱的。

第二日一大早，李谷套着驴车来了，志远也跟着来了。

李谷说："让志远去送你吧。"

我说："不用麻烦，我有摩托车。"

李谷说："你下半年不来了？"

我说："来呀，不来学生谁教？"

李谷说："那你去镇上做啥？去省城和去镇上背向哩，你去镇上，再从镇上坐车回省城，一来回多跑百十里，过了驴崾岭就上了公路，班车过来一坐方便着哩。"

我本来想把摩托车送还给老王，一想也就一个来月，去了老王肯定要准备土特产，又喝个酩酊大醉，就说："那也不用送，没啥行李，走着过去。"

李谷说：“让志远送送吧，他该送送你。”

我说：“也好。”

李谷握着我手说：“下学期开学，我接不了你了，老村长说他接你。”

我知道他把小卖店盘掉了，马上也要进城了。

沿着蜿蜒小道走出老远了，一回头才发现学校的五星红旗还高高飘扬。放假了，国旗是该降下来的，开学了再升起来。我想想，还是让它高高飘扬吧。

挡山的坡上爬着许多妇女和孩子，我问李志远：“他们在做啥？”

李志远说：“拾地软，雨后几天，地软最好拾。”

地软我知道，又叫地耳、地膜、地衣，颜色和形状都非常像黑木耳，主要生长在阴坡和沟谷，干小的菌团经水一泡，松散涨大，宛如木耳。科学研究证明，地软含有丰富的蛋白质、钙、磷、铁等多种微量元素，具有降脂明目，清热降火，降脂减肥，补虚益气，滋养肝肾的作用，这就靠到了养生上，立刻受到城里人的热捧，如今“地软包子”“地软馄饨”等已经成为城市餐桌的第一道养生保健面点。

我走过去，孩子跟我打着招呼：“老师回家呀。”

一位穿着时髦的媳妇儿冲我笑笑，说：“你们城里人嘴叼，吃啥啥就贵，地软以前我们就当菜吃哩，谁稀罕过，这几年你们城里人稀罕得不行了，你们一稀罕地里还就少了，你说日怪不？”我笑笑，说：“地软价钱咋样？”她说：“门上来收的不好好出价，拿到城里能卖个好价钱。”又说，“你看这淋了场雨，灰灰菜长得多茂盛，咱这里就是喂猪喂羊，你们城里人也吃，可惜咱这里离城太远了，灰灰菜太嫩了，铲下来半天就蔫了，拿不到城里，不然也能挣个好钱。”

这方圆在村上的人我基本都认识了，可这位媳妇面生，我想定是从城里回来的，说：“不逢年过节的，咋从城里回来啦？”“回来养娃（生娃），城里贵得生不起，不像你们城里人国家啥都给报哩。”她嘻嘻一笑站起来，我才看到她肚子老大的。她向着几个孩子那边喊：“毛蛋，把篮子提过来。”梁志民脸红扑扑地提着篮子走过来，看了我一眼低下头去，我说：“是你嫂子还是你姐？”梁志民说：“我妈。”说完扔下篮子走了。我说：“一儿一女多好，咋还生？”她说：“一个男娃太孤单了么，长大没个帮手，也不保险。”她把地软扔进篮子里，说：“这就要回了，我还说请你到家吃地软包子。”我说：“谢谢。”她说：“下学期到我家吃。”我说：“你下学期还在村上？不进城了？”她说：“唉，娃生下了，往大长长再说，带到城里把手脚缠了，闲吃定坐养不住。”她把篮子里的地软全装进塑料袋，递给我说：“你带回去吃吧，洗净蒸包子、包饺子，香着哩。”我说：“那太感谢了。”她说：“你这干部还客气得很。”她的举措让女人孩子们竞相模仿，不一会儿，便给我装了半蛇皮袋子（装尿素的袋子），我说：“这太多了。”喜鹊笑笑说：“给朋友送点，也是咱们这里的特产么。”

我往山上走，走出不远就听梁志民说：“给你说了多少遍了，不要叫人家小名，你就记不住，还当着老师的面叫。”“咋了，小名也是名，我还觉得比你官名顺嘴哩。”“你们给我起的啥小名，毛蛋好听呀？一点意思都没有，还整天挂在嘴边。”“妈叫顺嘴了么，多长时间没见妈了，还歪妈？”

上了挡山顶，我打发李志远回去了。山风劲吹，阳光如炙。我点了根烟坐在山顶，看着匍匐在山坡的女人，我想到了一个词——“体制性寡妇”。媒体这样解释“体制性寡妇”：指由于城乡二元体制分割造成的农村家庭长期分居而形成的留守妇女。是啊，多数小夫妻一结婚就过上了牛郎织女的生活，丈夫出门打工，媳妇留守在家赡养老人，照顾孩子。丈夫出门近点一年还能回来几趟，远的一年回不了一趟，跟“守活寡”没什么差别。问题的严重性在于这样的生活已经常态化，没有止境。“银烛秋光冷画屏，轻罗小扇扑流萤。天阶夜色凉如水，卧看牵牛织女星。”唐朝诗人的浪漫情怀演绎成了当今的残酷现实。2012年三、四月间，陕西、四川和重庆先后发生三起“留守母亲”投毒、砍杀亲生骨肉并自杀事件，凸显了留守妇女的心理危机。“劳动强度高、精神负担重、生活压力大”成为压在近五千万留守妇女头上的“三座大山”，专家指出与留守儿童和留守老人相比，留守妇女的心理状况与精神负担，更容易被忽视。

“体制性寡妇”，多么准确的一个词，还可以衍生出体制性光棍，体制性孤儿，体制性歧视，体制性失伦，体制性荒芜，体制性临时夫妻，体制性悲悯，体制性萧条，体制性孤独，体制性沦陷……三十多年来，我们在农民工和留守人员的身上几乎用尽了所有形容悲悯、忧戚、苦难、同情的词汇，我想在这些词汇上都可以加上“体制性”的修饰。2005年，《中国青年报》以《聚焦2005社会怪现象：盛世繁华背后的匪夷所思》讲述了几位2005年曾震惊了中国社会的小人物，和其他媒体的一些排行一样，尤国英依然排在第一位。在浙江省台州市打工的四十六岁的尤国英因突发脑溢血被送入医院。短短三天的治疗，几乎花尽了全家的积蓄。她的生命是卑微的，在昂贵的医疗费用和不健全的医疗保障体系面前，全家经过商量决定放弃治疗，尤国英被送往火葬场。就在准备进行火葬时，细心的殡葬工人发现她的眼角淌下泪水，手还在微微地动。这是一则让人潸然泪下的新闻，更是一则让人灵魂颤抖的事实，倘若不是这位细心的殡葬工人，

“火化”从她的身上演变成了“活化”。有人用了这样的词：体制性活化。

倘若对“体制性”溯源，可以说新中国一成立，体制性就出现了。金水桥头有一个旧书市场，我经常去那里淘书，淘到过上海书店1963年5月第一次出版的《怀仁集王羲之书圣教序》，定价才一元。随着旧书市场名气日盛，古玩也进入了。淘完书也会去各种古玩摊点看看，也只是看看，我极少买东西，所谓的古玩几乎全是作旧的新物。老猴子的票证摊点是我逗留时间最长的。虽然我知道有一个词——票证时代，但没想到我国竟然曾经发行过那么多的票证，简直五花八门，有些票证甚至不可思议。散发着历史气息的票证引起了我的兴趣，我成了票证迷。票证时代始于1955年国务院发布《市镇粮食定量供应暂行办法》，国家发行了第一套通用粮票，其后相继发行了布票、油票、肉票、盐票、糖票、糕点票、肥皂票、火柴票、麻酱票……至“文革”时期，票证时代达到顶峰，票证种类有数百种，绝大多数票证“非城镇户口”没有资格使用，社会由此划分为吃“商品粮”与吃“农业粮”两大阶层，而且壁垒森严，有严格的“世袭制度”，产生了一种特殊的关系——“粮食关系”，城乡二元体制由此产生。那时候正是我的童年时代，在数百种票证中，我所知道的只有布票和粮票，而父老乡亲知道的也不外乎这两种，因为布票与我们的生活息息相关，而粮票则是城镇户口的身份证。可以说“吃粮票”是我们的终极梦想，对于长期饥一顿饱一顿的我们来说，因为“吃粮票”就等于“月月有个麦子黄”，而谁家要出一个“吃粮票”的人，那无疑鲤鱼跳龙门，而一个吃“农业粮”嫁（娶）吃“商品粮”就是神话了。

手机“叮咚”一声，我知道是微信。摸鱼儿发来一条：幸福是什么？幸福，是偎依在妈妈温暖怀抱里的温馨；幸福，是依靠在恋人宽阔肩膀上的甜蜜；幸福，是抚摸儿女细嫩皮肤的慈爱；幸福，是注视父母沧桑面庞的敬意……

望着匍匐在山坡上的女人，如果问她们幸福是什么，她们会如何回答呢？2012年双节前期央视推出了特别调查节目——《幸福是什么？》设计了这样的问题：您幸福吗？幸福是什么呢？采访对象包括城市白领、乡村农民、科研专家、企业工人、农民工等各行各业，看了几期觉得没什么新意，但清徐县北营村一位农民工的回答却有意想不到的效果。面对记者的提问他推托说：“我是外地打工的不要问我。”记者却并未就此罢休，咬住不放：“您幸福吗？”他打量了一番记者，答曰：“我姓曾。”这视频被截下来，刹那间在网络蹿红，被网友们赞为2012年又一“神一样的回复”，不少人看了视频说“笑尿了”，而这位农民工接受记者采访时的动作、神态也被大捧：“那眼神太带感了！”一度有这样的短信：问：“你幸福吗？”答：“我姓曾。”“我是外地打工的不要问我”的拒绝回答和“我姓曾”的答非所问，包含了太多的无奈、艰辛与酸楚。

27

马万里那双忧郁无助的眼睛让我无法释怀，那双眼睛有夏阳的炙热，有冬雪的寒凉。我想怎么也得让马万里受到和马鹏程同等的教育。我跟老婆商量后，决定我们资助马万里进城上学。这无关乎高尚，谁与那双眼睛对视过，都无法轻易忘怀，都会付出自己的努力。可无法联系盼香。在上庄我给盼香留了家庭地址、我和老婆的手机号，可这个自尊好强的女人一次都没联络过。我只能在周末试着打老村长的手机。老村长又通过别人找来盼香大哥的手机号，我才找到了盼香。

盼香在城中村租了一间房——两栋老房子间逼仄的过道封了后墙，用塑料板搭了个顶棚，两面墙壁都是砖的，没有上白灰，墙上写过的广告虽经清洗，但依然清晰可辨，有治性病的，有办证件的。房间仄长，靠东墙是两张亚麻板拼成的简易长台，一头堆放着布料，另一头放着黑乎乎的铝锅和碗筷。后墙横放着一张双人床，旁边有一张用黄漆写了编号的老旧桌子，摆放着书包、作业本、文具盒。一台缝纫机摆在门口。我走进去时，盼香正在缝纫机上忙活，塑料顶棚和砖墙回音很大，“踏踏踏”的缝纫机变成了“嘭嘭嘭”的拖拉机，整个屋子就像20世纪六七十年代柴油发电机的机房，轰鸣声掩盖了一切。只有两扇小窗，塑料顶棚又不隔热，房子闷如蒸笼，溽热扑面，刹那间我就汗水涔涔。

我站了好一会儿，盼香才发现我，停了缝纫机，浅浅一笑说：“给一家皮坎肩作坊加工外罩，活儿领回来干，计件工资，不受限，多干多拿，好着哩，没出来害怕作难，出来了才知道比种地强。”我点点头，不停地抹着脸上流下来的汗水，她说：“到外面说话吧，屋檐下凉快些。”盼香黑枯憔悴，能想出来，这种计件活儿不受限，她肯定是没日没夜地加班。我问：“鹏程呢？”她说：“和万里上街去拾瓶瓶了，也好着哩，一个假期还拾了不少钱。”我说：“万里也来了？”她说：“娃还没进过城，我让来逛逛。”我说：“那就不要让他回去了，跟鹏程一起上学吧。”她说：“再说吧，情况要好明年就接过来。”又说，“把他们错开一级也好，以后要是考上大学，供起来容易点。”我说：“两个孩子读书本来就比城里孩子迟，耽误不得，万里读书我管了。”她看着我说：“那咋行？你也不是老板。”

我摆摆手，就给同学打电话，同学说：“我职务变动了，不好再给人家说了。”我说：“腐败了，下来了？”同学说：“闭上你个鸟嘴，文人相轻，嫉妒诅咒，几千年了都不进化。”我说：“这不得了，职务变动不是下来就是上去，没下来那肯定是升了，不更容易了。”同学说：“每年这时间就给你们擦屁股，你们都是我先人啊？一个个口气大的，前不久我就封了你的口，办不了，挂了。”我说：“咋是给我擦屁股，分明是给你擦屁股，一对双胞胎，一个你办进城里，一个丢在乡下，他们的命运因你出现了分歧，你于心何忍？”同学说：“还不是你整的破事，现在倒成了我的不是！”我说：“咋能是破事，是给你创造积德行善的机会，这样的事多办点，会给你添福添寿添官运的，掂不来？”同学说：“妈的，好像我平时作恶多端，非要靠积德行善来赎罪。”我说：“要说你没罪谁信？你们这些教育大员，把教育搞成什么样了？这是你们伪科学决策的后遗症。”

同学说："那你来干呀。"我说："不抬杠，想想那个孩子吧，一双黑豆一样眼睛扑闪着，源头的一块小石头会改变一条大河的走向。"同学嘿嘿一笑说："呀噻，扶贫扶出哲人境界了，冲你能说出这样的传世名言来，办了，你去找校长就说我说了。"我说："你再给打个电话，不然人家会忸怩作态，你知道那些校长给你们的教育政策和家长抬爱宠惯得门难进，脸难看，事难办的。"同学说："欠我多少情你给我记着。"我说："我记得记不得无所谓，这些人才会真正记得你，才会给你祈福，消除你成长之路上的孽障。"同学说："好了，好了，溜嘴溜不过你，你把孩子的情况编个信息发过来吧，记着，这是最后一个。"同学也是山区出来的，对山区的孩子进城上学，从内心上讲还是仁慈的、热心的。

盼香扑通跪下了，"咚咚咚"就是三个响头，我忙一把提起来，说："以后绝不能动不动就这样。"盼香的眼泪"嘣嘣嘣"落地有声，我说："别老流泪，对眼睛不好，再说好运也会让泪水冲走的。"我给她一千块钱，说："开学报名时我过来。"她不收，说："鹏程、万里的事给你添了这么大麻烦，给钱也不收，人情欠下迟早要还的，都堆到你身上了，还咋敢要你的钱？这几年我自己攒下些，我哥他们也好着哩，能帮衬上，供他们两个念书也不吃力。"我说："拿着吧，城里读书各种费用多，也别太紧了孩子。"盼香还是不接，说："我听说你买房子贷了几十万的款哩，日子也不易，你装着，我哪天打住了转腾不开就去找你。"我说："我们两口子都是公务员，月月有个麦子黄，不吃力。"她紧咬着嘴唇不说话，我说："不敢没日没夜地干，要休息好，如果你累垮了，他们该咋办？"她卖力地点点头。我把两个孩子的班级合影和单独的照片给了盼香，盼香说："看你费心的又装框子又是相册的，费那钱做啥，我给你钱吧。”我摇摇头。

出了门，回头看看小屋，听着“嘭嘭嘭”的轰鸣声，这样的环境两个孩子如何学习？再说这个家毕竟底子太薄，经不起风吹雨打，两个孩子才上小学四年级，以读完高中计，最短也需九年，城里读书的开销不是个小数目。而这九年间又有多少不可预料的事呢？别的不说，对于这个家，一场疾病就是一场灾难，而盼香一旦累倒了压垮了，这个家就失去了依附，皮之不存毛将焉附，得给他们找个稳妥的依靠。

我想到了老板。如今热心公益事业成了老板们的时尚，能联系一个老板来资助他们当然好了。我想到了管小武，可他的公司太小，资助几个在乡下读书的孩子没问题，在城里就未必能行了。我希望找个有实力的老板，稳妥点，长久点。我翻手机里的通讯录。做记者那几年，我结识了一些老板，离开报社后渐渐都失去了联系。这几年又丢过几个手机，丢一个手机就丢一批人。叶广生这个名字出现时我停下手指。2009年去领北京文学奖，几位朋友约喝茶，叶广生在座。谈起了慢生活，我们有了共同的话语，谈得十分投机，从此成了“慢友”。叶广生做过企业，做得风生水起，后来，患了一回大病，从鬼门关挣扎回来，大彻大悟，把企业交给了别人，自己成了慢生活的忠实践行者。他提倡非典型旅游，经常自驾游，就像过去的游僧。他对宣传造势深恶痛绝，越是强势宣传的地方他越是不去，说宣传就是污染，就是破坏。

我犹豫要不要给叶广生打电话，毕竟他把企业交出去多年，经济条件不知怎样，而从相识到现在，他一直抽五块钱一包的“龙泉”烟。不过我想虽然他不做企业了，身边应该有不少老板朋友，其中应该不乏热心公益事业的。我决定给叶广生打电话，叶广生却打电话来了，说你博客中那对孪生兄弟的事是真的吗？看得人好不辛酸好不纠结。我说文章可以虚构，照片能虚构？叶广生说那我资助两个孩子完成学业，一年得多少钱？给我个数，我把钱打过去，眼看开学了，别耽误孩子学业。我说你过来一趟吧，正好到我们这儿也走走。叶广生说也好。

叶广生来后，吃过饭，我们就去盼香那里，路上叶广生说："从你的博文上看这位母亲很好强，人越好强就越自尊，不要告诉她我是资助者，也不要让孩子知道自己受资助了，免得增加他们心灵上的负担，尽量让他们的童年单纯点快乐点。"我点点头。从盼香那里出来，叶广生说："条件太艰苦了，这样的环境孩子如何学习？得给他们租个房子。"

学校周边房子很紧张，跑了两天，才租了一套五十多平方米的两居室，虽然面积小，但够他们母子三人运转。因为学校有初中部，一租六年。叶广生把十万块转到我卡上说："钱不够就给我打电话。"我说："房租交了，你不必一次打这么多……"叶广生摆摆手说："除了学校的正常开销，现在学生都得补课，还有野营、捐款等不可预知的集体活动开销，学校里名堂多，既然到城里上学，就以城里孩子的开销，平时穿戴上、零花钱也不能跟城里孩子差别太大，本来他们就自卑，差别太大不利于他们成长。"我说："你企业不做了，行不？要不咱们各供一个？或者你找个老板？"叶广生笑笑说："你放心，不要说我是做过老板的，就是砸锅卖铁我也供两个孩子把学业进行到底！"我说："谢谢你。"叶广生说："谢我做啥？难道你不知道这才是慢生活的精髓?!"

房子租定，去盼香那里时，叶广生说我就不去了，让猜出来不好。然后直接自驾游去了。我说："我陪你走走。"他说："你会把我陪到熟路上去的。”

盼香看过房子，问：“贵人是不是跟你来的那个人？”我摇摇头，她说：“这么大的恩情，咋也得见见人家，让娃给磕个头。”我说：“你不要告诉孩子受人资助。”盼香说：“那咋行？这恩情他们要记一辈子，以后要好好报答的。”我说：“让他们好好读书吧，别给他们心里添负担了，孩子书念成了就会见到他了。”盼香扑通又跪下了，我一把拉起来，有些生气地说：“以后再不要动不动扑通跪下，你要坚强，心里也别老想着这事，就当这事没有过，也不要让孩子动不动就给人磕头，那对他们不好。”我把卡递给盼香说：“你到银行根据情况分存定期，还能挣点利息。”盼香不接，说：“你拿着吧，用的时候我找你取去。”我把卡塞到她手里，说：“我帮你搬家吧。”她凄然一笑说：“有啥搬的，就一台缝纫机，有我哥我弟他们。”

28

老村长打来电话的时候，我正在去盼香那里的公交上。城里学校今儿开学，我得去看看鹏程和万里报名的情况，顺便问问盼香有没有往回捎的东西。我对村长说老人家放心，绝对误不了开学的事，明天我就去上庄。乡村学校比城里开学迟三天。老村长说我正要给你说这事，分来一个考上特岗的教师，人已到了，你就不用来了，忙自己的事去，落在这里的东西我会给你捎回去。我说不教书了，扶贫我还得去。老村长说靠天吃饭的地方，老天爷不照顾，省长来也没办法，上庄就这么个条件，别把自己的事撂荒了，年纪轻轻的正扒前程哩。我笑笑说单位也没啥事，我想把上庄每个庄子走一遍，写点东西。老村长嘿嘿一笑说对对，你是作家么，深入生活也是事，你把咱上庄好好写写，让人都知道咱上庄的苦焦和可怜，我明天去驴崾岘接你。我说不用，这次又没铺盖行李，我走着去，跟坐驴车一样快。

一个人突然从马路上横穿过来，公交紧急刹车，还好有惊无险，司机恶狠狠丢下一句“死也不找个地方”便继续上路了。然而，车内却出事了，城市与乡村冲撞在一起——一个身着迷彩服的农民工踩了城里人的脚。一只脚踩了另一只脚，这么正常的一件小事，却导致一场战争。战争是城里人发起的：“瞎了眼，臭脚往哪里踩？”农民工口齿伶俐，不显丝毫胆怯，回击：“你的脚香得很，咋不扛到肩膀上？”于是他们从脚骂起，没走出一站路程，已完全脱离“脚”，转换成城乡对骂了。一段骂白表明了他们的宿怨："没教养的山猪，不看自己是啥玩意儿，满身臭气熏天，跑到城里来飞扬跋扈，我要是市长，妈的就下令不让你们进城，影响市容。""老子就是一身臭气也比你们他妈的干净，到处是治淋病、梅毒、阳痿的广告，走上三五步就是治性病的医院，是谁在影响市容？"显然他对城市的观察比我们更为细详。城里人低估了农民工，没想到他还击得如此凶猛，竟一时说不上话来。可农民工还在骂，"妈的，嫌弃我们？有啥了不起？哪栋高楼大厦不是我们建的？在你家厕所屙第一泡屎的就是老子，看不起乡下人，你吃屎都没人屙。"直到我下车战争也没有升级，或许城里人觉得不是农民工的对手，或许要保持文明姿态不值得动手，而农民工也许想这是别人的城市，不想在客场惹出大事来。因此两人像一对观点相左的学者，在争论（或是声讨）一个学术问题。我想，城里人踩了城里人的脚，会产生"对不起""没关系"之类很文明的对话；农民工踩了农民工的脚，会相互憨憨一笑，一切就烟消云散了。然而在城乡之间，这种战争就会爆发了。和那些蓄意已久的战争一样，"脚踩脚"仅仅是战争的导火索，这是"城乡之战"，或者说是"体制性战争"。我下车了，农民工也下车了，他在跨出公交车时唾了一口，站在站牌下踢了站牌的立柱一脚，说："妈的，老子都进城十几年了，还把老子不当城里人。"他一脸茫然。站了一会儿，他又上了一辆同一路公交车。

盼香已经搬到租的房子。鹏程和万里正在套书皮，齐齐叫声老师。书包、衣服和鞋也都是新的，头发也理成城里孩子的模样。我问了报名情况，有同学的权威面子，报名顺利，也没收什么赞助费。我问他们见到李志远没有，他们说见到了，跟他们不是一个班。临走时，我对盼香说："我要去上庄，你往家里捎啥不？"她拿出一大包东西，说：“是些衣服和药，准备让万里回去时带回去的，你捎个话让我爹过上庄来取。”

下午，我去了趟学校，学校门前及两边的马路上，停满了送孩子上学的小车。隔着铁栅栏我看到了马鹏程、马万里、李志远，还有几个孩子在一起，看得出他们是一伙的——都是从农村来的。他们远离学生活动的广场，靠着校园的铁栅栏，目光投向那个庞大的快乐的城市群体。

这个群体显得孤独，胆怯，敏感，自卑，忧郁，有些小心翼翼，弱不禁风。事实上，这是一个庞大的群体。教育部公布至2011年义务教育农民工随迁子女超一千二百六十万。随迁子女“被歧视”已经成为一个社会问题，虽然国家和一些地方对农民工子女异地入学出台了一些优惠政策，然而在落实上往往被地方保护者所扭曲，而且敷衍了事。我们办过“农民工子弟学校”，办过“农民工子弟班”等等，这些“标签”让农民工子女在城市成了“另类”，成了“特殊群体”。如果说硬歧视我们可以通过文件、会议来解决，那么解决城市里涌动着的难以掩饰的“傲慢与偏见”对他们构成的软歧视才是真正的难题所在。更多的歧视来自日常生活中，一句话，一个眼神，一个举动，都会让他们感到彻骨之寒。2012年5月30日《羊城晚报》报道，北京22中学生言覃遭老师辱骂，老师称其非北京户口，是借读生，家里无权无势无钱，是个三无人员，随时可以滚蛋。言覃滚蛋了，退学回湖南老家休养。22中校长向言覃父亲致歉，表示将处罚“出言不逊”的老师，希望言覃返校。这样的道歉我们见过的实在太多了，伤害已经造成，道歉又有何用？从某种程度上讲，道歉又是一种歧视。“滚蛋”从教师的口中说出，无疑是软歧视的硬表现。想及他们的以后，我后背生凉，软歧视对他们更具杀伤力，他们的父辈在城市遭受到的类似于上午公交车的那场城乡之战的歧视会在他们身上重复，在他们的读书路上，他们除了要忍受孤独、自卑、尴尬、羞愤，还要承受歧视、污辱、排斥、欺负，他们需要具备海绵一样的修复功能——无论遭多大的压力，都能恢复原初的状态。

三年前，我把堂侄根子的儿子毛蛋从乡下转到省城一所学校。毛蛋上学后同学叫他山棒，山野菜，合起来捉弄他，班里丢了东西同学审问他，连老师也怀疑他。毛蛋给惹毛了，死活不想上学，给老子揍了一顿。不久，一个同学耍笑捉弄毛蛋，毛蛋一把将同学从楼梯上推了下去，造成同学腿和胳膊骨折，花掉了两万多，人家还没完没了，学校也不要他了，我只能再给办转学。到了新学校不久，毛蛋又被几个城里孩子打了，根子对儿子说石头大了弯着走。可又过了不久，毛蛋又给打了，两只眼睛给封了。根子想着儿子缓上几天也就好了。可谁知几天后，一只眼睛好了，另一只眼睛却越肿越大，像个烂桃子不停地流脓。带到医院去一看，大夫骂都这样了，才来医院。做了手术，花掉了一万多，儿子那只眼睛的视力就剩下0.2了。根子火了，对儿子说谁再惹你你就揍他，揍那带头的狗日的，揍倒了其他的就不敢惹你了。结果毛蛋揍倒了一个。学生家长闹上门来，说把人家儿子打成了脑震荡，要求赔偿。根子说你找公安让判刑吧，我管不了，那娃瓜着哩，拿刀连我都扎，我也想让抓进去关上几年哩。说着露出腿上的伤痕让来者看，那是他在工地上打工给钢筋戳破留下的伤疤。闹事的人骂骂咧咧走了，根子对着背影说给你儿安顿，让你儿离我娃远点，我娃性子烈，恶着哩，判刑不够年岁，公安也管不了，让我自己教育哩，再出个啥事担待不起。可这以后，毛蛋在学校被同学孤立了，又让学校列为问题少年。毛蛋的学习成绩下降得厉害，根子很无奈，找我说这么念下去能有啥前途，还不如不念，你给转到县上去念吧。毛蛋又转回了县上。

我猛然想到这半年来在上庄小学教书的重大失误——忽略了对他们的普通话培训。虽然在课堂上他们说的是普通话，可一下课他们就还原成了家乡话。他们的家乡话将成为他们受到歧视的一个导火索。而上庄小学绝大多数的学生都将进入城市，他们别无选择。

我叫了声李志远，他们三个跑了过来。我想跟他们说些什么，可又能说什么呢？歧视涉及面太广，且说出来就是歧视。我只能在他们的肩膀上拍拍。我把班级合影和给李志远单独拍的相片给了李志远，问他爹在干啥。李志远说跟我二爹干装潢。我说你二爹是谁？他说李上，我四爷的儿子，是个木匠。李上我在李谷家见过一面，人很精神，听说干得不错，打算在城里买房子。我说让你爹晚上给我打电话。李志远说谢谢老师。晚上，李谷打来电话，我问他咋样？他说没出来挺怕过活不下去，出来才知道挺好的，比守在家里强，谢谢你。我说一起吃个饭。他笑笑说等我发了我请你。我说到了我门上了。李谷笑笑说你有心我还没时间，这两天活儿紧。我说有事打电话。他嘿嘿一笑说肯定饶不了你，这辈子跟你黏上了。我说上庄有事没？我要去上庄了。他笑着说没事了，你带一场雨去吧。

29

考上特岗分配到上庄的老师叫汪惠梅。在简短的交接中我才明白她只是把自己当成了老师——夹着书本教案走进教室，站在讲台上完成教学大纲规定的课时内容。她没有想到整个上庄小学完全需要她来打理。学校无大事，但很烦琐，又都是一、二、三年级的孩子，细枝末节都得入心入眼，且是新学年之始，新生要报名，汪惠梅茫然无措，一脸哭相。她说她虽然是师范大学毕业，可毕业后一直在企业打工，没做过教师，原想着来学校有老教师可以带她，没想到上庄小学就她一个老师。我帮她给一年级报名、发书、排座位，又领着学生打扫卫生，布置教室，汪惠梅说："你当老师挺在行的。"我说："我当过十几年老师。"她咬咬嘴唇说："那你带带我吧，就一周。"我说："没问题。"我把五个暖水瓶和一摞碗送到汪惠梅办公室，交代她务必每日烧水灌满。我对她说："一定要求孩子们不论上课下课，还是放学回家都要说普通话。"汪惠梅眨巴着眼睛说："这很重要？"我说："很重要，他们以后都要转到城市去读书，不说普通话，会遭遇嘲笑的。"

第二日上午举行升旗、宣誓仪式，学生到我办公室找国旗，我想起上学期离开时忘记降下国旗，看看旗杆，旗杆上不见国旗，正着急，老村长抱着叠得整齐的国旗来了，说："你走了，我让学生降下来了，放学了，风吹日晒费得。"

下午举行开学典礼，横幅，彩带，主席台，队列，国歌，学生代表发言，气氛依旧挺隆重的。李谷和盼香都带孩子进城了，主席台上少了两个人。老村长讲了话，我也讲了话，汪惠梅害羞，没讲话，只是安排了几件事。

在老村长家吃晚饭时，汪惠梅说："以后我们朋锅。"老村长笑了，我也笑了。她把朋锅理解成了合伙开灶。在上庄朋锅有着特殊含义——以前家里困难，两个男人和一个女人凑合在一起过活，那才叫朋锅，跟东北话的拉帮套类似。我想她要知道了意思会不好意思的。汪惠梅问我在什么单位，我告诉她后，她笑笑说："有权么？"我攥着拳头说："两把拳。"

汪惠梅的菜炒得不错，至少合我的口味。上个学期下了场过雨，家家户户的窖里都收满了水，园子里的蔬菜就得到了浇灌，蔬菜是很丰富的。学生们轮流给老师捎蔬菜，这已经成为约定俗成的习惯。附近的人家也会时不时送些过来，都是从园子里现铲现摘的，倒比城里的菜蔬要新鲜。

一周后，汪惠梅就熟悉了路径，周末她炒了几个菜，打开一瓶红酒，斟好了两杯，敬我一杯酒说："谢谢你。"我说："谢什么。"汪惠梅说："没有你，我真是不知道咋办，一个学校一个老师，我想都没有想过。"

吃着饭，汪惠梅忽然问："晚上你听没听到什么奇怪的声音？"我说："什么声音？"她看看我说："像有人哭，又像是唱，院里总是窸窸窣窣的，像有人走动，有时还打门推窗的，总之整夜各种奇怪的声音不断。"我知道汪惠梅给上庄的夜晚吓着了，就说："所有的声音都是风声，奇怪的声音来自于你的想象，是你的幻听。"

我告诉她我刚到上庄，晚上也给各种声音搞得非常害怕，"呜呜呜”的哭咽声，“嘭嘭嘭”的拍打声，“当当当”的敲门声，“噗踏噗踏”的走路声，“啊咳哟”的吼唱声，有时候你听到的就像是一个人呜呜咽咽的泣诉，有时候你听到的就像是两个人高声低语扯谟，有时候你听到一群人呜里哇啦闲谝。有一次，“呜呜咽咽”的声音就在窗跟下，越听越像有人在泣诉，我不由得就想到人们说的孤魂野鬼找替死鬼，心里很害怕，屏气凝神地听了许久，“呜呜咽咽”的声音一直不息，我打着手电筒大着胆子出来，却没看到什么奇怪的东西，硬着头皮循着声音寻去，发现声音原来是门前的树上挂住了一个塑料袋在风中发出的，随着风的大小，呜咽声时大时小，时断时续。后来通过我硬着头皮的细心探究，发现风穿过狭窄细小的间隙、刮过树斜伸出来的树枝、吹拂一张卡在某处的纸片，都会发出听上去就像人在哭泣诉说的呜呜咽咽的声音。一两朵陈死的蓬蒿被风刮得在院里滚动，会发出“噗踏噗踏”的声音，听上去像有人走来走去；风大而猛浪的时候，一忽儿一忽儿地扑来，被墙、树木阻挡，扑到门窗上会发出“嘭嘭嘭”的声音，就像有人在打门拍窗；因为干燥，门框窗棂干缩，木板木档松动了，受了风力会发出“咣当咣当”的声音，像是有人在敲门。所有的声音都是风弄出来的。因为上庄坐落在山谷中，前山后岭夹着，就是风的通道，风是经常性的，而且晚上风更多，而上庄的夜晚又宁静，各种声音就非常清晰。也有别的声音，倘若到了猫叫春的季节，猫群发出的声音极像开会的人群发出的私语。有人会在夜里吼唱，谁家遇上急事了要走夜路，过沟爬山的，就会通过吼唱给自己壮胆。有时候，村上的羊牲口脱圈，也会闯到校园里，会弄出更大的动静来。

还有些声音来自田鼠、老鼠、黄鼠狼，甚至是獾。上庄人说有獾，可至今我没见到，黄鼠狼学校院里就不少。校院旁边的大麦场堆放着各家各户的柴草垛。柴草都是麦、糜、谷、荞的秆儿，有没抖搂净的五谷粮食和没打净的瘪穗，还有壮硕的各种虫子，柴草垛就成了鸽子、麻雀、喜鹊、乌鸦和鸡的粮仓，也引来了田鼠、老鼠在草垛里做窝，在夜深人静时它们会光顾校园，因为校园里有孩子们撒落的各种吃食的碎屑。这些东西又招来了黄鼠狼。黄鼠狼一般是在山野的坟地掘洞而住，偷了鸡拖回洞里去。因为学校有许多教室和房间都空了，黄鼠狼就住进了空房间里。黄鼠狼比狐狸小，与猫大小相似，动作极其敏捷，偶尔会看到它，倏地远逝，像一道幻影，晚间目光如两团扑朔迷离的小火苗。说是在满月之夜，会看到黄鼠狼拜月。晚上校园里“噗踏噗踏”的声音多半是来自黄鼠狼，也有可能是獾。这些自然不能给汪惠梅讲了，她这样的城里女孩，小老鼠都害怕，更别说黄鼠狼和獾。

汪惠梅看着我，眼神有些游移躲闪，我笑笑说：“哈，你总不会以为是我半夜三更敲你的门吧？”汪惠梅说：“这样……想过。”我放下筷子，走过去晃动门板，门板发出“当当当”的声音，我说：“像不像敲门声？”我从缸里舀了一马勺水，噙在嘴里将门窗喷了一遍，说：“今晚你保证听不到打门推窗的声音。”汪惠梅说：“反正这个地方邪乎，昨天校园里来了个旋风，学生围着又是唾，又是拿圆规扎的，还教我说旋风都是鬼魂变的，唾过扎过鬼魂就不敢黏你了。”我笑笑说：“在上庄，迷信是一种日常习惯，其实没有那么可怕，你是大学生，还这么迷信？”汪惠梅摇摇头长吁一口气说：“我知道你这是宽慰我，这学校里曾有一个老师上吊死了你知道不？”我点点头。这已是十几年前的事了，我问过老村长，老村长说是一个大学生，分配到上庄后，几年调不回城里，结果对象也吹了，想不开，一天喝了些酒就把自己挂到房梁上去了。可上庄人宁愿相信这位老师不是踏了迷魂草就是喝了迷魂汤，让冤死鬼拉去做替死鬼了，因为在他们看来，以前的老民办干了一辈子，最大的愿望就是转正，做一名正式的老师，成为公家人，可最后愿望都没有实现。这娃从学校一毕业就是正式的公家人，生老病死都由国家管，用他们的话说躺在国家怀里了，有了这么好的工作还上吊，咋也说不通。

我说："你要实在怕了，就留个学生做伴。"汪惠梅说："留过一个，她比我还怕，晚上方便都不敢出门，给我做伴，弄得我越怕了，再说身上有虱子，没看我把床单、被套、衣服全用开水烫了。"我说："要不，你就去和改子睡。"汪惠梅说："她和四五个孩子睡一个炕。"停顿一下又说，"她身上也有虱子，顺着头发在爬，我看到过好几只。"她起身收拾碗筷，"有一回，张水花在我脖子里猛揪一把，揪得我好疼，我问她干啥，她说帮我捉虱子，她把我脖子里的黡子当虱子。"说着她笑了，但脸色苍白。

30

老村长叫我过去吃饭，我说：“有喜事？”老村长笑笑说：“没喜事就不能一起吃个饭了？你们干部不是三天两头聚么，都有喜事？”去了后，才发现还有个人，四十岁左右，不认识，老村长介绍说：“吴天正，儿子前年考上大学，是上庄的第六个大学生。”握握手，我想他应该是从城里回来的，就问：“啥时回来的？”他说：“回来几天了。”

老村长开了一瓶酒，喝过几杯，说：“是这么个事，天正的儿子吴良念大学逃学了。”我说：“怎么就逃学了呢，孩子在哪里？”吴天正说：“就在家里，你看这都开学两周多了，还赖在家里不走。”我说：“没问为啥？”吴天正说：“咋问咋说一句话不应，嘴要是个木头的，木渣子都磨了一大堆，就是不去学校。”老村长说：“上了大学还逃学？第一回听说，你说考上大学多不容易，我给说了大半天，驴日的不尿我，眼皮皮都不抬。”吴天正说：“请你给说说，他哥今年年底媳妇就拉扯到家里了，就剩下他了，再没负担么，家里供他又不吃力，考上大学不容易，咋能说不念就不念呢？回来像我们一样？念下书了就是打工也跟我们不一样。”

见到吴良时，他蹴在半截墙上，冲我笑笑，算是打招呼。

我掏出烟来说：“吃不？”

他摇摇头。

我说："知道我来是做什么的了？"

他点点头。

我说："没背什么处分吧？"

他说："没钱没势的，想背个处分都难。"

他从墙头上跳下来，又靠墙蹴下去，拿一截蒿秆在地上重复地写着"我"字。

我说："你当初上学的理想是什么？"

他似乎有些惊讶，停顿一下，说："科学家、哲学家、作家……多了，那时候以为考上大学就可以实现理想，现在才明白了理想就是做梦，就是妄想，像出身于我们这样的家庭，是不该有理想的。"

我说："再卑微的人都有理想，你的父母也有理想——供你读完大学，过和他们有别的生活。你现在放弃读大学，有没有站在父母的角度想过？"

他看我一眼，说："我当然想过，谁不希望孩子成为大学生，改变自己的命运。可他们不了解毕业即失业这个现实。学好数理化，不如有个好爸爸，我上小学就听到这话，现在依然是这么个现实。与其毕业后让他们失望，还不如早早让他们绝望。"

我说："错，你父亲很清楚这个现实。"

他看我一眼说："他们知道的只是皮毛，对这个社会的实质他们并不了解，不说这些了，实际一点说，我上的学校不咋样，找到好工作基本不可能，出来还是打工，跟没上大学没有啥不同。杨家泰你也知道了吧，上的还是全国重点大学，现在跟着周成远干销售，我就是念完了还能咋样？周成远没考上大学，可现在已经是老板了……"

他递给我一张纸，"这是我在网上看到的，这帐就是为我算的。"

我接过来一看，是《假如我只上完初中不上大学》：

一、假如我只上完初中不上大学

我将会得到的经济好处是我这七年的学习成本：

上学用的直接成本：大学6万+高中2.5万（择校、补课费不计其内）=8.5万；

上学的机会成本（我七年工作的工资）：

假设是每年1.5万的收入，那么1.5x7=10.5（万）；总成本是：8.5+10.5=19（万）。

二、上完大学要多少年才能回本

既然上大学是一种投资，那么多久才能赢利了?假设我从事我父亲的工作，每年工资为2万。

不上学的收入函数为：$Y_1=(19+2)+2t$ 设每年的工资为2万，t为年数。

上学的收入函数为：$Y_2=2.4t+t(t-1)0.5/2$ 设第一年的工资为2.4万，以后每年的工资在前一年的基础上加0.05X12=0.6（万）。

我要还回我这些年的上学实际的钱，应用去的时间

$Y_2=19$,则$t=5.4$年

分析：这里的假设是以上大学后工作比较顺利，能找到2000/月的工资，可我们有多少人的工资能有这个数?而且我每年的工资增加6000，能增加这个数吗?我第五年的工资是4800/月，第九年的工资是7200/月，这个数能达到吗?有多少人的工资十年后不过是3000~5000/月。

五年不能收回上学学费，九年“上学”这个项目不能盈

利，我们上学还有什么意义，如果你是投资商，会投资这么大风险的项目吗?五年后我二十七，九年后我三十一。人生苦短啦!要是我不上学，现在我将有19万(8.5万+10.5万=19万)，五年后我有29万，九年后我有37万。

…………

他说：“我有位学兄，大二自动退学，进入一家民营企业上班，半年后被提升为科长，又干了一年多，成为公司中层领导了。今年，他代表公司去学校面试学友，招了七个，和他同一级的学友都在他手下工作。”

他依旧在地上重复地写着“我”字，“其实也不光是钱的事，我现在基本上不花家里的钱，代家教兼职挣得够自己花……”

我说：“那你何必放弃？”

他说：“读到大学毕业，我肯定是不能回到上庄来成家立业，就是我想回来，我爹我娘也不愿意，他们不甘心。可要在城里安家谈何容易，一套房子凭我得多少年？他们能不管？所以我读到大学毕业，不但不能终结他们的苦难，反而延伸了他们的苦难，让他们不堪重负。不读大学一切就简单了，我就还是个农村娃，咋活也没人说啥，大不了骂我个没出息的货。

“你看我爹，还不到五十，比城里六七十的人还老，我娘在废旧物资回收站剥废旧电线上的绝缘胶皮，烧胶皮把肺都熏坏了，一天到晚咳嗽，都舍不得去医院看，一双手比石头还粗硬，抚过我的脸就跟砂纸打过一样，他们每天睡四五个小时……你说对我来说，读书岂不是太奢侈太没良心了？如果我家里富裕点，当然会念下去，完成学业，干自己喜欢的职业，实现自己的理想，那当然是最美好、最惬意的了。”

他站起来，双手叉腰，走来走去，“再说吧，这大学读得没劲。大一我还能认认真真读书，大二就不行了，一拿上书就心烦意乱，坐在教室上晚自习觉得很荒唐、很耻辱，因为同学都在花天酒地，没几个好好学习的，他们明说就是来混学历的，你要学习就很另类。老师都很世俗，跟家庭有钱有权的学生出入酒店歌厅，称兄道弟，挂了课只要摆平老师都能过，女同学明白地说学得好不如嫁得好，有点姿色的才大二大三，出入就已是大车小辆的，毕业后都嫁了有钱有权的，没有姿色的都想方设法搞钱去整容，乌七八糟的……”

我说：“你想过没想过，即使是你现在不读大学，他们就不苦了？他们还将继续打工。正是由于他们活得太辛苦，才铆足了劲供你读书。既然能挣回读书的开销用度，再有两年你就毕业了，为什么要放弃读书？现在他们苦，但苦中有乐，有希望，有寄托，你现在放弃了读大学，走向社会，只能出卖体力，因为现在除了卖苦力不看学历，其他任何一种工作第一道门槛就是看学历。你只能重复他们的路，那才是他们最苦的——在身体之苦上又添了心灵之苦。大学生就业很难，可也没你想的那么不堪，杨家泰的问题有社会的因素，但也有个人因素，他期望过高，不屑于普通岗位。至于你的学兄，那只是个例。

“从上大学的意义上讲，学历并不是唯一目的，上大学是人生重要的经历，一旦错失，是无可替代无法弥补的。毛泽东《沁园春·长沙》想必你也背过，“恰同学少年，风华正茂，书生意气，挥斥方遒，指点江山，激扬文字……”大学时代多么浪漫激情，至于大学当下的风气，我们姑且不去评论，大学提供的只是一个读书的平台。关于读书的意义，中学时期你也该记下不少有关读书的名人名言，我印象最深刻的是威尔逊的一句话：书——通过心灵观察世界的窗口。住宅里没有书，犹如房间没有窗户。不读书的人照样可以生活下去，但少了一扇观察了解这个世界的窗口。这世上活得最有意义的人不是有钱人，是有思想的人，古人云‘一日无书，百事荒芜’，知识让人充分享受为人一生的意义。”

他长叹一口气，双眼茫然，他揪了一截干硬的冰草秆放在嘴里嚼着，我递给他一根烟，他拿到鼻子上闻闻，我说：“抽了几年了？”

他说：“也就这半年，心烦。”

我说：“那这就是最后一根。”

他把烟插回我的烟盒里，我说：“遇事不光要看到阴暗面，还要看积极的一面，还是那句话：读书是改变命运的唯一之路，全家人都指望着你改换门庭呢。你的父亲说了，回去就带你母亲去看病，不去捆到医院去。”

我拍拍他的肩膀，说：“收拾一下，晚上跟父亲谈谈心，别让他身苦又心苦，明天早晨我骑摩托送你去路口等车。”

他说：“谢谢，不用了，我明天和我父亲一起走。”

晚上，我又找了吴天正，谈及老婆治病的事，吴天正说：“抓了几服中药吃着哩，活儿也换了。”

31

李谷的小卖店盘给了李上，名字改为“李上超市”，开在李上的挑担刘河川家。刘河川家就在学校斜对面，有一个四孔大窑的阔气院落，两口子在城里打工，大门一直锁着。李上家在李沟梁，属于瓦棱梁自然村。超市是李上的女人改子在开。按说改子也该进城打工，装潢的活儿有许多女人可以做的。可是李上的娘已经七十多了，患有风湿性关节炎，怕冷怕风，总是围着被子坐在炕上，他们有两儿一女，今年两个上一年级，给拖累住了。为了孩子上学，这才把家从李沟梁搬过来，开了超市。她妹的两个女孩都上一年级，也就寄养在她这里。

叫了“超市”，其实就一大间土坯房。土坯房是在大门左边推倒了两堵墙院新盖的，就像城市面街的门面房。土坯房盖得甚为凑合，除根基用了石头，墙面全是用胡基砌筑，没用一块砖。椽子是家里现有的木头棒子凑合的，七歪八扭，粗细不一，连屋檐都没做檐封，犬牙交错的，看得出是没做长久的打算。超市门前摆了几条板凳，一张桌子，漆都脱光了，桌腿也折了，木板四面夹着用铁丝捆铰，这使得那桌腿极粗。

不过超市的招牌甚是显赫，四五米长，两米左右高，是在城里喷绘出来的，“李上超市”四个红色大字，鲜艳夺目，还喷有“五金百货”“烟酒糖茶”“平价交易”“诚信为本”“童叟无欺”“假一罚十”之类的广告语。招牌立在房顶上，远远地就能看见。超市的窗框上挂一对音箱，轮流放着“凤凰传奇”的《最炫民族风》、“花儿乐队”的《嘻唰唰》之类的流行歌曲，上庄窄短的村巷有了城市气息。

因为辈分，把改子有叫改婶的，有叫改嫂的，也有叫李上家的，还有叫大板子的。改子是个很开朗的女人，喜欢说笑。我第一次走进超市的时候，她有些不好意思地笑着说：“怕没有你能买的。”我说：“咋说没有我能买的？”“你们这号人哪里看得上咱这里的货，”她给给一笑说，“人家是店大欺客，我这是店小欺客。”我笑了。

乡村小卖店是一个村子的政治经济文化中心，平常总会聚着一些人，闲谝、抬杠，下方。方是这一带民间广为流传的与围棋有些相近的一种益智游戏，比围棋简陋多了，没有专门制作的棋盘、棋子，一切就地取材，以石子、树枝、砖头、瓦块、土块为子，地上横七竖八画方格为盘，田间地头、房前屋后，劳动之余、农闲时节，就地随时摆开了战场。在集市上，许多人一边守摊子做买卖，一边跟人下方。下乡时经常能遇到，可我始终看不明白。

我走进超市要了一条一百块的“白沙”，她说：“少收你一块吧。”我笑笑，把一块钱退还给她。她说：“一块钱你们看不在眼里。”我说：“再大的钱也是一分一块集起来的。”她笑着说：“给你个卤蛋吃。”我说：“不吃。”她说：“你平时吃啥烟，我下次进货的时候给你带着批发一条，不挣你的钱。”我拍拍手里的“白沙”说：“这烟就行。”她说：“你这人没架子，不像个干部，前些天来了两个干部，跟我要中华，要苏烟，啧啧啧，我这店里是卖中华、苏烟的?! 把我这店好好嘲笑了一顿，说让我不要叫超市，叫没市，你说他们管得宽不？”我问：“咋样？”她说：“混着吃个肚子，还能咋样？”又说，“就卖给娃娃，大人日子都过得细，花个二十块钱，都要跑一趟镇上，其实到镇上跟我这里一个价。现在利薄了，都是按批发价，像烟吧，一盒烟也就挣个一毛两毛的，人家还当我挣了人家多少。”这么说着，目光扫过门口。

老董、老黄两个在下方，老顾、老许几个围观，争争吵吵的。改子过去拍老顾说：“起来，没长眼睛，把凳子腾出来。”老顾看看我，站了起来，我忙把老顾摁下去说：“不坐，你坐。”改子说：“你坐，坐嚜。”老顾说：“方会下不？”我摇摇头说：“不会下。”改子说：“人家下棋哩，下你这？土里吧唧的当啥稀罕。”我说：“这是一种古老的游戏，学问深着哩。”老董说：“就是，耍的东西还分贵贱？得是，贬低自己，抬高别人。”

我每人发了一根烟，老顾嘿嘿说：“光吃你的烟，自你来村上怕都吃过你几条子了。”改子说：“那你也买上给人家吃呀。”老顾说：“给我拿一包，也是这牌子。”改子说：“钱。”老顾说：“记账上。”改子说：“不记，给现钱，没钱了来赊，有钱了买整条到人家那里消费，啥人么？啥时间来赊我没赊给你？上了一分钱的利还是两分钱的利？”老顾红着脸说：“跟个集么，顺便捎着买了，还说这么多话。”改子却不依不饶说：“在我这达买我宰了你十块八块？”老顾脸色难看了，说：“不是干部住在队上么，赶集顺手买了条烟，干部来了总不能见个面就把烟袋烟锅撂到人家手里让吃吧？平时我整条子买过烟？还就咬住不放了。”老顾似在给改子解释，其实是在说给我听。改子说：“不说了，你心里的事你心里知道，毬毛鬼胎的。”说着扔了一包白沙给老顾。老董嘿嘿说：“这表兄妹，晚上好得揉面团儿捏娃娃哩，白日里给咱们点眼药，捏人样儿，别装毬样子了。”

老许说："大板子，你把喔换成秦腔，老放这哥呀妹呀爱呀恨呀的，猫儿夹到门缝里一样，支支吾吾的，还把你先进得不行了，世风都是这歌儿唱坏了。"我明白这"先进"是时尚、时髦或者文明的意思。改子说："你想听秦腔我就得给你放秦腔？看把你想得美的，你当你是个啥？"老顾给给一笑说："他就是个尕货。"

尕货是老许的绰号，尕有囊的意思，大约是老许怕事的缘故。他们都有绰号：老顾叫鱼脸（大约老顾脸上老是掉皮，像鱼鳞），老董叫猴上山（老董是个瘸子，走路就像猴子上山一跳一跳的），老黄叫蔫货（老黄话少，但说出来扎实狠毒，有蔫牛踢死人的意思），老周叫驴脸（老周的下巴长，看上去脸也就长了），老喜胖，叫咆子（公牛叫咆子，都比较壮实），刘天河叫半截子（大约是老刘个头有些矮小），老朱叫白毛（老朱患了白癜风，头发眉毛眼睫毛都是白的），老村长叫老黄瓜（大约是老村长个高），老曹叫老火镰……

老董说："你一放秦腔，老汉老婆子就都被招揽来了，城里人说啥？对！是人气，对你生意有好处，在你门前站得久了，还不消费个啥？瓜不瓜，为你娃哩你当害你哩。"改子说："放这歌儿娃娃爱听，招揽娃娃哩，把老汉老婆子招揽来做啥？能当饭吃？能当衣穿？一个钢镚儿攥出水来，裆里摸出来个虱子都想炒两个菜，还不及娃娃大方，指望你们，嘴早都挂到墙上了。"老董说："眼里就剩下钱了，啧啧啧，小心跌到钱眼里卡住了拔不出来。"改子说："你不喜欢钱？那把我账清了噻。"老董说："欠你骡子钱还是马钱了？"改子说："你有钱又不是没钱，女儿十几万的彩礼，抠在家里下蛆？能下蛆倒也不说了。"老董的脸子就走了样，说："手头不便利，便利还受你这话。"老董起身一瘸一拐走了，走到远处说："把利息算好，等油子枭了，连本带利还给你。"改子给给一笑说："站下儿马歇蹄，躺着长短不齐，蹲下猴子偷梨，走路日天戳地，还把你脾气大得不行了。”我“哧”地笑喷出来，老董一瘸一拐又回来了，老顾说：“哑巴话多，瘸子路多，晃来晃去地空晃个啥。”老董嘿嘿一笑说：“别看我腿不便当，喔东西不瘸，比李上能耐，不信晚上把门留着，不怕不识货，就怕货比货，一比李上就是个李下。”改子说：“留着能咋样，不怕淹死就来，一个时辰就让你成个猴下山。”老董说：“你把李老板放到城里放得了心？别种了别人的坡坡荒了自家的窝窝。”改子说：“喜鹊给老鸹守窝哩，操得头心，把你自己的二亩地种好。”说着扔给老董一包白沙，老董说：“我没要烟。”改子说：“你喔嘴是顺着长的（竖着长的），光吃别人？”老董说：“那换包两块的，这烟贵毬的，烟么就是冒个烟，再贵吃上能长肉还是添膘？”老顾说：“毬打喷嚏尿腥气死了，几十万放在家里等着垫棺材底呀，两块的烟给干部散得出手？”老董看我一眼说：“谁都别拿大屁股捂人，谁家钱也没多余的。”老董拆开烟递给我一根说：“你说这老先人，咋就把钱要叫个钱么，钱不就是欠么，咋就不叫个广，叫个多呢？叫个钱你说把人惜欠的。”老黄说：“叫个广，你还想娶三婆四娘呢。”老董在老黄的屁股上踢了一脚说：“起来，你也是个下方的？回去给你婆娘提裤子去。”老黄说：“输了跑了，又来了，要皮脸不要皮脸？”改子跟我说：“都是解个嘴荒，你别笑话我们这些人。”

老朱说：“给我也扔包烟，记账上。”老顾说：“白毛，你不是白吃白喝么，还记啥账？”改子说：“喝了凉水舔碗哩，学着学着日眼（讨厌）哩。”说着把一包烟扔了过去。老朱说：“真的吧？不是假冒伪劣的吧？我要举报了还能得奖励哩。”改子撇撇嘴说：“照心戳了一扫帚，还心眼多得很，眉毛眼帘儿毛都白了，我看你就是个假人。”老顾说：“下面都是白的。”老朱说：“大板子，你想见识不？”改子说：“把喔半截肠子，谁眼里没见过，手里没攥过。”老顾说：“来把狗日的脱了展览一下。”几个男人扑向老朱，老朱已经跑脱了。

老顾说：“把带子换成了秦腔，听两段子回去干活儿。”改子说：“不成，马上学生放学了，学生才不爱听秦腔哩，就爱听这。”老周说：“你以为是你的表妹就听你的，晚上听你摆布哩，白天你夹着，别丢人现眼了，你干得过人家，不定说得过人家，你一张口能说过人家两张口？得是。”改子嘻嘻一笑追打老周，说：“丑死个人了，你真是个老驴呀，嘴还能得很，难怪不知道脸红，脸比驴脸还长么。”说着鼓捣了一下，音箱吼起《嘻唰唰》。几个老汉起身了，说：“你还不如不放哩，放样板戏也比这好听，娃娃都让这歌儿教坏了。”

我说：“这音响挺费电池的。”改子说：“我有两个充电器，进货时在我大妹家里充一回。我大妹在县城做生意。”

过来一辆蹦蹦车停下，要一件矿泉水，改子说：“没一件了，只剩几瓶了。”小伙子说：“有几瓶拿几瓶吧。”改子搜了半天，搜出来十瓶。小伙子又说：“搬一件糜子酒。”改子说：“没有一件了，只有四瓶。”小伙子嘿嘿一笑说：“你咋弄的么？这么穷屄，还叫个超市？”改子笑笑说：“我这儿啥货没？只不过这几日货走得俏，卖空了没来得及进货，明儿去进货哩。”小伙子开着蹦蹦车走了，改子说：“订婚的。”我说：“你咋知道？”改子说：“不逢事，谁这么买东西，不过日子了？得是。”

说着话，放学了，村巷里一下吵闹起来了。学生们跟我打招呼，说：“老师好。”我说：“同学们好。”我起身走了，改子笑着说：

“坐噻，你走啥，炕上又没吃奶的，地上又没拄拐的。”我说：“我坐这里娃不好意思来买东西，耽搁你生意。”改子说：“难怪你当干部哩，就是懂事么。”

两个孩子在互骂，一个说你比猪屎狗屎还臭，一个说你比中国足球还臭。我笑了，这话他们也知道。

风刮过来一个纸条儿，我一把抓在了手里，一看把我看笑了，上面写着：翠香我爱你，不许你跟旺旺好，旺旺偷他奶奶的钱。还画了一连串的心，一支箭从心上穿过。没有署名，却写着：此致敬礼。

32

梁峁起起伏伏，沟壑蜿蜿蜒蜒，便有了丰富的形象，和尚峁、卧佛梁，奔马山，狮头岭、月牙谷、镢铲山、骆驼崾崄、蚰蜒梁……上庄人谦虚地说没文化么，看着像啥就叫个啥么。猪头峁村就依着猪头峁坐落，在远处眯着眼睛看，猪头峁真像个猪头，有鼻子有眉眼。这是上庄最远的一个自然村，有二十八里远。进了村，走过五家，都是大门紧锁，门楼子两边旮旯里窝着风吹来的杂草干蒿塑料薄膜，从院墙倒塌出的豁口看到院里荒草丛生。第六家院门敞着，大门洞里一个女娃抱着一个男娃，男娃在哭，女娃摇来晃去的，男娃两个袖口各钉着一个铜铃铛，叮叮当当的。女娃一边摇一边念着："娃娃乖，领上街（gǎi），核桃枣子满怀揣。"男娃还是哭，女娃说："姐给你说个谜谜你猜：小着青铃铛，大了黄铃铛，石头滩上脱衣裳，铁州城里闹嚷嚷。猜一种庄稼。猜呀。"弟弟太小，我估摸连话都说不周正。女娃不依不饶，在弟弟头上轻戳一指头，说："你这啥脑壳，真笨死了。"说着看了我一眼，有卖派的意思。我说："是啥？"女娃说："糜子嘛，小时候绿（lù）绿的，大了就黄了，打碾不是脱衣裳，在锅里煮不是铁州城里闹嚷嚷的。"我笑笑。因为我的出现，弟弟黑豆一般的小眼睛看着我，却不哭了。女娃又说："山对山，山套山，两个王字颠倒颠，两个日字在前面，四个口儿团团转。猜一个字。"这表面上说是出给弟弟的，其实是让我猜，弟弟怕还不知道字是个啥哩。女娃拿大花眼睛睨了我一眼，又在弟弟头上轻戳一下，说：“你长得猪脑壳呀。”我说：“啥字？”女娃说：“田嘛。”我说：“会写吗？”女娃说：“不会写，等我念书了肯定会写。”我点点头说：“你应该念书了吧，咋还不念书？”她说：“明年我（ě）爹带我去城里念哩。”我说：“你弟那么小，怕话还说不周正哩，能听懂？”女娃说：“还没出嘴哩，可娃娃么要早早灌耳音哩，对以后念书好。”我夸赞了一句说：“你真强，你还会说啥？”女娃一翻眼睛说：“前一个山，后一个山，前山里住着个张老汉，顿顿吃饭把门关。今儿个吃饭门没关，苍蝇叼了个肉蛋蛋，一追追到三营里，老虎豹子吃人哩，吓得钻到老鼠窟窿里。”她咯咯咯地笑了，我也笑了，说：“你真聪明，再说个听听。”她脖子偏偏，又说：“红豆豆，煮米米，我爹给我寻女婿。不要房上溜瓦的，就要槽头拴马的。不要耕地拿粪的，就要双手写字的。”

弟弟觉得看我也没意思，又哭起来，哭得越歪了，女娃瞪着眼睛凶弟弟说：“住声！看我不把你从南墙上撂过去喂狼！”口气严厉，手上也有撂的动作，弟弟果然就不哭了。我说：“有狼么？”女娃一笑，说：“连野狐子（狐狸）都没了，还狼呢，山野里孤寡着哩。”我说：“屋里还有谁？”女娃说：“我婆。”我说：“你婆呢？”女娃说：“下地扶玉米去咧，夜来一场风刮得呼隆隆的，玉米都趴地了，不扶就死了么。”我说：“你爹你娘不在？”女娃说：“出门了，都在你们城里挣钱呢。”

我知道包里没什么，但还是在包里翻翻，还好翻出一包馍片，给了女娃。女娃迟疑了一下接了过去。我说：“给你照相好不好？”女娃把弟弟往墙根的席芨筐里一放，就钻进屋去。我说：“你别怕，别怕。”女娃隔窗撂出声来，说：“等人把新衣裳换上。”我说：“不用换，不换最好。”女娃说：“照相呢么咋能不换新衣裳，旧衣裳脏兮兮的。”我想起拍电影的事来，就说：“给弟弟也换上吧，把最好的衣服换上。”

那年一个剧组拍农村题材电视剧，需要一个村庄和群众演员，我带到老家去。一听拍电视剧，庄子上人都很高兴，说免费上电视还给啥钱！拍摄开始时，大家都换了新衣裳来了，导演说这不行，要穿得越破越旧越好，最好露腚的，补丁摞补丁。大家不高兴了，村长跟我说这不是丢咱村的人么？还露腚的，现在谁还穿补丁摞补丁的衣裳。可导演坚持必须这么拍，最后每人又涨了十元。尽管大家不情愿，最后还是当了群众演员，毕竟一人一天给三十块。拍完，村长跟我说这回可是戏台上打把式掉裤子，把人丢得有远没近了，不是你领来的，这戏他们拍不了，以后可不敢这么做事。

照了相，女娃说：“进屋喝口水噻。”我说：“谢谢你。”在这片山野，只要你经过任何一家，他们都会说“进屋喝口水”。女娃跟着我往外走，弟弟又哭了，女娃说：“别哭了，等姐把客送走了再回来抱你。”弟弟还是哭。她踅回身抱起弟弟说：“你把人害死了，赶紧长上腿噻。”我明白她的意思，长上腿的意思是会走了。女娃身体单薄，抱弟弟很有些吃力。到村巷我摇摇手说：“再见。”女娃却没有说再见，盯着我看。我忽然想到她想要照片，便说：“相片洗出来我给你捎来。”女娃头一偏说：“你连我是谁都不知道，咋给我捎？”我笑笑，问她名字，女娃偏着脖子说：“你不拿纸和笔记，光凭脑子能记牢靠？”我掏出手机拍拍说：“我用这东西记。”女娃说：“喔东西能记牢靠？别没电消了。”我说：“消不了，你就放心吧。”她咯咯地笑了说：“我叫翠翠，就是绿绿的那个翠。”我笑笑，她说：“你把我大的名字也记一下，捎东西带话的大人认得大人，谁认得娃娃？”她已经把馍片撕开了，我往前走，就听女娃嘟囔说：“我还当啥稀罕哩，馍馍片子。”又听她说：“馍馍片子还香香的，吃出来还没看出来。”

再走两户，一老汉和婆婆在大门洞里铡草，草是去年的干草，麦草、糜草、谷草、玉米秆、洋芋秧，还有青草杂和在一起。老汉半跪在地上搙草，老婆婆铡。一台破旧木箱式录音机正唱着秦腔《辕门斩子》。六七个娃在门前的街巷里调皮，几个大的在扛胛子，你扛我一下，我扛你一下。

老汉停下手里活计，婆婆拄着铡刀看我。他们很老了，脸上的核桃纹一沟一壑的。老汉往起一站，大概圪蹴的时间长腿麻了，打了个趔趄，干脆就势坐到干草堆上。

娃娃们打打闹闹吵吵嚷嚷的，老汉呵斥娃娃说：“远处去，荒山野洼里去，麻雀窝里戳了一扁担，吵得人整天脑子不清静。”我说：“都是孙子？”老汉说：“儿子女子都在城里揽活，把他些碎先人往我这达一扔。”又说，“唉，也没办法，带到城里养活不起。”

一个娃被扛倒了，坐在地上蹬着双脚哇哇大哭，老汉吼说：“锁子，你个瞎尿，皮紧了，等哪天我好好给你娃熟熟。”又骂另一个，“苍蝇弹了一爪爪子，都要叫唤半天，虚得像春上的萝卜，一指头攮了个坑，得是！”一个更小的娃娃跑来告状，话还说不周正，老汉说：“起（qiě）开，起开。”小家伙不走开，扑进老汉的怀里捋老汉的胡子，老汉摸着娃娃的头说：“这些碎子子（小娃娃）土匪一样，没一个省油的灯。”我笑笑说：“没有他们吵闹，日子不寡淡？”老汉给给地笑说：“那是啊，硬叫害死，莫叫想死。”我递给老汉一根烟，老汉接过点了，“三个媳妇子一个女儿都像男人的尾（yǐ）巴，撵着男人进城了，钱把心挣疯了么，就像不进城活不成了。”

婆婆拿了筛子筛铡下的草，我说：“铡下的草还要筛？”老汉说：“筛子上面的喂牲口，筛子下面的喂羊喂猪，天旱了草料就缺了。”我抓了一把，干草有一股清幽的香气。老汉说：“天气好点，这时间羊牲口活草（青草）都吃不退，可天旱得草没长起来，多和上几样肯吃。唉，羊牲口世在咱这地方都是扺亏（被亏待）的。”我说：“院里宽展，咋放在门洞里铡草，憋屈得。”老汉说：“门洞走风，凉快。”说着站起来，抹下帽子拍拍灰尘，挠挠头。

窑洞的正面墙上竟然挂着一个桌板大的黑板，上面写着“人口手，牛马羊……”老汉笑笑说：“你别笑话，闲得没事干了，教娃认几个字，认几个总比不认强，我跟舅舅学过医，认得些字，农民识字夜校也学过一些，这娃再不识字就迟了。”我盯着几个娃看看，没有认识的，说：“娃还都没念书？”老汉说：“两个大点的念着，在陈庄念哩，去上庄小学念远得很么，二十多里路呢，我这腿关节坏了，走不了几步路，庄子上又再没和他一起走的。”又说，“陈庄近些，翻一道沟一架梁就到了，自己能走，就是要掏些钱。”我说：“怎么还要掏钱？现在都免费哩。”老汉说：“不是一个县么。”又说，“一直说带娃到城里去念，可这些碎东西到城里念书一个一年就得一万多，学校也不好入，也得花钱，念不起么，上初中了再说。”

我说：“老叔，给你照个相吧。”他一点热情没有，“照啥照的，又见不上，以前有人来照过，说是寄来，结果是广成子的徒弟——一道金光，再没音信了。”我说：“我是扶贫干部。”老汉说：“我认得你，上学期教书来着，学生大会上讲话哩。”我说：“过两天我回城洗出来给你捎来。”老汉说：“给这些碎屃（孩子）照吧，他们的娘老子（父母）几年没见这些碎屃了，洗出来给寄去让看看。”我说：“他们几年没回来了？”老汉说：“四年了吧。”又对老婆说，“你把那些碎尿领进去洗涮洗涮，新衣服换上。”老汉进屋拿出两百块钱递给我说：“你每个多洗上两张，儿女四个，一家给洗上一套，够不？”我说：“不怕我拿了钱也成了广成子的徒弟——一道金光，再没音信了？”老汉一笑说：“上过这当，来过专门照相的，收钱照哩，说照相给寄到城里的儿女，钱掏了，啥也没见到。你是干部么，公家人，又不是江湖骗子。”我拍拍老汉的手说：“不收钱，你和婶子也照张吧。”老汉说：“我们花那钱做啥？”我说：“照个全家福，也给儿女寄去。”老汉说：“那我们也换一下，有新衣服，新衣服穿上喜庆些。”

几个娃出来了，女娃都是花裙子，男娃都是一身牛仔，全新崭崭的。先照了全家福，又一人照了一张，再按兄弟姊妹照了几张。几个娃不怕生，一个个摆出照相的姿势，还竖起了剪刀手。老汉又把钱塞过来，我说：“不收钱。”老汉说：“总得把成本收了，再说往出寄也要钱哩。”我把钱塞回老汉手里。老汉从衣袋里掏出一个装旺旺雪饼的塑料袋，折得有钱包那么大，一层一层翻开，从里面掏出一张纸，上面写着几个电话号码。他指着一个号码说：“大儿子的手机，叫常井贵，麻烦你寄到西安吧，捎上一句话，别再买药了，我把药停了，不吃一个月了，也好着哩。”男娃比女娃胆子大，一个说：“也给我稍一句话，我要美国机枪。”另两个说：“我也要美国机枪。”几个女娃受了感染，说：“我要洋娃娃。”

一个胡子白刷刷的老汉走过来，说：“干部，你照了往出洗不？”我说：“洗，大叔，我给你也照几张吧。”他嘿嘿一笑说：“你不能叫我大叔，我看你面相还没我大孙子大，我倒没啥，怕折你的寿哩。”老常说：“就叫老白毛。”我说：“叫大爷。”老汉说：

“不敢当，不敢当，老白也不行，我几个儿子他们都叫老白了，就叫白老汉吧。”我笑笑，他说：“你给我照大点，从第二个纽子喔儿（那儿）往上，黑白的。”我说：“彩色的多喜庆。”他说：“我做老像（遗像）哩，老像都是黑白的。”照完相，他说：“你等等。”便出门去了。老常说：“后辈重着哩，六十七口人了，重孙都六七个了。”不一会儿老汉来了，把一百块钱递过来，我说：“不要钱。”他说：“你拿着吧，在哪达照都得掏钱么，这钱不花不行么，门前来照相的了，省得再专程跑一趟。”我说：“你就这么不相信我？”老汉嘿嘿一笑说：“你拿了钱才当回事，把稳（保险），不差这几个钱。”我把钱推了回去问：“您老多大了？”他说：“八十三岁了，土壅到脖子上了，说不定你今儿照了我明儿就能用上。”我说：“您看上去精神着哩。”他说：“苦惨的人，说不定哪个零件咔嚓一声就完蛋了，明年就是坎儿，七十三，八十四，阎王叫去商量事。”

两个老汉留饭，我谢绝了，告辞后沿着村巷往里走，老常说：“再往里就没人了，这庄子上住着三十一户人，就剩下五户半人了，有两户人在地里忙活哩，顺生爹去赶集了。”我说：“咋么个五户半人？”老常说：“二苕家来回扯锯哩，天冷了回来了，天热了进城了。”我还是在村里走了个过儿，再没见到人，只有墙的影子和寂寞而繁盛的树木。在一个院落里，我拍到了一只喜鹊，它在麦草摞上偷了一只鸡蛋——把鸡蛋啄了一个洞，嘴深深地擩进洞里。相机的咔嚓声惊动了它，它在我的头顶盘旋着，“喳喳喳”地表示自己的愤怒，想要赶走我。盘旋了一会儿，看没有效果，又飞到草垛上，叼起鸡蛋飞走了。

33

莽苍的旷野忽然有树，只一棵，像个惊叹号，越发让你感到孤寡。秋老虎在近午的旷野无遮无拦，更加威猛，四周被山围着，壕里一点风都不透，我几乎奔跑到树下，衣衫都湿透了。看看树，树叶卷如水槽。我靠着树干坐下，点了根烟，看到五福的娘巧梅挎着一个篮子走过来，篮子里是两只鸡，鸡头担在篮子外面，大张着嘴，却一声不叫唤。

我嘿嘿一笑说："去逛集啊？"她嘻嘻一笑说："当是你们城里人，街市就在家门口，啥时想逛啥时逛，都眼看晌午了，咱这达这时间逛集，连个集尾巴都踏不上了。"我笑笑。去草鞋镇逛集，有三四十里地，要是走着去，得五更天上路。我说："不逛集你提鸡做啥？"她说："走娘家。"我说："走娘家还把鸡带上，怕把鸡饿死了不成？"她嘻嘻一笑说："你们当干部的都在天堂里过日子，啥都不懂么，鸡能饿死？这时间草穗、虫子满世界都是的，谁还给喂五谷？走娘家总不能空挓着两手去吧，拿的礼行（礼品）。"我笑着说："你倒会算账，走娘家提两只鸡把礼行钱也省下了。"她说："那你说错了，以前兴拿饼干、蛋糕、罐头，拿去舍不得吃，都当礼行放着，村里有病人、坐月子提着去，送来送去都长毛了生虫了变坏了。现在又兴提鸡了，回娘家，走亲戚，看望病人都抱个鸡，亲戚厚的，就抱两只鸡。饼干、蛋糕、罐头，看起好看，听起好听，装人，可哪有鸡实在，想吃宰了吃，舍不得宰了，喂着还下蛋哩。”我说：“那是那是。”她笑着说：“以前把个蛋糕稀罕得当人参哩，现在都知道了，蛋糕就是玉米面做的，你说你们城里人奸不？”

我笑笑说：“你说这么阔绰的原野，怎么就这儿一棵树，你说怪不怪，就像知道咱们会在这里歇凉，专门长出一棵树来让我们歇息。”她说：“喔有啥日怪的，哪个过路的人过庄子在树上掰了树枝子打狗哩，走到这荒天野地里没狗了不想拉了，顺手插到了地上，恰巧老天爷浇了一场雨就活了。”我笑笑说：“你倒会想。”“就是这么个事么，我家院子里两棵树，一棵是砍了树杈栽了搭上绳晾衣被，结果活成一棵树了；一棵是砍了一个树柯杈栽在墙堵头防猪拱墙，结果活成一棵树了，要不谁靠着崖墙栽树，地方不是地方，搅搅打打的，可活了就是树了，总不能砍了。”她扬头甩了额前的刘海，说，“不敢跟你谝了，该走了。”我说：“这么热，歇歇凉，过了晌午再走。”她笑笑说：“不敢跟你比，我还得从娘家赶回来，把家安顿了，明儿进城哩。我那口子工地上做饭的家里遇事回去了，缺个做饭的，给老板说好了，让我去做饭，找这么个活儿不容易，吃住都包，挣一千七百哩。”我说：“五福、小凤念书咋办？”五福上二年级，小凤上一年级。她说：“先安顿在改子家里，我那口子说了，明年就转到城里念，迟早得走这步路么。改子娘和我娘是亲姊妹，我们是姨姊妹，反正她伺候人呢么。”我“呃”了一声，她走出几步了，又回头说：“你这干部没架子，还跟我们这些人说笑话哩。”改子家又多了两个孩子，可够她操心的。

翻了两道沟一道梁，一个村庄出现在眼前，上庄的传统布局，顺着一道山坡的阳面而坐，有二十几户人家，每个院落有不少高大的榆树，我想这该是榆树壕村了。一入村，连续过了四家无人，至第五家，看到老许在果园里壅红葱。红葱耐旱，这一带的红葱辣而不苦，香而不冲，做牛羊肉是离不开的作料，很有市场，可是这几年种植面积萎缩得厉害，政府曾经出台政策鼓励，可作用不大，老许说："这是一家一户的产业么。"

老许家院子很大，有五孔窑洞，拾掇得干净有序，靠墙堆放着一堆木头，用草帘子苫盖着，两头露出的椽头子都爆裂了，长了一层墨绿的苔藓。几个孩子在院里画了一座方城，在踢瓦片争皇上。

老许把锹顺墙立了，我踢踢木头垛子说："打算盖房？"老许说："几年前的打算了。木头买下那年要说盖也就盖起来了，想着再有一两年手头宽松一点，盖得好一点，墙面上贴瓷砖，人一辈子能盖几回房？这院里几孔窑洞还是我爷手里就掘下的。第二年大儿子把孙子转到城里念书了，一家子都跟着进城了，日子最怕散（cǎn）劲啊，第二年二儿子也连家带营进城了，三儿子结婚就进城了。我一看都是寡妇站到大门口，有走心无守心，心劲就散了……这些年了，三个儿子都在外面漂着，谁知道落在哪达？回来的心已经没了。这些碎尿长得再大点，进城念书、讨生活，以后死活都不会回来了，我们还能活几天，盖房做啥？就这么撂下了，啥想法都没了啊，前几年我就想着把木头卖了去，可卖不出去了，上庄方圆的年轻人都在城里漂着哩。"

窑里非常凉爽，一身汗水立时敛了。老许扔过一件夹克说："披上，小心着凉，你别嫌弃，昨日才洗的。"

我披上夹克，老许说："我也不让儿子们回来，给他们鼓劲让留在城里，回这地方能活个啥人。"

窑壁上挂着四个相框子，里面镶满了大大小小的照片，我正看着，听得院里鸡叫，到院里一看，老许已把一只鸡的头剁了下来。我说："家常便饭就行……"

老许说："能进我家门就是看得起我们这些人，想叫你吃个饭怕你嫌远，到门上了，今儿正好。"

我出大门看了看，老许看出来了，说："人都没几户，还哪有小卖部？你们这些人啊，还是把我们当外人看，一只鸡能把我们吃穷了？"

吃饭的时候老许对老婆说："给老苟家送一碗过去。"

老许家后面是老苟。进了窑门才知道老苟瘫在炕上，老许说："瘫了十好几年了，你看阴得寡白寡白的，比城里的女人还白。"又对我说："把你喔中华烟给老尿点一根，让吃个稀罕。"我说："还吃烟？"老苟说："吃一口少一口，活一天少一天么。"老许说："咋不说吃一口多一口，活一天赚一天？"老苟说："夫天地者，万物之逆旅也；光阴者，百代之过客也。而浮生若梦，为欢几何。朝闻道，夕死可矣。"这话让我愣了一下，我看他时他也正看着我。我把烟连盒放下了。老许说："别转（zhuǎi）文了，在我跟前转文也就行了，在干部跟前也转文，人家是大学生，写书的，要在旧社会就是状元，瞎卖派。"老苟嘿嘿一笑，看他枕边放着一摞一摞的书，我翻翻，竟都是些老书，繁体字，用报纸包了皮子。《周易》《左传》《菜根谭》《论语》《苏轼集》《唐诗三百首》《阅微草堂笔记》……老许说："是个文肚子，老爹解放前开私塾，那些年红火哩，红白事上写对联、娃取官名（大名）、墙上刷标语都找他。"老苟说："跟你开个口，把你看过的书送我些。"我点点头。老苟旁边放着一把二胡，我说："来一曲？"老苟拿起二胡，拉起十大二胡名曲中的《听松》。我平时喜欢听二胡独奏，所以熟悉。接着他又拉了一段《病中吟》，也是十大二胡名曲之一。

锅台上有动静，老许说："桃英，别倒水，干部不喝甜的，喝上尿糖哩，喝上咱们这里的浆水了，整两碗浆水，别太稠了。"和老许一人喝了一碗浆水，老许说："别看这老㞞现在躺下不得动弹了，以前打狼，打野猪，打黄羊，套狐狸，利索着哩，只要让他看见的，那就跑不脱了，十几丈高的崖壁，蹦子流星蹿过去了，比狗还利索。"老苟说："报应了噻，人这一辈子啥都是有限数的，前些年把后些年的路跑了，现在躺下不能动弹了。"老许说："跟雕争食，把命留下就不错了。"我说："跟雕争食？"老苟笑笑，说："那年打伤了一只黄羊，老雕也盯上那只黄羊了，我捉住了黄羊，老雕扑了下来抢，我打了雕，这家伙飞上高空，又俯冲下来，把我抓上了半天空，爪子一松又撂下来，腰绊折了。"老许拍拍老苟说："往起坐坐，打起精神，让干部给你照上几张相，别头一歪走了，连个老相也没有。"老苟说："要那做啥？没老相阎王爷还不收了不成？""说对了，不照老相办不了身份证，阴曹地府就是不收哩，到时候就是个孤魂野鬼。"老许边往起扶老苟，边说，"死驴烂重，你鼓个劲，干部正好到门上了，要不以后谁再请人给你照？"又喊，"桃英，来和老苟照一张。"外面传来声音："有啥照的，给他照就行了，一辈子还把人没害够？"

告辞出来，老许感慨地说："我奶奶说过和木头说话的人命苦，这话不假啊。"我说："和木头说话的人？"老许说："会乐器的不都是和木头说话的人？"我点点头，这话说得真好。老许说："你说老苟，多能的一个人，躺在炕上半辈子，命还不苦。经常拉二胡，开始觉得好，可听得时间长了，就悲凉了，挠心，鬼哭狼嚎的。"我说："没有子女？"老许说："有，两个儿，大儿攒劲，孝顺，在的时候老两口享福了，可好的命不长么，山压下来，崖窑塌了，一家四口让捂死了。小儿是个狗食，出外打工，吃嘴露脚后跟的，后来走了歪路，干传销，打不下野鸡了打家鸡，把家传得要啥没啥，把亲戚、庄子上人都害了个遍，再就没音信，死活不知。”我说：“这样的家该吃低保的。”“以前吃着哩，可谁知这个狗食把身份证借给别人买了车，人家查出来他名下有车，就给拿掉了，为这事老黄瓜还落了批评。公家有些事死板得很，你有嘴也说不清。”老许说，“以前在后湾住着，后湾人都走光了，庄子孤了，怕老苟哪天走了，叫天天不应，叫地地不灵的，人死了怕背炕面子么，我就给搬下来住在我四弟家里，我四弟已在城里买了房子，家安到城里了。”又说，“跟我一年生的，一起要大的么，我们是拈香弟兄，婆娘又不是个顶当人，还鸡麻眼，天稍一黑就看不见了，落到这个地步，总得给照应么。”我问老许，什么是拈香弟兄。老许说：“就是结拜弟兄，咱这里叫拈香弟兄，平时一起要得好的几个，支一张桌子，摆上香炉，人人手里举一炷香点燃后，按年龄大小排好，进行换香，老大手中的香和老二交换，老二又和老三交换，这么换个过，结了把香插进香炉里，一起跪下发誓。我们拈香一共四个人，最大的已经不在了，最小的在城里打工。村子上就剩下我们两个了。”

晚上，老村长过来，我说起老苟家，老村长说：“我跑过好几次了，也通过你婶的儿子打过招呼，没办法么，低保么名额有限，有退出来的人才能补进去，队算是排上了。不是这几年退耕还林给点粮，你说日子咋过？”叹息一声说，“那是个厉害人，双手能写梅花篆字，‘文化大革命’时写毛主席语录，写标语，县上领导都夸奖过，唉，可惜了，要不是瘫了，教咱这些学生娃，一点麻达都没有。”

第二日，我从带来的书里挑了些书，提了两瓶酒给老苟送去，老苟给我写了幅字。

34

去山野走了一圈回来，见三年级的顾小成被罚站在教室门口，看样子已有一会儿，站得已不那么笔直。我在他头上抹了一下，抹了满把汗水。

汪惠梅敲了下课钟走过来，对顾小成说："给我写份检查下午在班会上念。"

围上来的学生说："汪老师，没收他的石头。"

汪惠梅说："顾小成，把石头拿出来。"

顾小成从牛仔裤宽大的口袋里掏出一块黑石头递过去，汪惠梅脸色大变，往后退着指着我说："给他，交给他。"

我接过来一看，这石头乌黑，有巴掌大，布着青白纹、点，形状极像个小人儿，有鼻子有眼的。

男学生都往前挤，女学生都往后撤，我说："散了，都散了。"

学生散了，我问咋回事，汪惠梅说："去办公室说。"

进了办公室，汪惠梅很激愤，说："真是气死我了，这个顾小成说阴阳捉了鬼念了咒语关在石头里，他会解咒，能把鬼放出来，鬼就听他的，谁不听他的话，他就把鬼放出来咬谁。我给一年级上课，他拿着个石头追得二、三年级鸡飞狗跳，教室翻了天。"

"这是孩子读了神话故事出精作怪，"我把石头递给汪惠梅，"这石头品相很好，人形，是块有收藏价值的奇石。"

汪惠梅脸色苍白，摆着手说：“往远拿，你拿走，几个学生都说听到这石头吱吱地叫哩。”

我笑笑说：“我拿了半天咋没听到叫声？你怎么也给孩子的鬼话吓着了？”

中午吃饭，汪惠梅抱着一个陶罐过来，鼻子搐成个疙瘩，把陶罐放到我桌上，然后站在门口喘气。我早闻出是浆水。天气热了，上庄人晌午吃的多是浆水面。

浆水是把包菜、芹菜、芫荽、艾菜、苦苦菜等洗净后切成条、段或片放入陶罐（做浆水的器具最好是陶罐），加入萝卜、土豆、黄豆芽，然后浇入煮沸的清面汤，等凉了以后，加入酵母（上庄人叫引子），或倒进些老浆水——老浆水比酵母好。酵母是用玉米面拌一点玉米面糊糊，看到起泡，有酸味，就成酵母了。或者是剩下的白面酸了，也可做酵母。酵母加入后，沤上四五天，汤汁淡白黏稠，微酸，便可直接舀出饮用，营养丰富，消暑解渴，因浆水中含有乳酸菌，可以帮助消化，清肠利尿。浆水加进辣椒和葱用油炝过，再加进面条，就成了一碗地道的浆水面。因此，天气酷热时节，上庄人家都有一大罐的浆水。我猜想这浆水应该是张小花送来的，她奶奶做的浆水最地道，不是谁想喝就能喝上的，老村长专门带我去家里喝过浆水，吃过浆水面，看她做过浆水。

汪惠梅用手扇着说：“太难闻了。”我说：“小点声，别让孩子听见，这东西可是好东西。”汪惠梅说：“一股馊抹布味道。”我说：“要的就是这种味道，是张小花送来的吧？”汪惠梅点点头。我取掉封口的塑料薄膜，调了一碗，说：“你尝一口，三伏天，可当饮料直接饮用，预防中暑，很保健的。”汪惠梅用手扇着鼻子说：“我不喝。”我一口气喝完，说：“浆水含有多种有益的酶，能清暑解热，败火消炎，增进食欲，解除疲劳，恢复体力，而且对高血压、肠胃病和泌尿方面的病有一定的疗效。城里现在也兴吃浆水面。”汪惠梅说：“你就谝吧，这一罐你慢慢享用吧。”晚上，我做了浆水面，汪惠梅尝了几口，结果把一碗尝完了，说：“还行，就是怕不卫生。”我说：“自然环保，您就放心吧。”

第二天顾小成没来上学，晚上吃饭时，汪惠梅说：“不会受罚辍学了吧？”

我说：“不会。”

第三天上午，顾小成还没来上学，中午吃过饭，汪惠梅说：“你陪我去一趟吧。”

顾小成家在二道沟梁村。进了顾小成家大门，就见顾小成的奶奶正跪在院心，前面插着三炷香，点着面捏的灯盏，一个小木盘里盛放着黄表纸剪的小人和铜钱，一小堆五谷粮食，一撮盐面、一把菜刀。一个盛满水的白瓷碗里，一根筷子平放在碗沿，把两根筷子直插入水碗，奶奶口里一遍遍念叨着“太爷、太奶、爷爷、奶奶……”努力让那两根筷子在水中站立。

汪惠梅问我：“这是在干什么？”

我示意她不要说话，拽她往远里站站，告诉她这是送病，跟叫魂一样，是上庄人的习俗。汪惠梅已经嘴唇乌青，有些颤抖了。

奶奶口里不住地念叨着，边不停地往筷子上淋水。一会儿三根竹筷立住了。她焚了黄表，将五谷粮食撒入碗里的清水中，磕头作揖，起身抓起菜刀凶狠地砍向筷子，筷子飞出了大门。奶奶拿了小纸人和铜钱，端水碗进了窑洞。顾小成睡在炕上。奶奶口中念叨着“头上送，头上轻，脚上送，脚上轻，浑身上下一齐送，十字路上点面灯，好吃好喝款待你，再备盘缠送一程，放过我家大小汉，十字路上另等人”，然后点一个小纸人在顾小成头上左右各绕三圈，纸人燃成灰烬丢进水碗。七个小纸人烧完，奶奶抓起旁边一束细桃枝，在顾小成身上打起来，口中又念：“十根桃条软沉沉，在我手中打鬼神。头一根先打魍魉鬼，二一根就打毛鬼神……十根桃条一齐打，大鬼小鬼不上身，保佑你身免灾星。”然后撩水在顾小成身上洒洒，又在额头画了个十字，将刀压在顾小成的枕头下，端着水碗走出大门外，一直走到十字路口，烧了纸钱，将水泼去，回来把碗扣在大门外旮旯。这才冲我们笑笑说：“老师和干部来了，快进屋坐噻。”

进了窑洞，奶奶说：“娃遇了个春气，给孤魂野鬼冲撞着了，给送送。”

汪惠梅摸摸顾小成的头，说：“是不是感冒中暑了？得看大夫。”

奶奶说：“送走了不见了，阿司匹林我也给喂了，明天就好了。”

汪惠梅摸着顾小成的头说：“老师给你道歉，不该罚你站。”

奶奶说：“老师，你看你说的，罚个站还给他道歉，你打都打得，这娃让他娘老子惯得坏坏的，该打就打，先生打学生天经地义的事，他爹娘说了，不好好念书就往死里打，我打不动了，也撵不上，老师你打，就像你儿一样打。”

汪惠梅脸红了，我忙说：“婶子，汪老师还是个姑娘。”

奶奶嘻嘻一笑说：“迟早的事，现在年轻人娃都在裤带上拴着哩，裤带一解就有了，眼一眨的事么。”看看汪惠梅，“汪老师这面相，头胎保准是个儿子。”

我把石头给了顾小成，奶奶一把夺过去说：“我心想念叨谁筷子都不站，念叨了个孤魂野鬼筷子就站住了，原来是这东西作怪哩，前段日子才请阴阳补过土，孤魂野鬼咋就找上门了，你看神不神。”冲小石人连唾了三口唾沫，又拿针剟，边剟边说，“这个东西我看着就邪气，黄昏了我就把你送到庙跟前埋了，剁七个桃木钉镇了，看你还成精作怪的害人。”又在顾小成额头戳了一指头，“你再招惹那些妖魔鬼怪的，迟早把你狗日拉去当替死鬼。”

汪惠梅显然感到恐怖了，掏出五十块钱塞给奶奶掉头往外就走，奶奶追出来说：“你是老师，操心娃念书哩，咋还能要你的钱。”

“给小成买点吃的。”汪惠梅说着已经出了大门。

奶奶说：“别走噻，到门上了，今儿就在咱家吃了，我给宰鸡去。”

汪惠梅说：“吃过了，还得赶回去上课。”

上了山梁，小风呼呼刮着，甚是凉爽，我们坐在山顶，汪惠梅脸色苍白，表情凝重，说：“顾小成奶奶是不是个神婆？你看她不但做得一套一套的，说得也一套一套的。”

我说：“这里的老人都会这一套，家里谁有了病，就觉得是什么地方对老先人不敬，或是孤魂野鬼给了个春气。春气就是恶秽之气，是人和鬼相撞产生的病症，需要送一送。”

为打消汪惠梅心中的恐惧，我说：“上庄人许多习俗很文化的，比如这送病，就好像这病是来串门的，送走就好了。看上去是一种迷信活动，事实上表达的是一种敬意的绵长，念叨每个逝去的先人的名字，由近及远，由亲及疏，包括逝去的乡邻及孤魂野鬼，那就是一声声的呼唤与怀念，而这个过程也是一个自省的过程，反思检讨自己的日常行为中对先人的不敬，说一些自责和乞求饶恕的话。即使是孤魂野鬼，也上香烧纸升表祷告，表示了应有的尊重。我们老家也这么送病，要是自己的亲人，送走后给人说起来就会说谁谁谁来过家里了，其实也是一种纪念。”

汪惠梅说：“你说她咋知道是谁呢？”

我说：“念叨到谁筷子立住了，就是谁。”

汪惠梅声音哆嗦着说：“太、太恐怖了，说得人毛骨悚然。”

我说：“这是一种文化，我看过研究文章，这种送病的形式在民间已经盛行了几千年，科学家也有解释，说送病这种形式的作用在于心理，具有暗示作用，有时要比药物更有用。其实也是乡下医疗跟不上的结果，上庄没有医生，一个赤脚医生还搬到镇上坐诊去了。”

汪惠梅说：“你说奇怪不，三根筷子咋就能在水中站立？”

我说：“这简单，三根筷子组成个三角形，互相支撑，再淋上水，水也有黏性，回去我演示给你看。”

汪惠梅绷大眼睛盯着我说：“其实，你这人挺迷信的。”

回到学校，为了消除汪惠梅心里的恐惧，我舀了一碗水，取了三根筷子给她演示，筷子还没站立，门推开了，是老村长。老村长一脚将水碗踢出门外，说：“这不是耍的事。”我说：“给汪老师讲解一下。”老村长说：“胡日鬼，这种事不可全信，也不可不信，迷信不迷信的咱不说，你信与不信，都不要去招惹那些东西。这世上能传下来的讲究都是有说法的，以后别糊弄。”

35

我去了趟镇上回来，见老村长、老周几个人在收拾村会议室，老村长说："上面来干部要'五同'，收拾出来给他们用。"说着把文件递给我。我一看是市上"关于建设新农村，开展'三五'活动的通知"，市四套班子领导及市直单位负责人、市直机关干部组成的八十个工作组，分赴全市六十个自然村，开展为期十天的"五同五民五心"活动。

老顾抻着脖子够了一眼，说："要让种烟草？"

我说："种烟草？"

老顾说："不是有个烟叫'三五'么，美国的，那烟吃过一根，呛人，跟旱烟一样。"

我笑笑，解释说"三五"活动即"五同""五民""五心"。"五同"即"与群众同吃、同住、同劳动、同学习、同进步"；"五民"即"访民情、解民忧、保民安、帮民富、暖民心"；"五心"即"虚心受教育、倾心听意见、真心办实事、热心解民忧、诚心交朋友"。

老顾说："'十个一'咋说的？"

我念道："三五"活动将主要围绕"十个一"进行：进行一次宣讲、收集一批意见建议、化解一批矛盾纠纷、为群众办一批好事实事、上交一篇民情日记、开展一次联点联户活动、抓好一次农村党组织见行动活动、开展一次村“两委”班子换届前的调研工作、开展一次“结对子”实践活动、开展一次“百企联百村”活动。求实效，重实绩，达到帮厘清发展路子，帮解决基层难题，帮化解矛盾纠纷，帮建立长效机制的目的。

老顾嘿嘿笑着说：“‘三个五’‘十个一’，你们这些耍笔杆子的，整啥都是一套一套的。”

张六说：“你们整这些东西的时候，是不是挠着脑袋往够凑？”

我看看他，说：“凑？啥意思？”

张六说：“像这‘三个五’每个都要凑够五个，‘十个一’就得凑够十个。”

我说：“不是凑，都有含义的。”

张六说：“我觉得有凑上去的，像第一个五，前四个都实着呢，后一个就是凑上去的么，啥是同进步，干部跟老百姓能同进步？你们整的时候怕都没想明白咋么个同进步吧。”

我脸红了，张六说：“像第二个五，说了那么多，毛主席一句话总结了，为人民服务。”

老顾说：“当然得凑，凑够一样的数字领导好记么，讲起来好听又顺嘴，是不？”

老村长啧啧啧地咂着嘴唇说：“你们生错地方了，这水平都能当主席总理哩，等着你们家祖坟冒青烟，要不去点堆火让冒冒烟。”

老顾说：“咋了，我们分析得不对？”

老村长说：“那表达的就是个意思，让你们这么抠字眼，啥话都不用说了。”

我说：“真要住还是来走走就回了？”

老村长说：“这回真住，镇上李书记说一定要住到农民家中，而且要住够天数，到时村民代表要签字，上面还要明察暗访哩。”

老顾说：“我家里住人可以，管饭也没麻达，但伙食费我不收。”

老村长说：“福烧的，一天五十块哩。”

张六摇着头说：“收干部的伙食费？得是。”

老村长说：“毬头摇得像个拨浪鼓，你怕个毬，这次上面说了，不扰民，你不收都不行。现在干部作风都好着呢，人家在乎那几十块钱，像你们一个钢镚儿都攥出汗来，再说人家下乡都有补助。”

老曹说：“那你以集体的名义收了，他们走后再发给我们。”

老村长说：“李书记说了，不准村上代收，要干部当面交到村民手中。”

老曹说：“是你不敢收吧，让我们头上装天线往雷底下跑，冒喔险？”

老村长说：“我怕个毬，把村长免了我磕头作揖哩。”

我说：“干部没那么小气。”

老曹嘿嘿一笑说：“没捎带你，你别多心，不是小气的事，像敬神一样，神得敬着，但得远着……有些干部不咋样。”

又说：“我一个干粮一缸子茶就顶一顿，他们跟我同吃能行？”

老村长说：“同吃就是你吃啥他们吃啥。”

老曹说：“你个老黄瓜，站在烟洞上招手，把我往黑路上引？我给他们一个馍一缸子茶？不要说人家是干部，就是个亲戚，你总得给吃好点吧，咱能少了礼数？”

老顾说：“就是，要说一顿两顿的咱啥也不说，可这要十天哩，谁盘儿上桌儿下地伺候？你派别人家吧。”

张六说：“你派到那些只有女人娃娃的家里，招待不周，他们也不跟女人娃娃一般见识。”

老村长说：“这就是顶义务工哩，少给我这呀那呀的。”

张六说：“老黄瓜，你把村长当那时候的大队长呀，还能一声令下把人五花大绑了咋的？”

老村长说：“自己掂量去，到时候我把人往你们家门上一领，不想招呼你们就不要开门。”

张六说：“老黄瓜，你还把人给拿把住了，下次不选毬你了。”

老村长一抱拳说：“那我给你娃烧香上供哩。”在张六的头上拍了一巴掌，说，“你怕个毬，那时候干部下来打你婆娘的主意，是你婆娘正风骚，紧巴着呢，现在都松框框的，一走沟子（屁股）都甩成两半个了，还看得紧的。”

老顾说：“你放心，人家这次来了叫婆哩，还当金窝窝银窝窝地守着。”

老曹说：“干脆办个灶，反正干部掏钱呢么，将他们的皮子补他们的窟窿，咱也不落收了他们伙食费的寒碜。”

老村长说：“我也这么提说过了，可上面说‘五同’要求必须吃住在农民家里。”

老曹说：“人家就那么一说，你还当真了？拿上鸡毛当令箭，啥都要按文件上来，啧啧啧，早都奔小康了。”

老村长说：“少谝闲屄，这回严肃得很，还要准备点活让他们干。”

老顾说：“下来沾点土拍打半天，犁地他们干得了？得是。”

张六说：“我家准备淘窖，正好让他们给我淘窖，那可是大活。”

老村长说：“能派你们就派么，给我说啥？”

老顾说："那你说地里有活？旱得毬毛都不长，他们不知道？我们都没活干，同劳动个啥？"

老村长说："翻翻果园，起起粪，壅壅葱，剪剪果树，割割草，这还要人教？"

老曹说："就是个意思，当真的给你干活来了？鞋窠棱儿冒烟——脚（觉）不着。"

老村长说："还有，镇长讲了，尤其是你们这些不老实的东西，要提早进行批评教育，打预防针，不准向工作组提非分要求，他们也满足不了，白惹人家厌烦；不准乱反映问题，他们也处理不了，白给自己找麻烦；该说的说，不该说的夹紧，"说着嘻嘻一笑，顺手抹了张六的嘴一下，"你们要管好自己的这，不要像寡妇的喔，逢谁都往开叉。"

张六说："那你搞腐败的那些事也不能说。"

老村长说："那能说，说了我给你烧香磕头哩。"

老周说："你个瓜屄（傻瓜），老黄瓜不就跟你婆娘搞腐败，这你能端到人面前说？不怕羞先人也不怕婆娘把你赶到驴圈里？"

张六和老周追撵着闹起来。

老村长挠着头说："都回去准备去，还坐在这里傻婆娘等毬哩，人明后天就到了，把屋子都打扫打扫，把新毡、新炕单都拿出来铺上。"

老顾说："你说这么兴师动众地下来，能顶个啥事？"

老村长说："感受咱们过日子的难处么。"

张六说："感受了又能咋样？以前干部又不是没住过村，说个啥应得好，学校老师的事咱全村联名写了东西，顶了个啥事？多少年了，今年才派下个老师来。"

老顾拍拍沟子上的土说："要我说就派到老苟、老不死那样的人家让他们好好感受感受。"

老周说："这就是个运动，运动没经过？一阵风，过了就过了。"

几个人走了，老村长说："那回县上的干部下乡住村来，我提出来学校老师的事，他们答应得爽快，让我们写个东西，村民把名字都签上。活动结束了，我去找他们，他们说这是教育上的事，让我去找教委。我说教委我找过多少遍了，他们不给解决。他们说你的意思让我们给你找？我说你们答应的，文件上也写着要帮助村上解决困难么。一个家伙给给给地笑了半天，说文件就是那么一写，这就是个活动，要像文件上写的真能解决问题，那还用搞这活动么？你把我们看得太日能了。"

又指着文件说："厘清发展思路，人都没了，还能有个啥思路？给这些妇女娃娃老汉老太婆谈思路？要说这活动放在那些条件好的、城边上的村作用大哩，上面也明白这一点，我看了下乡名单，条件好的村派的都是有实权部门的干部，咱这里人家也知道没事可做，派的都是把边瞭哨的部门，你看这组长，是个调研员，你是干部，该知道调研员是个啥，四大闲说的么，老板的老婆领导的钱，和尚的槌子调研员，这干部是自己说哩。将就班子凑合戏，就是个运动么。"

36

来了两辆越野，八个干部进村了。村长、我和老顾、张六、八老汉、老拓等几家安置干部的在村口接了一下。八个干部都头戴耐克遮阳帽，一看就是统一购买的。张六悄声说：“他们应该戴草帽，上面用红漆喷上‘广阔天地，大有作为’，一人脖子里搭条毛巾，裤腿绾到半杆上，就像那时间的知识青年上山下乡了。”老村长踢了张六一脚，说：“夹住你婆娘的嘴。”工作组六男两女，正好一村一个，当晚就住进了农户。组长姓熊，头发全白了，就住进了村长家。

第二日上午，开会宣讲。老村长在广播上喊了几遍，家家必须来个人，一共来了二十几号人。老村长跟熊组长解释说能来的都来了，再都是些女人娃娃。小王发了些红红绿绿的宣传资料，熊组长读了四个“三农”方面的文件政策，村民一个个像木头桩子一样蹴在那里，干部都拿出笔记本一丝不苟地做着记录，坐在干部旁边的村民抻着脖子够着看干部在写啥。气氛当然比老村长开会要严肃，甚至有些沉闷。熊组长念过文件政策，要大家畅所欲言，说说自己的想法。没有人说，点了几个人，都摇头，熊组长一再鼓动大家说我们下来就是听意见的，大家想到啥说啥，想说啥说啥，可就是没人说，会议冷清了一阵也就散了。

中午吃过饭，熊组长进了果园就锄草、松土、施肥、壅葱。挥锹使镐，样样在行。老村长说：“你干活倒挺在行的。”熊组长说：

“我虽是城里人，可这些年一直在农口工作，经常下乡。”熊组长在树下穿来穿去走走，说：“进村一路上看到上庄的果园很阔气，可树都长疯了，枝繁叶茂的看上去好看，可果子结成蒜辫子了，这树要再不剪，就长坏了。”老村长说：“剪树是个技术活，会剪树的也进城打工了，这几年都是自己日鬼着剪剪。”熊组长说：“正好小张是农艺师，给大家把果树修剪修剪，也带带大家。”张六趴在墙头说：“正结着果子，咋剪？”小张说：“苹果都长成鸽子蛋了，还舍不得？”张六说：“不是舍不得，这时间树能剪么？”小张说：“按说从树叶脱落后到次年萌芽前是剪树的时间，最佳期是十二月至来年元月，但这都是些老树了，现在完全可以剪，不会伤树，正好我们又赶上了。”老村长说：“没工具，那要专门的工具哩。”熊组长说：“我们带了。”张六嘿嘿一笑说：“毛主席说不打无准备之仗，你们倒准备充分，天旱了，我们都没活干，还想着给你们找点活干哩，你们倒自己把活先找下了，连工具都带了，你、你们咋知道我们这里有果园？”熊组长说：“以前上庄这一带果园可是农民增收的主要来源之一。”

四个干部组成了修剪小组，小张在枝子上做标记，三人修剪，其余的干部则是整理树枝。树剪过了，树枝也垒码整齐。老村长说：“小伙子干活不惜气力，挺踏实的，好干部。”熊组长说：“小张是跑下田埂的，爱树如命，是省劳动模范哩。”老村长家的果树是最后修剪的，剪修后，老村长说：“就像人头发长了，这一修理一下子秀气了。”上庄有人的家户也就五十多户，几个小伙子两天就剪完了，小张感慨地说：“这么好的果园，都荒芜了，再不修理树可真就全长废了，以后再修也修不出来了。熊组（长），我想不管有人没人，我们都剪一下吧。”熊组长笑笑说：“对，不管有人没人，都修剪一下。”老村长叹息一声说：“全上庄的果树全部修剪可是个大苦，不是两三天的事，没人务劳了，费那工夫做啥，吃能吃多少，卖呢不要说没人到集上去卖，连摘都没人了。”一干部说：“没人摘，我们来摘，吃不光，我们来吃。”老顾嘿嘿一笑说：“来这里吃水果，还不够费的油钱。”熊组长说：“都剪一遍，不留死角。”

修剪全上庄的果树用了七天。修剪后的果园一下子疏朗秀气了，老村长说：“今年有个暖冬，明年有好果子吃。”熊组长说：“要吃好果子，可不是冬天越暖越好，而是越冷越好，大地上生长的植物都是喜欢四季分明。”老村长笑笑说：“意思你听岔了，我说的暖冬是你看这果树修剪下的树枝，哪家子不是垛得小山一样，冬天可不有柴烧了。”熊组长说：“小张，这可是真正的纯天然水果，每年我们都来为上庄剪树。”小张说：“组长，不光是剪树，还得思考如何保住这方圆的果园，这面积可不是一个小数目，在咱们市上水果业的收入一度可是居前三位的。前几年咱们还提出‘稳面积，调结构，提质量，保增收，不与粮争地’的目标，雷声大雨点小，提出来就没人管了。”熊组长说：“是啊，这是个新问题。”

老村长说：“你看一个个风吹日晒的黑成包公了。”小张说：“老村长，这你就不懂了，这种肤色叫麦子色，是最健康的颜色。”小马说：“以后多下乡，强比待在城里在体育馆锻炼，这几日神清气爽的。”

第二日，是“五同”的第九天，安排开会学习一上午，人来得比干部进村那天要多些。干部小李把我从会场上拉出来，说：“听村长说你是作家。”我笑笑说：“浪得虚名么。”他说：“帮个忙，给领导写篇民情日记，两千字就行。”我笑笑说：“日记哪有让人代写的？”他也笑笑说：“现在领导讲话笔头子都懒，文章啥不是下面人写的，要是我自己的自己就写了，咋都行，可领导的，又要有感情，这煽情的文章我最弄不来。”我说：“给领导写东西我从来都不行，作家写东西都是随心随情，写出来场面上用不了，我们领导交代我写过东西，我写完了他看了一半就撕了。”“……领导要求明天之前要拿出来，这鬼地方又上不了网。”他挠挠头，“作家感情都丰富么，你在这里蹴了大半年了，肯定写了不少东西，我从中摘一点，又不发表，就是应个事，不影响你发表。”我想想说：“在电脑里，怎么给你？”他说：“我带着U盘。”我不好再推辞，打开电脑，找出我写上庄的东西拷进U盘给他。

不一会儿，他又过来，说：“你电脑里有没有下载关注民生的古诗文名言名句什么的？”我摇摇头，他说：“你咋不存些，用起来多方便，我下载的在台式电脑，忘记拷到手提里了。那你帮我想一些关注民生的古诗名言，我脑子一时一句都想不起来。”我说：“我脑子也没记下多少。”他说：“有几句就行，像‘先天下之忧而忧，后天下之乐而乐’、什么什么总关情这样的，用点这些诗句领导就觉得有高度了有文采了，拜托拜托。”说着扔下一包中华。

我从记忆中搜罗了些诗句给他，他看了两遍，开始删减，把“长太息以掩涕兮，哀民生之多艰”“穷年忧黎元，叹息肠内热”“可怜身上衣正单，心忧炭贱愿天寒”“遍身罗绮者，不是养蚕人”等句子都画掉了，说：“这都是贬义的，含有讽刺的意思。”至“柔桑采尽绿阴稀，芦箔蚕成密茧肥。聊向村家问风俗，如何勤苦尚凶饥”这首诗，他想了想把前两句画掉，在后两句下面画了波浪线，“这两句好，‘五同’活动的意义不就是问民俗民情问饥饱么。”在“医得眼前疮，剜却心头肉”这句下面，他打了点，说：“要说用民谚也好，表现咱们‘五同’的深入，可这两句不合适，帮咱另想几句上庄的民谚。”我说：“这不是民谚，是唐代诗人聂夷中《咏田家》的诗句，可以表达为民不能只顾眼前利益而不顾长远利益，要符合科学发展观。”他抬着头望着房顶想了半天说：“到底是作家，经你这么一引申还是挺深刻的一句，好好好。”在他画掉“今我何功德，曾不事农桑。吏禄三百石，岁晏有余粮。念此私自愧，尽日不能忘”时，我说：“其实白居易这首《观刈麦》最适合表达干部下乡的感悟与心情了。”他品咂品咂说：“不好，不好，说领导何功德，又私自愧，虽说谦虚，可心里会不舒服的。”他把“我宿五松下，寂寥无所欢。田家秋作苦，邻女夜舂寒。跪进雕胡饭，月光明素盘。令人惭漂母，三谢不能餐”也画掉了。我说：“李白的这首《宿五松山下荀媪家》最能表现‘五同’情境了。”他笑笑说：“太凄苦阴暗，不符合形势，行了，有几句就够了，用得多了也不好，领导当兵出身。”

老村长说：“明天要回去了，晚上吃个饭吧，喝顿羊腥汤。”熊组长说：“算了，都不是这高就是那高的，下来也都想着刮刮油治治富贵病，其实谁家也没慢待他们，我倒看他们胖了都红光满面的。”老村长说：“就在我家，咱们实心实意的，喝顿羊腥汤也就是个便饭，干部确实把苦下了，要是请人修剪，一户没有几百块出不来。”熊组长说：“算了，有规矩咱们还得执行。”

吃晚饭时，熊组长从箱包里掏出两瓶酒。婶子炖了只鸡，又炒了个韭薹腌肉，烧了黄花鸡蛋汤，熊组长嘿嘿一笑说：“这超标了。”喝着酒，老村长说：“现在都不种地了，粮食够吃么？咱上庄大队（老村长至今把村叫大队）地荒了至少三分之二还多，这原来可都是基本农田，是算粮食产量的。”熊组长说：“够吃，国家粮食年年增产哩。”老村长说：“我看悬乎，新闻上说全国一个多亿的农民都进城了，地都撂荒了，再说大城市周边那都是年种年收的水浇田，都修路盖房了，整村整村的地都没了，这么下去麻达。”熊组长点点头说：“不过现在抓得紧了，耕地有条红线，十八亿亩。”老村长说：“你说这么下去，就都不种地了？”熊组长说：“地肯定是要种的，科学再发达，粮食还得从地里往出长么。”老村长说：“谁种呢？咱上庄就是个例子，这十天你也看到了，村子里就剩下两代人了，不是老得快死的，就是小的正往大长的，小的长到大一点进城读书，打工，我们这一茬老的一死，地谁还种，村子上还有人？别小看了种地，这是下三滥的活，但要上八仙的人干哩。”熊组长说：“是啊，一年学个买卖人，十年学不了个庄稼汉。”老村长说：“这吃的可不像别的，别的东西没有了，机器一开，连明昼夜能造出来，粮食能造出来？饿不好挨呀，那些年你该是经过的，差点没把人饿死。洋芋秆秆、麦草用铡子铡了，再用磨推成面，用手拍成饼子上笼蒸，出来有麸皮、糠拌拌还好，没有麸皮、糠，咽都咽不下去，吃进肚里就像跑火车，轰隆隆的，紧跑慢跑屙裤裆里了。”熊组长说：“那日子不敢想，羊毛擀毡子，洋芋野菜过日子，要吃苞谷饭，除非老婆坐月子，要吃白米饭，只能等到下辈子。六几年的饥荒，我刚参加工作，在村上住队，饿死过人啊。”我说：“说有人吃人的事，是么？”老村长说：“有过，不过没亲眼见，张岔的老侉子后来瓜了（傻了），说出了他吃人肉的事，说人最好吃的是脚后跟上的肉，卖儿女的多，蒋家老婆的爹就把一儿一女卖了，后来再没音信，老了疯了，天天往挡山顶上跑，说儿女回来看他哩。”

老村长咂了一口酒，说：“前段时间我听广播上说，鼓励农民回家种地，中央是不是有这精神？”

熊组长点点头说：“有，有这么个精神。”

老村长说：“再让回来种地，不容易哩。人心浮起来就像皮球浮在水上了，要按下去可就不容易了，现在让回来种地，除非遇了大灾大难。”

熊组长说：“背井离乡进城打工，那日子不好过，我调查过农民工在城里的生活境况，别的不说，单住的地方就叫人看了寒心啊，那能说是个家？有些人拖家带口在城里十几年，还租住在一间房哩。”

老村长说：“前两天不知谁给我发了个信息，虽说有些流氓，可说的是实情，我给你们念念：挣的是票子，下的是馆子，穿的是料子，睡的是床子，进的是厅子，唱的是歌子，跳的是舞子，搂的是婊子，叫的是妹子……你们别笑，说啥是啥，城里活得先进么。刚开始那会儿都不愿意出去，人人都说出门好，出门的难怅谁知道，曲儿里都这么唱呢么。政府又帮忙找活儿又掏路费的，想方设法让你出去，务工挣票子，铁杆庄稼么。现在好了，人心浮起来了，争着抢着往外头跑，只要家里拖累不大的，连家带营都拔走了，外面的世界很精彩么，说个丑话，就是娶不上媳妇还有个解决的地方。进城打工把眼界也打开了，都看明白了，娃不念书将来就是穿爷老子的鞋走爷老子的路，乡下的教学质量比不上城里，娃娃小学毕业，就想方设法带进城里念书，一个娃在城里念书，就缠住了一家人，没办法的事。”

熊组长说：“那你说上庄的出路在哪里？”

老村长长叹一声说：“没有出路了，我们这一茬人的儿女辈都不愿回来，孙子辈愿回来？他们在城里念书，出来村子都不回来就落在城里打工，等于是在城里长大的。心越来越高了，野心都大得就想在城里坐下去（生活下去），攒钱要在城里置家业。想在城里坐下去，容易得，这些年了，上庄在城里买了房的也就七八户人，可都这么望想着么。以前挣点钱回来就显摆，盖房，娶媳妇，过寿，做满月，都是大过，请大戏，耍影灯，鼓乐都是全活，过年那个热闹劲儿就别提了。兴请饭，今儿你请明儿他请的排队哩，年轻人一吆喝，社火就要起来，一个正月忙碌碌的，风都油乎乎的。现在没了，对上象了就在城里把事办了，上庄几年了没过一次喜事，没起过一栋新屋，你说连村长都没人当了，我眼望着七十的人了，还卸不了担子。村子是彻底孤寡了，再过二十年，我们这一茬没了，村子也就自生自灭了。”

又说：“真的就不要农民了？”

熊组长说：“绝对不是不要农民。”

第二日一早小李就拿稿子过来，让我给他润润色，解释说：“你那些东西我全读了，写得真好，真感人，只是不符合活动宗旨，没用上。”我笑笑，不好拒绝“润色”，想他也是客套话，便只好看看。总结写得很结合形势，既符合行政文本，又有高度，“架天线”和“接地气”都用上了，我提供的诗句只引用了一句，还是引用了“些小吾曹州县吏，一枝一叶总关情”“先天下之忧而忧，后天下之乐而乐”之类被引用滥了的诗句。小李悄声说你想的那些诗句意思好，可领导……唉不说了。日记里也没有用我的东西：

> 今天我向上庄村民宣讲了与农民息息相关的强农惠农政策，尤其是对农民负担政策、良种补贴、农机具补贴及家电下乡等政策进行了详细讲解，并询问党的强农惠农政策是否落实时，一位农民感慨万端说：“种田不交税，上学不交费，政策实在太好了，真是感谢党，感谢政府！”
>
> 今天上庄村召开村委会，我和组其他成员列席了该次会议，“两委”会的同志都积极发言，场面很热烈……

我不想往下看了，为什么下乡笔记、日记也要写得像新闻报道一样呢？熊组长为啥不自己写呢？把自己跟老村长的谈话纯粹地记录下来，不用加一个字，就是篇好东西，或许熊组长已经不习惯动笔了，或许他觉得那不符合经常往上报的心得体会的“八股文”格式。对于“八股文”我们已经不止一次批判过，但充斥我们工作中的依然是“八股文”，新的“八股文”。我想按现在的许多活动结束都会搞评比评奖的常规，“下乡日记”极有可能会进行评比评奖，而主持评奖的正是制造“八股文”的高手。

倒是有首打油诗，虽也全是大白话套话，但比那些日记强：田园好风光，空气真新鲜。干活出身汗，强比去锻炼。生活多简单，粗茶又淡饭。“五同”真是好，党恩存心间。

37

山野实在是太孤寡了，路像蛛网一样网着山梁，但所有的路上都没有人。从野狐壕穿过去，爬上蚰蜒梁。蚰蜒梁真是一只蚰蜒，爪爪丫丫的。梁下的一个山坳，山坳里有几户人家，数一数，大概有七户。梁上有一条路，路上有一截独立的老墙，看不出打墙的意图，就像一个人一时心血来潮忽然要做一件事，事才开了个头却被什么事打扰，以后再没心思干下去。墙上写着“拓家沟”，字有些幼稚，但没有缺少笔画。上庄人把拓不叫（tuò），叫他。拓家沟属于黄家川自然村。经过老墙时，忽然扑出一条黑狗来，吓得我心惊肉跳，原来它就卧在老墙的阴凉下。狗虽然疯狂地吠着，却并不扑向我，而是边吠边沿着山梁在走。尽管它是退势，但我还是有些怯乎，怕它的叫声招来村里的狗。

“你别怕，大胆走，没看它尾巴都夹到沟壕里了，要得势，尾巴竖得跟旗杆一样。”一个声音传来，我抬头一看，是老拓。老拓咳嗽起来，咳得弓着腰，许久咳嗽止了，说：“现在家户人少了，狗也少了，起不了群就短势了，要以前，一个狗一咬，一下子来十几条狗，像你这样手里啥家伙不拿，可是要着祸的。”

老拓正把果树四周挖开，给果树上粪，说：“这回‘五同’，干部把力出了，明年这果园有一年好果子，一定带着家人亲戚来吃水果，咱这里水果好，有名气哩，那几年外面人大车小辆来拉，供给城里人吃，家里一年一半的花销靠这果园哩。”说着，又咳嗽起来，腰蜷成了一张弓。我给他捶捶背说：“你这咳嗽要看呢。”“以前出门打工，在石灰窑上干，石灰呛出来的病，看过了，不顶用，老病了，长到身上了。”老拓笑笑，“死了就不咳嗽了。”

我看看院子，荒草丛生，院里几孔大窑的门也锁着，老拓说：“这是大儿家，人都进城了，可这树依然长着。”我说：“几个儿子都进城了？”“都进城了，孙子也都在城里念书，”老拓说，“庄子上七户人家近四十口人，现在就剩下我一个了。”

老拓的院子坐落在半坡上，眼界要开阔得多。黑狗在大门口一探一探的，尾巴耷拉着，我还是有些怯乎，老拓说：“你别怕，不是我家的狗，要是我家狗，早扑进院里来了，不扑着给你扎势，能饶了你，我家狗到前庄子串门子去了。”我呃了一声。老拓说：“啥东西离家了都没势了，要不咋说狗仗人势哩，嘿嘿。”这么说着，从窑里端出一个烂瓷盆来，里面盛着些麸糠拌和的狗食。老拓敲敲盆沿，放在门口。黑狗扑过来就吃。老拓又端出来半截缸碴儿，里面盛着清水。老拓说：“可怜着哩，到了门前，总得给口吃的。你说这山野里干枯得，连只狗也养不活了。以前呀，这狗就是在外野上一年不回家也挨不了饿，兔子、黄鼠、土鳖、獾，甚至野狐子，啥都能抓到，这几年不行了。”

我点了两根烟，递给老拓一根，老拓咂了口说：“这狗叫小黑，是马头沟李瘸子家的，来看相好的。”我笑笑，老拓说：“你别笑，牲畜除了不会说话，其实跟人一样，这狗的相好是我小儿子家的小白，小白、小黑本是一对儿。我小儿子这娃怪得很，置个业物养个啥都喜欢弄个一对对。养猫他养俩，养狗也养俩。养猫养俩，也没啥，猫自己能打上食，也吃得少，逮一只老鼠饱一天，可狗就不一样，喂一只狗等于喂一头猪哩，以前养狗守羊哩，这几年封山禁牧，羊都处理得没几只了，你说家里喂两只狗干啥？你家里倒是黄金铺地白银墁墙嚜。可说上不听么。

“李瘸子和我小儿子是担挑，患了骨瘤，把一条腿截了，出门打不了工，就在家里养羊育肥。李瘸子家的狗死了，几十只羊怕贼偷，这几年村上男人少了，贼就多了，专给养牛养羊的下手，养个狗来贼了张个声，人就有准备了。李瘸子一时半会儿捉不上狗，就把小黑拉走了。小黑隔十天八天保险来看小白一趟，两个满山梁追着嬉闹，耍得可好了。小儿子两口子在城里给寻了个在养殖场给人家喂奶牛看场的活计，把小白也拉到城里去了，这狗还是隔十天八天来一趟。”

我说：“马头沟离这儿有多远？”

老拓说：“有三十多里地哩。”

狗吃完了，对着老拓叫了两声。

老拓说：“叫出两声来，这是答谢我哩。”

又冲狗挥挥手，“走吧走吧，别再来了，你那相好的进城了。”

狗又叫了两声，然后，摇摇尾巴，走了。

老拓说：“狗这东西灵性，听懂人话哩。”

狗越过山梁，又叫了两声，消失在山梁那面。

老拓说：“狗是忠臣，猫是奸臣。”我说：“有啥说法么？”老拓说：“人到了那一世，你在这世上糟蹋的粮食都会变成蛆，你养过的猫就在那里监督让你要全部吃光，蛆到处跑，它就用尾巴扫回来。狗就扑过来赶走猫，替人把蛆吃了。”我笑笑说：“这是一个让人们节约粮食的好故事。”老拓说：“中午在家吃个饭。”我说：“这才几点，就吃饭？”老拓说：“吃饭就是个事，和干活一样，迟早都得吃，这时做，熟了也就晌午了。”我说：“老伴不在，你做饭行不？”老拓说：“没麻达，以前吧真不会做饭，这几年练出来了，儿女们进城了，孙子们也都在城里念书，婆娘在城里给孙子做饭，自己不学着做饭咋行？”我说：“你也进城么。”老拓说：“寻不上活儿么，嫌咱年纪大了。你说咱这身体，虽说过六十了，没个啥病，做活儿城里四十岁的人比不过，可人家怕么，说咱农民从不检查身体，谁知道藏着啥病，万一死在人家工地把人家讹上了。在城里找不上活儿就只能吃闲饭了，在家里自己养几只羊，喂几只鸡，务劳几亩地，能把自己混活住，娃们的日子过得紧巴巴的，待到哪个儿子跟前都是个大负担么，住的地方也挤得，孙子一放学，连个下脚的地方都没有，人老了喜欢个宽展。”我说：“村子上就剩你一人了，孤寡得，往人多的庄子上搬搬。”老拓说：“地和园子都在这里，能搬走？自己扑腾扑腾，好歹能收点，人啊死不了，总得扑腾。”

老拓真要做饭，说：“到家里了么，总得吃顿饭。”

我说：“改天我专门来吃。”

晚上，汪惠梅做了面，我说做浆水面，汪惠梅不干，我就调了浆水吃。吃饭时她说：“你看我是不是黑了，脸上是不是上了一层锈？”我盯着看看说：“没有。”她说：“安慰我？我每天晚上洗脸，水都变成黄褐色了。”我说：“水本就是黄的么。”她从碗里搛出一个指头肚大的黑豆，说：“这是啥东西？我用的是调料面，没有颗粒。”我笑笑说：“是一种野草的果实。”她说：“怎么到碗里的？”我说：“水里的吧。”她说：“能吃不？”我忙说：“吃不成。”她搛着放到了桌子上。那是一颗羊粪豆。

上庄的窖都打在山坡上，水路也是羊牲口经常走的路，山水从水路流淌到窖里，也会把羊牲口的粪便带到窖里。虽然收水时在窖口都支着筛子，但因为山水凶猛，水头常把筛子打飞了，柴草粪便都一同灌进了窖里。雨过天晴，人们会用筛子、纱网去打捞水面上的东西，但会有遗留的。水驮回家中，细致点的人会在倒入缸中时再用面罗过一遍。学校的窖收满水后，老村长也用纱网打捞过几遍。估计学生打来水，也没细看就倒到了缸里，汪惠梅又眼睛近视，没看见舀到锅里。

第二日，汪惠梅就知道那个小黑豆不是草的果实，她从山野用纸包回来了几粒羊粪豆摆在我面前，“你坏死了，怎么能骗我呢？”我笑笑说：“不骗你，那顿饭你肯定不吃了，浪费了不说，还得挨饿哩。”汪惠梅说：“我宁愿饿死，一想都恶心。”说着真呕起来，跑出去呕了半天，又进来了，脸呕得红彤彤的。我笑笑说：“你喝过世界上最贵的咖啡猫屎咖啡么？那就是印度尼西亚人用咖啡豆喂麝香猫，然后由麝香猫拉出来的，一斤八千块人民币。”汪惠梅说：“恶心死人了。”我说：“只要不想不就啥事都没有？”汪惠梅说：“能不想么？”

38

中午吃过饭，隐约听到吵闹声，出了校门，细听吵闹声是从山梁背后传来。上了梁顶，就看到马喜贵家门前聚集着几个人，有女人放声号哭。进了大门，见老胡、老村长都在，春芳坐在院里，披头散发，鞋也蹬飞了，边哭边说："我打我娃非说成我打他哩，舅、姑父你们评评理么。"老马说："你当我是瓜子，苕子，二百五？打娃哩，那是打娃么？娃都扑到我怀里了，还一巴掌一巴掌扇，就差给我几巴掌咧。"春芳号哭着说："呜呜呜，过不成了，看我不顺眼么，我没别人的媳妇子好么，我虐待你咧？"老胡的婆娘往起拉春芳，春芳却打死拽不起来。"你们听听，恶人先告状，我嫌弃过你？说过你一句重话，你娃说话捂着心口子，现在天低，小心现报了。"老马在院子转磨，转上一圈就扶着墙喘气。老马患有心脏病、风湿性关节炎，又有骨质增生，腿弯得厉害，走路很吃力。春芳说："你们听么，这是咒我哩，我伺候你倒伺候出不是来了，活个啥意思么，老天爷，你就响个炸雷把我头提去算了，让人家心宽着去。"

马晚生、马长生、马春生、马秋生和一个小姑娘顺墙整齐地站成一排，就像是做了错事给老师罚站，惊恐地看着这个场面，小姑娘"嗝儿""嗝儿"打着哭嗝。马晚生、马长生三年级，马春生、马秋生二年级，我说："晚生，带弟弟妹妹出去玩去。"马晚生带着弟弟妹妹出院门去了，却都从大门门框探进脑袋来。

老村长说："都悄声，别吵了。"老马说："想当城里人呢，咱是个拖累么，把人家害住了，想走你就走，把你爷你婆都带走，我死了让狗啃了也不要你们管。"春芳说："我嫌你是拖累了？你说话捂着牙碴，别把牙碴嚼得掉下来。"老胡的婆娘说："春芳，干部都来了，老人说一句你跟一句的不怕丢人？别闹了。"春芳两手拍着大腿说："是我闹么？你们听，是我闹么？"老胡老婆拉着春芳进窑里去了。老村长说："拐子，你忍忍不行么？"老马说："唉，我一直忍着呢，你说娃吃饭，打了个碗，娃娃么吃饭不打碗让大人打碗？"春芳在窑里说："昨日就打了一个碗，今儿又打了一个碗，我不能说了，不能打了？不打能长记性么？"老马说："打娃打就打么，你生的么，可你听咋骂呢，你咋不死，你把我祸害到啥时候，你死了把祸害除了，这是骂娃娃么？"老村长说："老马，你这就多心了，儿女闯了祸，谁不骂儿女是祸害？你没骂过？"老胡说："就是么，我骂孙子也常那么骂哩。"老马抹着眼泪说："一个吃屎的娃娃能闯多大的祸，分明骂我呢么，咱分明就是人家的祸害，挡了人家进城享福的路么。"老村长说："还享福，住的就像猪圈，吃人家的下眼饭，苦死狗日的。"老胡说："拐子，就当个听不见，人老了不好活，该忍要忍，还自己找气受，你啥身体把不来。"老村长对着大窑说："春芳，跟你爹道个歉，你这个娃也是，人老了心多，以后说话做事过过脑子，别张口啥话都往出撂，你爹可有心脏病哩，最不能生气了。"

从老马家出来，老村长说："老拐子生了六儿两女，一个个拉扯大都成家立业，都安顿了，到了自己却这么作难，心脏病是要命的病，多少年了，都舍不得花钱去看，患有低血糖都不知道，在城里参加二孙子的婚礼晕倒才查出来，你说咱这里人活得茶障不？"还没走上几步，马晚生撵来了，说：“我爷倒了，我爷倒了。”我们忙回头进去，见老马躺在院子里，脸色煞白煞白，浮着一层细密的汗珠，眼睛都不睁了。老村长拍拍脸，在老拐子身上抹，边抹边喊：“有糖么？”春芳从屋里跑出来，提着一塑料袋白糖，手里拿着勺。老胡掰开嘴，老村长往老马嘴里捣了两勺糖，春芳又端来水，灌了几勺，不一会儿老马缓过来了，嗷嗷大哭，说：“你们救我做啥么，就让我过去么，活得这么难怅，一口气上不来把孽脱了。”老村长说：“有啥难怅的，你看春芳又是拿糖又是灌水的，够好的了，再看看这几个孙子，能撒手就走了？不等着抱重孙了，大孙二孙都结婚了，今年该给你生个重孙了吧。”春芳说：“老大得了孙子。”老村长说：“重孙都有了，还……”老马说：“那是人家的娃么，咱见不上么。”春芳端着个瓷缸子出来，递给老马，老马迈过脸去不接，老村长接过缸子喝了两口，“你呀真是福烧的，这么甜的蜂蜜水递给你你不接，眼看入土的人了，倒越像个娃娃，毛病大得不行了。”春芳说：“舅爷，我给你们也冲一缸子。”老村长说：“你爹缺糖着哩，我尿糖着哩，老拐子，以后你早晨去给我提尿壶，直接当茶喝，我省得倒了，你省得花钱了。”

老马从地上站起来，进窑拿出烟散了一圈，老村长说：“自己啥毛病不知道，低血糖得身上老装几个糖，觉得不对劲了，赶紧吃上几颗，亏着这是在家里，在外面不把祸闯下了？”老马说：“装着呢么，这些碎㞞搜腾得一颗都装不住么。”老胡说：“心脏病准备药了没？”老马说：“心脏病没药治，就是等死的病。”老胡说：“咋能没药，救心丸，你得装救心丸。”老马长叹一声，在心脏的地方“咚咚”来了几捶，说：“我就等着哪天这心不跳了，早死早超生，别拖人家的后腿。”老村长说：“你这话要让春芳听见，不又多心了？少说闲话威信高，多吃馒头身体好。”老马说：“我说的是真心话么，把人家拖到家里，我心里也不受活。”

春芳从窑里出来说：“在家吃个饭，上学期还没叫干部吃饭哩，几个娃人家教了一学期。”我说：“不了，不了。”老村长说：“吃，吃。”我说：“刚吃过饭。”老村长说：“当然是晚上吃，这阵都刚吃过饭，待饱客呀，谁能吃进去。春芳，你准备吧，晚上我们过来，春芳的锅灶在上庄数一数二呢。”春芳咕咕咕叫鸡，我说：“别宰鸡，鸡正下蛋哩。”春芳说：“不宰鸡那吃个啥饭么？”老马说：“宰上两只鸡，这些碎屄也馋着了。”春芳又扑着捉鸡去了。老村长悄声跟我说，“两个人刚刚闹了仗，吃个饭说和说和，拉茬拉茬，就软和了，要不就僵住了，一个公公，一个媳妇子，越僵越麻达。”老马说：“窑里坐。”老村长说：“院里多敞亮，又透风，就坐院里。”

老村长说：“人老了，能忍就忍，还火气大得不行了，该躲的气要躲呢，不着气心都不好好跳，还自己找气受。”老马说：“闹腾着想进城哩，男人走的时候就跟男人闹腾，把男人惹毛了，捶了一顿，就把仇记到我身上了，能躲过去？”老胡说：“拐子，你也别致气，春芳也不易，不是你拖后腿，肯定早进城了，现在你看年轻媳妇子都在城里扑腾哩。”老马说：“这我知道，我说你要走你走，别管我，我自己能吃到嘴里，她不走么，待在家里跟你闹腾。”老胡说：“她走得了？你行动利索着也不说了，腰来腿不来的，别的不说，就说吃水从窑里能拿回来？像你这样三天两头闹病，哪天头一歪走了，非让蛆唼了不可。”老马说：“蛆唼了就唼了，人死了还管毬那么多。”老村长说：“你六儿两女八个地养哩，死了让蛆唼了，不给儿子们把话落下了？由着性子活人？”老马说：“那你说我咋办？命长得就是不死么，你说人家得上心脏病动不动就死了，我得上不死么。”老村长说：“你死了把孽脱了，想过儿子以后还活人不？他们人前能抬起头？说得起话？光图自己零干[①]。”老胡老婆走过来说：“春芳也不单是想进城打工，也不单是不想养老人，是怕男人在外面学坏了，城里社会瞎得很，她堂姐就在家里伺候老人和孩子，结果男人在外面有人了，把娃都养下了。”老胡说：“也是啊，那张三的娃不是在城里跟比他妈还大的女人睡在一起吃软饭么，回来闹离婚，还要跟那老婊子结婚。”老村长说：“收音机里说农民工离婚率越来越高，因为夫妻长久分居，结果城里就有了许多临时小夫妻，这么下去可不是个办法。”

坐了一会儿，先都离开了，春芳跟我说：“麻烦你来的时候把汪老师也叫上。”回学校的路上我问老村长：“春芳是外孙女？”老村长说：“拉茬亲戚，在咱这方圆，扁豆芽拌黄豆芽，勾勾连连的都能串上亲戚。”

晚上过来吃饭，我提来了两瓶酒。斟好了酒，老村长说：“春芳，给你爹敬个酒，认个错。”春芳过来，双手捧起酒敬给老马，老马说：“我这病大夫说不能喝酒。”老村长说：“这杯喝了，死不了。”老马喝了，老村长说：“春芳，你是小辈，你爹把你男人兄弟姐妹八个养大不容易，你爹的心脏病、低血糖，都是苦下的病，给你们都置这么个家业也不易，人老了容易犯糊涂，你就多担待点。你的三个娃还小，现在进城把你脚缠了，你能做啥？进城养活得住？有你爹给你搭把手，你在家种地，操心羊和猪，总还能有点收成，娃大点了进城挣钱也不迟，误不了你们扒光阴。贵兵是个好娃，我看着长大的，人要学坏，骨里得带，贵兵不是那号人。”又说，“天下老随着

① 零干，西北方言，干净的意思。

小，老人随小儿子过这是天经地义的事，别把老人看成拖累，人都有老的一天，也别盯着你几个嫂子比，行孝么跟人比啥？多在老人跟前行孝没坏处，现在国家都提倡孝道哩。”

老马忽然抓起酒杯连喝两个，嗷嗷大哭，说：“你说啊，我有了重孙，眼看一岁了，现在是个光脸麻子都不知道啊……”

39

秦家堡属于梁家寨自然村。秦家梁上有一堡子，虽然只有残存的几截堡墙比较完整，但倒塌的堡墙就像一道山岭，远远看去依然像一座城堡。堡子已经废弃了，从残存的几截堡墙看，堡墙高有五六米，厚约两米。从堡子遗迹看，堡子占地该有十亩左右，东南西北四门依稀看得清楚，门洞曾经是砖包的，现在已没有砖了，只散落着巴掌大小的残砖碎瓦，可以想见当时堡子的辉煌。堡内有些箍窑，也都已经坍塌了。箍窑不是在崖壁上挖出来的，而是打了胡基箍起来的。箍窑里有石磨、泥马槽、土锅台、扫秃了的笤帚疙瘩，墙壁上还贴着剪纸和方格的蓝炕围纸，地上散落着豁口碗、烂缸碴儿、砂锅碎片、烂鞋底。蛛网纵横，银光闪闪，网上有风干的苍蝇、蠓虫、蛾子，也有死了的蜘蛛。地上最多的是羊粪蛋儿，都干透了，踩上去就像踩在旺仔小馒头上一般，“唰”地碎成一堆粉末。

堡子诞生于乱世，战事频仍，伴随着战乱的便是匪患，在村里大户的号召下，人们选取地形险要的山梁修筑堡子，遭遇兵乱匪患，全村人就躲进堡子，齐心协力拒贼。老王曾经对草鞋镇内的堡子做过调查统计，大大小小的堡子有二百多座，他非常痛心地说大多数堡子都剩下断垣残壁，一些保存较为完整的堡子至今住着人，也遭人为破坏。他写过关于堡子的系列散文，那是费了劲的，不是单纯地描写，而是追寻堡子的前世今生，从老人与史料中寻找。还在写。

草鞋镇多堡子，这与其地理位置有着不可分割的关系。从春秋战国一直到明朝，历史在这里很胶着，这里曾是游牧民族挺进中原的战争前沿，战争在这里拉锯。春秋时期秦穆公修筑的长城就从草鞋镇穿过，秦长城、明长城加起来有一百多公里，专家称草鞋镇是长城博物馆。做记者那几年，配合全国长城勘测曾对这一带的长城做过一个系列性报道。秦家堡在上庄最东边，明长城从村子东部穿过，我曾经到过这里。

站在残存的堡墙上四顾，秦家堡子的地形是有些战略眼光的，其天险是四周几条深沟大壑，犹如城池的护城河一般，而村子离堡子也就二里多地。

一个人掮着锹背着背篼往堡子爬来，是秦家堡冯有。六一儿童节演完节目，老村长召集喝酒，其余的老头都喝慢酒，一杯酒品咂半天，冯有却跟我较上劲，酒生豪气，我也来了劲，说："我不欺老，我两杯顶你一杯。"老村长说："一杯顶一杯，你未必喝得过他。"我说："喝得过，我酒量上不输人的。"李谷一笑说："酒精（久经）考验的，肠胃（常委）通过的革命干部么。"老村长说："你别把他看老了，他年龄比你大不了几岁，在咱上庄看人的年岁，你得减去至少十岁。"这让我输了胆。比我大不了几岁，那就是说应该是五十左右，这年龄该正在城里打工，我想问他咋没出门打工，张张嘴又咽了回去。后来，我给他灌翻了，吐了个一塌糊涂。

我说："拾粪？"冯有一笑说："拾粪不去山野路上跑到这里来？来这里找些碎砖烂瓦，猪把圈拱塌了。"冯有的鼻孔里塞着两个土坷垃，我说："你鼻子咋了？"他说："上火了，流鼻血。"堡子里的碎砖烂瓦虽只有巴掌大小，却也不少，不一会儿他就拾了一背篼。我说："这么小，能砌墙？"他说："掺到土里头夯进墙里，猪拱墙拱到硬东西，拱疼了就不拱了，猪的嘴头再硬硬不过砖块瓦碴儿。”在一些旮旯他会往深里挖几锹，我想他希望能挖出惊奇来。他说：“没东西了，挖过几遍了，小时候这堡子还挺新的，里面住着人，砖瓦石件挺多的，后来人家陆续都搬下山了，砖瓦石件连扳带撬地都弄回家去了，堡子就破坏得厉害了。前几年兴起找宝，堡子毁坏得更厉害。”他真还挖出了一块方砖，灰蓝色的，没有残损，递给我，我看看应该是一块古砖，他说：“人都说秦砖汉瓦，估计没那么久远，但百十年该是有了，在城里能卖几十块钱，你拿着吧。”我说：“你收着吧。”他说：“城里人喜欢这东西，有些人做个架子摆在桌子上哩，你拿着吧。”我想想拿上了。他再往下掏，没掏出什么东西来。他说：“那几年挖疯了，连一些老坟都挖了，前山张广大的儿子挖坟，给判了十几年。”

我们靠着堡子墙吃烟，冯有说：“我在城里打过几年工，受不下那气么，喊工派活就像吆牛喝驴，可那些工头骂起人来语言难听的，日妈噘爹翻先人道亡人的，啥话都能骂你，啥人都能骂你，受不了那口气，受不了那眼神。工地上丢了东西，第一个怀疑的就是你。那年打工，工地上的钢筋让人偷着卖了，硬安在我们身上，关在黑房子里当贼一样审，后来案破了，是城里人干的，可谁来给我们道过歉？还冲我们说啥，别以为冤枉了你们。啥意思？还是把我们当贼待么。”

我想起2011年亲历的一件事。正是一年中最热的七月，我接待了一个文化考察团，其实就是旅游避暑来了。最后一天上午去看了博物馆，吃过午饭，送他们回宾馆休息，下午两点送他们去机场。一点五十，我来到宾馆大厅等待他们。大厅里有一排沙发，沙发上坐着一对夫妻，旁边一个小孩睡得正香，打着小呼噜。看得出他们来自乡下，旁边放着一个黑提包，是人造革的那种，提手到处皴裂出白花花的口子。几位男客陆续都到大厅了，还有三位女眷没出来。老总说女人就是麻烦。我说没关系，给她们留着化妆时间。我们在沙发上坐下，那对小夫妻忙从沙发上起来，其实沙发很宽裕，只是因为和我们并排坐他们不好意思。我让他们坐，他们也不坐。他们的脸上始终挂着歉意的笑容，好像是他们坐了我们的沙发，打扰了我们。足足等了有一刻钟，女眷们才下来。当我们离开的时候，一位老总忽然说："我的手机不见了。"这话让我吃了一惊，忙说："你想想是否带在身上？"老总说："我这人有个习惯，手机从不离身，就在茶几上放着，我记得很清楚。"

这时，大家的目光不约而同地投向了那对小夫妻。那对小夫妻抱着小孩已经走到门口了，听到老总的大呼小叫，他们停下了脚步。保安走了过来，老总说："我的手机丢了，就在大厅丢的。"保安说："您再想一想，是否带在身上？"老总忽然来气了，说："难道我会讹诈你们不成?!"保安忙赔着笑脸说："我不是那意思。"又对那对夫妻说："你们过来。"那对夫妻走了过来，他们涨红了脸。大家的目光全盯着他们。我对老总说："您再想想，或许忘在房间里。"老总说："不可能，我平时什么都有可能忘带，就是从来都不会忘带手机。"这话我信，《手机》中不就说过，手机不是手机，而是手雷，尤其是老板和官员的手机，那就是一个隐私库。我对保安说："让服务员到老总房间找一下。"我真希望那手机就在房间，可是服务员回过话来说没有。老总说："看吧，就是在大厅里丢的。"又跟了句，"大厅里就我们这些人，再没见别人。"我又在茶几上下找了一遍，没有。

大家就那样看着那对夫妻，目光的意图都非常明确：拿出来吧。

我听到那小伙粗重的呼吸就像一头爬坡的老牛的喘息。保安冲小夫妻说："我看着你们带个孩子热得可怜，让你们进来歇息一会儿，让孩子睡个午觉，你说你们给我惹的啥事？"小伙张张嘴，却啥也没说出来，他的面色红紫，双手颤抖，我觉得他像一个充气已到极限的气球，随时都会爆炸。小伙把人造革包撂到地上，"哧"一声拉开，从里面往外掏东西，全是孩子的用品。他每掏出一件，都会像耍魔术的抖手中那块布一样抖几下，撂在一边。一件一件掏空了包，又把包拿到我们面前一层一层撑开让我们看。之后，他把身上所有的兜全翻了出来，像牛舌头一样甩在外面，又像捋榆钱儿将自己衣裤捋了一遍。然后从媳妇怀里接过孩子，媳妇又把身上所有的兜全翻了出来，也像捋榆钱儿将衣裤捋了一遍。又把孩子平放在沙发上，打开包裹着的小毛巾被，只有半岁的男孩赤裸裸地展示在那里。

这个过程没有一个人制止他，都那么看着他们翻腾。一位女眷说："只要不是被偷，就该没有关机，我拨一下。"她拨了手机，我们听到了手机的铃声从沙发坐垫与靠背间的缝隙里传出来。显然，老总的手机是装裤袋里，坐下时滑落进那缝隙里。忽然小伙"哞"的一声哭了，他几把将所有东西塞进包里，抱起孩子拉了女人往外走。老总掏出一沓子钱来，追过去往小伙子手里塞，却给小伙子拨开，钱撒了一地。老总两手一摊说："我们没怀疑他们，是不？"

冯有长嘘一口气说："下贱不说，苦下了，钱要不到手，干半年的活儿要半年的钱，致气啊，不要呢心里总是装着个事，要呢就得受气，要工钱像讨债一样地难心。"他捋起袖子，胳膊上爬着一条蚯蚓一般的伤痕，说："这就是为了要工钱落下的伤，就这两年的工钱才要到了八个月的，用了整整一年。唉，那时人还年轻，就认个死理，你说就像有的人当个亏吃了，要账这一年还不挣十一个月的钱？可别人咽得下的气，我咽不下去么。

“这都不说了，上街，坐公交，挨人家近一点，人家搐鼻子，皱眉头，就像咱是脓包，人家看咱还不如狗么，人家抱个狗抱个猫还亲个嘴儿哩。有一次坐公交，我背着工具，大瓦刀把太长，戳在包外面，公交上人本就挤，一个老女人一把捉住瓦刀把大喊捉流氓。人哗地笑了，目光都盯着我。当看到自己手里攥的是木头把，老女人一点都不害臊，说我变态，说我拿木把捅她。你说，我闲得没事干了拿个木头把捅你？妈的也不看什么货色，五十块的小姐满大街都是，我用得着在你跟前耍流氓？你倒是年轻美貌皮鲜肉嫩的也不说了，脸都搐成春上的洋芋了。老女人分明手里攥的木头把么，满车的人没有一个替咱说话的，有的不说话，有长嘴的还是站在人家一边。是啊，人家一伙的，都是城里人么。你说都是人可谁把咱当人看？城里是天堂那也是人家的天堂。嫌弃爷，爷还不伺候你了，那年回来我再没去过城里。后来我就下煤窑挖煤，那不受气，不用讨工钱，也不用看脸色，可那是挣阎王爷的钱。我干那几年，煤矿出了两次大事故，十八个人没了，老天爷照顾，咱没碰上，从阎王爷门上走了个过，想起来骨头缝里都过风，冷飕飕的，小儿子媳妇娶了，我就再没出门。”

他把鼻孔里两个土坷垃取掉，擤擤鼻子，说：“天一燥我就流鼻血。”

血还没止住，鼻孔里又流出血来，他又从地上拣了两个土坷垃塞进鼻孔，说：“这沙土坷垃比药止血。”

我说：“你得看看，吃点药。”

他说：“不是啥病，喝点浆水败败火就好了。”

站在堡子墙上，他向东一指，说：“你看那道川，平整不平整？

要说在上庄，秦家堡的土地除了梁家寨的川道，算是最好的了，除非大旱，一年也有些收成，柴草衣子养羊养猪，其实不比出门打工差，也能过个好日子。可人都守不住了，一窝蜂扑城里挣票子去了，地都撂荒了。”

他眯着眼睛说：“这是一股风气啊，风气一旦煽起来，就很麻达，‘文化大革命’那时候，不是兴揭批么？那就是互相咬，咬成了风气，结果咬得亲戚都不认了，儿子咬老子的事都有。这股风气不好啊，都一股往城里钻，没有耐性的人想待也待不住，跟风么，这股风气把村庄刮空了。”

这话准确，深刻啊，《词典》对社会风气的解释是推动或阻碍社会前进的巨大力量，它直接关系到人民群众的身心健康、社会安危、国家存亡与民族兴衰。

冯有的话让我想起赫伯特·马尔库塞的《单向度的人》。什么是单向度的人呢？简单地说，就是那种对社会没有了批判精神，一味认同于现实的人，这样的人不会去追求更高的生活，甚至没有能力去想象更好的生活。

我说：“今年收入咋样？”

他说：“也好着哩，比打工强，天旱了羊呀牛呀猪呀的价钱就起来了，秃头全脸胡，一亏有一补，世事公平着哩。”

一背篼碎砖烂瓦挺沉的，我说：“咱俩抬上走。”

他说：“抬着不如背着，没事的，经常背哩。”

冯有家喂着三条狗，很壮很凶，不过都用铁绳拴着。里外看看，这是个殷实的家，五间房一砖到顶，挂了机瓦（红瓦），松梁、松椽、松檩条，门窗都是铝合金的。有几十只羊，二十几头猪。喂这么多猪，在上庄还是不多见的。猪纯黑色，头大，嘴长，额头皱纹很密。

他说："这种猪是国家保护品种，杜洛克、汉普夏、大约克的肉都不及它。"

我说："那价钱应该不错吧？"

他说："比城里肉贵，这都有主儿了。"

我说："已经卖掉了？"

他说："有个大老板就爱吃这种猪肉，每年都要十几头，我专门给他喂的。不用饲料，就是弄瘪粮食、洋芋、衣子喂。"

衣子是个很有诗意的词，上庄人把庄稼的壳儿叫衣子，比如麦衣、谷衣、糜衣、荞衣，就像人穿衣服。

喝了两杯茶，我问老婆不在？他说去地里了。他要留我吃饭，我说这才三点多钟就吃饭？他笑笑。

出了秦家堡，不远便是长城。长城已经看不出昔日的模样，只是一道蜿蜒起伏的土岭，烽燧依稀，就像长绳上打的绳结。长城的两边是庄稼地，种的是麦子，因为没有有效降雨，麦子长得又矮又稀，地皮都苫不住，麦穗很小，就像麦秆上爬着些蝗虫和苍蝇。

长城边停着一辆蹦蹦车，一对小夫妻正在长城上取土往蹦蹦车里装。小伙子穿着大红背心，小媳妇包了方红纱巾，在这少颜缺色的环境，显得格外醒目。长城已经给挖了大半面。我走过去，问："你们知道这是长城吗？"

小伙子说："知道，小学课本里学过。"

我问："有多少年代了知道吗？"

小伙子说："知道，秦始皇修的，几千年了。"

我笑笑，这不能算他错了，现在的大学生也仅知道长城是秦始皇修的，殊不知明朝比秦朝修筑的长城更长。

我说："那你们还在长城上取土？"

小伙子说："留着做啥？把路挡了不说，还把一溜子好地占了。"

我说："前面就有个豁豁，可以从那里走。"

小伙子说："墙那边还有我家的地，弯那么大圈子？取出个豁豁走路种地方便。"

我无话可说了。

小媳妇说："你是干哈的？"

上庄人把"啥"说成"哈"。

我说："不干哈。"

小媳妇打量我几眼，说："不干哈你问这些干哈？"

我笑笑，小媳妇说："留着也没啥用处，好多地方都有长城，都比咱这漂亮，北京就有长城，人家为啥跑这达来看，多少年没见过来看长城的。"

小伙笑着说："人家北京那长城才叫长城，砖包皮儿，咱这连个墙都不是，就是个土岭岭子，咱这里啥都缺，就不缺这土岭岭子，你看那一道道山梁，不就是个土岭岭子，想看土岭岭子坐到上面看去，不看得心慌才怪哩。"

我说："去过北京？"

小媳妇说："去过，刚回来，还爬了八达岭长城哩。"

我说："你们刚结婚吧，蜜月旅行去了？"

小媳妇咯咯一笑说："还蜜月旅行，就是出去逛逛，结婚了么，不出去一趟人家笑话。"

我说："那也是旅行。"

小媳妇抿嘴一笑，说："别笑话人了嘿，就去了个北京，为了捂别人的嘴，哪像你们城里人嘿，结个婚新马泰地逛哩。"

我说：“在城里结婚的吧？”

小媳妇说：“人都进城了，庄子上没几个人了，打工认识下些朋友都在城里，礼都出在了城里，人家能撵到这里来吃席？”

我说：“咋没出去打工？”

小媳妇说：“老人睡炕了，婆婆又不在了，没办法，回来伺候哩。”

我说：“老人病重吗？”

小媳妇说：“不是好病，从医院拉回来的，谁知在炕上睡几年？打不了工，日子总得扑腾，砌个猪圈养猪喂牛。”

说话间他们已经上满了一车土，小伙子发动了手扶，小媳妇跨上手扶站在男人身边，手扶咚咚咚地冒着黑烟扬尘而去。

小媳妇竟然唱起来：“孟姜女，哭长城，千古绝唱谁人听……”

我笑了，想她是故意唱的。

40

我把摩托推出来正擦洗，老村长和老顾进来了，老村长说：“去镇上吧，把我们两个捎上。”我说：“有啥事给我交代，天气凉了，摩托车风大，别感冒了。”老顾说：“风吹了多少年了，皮实着哩。”老村长说：“事你替不了。”我说：“啥事？还替不了？”老顾嘿嘿一笑说：“看场戏，你能替得了?!”

从学校出来，遇上捏着书本从山坡上下来的汪惠梅。汪惠梅来后，每个早晨和黄昏，她在树下梁顶背书的倩影让上庄多了一道鲜活的风景。我想她还怀揣着远大的理想，是准备考研或者什么的，这个年龄段的女孩正是梦想最丰富的季节。

汪惠梅说：“你们要去镇上？”我说：“去镇上，你要带点啥么？”汪惠梅说：“不带啥，晚上回来不？”我说：“回来。”看汪惠梅眼里露出惊恐，我说：“下午就回来。”昨晚看了一会儿书就睡了，半夜被汪惠梅“咚咚咚”的敲墙声惊醒，我出门来隔着窗户问咋了？汪惠梅声音发抖地说你没听到声音？我屏声静气一听，山野传来叮叮哐哐的声音，我也不明白谁在做啥，担心给汪惠梅添害怕，就说是惊野猪哩。汪惠梅说还野猪，我来多久了，连个野兔都没见。声音持续了很长时间，我说也可能是讲迷信、抬神送病之类的。

为打消汪惠梅内心的恐怖，我问老村长昨晚上的事，老村长说：“是老瓜子敲锣惊天狗哩，昨夜不是天狗吃月（月食）么，只要遇到天狗吃月，老瓜子准会敲锣，一辈子就这样。”老顾说：“你说老瓜子疯疯癫癫的，饭香屁臭都不晓得了，就这事上却灵醒得很，他不敲锣，我还不知道天狗吃月哩。”老村长说：“人说了，这世上瓜子疯子痴呆是最幸福的人。”老顾说：“这话有理，像你我心里有多少烦心事，昨日我碰见老瓜子，给了他一碗饭，他把饭吃了，把碗砸了，还骂我日你妈去，你说要是个正常人，我不刨倒他家院墙才怪哩。”我说：“我咋没见过？”老村长说：“老瓜子逍遥自在着哩，像云游僧人一样，你们猜我在哪里见过他？那次县上组织考察，其实就是旅游，我在华山上见到老瓜子了。”老顾说：“哎呀，你说这老瓜子，平时乱晃悠，但只要天狗吃月，他准在村里，准时敲锣，你说日怪不日怪？”

汪惠梅进校园去了，老顾对我挤挤眼睛，悄声说：“晚上回来不？已经管上了？”我说：“她是害怕，别胡说，人家还是黄花闺女。”老顾嘻嘻一笑说：“你们城里人那事上开放，没结婚就在一起睡着，反正女的又不觉得自己吃亏，二十几的还缠七十岁的哩。”扫了汪惠梅一眼，老顾又说：“你说汪教师，都是公办教师了，有这么好的工作了，不看老天爷的脸色吃饭，还这么辛苦地念书？大学都念完了，难道学问还不够教这些碎尕？”我说：“她可能准备考研究生吧。”老顾感慨地说：“杀不死的演员，考不死的书生。”

经过张家沟时遇上了张六掮着把锹蹴在半截墙上，说：“挤挤，把我也捎上。”我说：“也去看戏？”张六说：“还能做啥？”老村长说：“你死驴烂重的，把摩托压坏了。”张六说：“这幸福牌铁驴子能驮，四五个人压不坏。”张六从院里出来，提个油乎乎的小塑料桶。老村长说：“你提个喔把人糊了，每次抖抖擞擞，你一回把那多兑上点，老见你提个油桶子兑油哩。”张六说：“油兑得多了吃起来把握不住，费，由嘴吃倒江山哩，我一个月就兑一斤油。”老村长“啧啧啧”咂着嘴，张六说：“别卖嘴，你以前不也是这么过日子，现在当然能说大话，儿子日能么。”我把油桶挂在了摩托车前面。

大戏就在市场里唱，老村长问我你看不？张六说：“人家哪是看这的？人家看电影，看明星演出哩。”我说：“我从小就看秦腔，耳音灌上了。”张六说：“能出你这么个人物，你们那村子条件肯定比咱这达好。”我说：“跟上庄一模一样，像亲弟兄。”他说：“那你就是个厉害人呀。”

看戏的人真是不少，来得有些迟了，只能看见人头。蹦蹦车、手扶、自行车都成了登高看戏的工具。我还在给他们找位置，一回头发现他们猫着腰已经蹿到人群前头去了，引来一阵喊骂声。戏已经开演了。戏看完，还有晚场，戏是《游龟山》。我看出几个老汉想看晚场，就说：“干脆咱们把晚场也看了。”他们就高兴起来，张六说：“老黄瓜，你也是官呢么，请我们吃一顿噻。”老村长说：“吃你婆娘?!”老顾说：“一人一个爪子，一碗万三搓面，也就十五元，要再给我们上一瓶酒，二十元打住了，喝点酒看戏，那是啥感觉？那样我们下次还选你。”老村长说：“你们要下次不选我，我就请你们吃一顿。”老村长走了。老顾说：“你攒下钱垫棺材底呀？到那一世花不了。”张六说：“不请算了，你走个毬，咱们摊噻，打平伙。”老村长已站在万三酒馆门前了，说：“磨蹭，吃屄小心让屄抢去了。”

进了万三酒馆，我说：“今儿我做东。”张六说：“你做啥东？一人点一个菜，谁点的谁掏钱。”我说：“我是拿工资的，还有稿费，那比工资强。”张六说：“稿费是啥？”老村长撇撇嘴说：“就是写文章挣的，就这还讲究在城里待了二十多年。”老顾说：“写一篇文章多少钱？”我说：“按字数算，一个字有时几毛，有时一块。”老顾说：“妈呀，一个字就一斤麦子。”张六啧啧啧说：“看，我说你是个厉害人么。”老顾说：“扶贫能住在咱上庄不走，就不是一般人能做到的。”

我想把镇文化站的老王叫来，可又想叫来他肯定要掏钱，还是算了。点菜的时候我说：“一人点一个最喜欢吃的，剩下的我来点。”他们点过，我一看都是些便宜菜，怕他们拦阻，我出来在柜台点了东坡肘子、毛氏红烧肉、猪肉炖粉条、红烧肥肠、回锅驴肉、辣爆小公鸡、糖醋里脊、大块羊肉，一人一个猪蹄。大胖子拉开冰箱说：“不来个这？”我一看是驴鞭，他提起来一比画，足有一条胳膊长。大胖子嘿嘿一笑说：“吃啥补啥，干部都抢着吃这，平日都供不及，今儿正好有。”我说：“好，来一条。”大胖子又一笑说：“不是一条，是一根，人的那不是叫尘根么。”我笑了，大胖子说：“这东西做起来慢点。”我说：“没关系，赶开戏前上来就行。”最好的酒是三十块钱的老糜子，我要了四瓶。

吃着喝着，老顾说：“现在村子寡得连个戏都唱不起了。”我说：“唱一场戏得多少钱？”老顾说：“要说钱也没几个，二百也唱，一百五也唱，有时一百也唱，一户收个三块五块就能唱一场。”我说：“那就唱一场，你给咱张罗，我来掏钱。”老顾说：“不是唱起唱不起的事，现在戏班子散了，戏子也都进城打工了。以前吧，一到闲月戏班子就走村串庄唱开了，一路走一路唱，一个村最起码要唱一场两场，婚丧嫁娶，老人过寿，娃娃做满月，都要请大戏唱唱，日子顺了不顺了唱敬神戏，人么，活的就是个这么。戏班子也是好收入，唱一季一人能挣几百。现在满村子没几个人了，几个村都凑不起一场。”

喝过两瓶，他们你一段我一段地唱起来，真是其乐融融。驴鞭上来，他们就抬起杠了，也会偶尔捎带我几句，话语虽然是荤了点，但那是智慧与幽默的结合。老汉们喝慢酒厉害，四瓶酒见底，并未显出醉态。我去结账时，那胖子说上庄的老村长来结过了，钱没带够，挂账了。我结了账，把欠条撕了。菜点得多了，我让打了包。几个老汉硬要按打平伙掏钱，我明白，他们怕欠着我。在他们看来，我只是一个过客，在村子里是“有今儿没明儿”的人，欠下我这样的人的人情没办法还，会成为他们的负担。他们是宁愿忍着嘴，也绝不想心里装着事。我说我在你们谁家没吃过饭，就不能让我请一顿?!

夜戏是全本的《游龟山》，看完已是十二点半。夜已寒凉，酒醒得快，四个多小时的戏，酒已经醒了。三个老汉上摩托的时候，张六问我：“能不能骑？别把我们这帮老鬼日塌到沟里去了。”我说：“酒早醒了。”老顾说：“说话没个把握，你一条烂命还金贵的，人家是干部，国家养活的人，命不比你娃的值钱？能骑不能骑把不来？”

41

汪惠梅说："朱小文跟李波三天没来上学，不知家里有啥事，你捎我去看看吧。"我说："你没问学生？"汪惠梅说："问了，没人知道。"

我捎着汪惠梅到了朱小文家，朱小文的奶奶正在喂猪，汪惠梅问："大娘，小文在家不？"大娘说："我也几天没见了。"汪惠梅说："大娘，孙子几天不见了，你也不着急呀？"大娘说："常在同学家睡，动不动几天不见，越来越管不住了，没办法么。"汪惠梅说："大娘，得在亲戚家里找找，三天都没去学校了。"大娘搓着手想想，撩起衣襟摸出钥匙，打开箱子一揭箱盖，整个箱盖掉了，原来箱子从后面将合页的螺钉拧掉了。大娘长叹一声说："小文这娃在城里学得坏坏的，啥东西都藏不住，你看箱子都锁不住了。"大娘拿出个包裹，一层层打开，露出一本塑料皮的毛主席语录，翻了一遍，说："狗日的，把攒下的几个钱全偷走了。"汪惠梅急了，说："会去哪儿？得找呀。"大娘说："没事，没事，只要把钱拿走就没事，你们别心慌，定是去城里找他爹他娘去了，假期就走过一趟，让老黄瓜碰上了，几声吼了回来。"我说："儿子的手机号有没？"大娘说："有，我给你找。"开始从包袱里翻找，找了半天，没找见，自言自语说："人老了记性不行了，我记得一个纸片片上写着，怕丢了裹在包袱里的。"我看到墙壁上用粉笔写着朱洪财的手机号，说：

“朱洪财是不是朱小文的爸？”大娘说：“就是的，对了，墙上那是小文写上去的。”

从朱小文家出来，我们上了挡山，给朱洪财打电话，手机显示是西安的号码。朱洪财没接。过了一会儿又打，还是没接。一直到黄昏了，朱洪财才接了电话，说他在工地上干活，手机没在身上。我问他朱小文是不是找他去了？他说：“将将（刚刚）到的。”我长出一口气，问：“李波是不是一块儿去的？”朱洪财说：“一块儿去的，他爸在咸阳做活，找他爸去了。”我说：“让朱小文回来念书，课耽误下了。”朱洪财说：“不回去了，就让他在这里先混着吧，下学年在城里念。”我说：“这还有近一年时间哩，让他混着？”朱洪财说：“先让他在城里拾瓶瓶。”我还要说啥，他说：“挂了，我得去吃饭了，迟了就没稠的了。”说完就挂了。我又打通了朱洪财的号码，他有些不耐烦地说：“你还有啥事？”我问有没有李波父亲的手机号码，他告诉了我。我打通李波父亲的电话，得到的答复跟朱洪财如出一辙。

汪惠梅说：“他们咋这样？咋这样？”

我说：“他们不这样又咋样呢？”

汪惠梅说：“太冷漠了，要是城里的孩子几天不见了，早都该报警了。”

我说：“这就是城乡差别。”

我们去跟小文的奶奶说了情况，又去了李波家，想把情况给老李说一声，免得他们担心。

李波家独占了一道壕谷，很是宽展。左右是果园，大门外是一个麦场。一只大黑狗蹲在麦场上，而路从麦场上通过。我不敢贸然穿过，停下摩托，上庄的狗都会追咬摩托、蹦蹦和小车，真会下口，又凶又狠。在赵家庙我就让狗从摩托车上扯下来了。

麦场上有一群鸡。鸡群里有一只公鸡，红冠绿尾，胸脯高挺，趾高气扬，甚是英武，它锋利的爪子刨着坚硬的场地，发出咯吱咯吱的声音，它是在向黑狗挑衅，咄咄逼人。黑狗则头偏在一边，目露不屑，尾巴高竖就像旗杆，龇着牙向公鸡扑过去，公鸡敏捷跳开，趁机啄黑狗一嘴。草垛上蹲着一只花猫，目光冷漠，像一位裁判，又像坐山观虎斗的旁观者。我想黑狗是顾不上我们了，可当我推着摩托和汪惠梅蹑手蹑脚穿过时，黑狗忽然吠叫着扑向我们，汪惠梅吓得一把扯住我的胳膊。我也有些怵，借着摩托挡着，这狗身高体壮，踏得大地噔噔有声。我摁响摩托喇叭，这才阻止了它的又扑又跳。还是公鸡解了我们的围，它追在狗的后面扇着翅膀一跳一啄的，狗无奈地掉头又去扑鸡去了。我们趁机过了关卡。

到了大门口，老李掮着犁正赶着牛回来。进大门时，老李老婆赶着羊出来，看到我们有些尴尬，说："羊圈门不知咋开了，羊都跑出来了。"说着挓挲着两手又往院里赶羊，可羊给圈疯了，出了大门就扑向山野，哪里能轻易赶回来？我知道是要偷牧去了。汪惠梅说："让跑一跑，老圈着都圈疯了。"我也说："就是，让羊也散散步。"

进了院子，老李将犁靠在墙根，又从牛身上解下套绳，喊宝蛋，宝蛋，来把牛牵进圈里去。窑里跑进几个娃来，一个五六岁的娃扯着牛缰绳往牛圈里牵牛。老李在街门上坐下，脱了鞋倒鞋窠棱儿里的土。那牛欺负宝蛋太小，一摆头拽倒了宝蛋，宝蛋哭了，老李老婆从屋里出来骂老李："指屁吹灯，指猫念经，还没炕头高让喂牛？"

这话我能理解，屁虽为气体，具备吹的功能，但没有方向性，是吹不了灯的。猫卧在那里，你能听到呼噜呼噜的声音，就像念经，其实是在打呼噜。

老胡拉我们挡箭，说：“没看着干部和老师来了，把干部和老师冷在院里去喂牛？”老李老婆冲我们笑笑，过去拉起宝蛋，说：“宝蛋是个好汉子，不怕把鼻子冲塌了，快悄声，等会婆给你煮鸡蛋偷着吃。”宝蛋不哭了，和奶奶牵牛进去了。

我把李波去城里撵他爹的情况给说了，老李说：“走了就走了，让人头轻着点。”

从老李家出来，已是傍晚，壮观的火烧云铺满了天空，整个天空红彤彤的，云随风动，犹如3D电影中的天空云影，时而峰峦叠聚，时而波涛汹涌，时而奔马走象，时而皇宫城堡，真是白云苍狗，瞬息万变。而大地之上，千山万壑层次鲜明，每座山峁都燃烧成了金山，每道谷壑都黑如隧道。整个世界宛若神话世界。

刀把梁就像一把金光闪闪的刀把。上了刀把梁，看到老李赶着羊往山的高处去了，每只羊背驮晚霞，金光闪闪，就像童话中的羊群。

汪惠梅说：“多美丽的火烧云，坐坐吧。”

天光渐渐暗淡下了，火烧云就像燃烧尽了能量，云影逐渐灰暗、凝重，暮色从谷底往山头洇上来，稀疏的炊烟升起，开始是乳白色，渐渐变为浅蓝。我想要知道上庄现在还有多少户人家，在黄昏里数数炊烟，就知道了。

许久，汪惠梅说：“你说不是咱们找，他们就不管了？”

我说：“让他们咋办呢？去找去追，这些老人连路都还摸不着。”

起风了，草瑟缩着，夜色渐渐浓了，浓得风都穿不透。

42

一大早，老村长就在高音喇叭上通知开会，“家家必须来一个人，关系到每家每户的利益，是好事。”络绎不绝，到十点钟，一共来了五十几号人。老村长说：“除了念书的娃娃，在村里的人来了三分之二了，危房危窑改造哩，你说指望他们能做个啥么？”老村长把文件递给我，是县委、县政府关于危房危窑改造的通知。

老村长把村部两间房子的会议室门打开，张六给给一笑说：“老黄瓜，开会议室做啥，你还想坐在台上要排场啊，准备没准备都得讲两句是不？蹴到院里说说算毬了，窑里阴得。”大家都靠着墙蹴下去，老村长说：“文件你给念念。”

我清清嗓子开始念：“危房危窑改造是关注民生情怀的德政工程，是新农村建设的样板工程，为了确保农村危窑危房改造工作顺利开展，县上成立了由县政府主管副县长任组长，经发、住建、财政……”

张六插话说：“念这些做啥？白话么，没用，你挑着拣着往下念。”

“为了切实解决农村群众的居住问题，按照《农村危险房屋鉴定技术导则》要求，我县组织专业技术人员与乡镇干部，对全县农村危窑危房进行了详细普查……”

老周说：“这也不用念，你再往下看。”

张六说：“你就念国家给补多少钱。”

“在资金补助上，低保户、五保户建房标准每户补助一万三千元，其他户建房标准每户补助七千元，C级危房建房标准每户补助五千元。对新建的实行‘1+2’（每户补助一万元，每人补助二千元），改造的实行‘5+1+5’（每户补助五千元，每人补助一千元，每孔窑房补助五百元）的补助政策。同时，为减少困难群众建房负担，充分发挥基层组织作用，以‘自建、援建、帮建’的方式，发动亲帮亲、邻帮邻，投工投劳……”

老顾插话说：“‘自建、援建、帮建’的方式，发动亲帮亲、邻帮邻，投工投劳，这就是坐在办公室想出来的么，现在人死了都抬不出去，就凭这些老胳膊老腿，扛得起个檩条，还是上得了一根椽子？”

老村长说：“让念完再说。”

我觉得有一段还需要念一下：“坚持‘政策支持、政府引导、农户自愿、便于发展、综合配套’的原则，在建设住房的同时，综合配套了水窖、圈棚、温棚、沼气池，配备了太阳能，新修道路，绿化村庄……”

老周说：“这些不要念了，虚头巴脑的念那做甚?!”

我又挑了段继续念：“家庭人口少于三人的不超四十平方米，三人以上的不超六十平方米，需提供：（1）户口本及户主身份证复印件，并带原件核实。属民政低保、残疾、五保户的，需提供残疾证、农村五保供养证、低保金领取证的复印件，并带原件核实；（2）和改造前的危房照片一张；（3）……”

张六说：“别念了。”

老村长吼了一声说：“都给我夹住，痒了到墙上蹭去，话比屎多，念。”

我继续念：“建房对象确定程序。确定危房危窑改造对象和补助资金实行‘三级审批、三榜公示’的工作程序：一是村民申请或村组提名，经过村民代表大会讨论，包括村干部和村委会核实后，在村委会和村组一榜公示；二是乡（镇）民政干部和分管领导审核后提交乡（镇）危房危窑改造领导小组研究，经确定救助对象和救助标准后，在村委会二榜公示，将危房危窑改造花名册上报县城乡建设和环境保护局；三是县城乡建设和环境保护局认真核实并同有关部门研究后，报县农村危房危窑改造工作领导小组审批，将审批结果通知乡（镇），并在乡（镇）和村委会三榜公示……”

下面开始不安分，就像调皮的学生娃，嘁嘁喳喳的，张六在老顾的头上抹一下，说：“这娃头圆得像老周婆娘的小肚子盖。”

老周说：“头上没毛都是喔活做得多了，科学说的。”

张六说：“你把喔当饭吃？对了，还有大板子哩，你现在操心下两个哩。”

老顾说：“你不当饭吃嘴咋这么一股尿臊气？”

老村长说：“痒得很，拉到老张家给配（交配）一下。”

张六说：“老黄瓜，你说念喔有啥用么，你看看都来些啥人么，谁是说了算的？当家主事的都在城里打工哩，不要说他们，我都说了不算，儿子的心不在这里了。”

老村长说：“一个个喔毬德行，好事么，当公家害你们哩？前些日子镇上组织我们去看过改造的房子，红砖红瓦，水泥砂浆，松椽松梁，三七墙、上圈梁，质量好得很，节能炕、太阳灶、沼气池，洋气着哩。”

老曹说：“没说不是好事，房子咱不能说亏心话，盖得漂亮结实，我亲家家就危改了，抗八级地震哩，住几辈子人没麻达，可不符合实际么，房子再漂亮结实得有人住，没人住这钱不是白瞎了。娃娃们打工小年前后回来，人七日（正月初七）不过就风风火火走了，房子盖得再好一年能住几天？有些娃一连几年都不回来一回。这些娃心都高了，日子瞎瞎好好都不会回来了，娃不回来，我们这一茬人没了，谁回来住，不白瞎了？”

“就是么，我那些娃几年没回来了，说你们好着呢么，回去做啥？你听这话，非得我病了死了才回来？前些天又捎来话了，今年的年让我们到城里过，我给骂了，你那鸟笼子里能过个啥年?!”八老汉在鞋底上磕着烟锅，“狗日的还骂我不会算账，说他们弟兄姊妹几家二十几口人，一来回花销得多少？别的不说，光花在车轱辘上的钱有多少？你们两个一来回能花销几个？有花在车轱辘上的钱你们吃了喝了穿了不是得了？唉，气归气，理却是个理，算账的事么。”

老周说：“干部，你看看有没有说自己盖了房公家给补助的？”

我摇摇头。

老许说：“椽子、砖瓦、水泥准备下多少年了，要不是娃没回来的心思，我新房子早盖起来了，还等危改？现在木头风吹日晒的都爆口子了，公家要盖房，能不能把我备的这些料卖给公家？”

老村长说：“尽想美事，危改啥都是统一的。”

我说：“你们不住呀，危改后你们住进去多敞亮。”

“我们能住几年？”老拓做了个抹脖子的动作，“土都壅到脖子上了，腿一蹬手一摊走了，到时房子又搬不走，想卖谁要？现在这地方我们住到死没啥麻达。”

张六说：“你看看有没有说在别的地方买房给补钱的？”

我说：“文件上说的是危房危窑改造，不是买房补助。”

老村长说："啧啧啧，把钱补到城里买房，做梦娶丫头，想得美死咧，给你个舌头你还上肚子哩。"

我哧地笑了，老村长也笑了。

张六说："咋不能这么想，人家城里人买房子国家不是给补助呢么。"

老周说："驴拉屎在墙上蹭沟子哩，把你想得洋气的，跟城里人比？"

张六踢了老周一脚说："你个瞎𡲰，跟我抬杠？我说得不对？你让干部说，我1987年就进城打工了，2009年回来，二十多年，儿子打工也眼看二十年了，我们父子打工加起来四十多年，不在城里吃，城里屙？挣下钱不花在城里？没给城里上税？咋就成不了个城里人？城里的政策咋就不能享受？我弟的儿子闰生，还不是大学生，兵当得好，转业到城里了，才五六年时间，就分了一套房子。要说在城里的贡献，我父子不比他大?!交钱的时候两口子合起来光那啥金来着……"

黄婶正在纳鞋，头都不抬地说："味精。"

张六啧啧地说："你就是猪，光记着吃，难怪像个麻包。"

老周跟了一句："肉厚了棉，像棉花包子，软和。"

黄婶扑老周来了，老周跳起来边跑边嘿嘿地笑，说："是你男人说的，不信他回来你问他。"

杏花婶说："炒肉放点味精就是提味么。"

一婆婆说："鸡精更提味哩。"

张六一拍大腿说："对，对，是积金，公积金。"

婆婆说："不对，鸡精不分公母。"

杏花婶说："应该分吧，羯羊肉就比母羊肉好吃。"

老村长嘿嘿笑了半天，说："都回家做饭去，知道个毬!"

老周回来了，给给一笑说："可不就知道个毬，耍了一辈子的东西么。"

人群哈哈、嘿嘿地笑了，几个女人说："这些老叫驴（公驴）啊。"

黄婶拿胡基丢老周说："你要长个尾巴的，打到驴群里都辨不出来。"

老周说："你肯定认得出来，老黄不比我像驴。"

张六说："两口子光公积金提出来二十几万，一套房交的连十万都不到，你说哪里说理去？"

老周说："就是么，城里人有保障性住房、经济适用房，没咱农民工的份儿么。去年把家里打折了一遍，凑够了首付，去买房，人家要担保，要工资证明，没人担保，干活的老板又不给出工资证明，在银行跟人家求爷爷告奶奶地说了半天，人家一听是农民工，连话都不多说一句。干部，你说么。"

杏花婶说："啧啧啧，当国家给你补座金山银山哩，就想着到城里买房子。"

老周说："问题是你要危改，国家补了，还得自己拿钱，再说就是把房子盖起来，不买几样子摆设能住进去？一户下来没十来万出不来么。"

"干部，你们制定政策时想过没？矛盾着哩，说打工是铁杆庄稼，鼓励大家进城打工，人都进城打工了，又把钱投到这里让改造房屋，你说矛盾不矛盾？就说我们张家沟，四十二户，二百多口人，现在家里有人的就七户了，再说门长年累月锁着，晚上孤得都吓人哩，"张六一笑说，"赵憨子家住了几辈人的院子，婆娘吓得不敢睡，天天半夜打门叫我过去做伴哩，你说低头不见抬头见的，我不去做伴行不？”

赵婶站起来说：“你个吃草的啊，我啥时间半夜叫你做伴，小心我把你的×撕了。我心想你家驴咋瘦得跟龙一样了，苜蓿豌豆都让你抢吃了。”

老村长给给给地笑说：“你个张转脑子，那是害怕？那是荒得受不住了，叫你张转脑子一点都没叫错。”

张六说：“以前是压着压着浇到墙上了，现在是抬着抬着尿到鞋上了，这时间喊过去连捏捏摸摸的力气都没了。年轻时眼馋得人夜夜睡不着，可人家见了咱连眼皮皮都不抬么，脚后蛋子都扇起土哩，憨子婆娘，以后你喊老顾，那老东西厉害，你看头上毛都蹭没了，科学说那种人厉害。”

老顾说：“科学没研究我，你婆娘研究过，这个老婊子咋啥话都给你说嘛，下回我得给好好安顿安顿。”

赵婶提着鞋底扑过来，张六和老顾跳起跑了，赵婶说：“都是些驴，打到牲口群里都认不出来，说开会哩，把人叫来谝×哩，老老小小一院子不说，不怕人家干部笑话？净沟子推磨，转着圈圈丢人。”

老顾给给给笑着说：“干部也是人呢么，比咱们会快活，人家照录像上学外国人快活哩。”

老周冲我一笑说：“你别笑我们这些粗人，抬杠哩，你说这日子寡淡的，好不容易聚在一起，不抬杠多没意思。”

我笑笑说：“我也喜欢抬杠。”

张六说：“你是耍笔杆子的么，写个东西，把钱补到城里让娃买房子去，我们都把名签上递上去，危改是好事，可要切合实际么。现在你看得明白么，儿子不回来，孙子就更不回来了，我们这一辈人下场（去世）了，这村子就荒了。”

老村长说：“别嚼牙碴了，尽说些不着边际的话，狗看星星——望（妄）想，把名都报了，明年开春就动弹给你们盖宫殿哩。”

八老汉说：“娃在城里买房子逼得人眼里滴血哩，哪有钱往这里花？我不用考虑了。”

老顾说：“我也不用考虑。”

张六说：“我也不用考虑了。”

老村长说：“这么好的政策，一个个福烧的。”

老许说：“政策不能说不好，可没好到地方上么。”

老村长说：“憨子婆娘你家呢？”

赵婶说：“我得跟老汉儿子商量一下，又不是白盖，自己拿不少哩。”

老顾说：“你还用商量，一龇牙，男人钻老鼠洞哩，家里啥事他说了算过？”

赵婶说：“都不要谝嘴，现在谁不是儿女当家，儿子大了，老子罢了。人家都想当城里人，把钱花到这里行么？”

老村长说：“说正经话，回去都跟儿女们商量商量，这么好的政策。”

会就这么散了，女人们都走了，老曹起身要走，张六说：“急着回去吃奶呀？”

“人家给儿子扒光阴哩。”老周说着也走了。

大家也都陆续散了。

老村长说：“你看么，就这么个现状，在城里买房子，难着哩，多少年了，在城里买了房的也就五六户，都漂着呢。买了房子的也是四处拉债，日子紧成啥了，回村子上来借钱。”

又说，“广播上说，全国城镇化率超过52%，就是说超过一半的人口居住在城镇中。又说另一个数据也不容忽视，2010年中国户籍非农业人口占全国户籍总人口的比重为34.17%，这就是说两亿多无城市户籍的城镇常住人口不能享有和户籍人口在教育、医疗、社会保障等社会均等化方面同等的社会福利待遇。想在城里落下去，没有这些，难着哩，国家要解决这些人落下去的问题，也难着哩，这还不住地往城里跑哩。”

是啊，三十年了，城市还没有做好接受他们的准备，可他们的家——农村却已经萧条衰败了。

43

梁顶上蹴着一个人，从我看到他到我爬上这梁顶，一个多小时，他还蹴在那里，就像一只老鹰，或者一块石头。在旷野里行走，经常会看到一个人斜披着深蓝色中山装，戴一顶深蓝帽子蹴在峁顶梁上，有时候会是两个老汉，头对头，一人一个烟锅，不时冒起一缕青烟。他们这么一蹴一个上午、一个下午，这越发增添了这山野地老天荒之感。

用相机拉近后才认出是张六。我走过去，他抬头看看我，并没有站起来，说："你说孤寡不孤寡，我在这岗子上蹴了一个上午，没见到一个人。"我笑笑说："我不是人？"他也笑笑说："你不是咱这地方的人，是个干部么。"

我说："瞭啥呢？"张六笑笑说："瞭远呢么。"我笑了，他说："泼烦的，往远里瞭瞭，你说呀这一片梁峁沟壕，你眯着眼睛看，像不像大海？"我说："像，就像凝固的大海。"他说："我在海边打过工，坐过一回船，啊呀晕得差点把肠子吐出来。那地方经常闹水灾，咱这里却旱得不行，你说老天爷……不说了，别再给我个灾难。"我递给他一根烟说："泼烦啥呢？有事说说。"他说："还能泼烦啥，喔事么。"我说："啥事？"他说："危窑改造的事么。"点了一根烟，他说："分明是好事么，国家给咱便宜占呢么，咱却占不上，你说咋能不泼烦。"我说："咋能说是占便宜的事，这是国家应该为百姓做的事，是你应该享受的待遇。”他说：“唉……”我说：“其实危改登记了，儿子买房再往后推推。”他说：“孙子要娶媳妇，没房子人家女方家不答应，逼得人没办法么，你说熬煎人不熬煎人。”又说，“年年盼着年年富，年年穿的没裆裤，一个事接一个事地连轴转，连口气都喘不上来了。以前娶个媳妇子，挖一孔窑洞就安顿妥当了，现在不行了，这黄那白的，这两年更不得了，彩礼十几万不说，还要在城里买楼房，没房子不进门，逼得人眼睛滴血哩。”

开会抬杠他是那样的快乐，那样的智慧，然而，抬杠带给他们的乐趣是短暂的，更多的时候他们的内心是苦恼的、孤独的，子欲养而亲不待，他们不敢乞求被养，连最起码的天伦之乐也不敢企求。

我低头一看，张六的面前有一对屎爬牛（屎壳郎）打架，张六手里捏着一截棍儿，显然他一直在逗这两个家伙。我也折了一截蒿秆逗两个家伙，一边还拍照，张六说：“这东西有啥拍头？”说着他一棍儿一个，把两个家伙挑得远远地说：“滚毬子，该干啥干啥去，一上午没滚一个粪球，却打了一上午的架，一看都是不会过日子的。”然后扔了棍儿站起来，伸个懒腰说：“这两个家伙打了一个上午，要是人都打累了。”

张六说：“要说扶贫，我有一招，一下子就富了。”我说：“哪招？”张六说：“探矿么，探出矿来，那就富得咕嘟嘟的了，你看南山窑，没探出来时一片荒滩，比咱这上庄还茶怅（可怜），探出煤来了，啧啧啧，你看富得。”我说：“没探过？”张六说：“没探过。”我说：“也不一定能探出东西来。”张六说：“不是说不长树和草的地方下面都埋着宝呢么？不是煤就是油的，能在这里好好探探，说不定真能探出东西哩。唉，可能国家忙得顾不上，国家太大了么，地下埋东西的地方多，还没把咱这地方看进眼里。”又说，“也可能没东西，部队来帮着找过水，没找出水来，这地方干透了，唉，老先人没眼光么，跑到这干山枯岭上来了。我家原来就是南山窑的，那地方你没去过，以前到处黄沙，地薄得种啥都不长，低标准的时候跑到这里来了。人前头的路黑着哩，你说不搬，那是啥日子？寸土寸金，一个羊圈都补几万哩。”

村子有一座非常漂亮的院子，砖墙，大铁门，七八间房子飞檐翘角，全是瓷砖贴面，还用了琉璃瓦，院子用水泥墁了。难道是庙宇？可这一带的庙宇都在山顶，都是土坯房，没这么豪气。

张六说：“唉，家门不幸，不瞒你说，那是我三弟家，丫头在外面走了邪路，做了小姐，名声瞎了，倒把一家日子带活了，房子盖得这么漂亮，没人住了，在城里买了楼房。我三弟那人啊没出息，你说你撵到城里做啥？他是进不了祖坟了，这家谱祖训里写得明白。”又说，“咱上庄出了几个丫头，把家都带活了，唉，笑贫不笑娼，没办法的事么。”

院子里有四个孩子蹦蹦跳跳地踢着一个瓦片，地上画着一座城堡，该是一种游戏。我说：“都是孙子？”张六说：“房后面李宝家的两个，两口子老人都不在了，进城打工娃没人看，他家地白给我种着，娃就撂在我家了。这么大的娃正费手哩，丢个盹就找不着了，可不给领咋办？虽说不沾亲带故，可一步邻近的么，没办法么。”又说，“两口子人挺仁义的，这几年地里没啥收成，每年回来倒给我点钱。”

张六老婆喊吃饭，看到我说：“干部来了也不说一声。”我说：“这阵吃啥饭？”张六说：“你当你们城里人，一日三顿不乱点数，上庄天短了，一天就改成两顿了，走，进去吃饭。”我笑笑说：“够吃不？”张六说：“不是扯料子做衣裳够不够，吃稠了喝稀点，多添几马勺水，汤汤水水的，多饱几个人没麻达。”张六老婆说：“先谝着，干部来了，我再炒几个菜。”我说：“别，我还没饭，碰上啥吃啥。”张六说，“老婊子再炒个鸡蛋，添上一方子猪肉。”婆娘说：“有客哩，嘴里也没个遮拦。”张六说：“月里娃子吐痰老毛病咧，改不了了，这干部没架子，就像自家人，跟咱们近着哩。”

进了屋，张六说：“你有口福，今儿能吃到你从未吃过的东西。”我说：“啥？”张六说：“黄鼠。”我说：“你还不要说，这肉我吃过，那可是难得，需下大苦力。”张六笑笑说：“费牛大的劲，吃毬大点肉，可这肉就是好吃么，许多城里人吓得不敢吃，怕传染鼠疫，公家也不让吃。”

有一回下乡调研，住在一个村上，村长说：“吃个稀罕。”结果就是黄鼠肉。我怕鼠疫，村长说：“祖祖辈辈吃，没见吃死过人。”看大家都吃得很香，我也吃了，味道确实香，尤其是做成黄鼠棺材——就是将黄鼠煺毛，去掉内脏，洗干净，在腹腔中填充花椒面、姜面、盐面、葱、蒜等作料，把和好的面做成个棺材样，将黄鼠放进去捏合，蒸约四十分钟，即可食用。回去我查了一下，《饮膳正要》中记载黄鼠肉：“味甘，平，无毒”；“多食发疮”。《本草纲目》中有黄鼠肉：“润肺生津，煎膏贴疮肿，解毒止痛。”

张六老婆做的是黄鼠棺材，一共三个黄鼠，张六说：“老了，挖不动了，年轻时一天挖十几个哩。”我吃了一个，张六把三个都放到我碗里，我说：“吃多了生疮。”张六说：“又烫又蒸的，吃不死人，低标准那年头，救了人的。去儿子家里，几个吃过的人说起来，还说是绿色食品哩。”我又吃了一个。

44

老周问城里买房子、贷款的情况，我把知道的行情介绍后，老周说："这城里的房子也太贵了，年年说便宜哩，年年越贵了。"我说："你要在城里买房子？"他摇摇头说："想给儿子买房子。"我说："你儿子不是在岳父家么？那么大的老板，还……"他长叹一声，点了一根烟，狠狠咂了几口，说："上庄人都知道我有个大老板亲家，说我儿子得了好处了。唉，蛇钻的窟窿蛇知道，在别人跟前我都羞得无法提说，我给说说吧，我都快憋炸了。

"我三个女儿一个儿子，儿子最小，念书我是当个希望供着，可儿子复读了两年没考上大学，我认命了。儿子在学校和一个女同学好上了，开始我还生气，觉得狗日的书没念成，就是只顾找对象耍了，耽误了学习的工夫。我也没当回事，人家丫头是城里人，爹是个大老板，家里富得流油，咋会嫁给咱的娃？就是两个瓜娃互相稀欠，耍一耍了个心事，懂事了就散伙了，谁能想到事竟就有眉目了。这么大的事把我给砸蒙了，就跟做梦一样，不是儿子把女同学带到家里来，打死都不敢信么。那时候我就觉得我儿虽没考上大学，但书不能算白念，你说能找这么个媳妇，几辈子烧了高香才修来的，咱不就是想要让娃当个城里人么，娃一步就在城里扎下根了，上大学又能咋？杨六郎的儿子还是在北京上的大学，出来不照样找不上工作，最后给周天河的儿子打工，杨家和周家结了几辈人的冤，你说这脸面上的事都顾不住了，杨六郎多打硬的一个人，见人一下短了半截，咱还能说啥？

“哎呀，咱还是没见过世面，把事情没看透么。从两家开始走动，我那亲家就没把我当过个人，见人扎的喔势，坐在皮转椅上沟子都不抬一下，驴脸拉了多长，不要说正眼看我，眼皮皮都懒得抬，就像他是多大的干部，就像天下都是他娃的，扔一根烟还要说一句‘亲家，这根烟就能买你抽的喔一条子烟哩’。你说说话占不占地方。你喔一根烟就是买上我这烟一箱子，就把你的肺熏不黑了？你说那话有啥意思？我们这号人跟前有啥便宜值得你讨么?！订日子要摆宴席，我想人家是大老板，咱不能寒酸了，得给人家撑面子，给儿子长精神，硬叫挣死牛，不能让翻了车，在家里杀猪宰羊地准备好了，人家说日子要在城里订。你再有钱，这事男方是主家，订日子得在我家，这是规矩。规矩就是人守的，有规矩不守人笑话呢，要不老先人订个规矩做甚？我去跟人家商量，才一张口，我那亲家吼着说有你说的话？你说得起话么？你说这是啥话？你说要在城里定，你早说么，五黄六月，正是酸酒臭肉的季节，一头猪两只羊几千块钱就那么白糟蹋了。可为了儿子，我咽下了一口气。人家财大气粗，在上风子站着呢。城里订日子，两桌席花掉了一万三。我认了，为了儿子么。

“可人家连洞房都布置好了，这是啥事？是我往家里娶人还是你往家里娶人，你家布置洞房不是把我儿子娶了？我去跟亲家理论，可人家给我撂了一句，跟你儿子说去，跟我说个毬。这是亲戚说的话么？我就跟儿子谈，儿子说你计较这做啥？我火了说咋能不计较，你给我说老实话，他们是不是让你倒插门？儿子说人家四个儿子，稀罕得。没办法了，我又咽下了一口气，心想你城里办完我回上庄再办，不就多花一份钱么，我就一个儿，这是我一辈子最大的事么，当然得在上庄红红火火办一下，该招呼的人我都要招呼，在城里咱没一个亲朋好友，村上谁跑那么远吃席？没有亲朋好友来捧场，你说孤寡不孤寡？再说了我在上庄不大办一下，亲戚乡邻都会说我儿招了女婿，这名声我落不起。

“一个月我就高标准盖起了五间砖瓦房，钢门钢窗，松椽松梁，瓷砖贴地，红砖墁院。本来我打算等儿子结了婚，把钱给他们，现在年轻人都不想回来，都想在城里待下去，不想回来他们就在城里置家立业，想回来就让他们按自己的心思设计弄去，自己弄的随自己的心意么。现在较上劲了，面子上的事就得做足了，我咋也得争一口气。可我在上庄办事，你娘家得来客呀，至少得来五六桌客闹腾闹腾。去跟人家一谈，你猜人家咋说？山大沟深的，谁跑你那里吃席？你能办个啥样的宴席？不要说海鲜，怕连条鱼都没有。不结亲是两家，结了亲是一家，就是冲着你丫头我这张老脸你总也该顾顾吧？我对儿子说你去跟你外父谈，必须在老家办一回，不然，这门亲事就算了，我给你娶得起女人，又不是娶不起女人。儿子说人家不同意就算了，跟人家拗个啥劲么？我火了，你个驴日下的书念到狗肚子里了，事情轻重掂不来？不回去办一场，老家人就当你给人家招了女婿，我咋就生下你这么个吃软饭的东西！儿子嗫嚅半天说我不说去，要说你说去。我从没跟儿子这么说过话。唉，看明白了，儿子根本就不敢跟人家说么。不为难儿子，我又咽下了一口气。

“结婚典礼上，说上庄没去人，也去了三桌人，这是在你家门口待客，远道上的客都是上客，可根本就没人招呼，在大厅里指了几张桌子，跟一些女人娃娃混坐，人家的人都在雅座里。结婚典礼，按上庄的规矩，公公婆婆要坐在上岗子（主席），接受儿子媳妇子的敬酒，要给红包，可人家在上岗子坐着，我们就像个礼客，我们准备的红包都没给出去。从婚宴开始到结束，没人来给我敬过一杯酒，我那亲家一家都没过来个大小人物问我一声，招呼我一句。婚事就那么办了。我看出来了，我那亲家那是个独头蒜，辣心着哩，人么，前半夜替自己想想，后半夜总也替别人想想，那老东西没心，就不是个人。我肺都快气炸了，可我只能一口气一口气咽着，我心里一遍一遍跟自己说，咱是为了儿子么，只要儿子得了好处，有啥气咽不下的？人么不就活得个儿子么。

“可儿子过得并不好么，在人家锅里搅勺子，过的是人家的日子，低眉顺眼的，吃的个下眼饭么，一点地位都没有。有一回我去了，正给媳妇洗衣裳，连裤衩都洗了，我羞得都不敢看。你说从生下到长大一家人都像宝贝待他，一点磕创（伤害）都没受过，我要给他耍个脸色，他反过来给我耍脸色、使性子，眼睛瞪得蛮牛一样给我绊蛮，在我跟前活蹦乱跳的，走站哼着唱着，现在蔫了茶了，话少了，走路低头纳闷的，眉头老绾成一疙瘩。啊呀，娃是茶障了，心里有事了。后来我才从砖场看大门老汉那里听说，这婚事人家一家人都反对，可女儿铁了心，拗不过，没办法了。这种事咱上庄一带也是常有的，要么你就上吊跳井喝药寻死觅活地拦住，要拦不住认下了，那前面的疙疙瘩瘩就一风吹了，不结亲是两家，结了亲就是一家，你就当儿女好好待娃么。

“儿子婚事办完，我发过誓，你家里就是把人参宴给我摆下，用八抬大轿也抬不去我，人贵有自知之明，热脸蛋焐你的冷沟子？可你说我能不去么？儿子在人家家里呢，不去儿子就真像没爹没娘，彻底没势了。可去了呢就得看老东西的脸势，看人家一家的脸势。人家大人娃娃看咱的眼神都像看讨吃，好像我是去要的去偷的。婆娘去了一趟，回来连哭带闹，说你把钱省下垫棺材底，你看儿子活得个啥人么？从那以后婆娘死活再不去儿子那里了。可我得去，每次去娃也看出我心里难受，心疼我，说没事你就别来了，跑来做啥，我好着哩。我晓得娃是在宽慰我，可我宁愿给人家辱没，也不能让儿子没势是不？去了总还能给娃长个精神。上回我去，儿子脸黑枯枯的，给我打了一瓶酒，自己把大半瓶喝掉了，我心疼呀，送我上车的时候，我看见娃偷着抹泪，心里凉瓦瓦的，我给儿子搛了两千块钱。

“我一直忍着，心想那么大的家业，女婿是外人，女儿总是他亲生的吧，我也没想着他能给儿子置个啥家业，给娃一套房子把娃两口子安置下就行了。我就老替老东西担心，担心那老东西忽然哪天心不跳了，头一歪走了，那就把我娃闪下了。你没见那老东西，胖得就跟胡汉三一样，二百多斤重，心脏病、糖尿病、高血压，啥病都有，吃药比吃饭当紧。但从一件事上，我就把老东西看了个穿心透。得了孙子，我去看娃，给了一万，我那亲家你猜给了多少？一千，你说羞先人不？小处不小受穷哩，大处不大丢人哩，你说他那么大的老板，在这等顾脸面的事上都不顾了，我还能指望他啥？人家的斧头，镶不了咱家的把，这么下去非把我儿子荒下不可，就想不如早做打算，把儿子从那个家里拉扯出来。

“我出门打工，儿子把我从工地上拽了回来，我当是儿子知道心疼我了，眼泪眼眶里乱转，给儿子说我才五十出头，正是下苦的年岁，胳膊腿儿利索，苦能苦到哪达？可儿子说人家说了，人家那么大老板，亲家还在外面打工，传出去丢人家的人。我气得发抖，可咬碎牙往自己肚里咽。儿子说人家说了，我想打工，到砖场也行。我火了，说羞你家先人当喝凉水？我给他去打工，他的脸值钱我的脸就不值钱了，你把老子的脸当沟子，你一个给他白干还不够，把老子往里拽。可我只能回来，不能让儿子为难么。回来种地旱得又没收成。现在好了，老东西外面养小老婆，还好几个哩，四个儿子怕老东西把家底抖腾光了，把老东西架空了，自己花钱还得找儿子要。你说光阴到了儿子手中，我娃就彻底成亲戚了，亲戚远着香，邻居高打墙，他们能待我娃好到哪达？

“唉，这事办得窝囊，开始觉得儿子这就在城里把根扎下了扎牢了，咱的愿望不就是让儿子当个城里人么？人家又没要彩礼，也就没咋反对。你说现在弄了这么个下场，鼻子大着压住嘴，说啥都迟了，自己把指头往磨眼里擩么，怨得了谁？人家还觉得咱把便宜占大了。唉，门当户对，老人传下话对着呢，不听老人言，吃苦受艰难，还是吃了占便宜的亏了，人就是这么个，占小便宜吃大亏。要说儿子结婚那年，娶个媳妇也就十万块，咱娶得起么，不瞒你说，我三个女儿是收了点彩礼，虽说那时候彩礼不高，可三个下来也有个十来万，加上我这些年攒下的，也有个二十万。你说对咱这样的人家来说，攀那高枝做啥？”

他站了起来，在地上走了几圈，说：“儿子是不会回来了，也不能回来，人丢不下啊，我想咋也得把儿子从那个家里拉扯出来。”

我说：“要在县城买，房子比省城便宜多了。”

他摇头说：“我不想在县城买，不想让儿子待在县上，反正指望不上，待在县上低头不见抬头见的，看他们的脸势，我娃心里能敞亮？人活得是个心境么。”

我说：“要在省城买房，买小一点，二十万首付是够了，剩下的按揭贷款，让他们月月还，这样他们有压力，挣下的钱也不会顺手就溜掉了。”

他长长叹息一声，说：“不瞒你说，不要说二十万，我现在连两万都没有，儿子结婚为赌一口气，啥都就高不就低，高标准盖了五间房，那几年啥都还便宜点，也花去了六七万，又置办了些家具，花了几万。虽说没掏彩礼，可给媳妇子见面礼，买金银首饰，置办穿戴用物，怕给儿子把人丢下了，啥都就高不就低，花了七万多，给老东西两口子买东西，就花掉了三万多。在城里办婚宴，等于是给咱待客人家收礼，出了几万。平时看儿子不易，怕受了委屈，经常偷偷给擩点，攒下点钱基本抖腾光了。儿子结婚这几年，名声好听，大老板的女婿，说不是倒插门，比倒插门还难怅，下苦有他哩，分钱没他么，几年了老东西每月给的就是个零花钱，人家等于招了个只会下苦不要工钱的长工，没攒下一分钱。”

他又续了一根烟说：“你说，早知道这么个样子，我盖这房子做啥？房子盖起来，小两口一天都没住过，我住有啥意思？住了能进天堂了？卖又卖不掉，钱不白砸了？你看我这家寒碜不，这炕单补了许多块，补得都看不出来原来是啥布料了，人都说我装穷，我羞得给人说不出口啊。”

我说：“他们可以考虑先租房，然后慢慢发展。”

老周说：“租房子住我也说过，儿子很积极，可媳妇不行么，那女娃也是从小惯下的，没受过苦，手脚又大，花钱就像花纸片片，儿子挣钱能养活住？”

我实在不知道如何来宽慰开导他，只能说：“如果儿子要从那个家分出来，他们不会不管的。”

老周摇摇头说：“穷舍命，富抽筋，人啊越有钱心越黑，都只管自己锅满，不管别人屋漏，那看大门的老汉给我说知道你那亲家是咋有钱的么？只一条，就是心黑。现在到了儿子手里，四个儿子把持着，就是给能给几个钱？

“天上掉下个油圈子，结果是个绳圈子么，给套住了，逼得人上吊呢么。去年，我偷偷出门去打工，过了六十了，人家一看身份证就摇头。我跟人家说别看我年龄大，可有的是力气，你们跟我扳胳膊不定能扳过我，可人家不跟我扳么。不是给这事困在里面，这几年打工也该有个几万块收入。

“你是干部，认得人多么，给我找个活儿，你别担心，我就是这么个瘦人，光阴好的时候也没胖过，又没啥病，劲有的是，我啥活儿都拿得起，工钱让人家根据情况给，再不出去，就把人给困死了。”

我说：“好，我这就上老疙瘩峰给你联系。”

老周跟着我上了老疙瘩峰。我想秋凉了，也没有几个月的时间，一到冬天，许多工地就都停了，到城里受罪么，看附近有什么活儿，干到冬天结束了，回来在家里过年，度冬。我给老王打了电话，老王想想说：“黄岗子不是探出煤来了，正开煤矿，我有个亲戚在那里是个工头，活儿应该有。”我忙说：“年龄过六十了，下不了煤窑。”老王说：“不下煤窑，开矿不是要拉电么，汽车再牛山梁也上不去，雇人赶驴骡往山顶驮东西，驴骡也给钱哩。”过了一会儿，老王打过电话来说：“本来不要人了，我硬给压进去了，情况是这么个，一天人三十，驴骡三十，只管一顿饭。”我跟老周说了，老周说：“好得很，好得很。”我说：“一定注意安全，要干不了咱们再找别的活儿。”他嘿嘿一笑说：“干得了，干得了，不信你试试。”他伸出胳膊来，我知道他想和我扳胳膊，我拍拍他的手。

45

上了老疙瘩峰，跟老婆才说了几句，有电话打进来，看号码是个生号。挂了老婆的电话拨过去，对方介绍姓功，叫功全泰，问我《一根烟》是不是我写的，我说是我写的。他说他读了几遍，流泪了。他说我在想，这世上真有这样的人？我说你不相信世上有这样的人吗？他说我相信有。

《一根烟》写于2004年，是我一次下乡遇到的事，那时我还是记者：

> 那是我在一个叫上庄的村子里。走在这片土地上，焦黄的土地裸露着，没有一丝的绿意。抓一抔黄土起来，沙漠里的沙子一般。
>
> 但和我曾经生活过的村子一样，慈眉善目的山形地貌、绫罗绸缎似的晚霞、爬山而过的炊烟、徘徊于山口的夕阳、粗犷而缠绵的谣曲，以及村子里犬吠、鸡鸣、羊咩、牛哞……让我有了一种久违了的激动。吃过他们特意安排的饭之后，我们都聚在院子里闲谝，熔金的黄昏苫盖在我们的身上，像麦草苫盖在小鸟的身上。
>
> 虽然贫困，但却因为纯朴而让我有些艳羡。
>
> 我掏出烟来，一根一根散过去。烟不是什么好烟，在城

里是工薪阶层抽的普通烟。但在这个村子里的人看来，当然是上好的烟了。他们接过烟，都习惯性地拿到鼻子上闻闻，然后点着悠长地吸上一口缓缓地吐出来。就是这吸烟的姿势在我看来，也是十分的惬意。

然而，那个叫朱光耀的，他双手接过烟，在鼻子上闻了闻，然后夹在了耳朵上。我以为他没有带火，便掏出打火机来给他点烟，他忙摇摇头，又摇摇头。

我忽然间对他产生了一种厌烦，颇有些看不起他。因为我想他可能不抽烟。然而，他却把烟接了过去。他的这一举动让我想起了经常遇到的一些人，尽管有些东西对他们来说毫无用处，然而他们还都以占便宜的心态据为己有，仿佛不如此，自己就吃了什么亏似的。我们都抽着烟，可朱光耀就那样靠着墙站着，我们一根烟即将抽完的时候，他溜出门去，走了。

我看看身旁的老朱说他不抽烟？老朱看看我说抽，咋不抽，这个村子里男人哪个不抽烟？日子好了抽，日子难了抽，庄稼成了抽，跌了年成也抽，连女人也抽啊!

我说那他……

老朱显然是看出我的心思来，就笑笑说这个娃是个孝子，他拿回去孝敬他娘了。他有一个老娘，老娘没吃过的东西他是从来不吃的，老娘吃过了他才吃，这南北二川的人都知道，你给的这根烟他当然不抽了，因为他娘还没有抽过。他娘抽了一辈子烟。

我被震惊了……

老朱长长地嘘出一口气来说，这事看上去是件小事，其实大着哩。

我点点头。

老朱又说你说如果是小事，人人都能做到。可这事谁又做到了呢？你说，这事谁能经常做得到呢？

“孔融让梨”“陆绩怀橘”都是典型的例子，或许是因为其先入为主的教育意识，却远远不如这件事带给我的震撼大。一根烟或许已经化作烟雾尘灰了，然而，它带给我的东西却今生也不会消失。

第二天，当我要离开这里，爬上那个野鸡岭的鸡冠子山的时候，我回头看看那个村子，看看那个村子里东歪西斜的屋子，我牢牢记住了朱光耀这个名字，牢牢记住了上庄这个名字。

发表后许多报刊、年选都选过，可已经过去快十年了，他怎么才读到呢？老功说他是从一本旧书上读到的。他说他文化不高，不知道书的好坏，现在有些书写得不咋样，吹得够玄乎厉害的，买回来一读全不是那么回事，因此他买书常去旧书摊上，买那些挼得很旧的书，挼得越旧就说明这书读的人多，读的人多肯定错不了。他说他找我颇费了一番周折，打了五十八个电话，才找到我的手机号码，可打了好多次，都不在服务区。我说我在上庄扶贫，上庄只有山顶才有信号。他说你就在上庄？朱光耀还在村子上吗？我说这个上庄不是那个上庄。他停顿一下说那文章你是胡编乱造的？嘿嘿一笑又说我没多少文化，用词不当，你们这些耍笔杆子的经常胡编乱造，这些年我见多了，有人写过我，胡吹冒料的，把我写得跟神仙一样，像我天生就是个挣钱的人。我说在中国，叫上庄的村子成千上万，不信你上网查查。他说如果那事是真的，我想见见这个朱光耀，你们现在还联系么？我说都过去快十年了，好久不联系了，那时间他没有手机。他呃了一声，我说你真想见他，十一放假我陪你去找他。他说那最好，找到这个人，我会给你报酬。

老村长和汪惠梅也上老疙瘩峰来了。自汪惠梅来后，老疙瘩峰又多了个打电话的人，比我和老村长跑得都勤。

挡山上总是有风，老疙瘩峰的风更冷硬些，他们打过电话过来，我们站在背风的一面。老村长双手叉腰，眯着眼睛说："这边是唐王庄，隔着一道岭，却是两个县，苏联变修那些年，要深挖洞，广积粮，不称霸。毛主席说备战、备荒、为人民。那时我是大队长，挖地道选的是挡山。唐王庄的大队也选择在挡山挖地道。我跟唐王庄的大队长商量，干脆把挡山挖通，既当地道，又能通行。结果出了件怪事，挖了三天的地道却在一个晚上消失了，整个挡山跟没挖过一样，一点痕迹都找不到，你说怪不怪？"汪惠梅绷大眼睛看着老村长，她现在已是风声鹤唳杯弓蛇影了，我忙说："那是山坡整体滑坡了。""一个村几十个壮劳力挖了三天，就是滑坡，难道一点痕迹都留不下来？山坡上草皮都新新的。"老村长说，"有些事怪着哩，那年海原大地震，山走了，马家梁子走了几公里，多少村庄让埋了，有一个村庄一百多号人都聚在窑里看戏，结果塌下来全捂了麻雀，一个没活，多少年过去了，经过那庄子，还听到里面锣鼓梆子唢呐二胡人吼马嘶地唱大戏哩。"汪惠梅的眼睛绷得越大了。我说："那都是传说。"老村长说："我也不信，可有一回经过那庄子就是听到了。"我说："那是幻听，有些声音是从你的臆想中来的。"老村长说："咱这里怪事多哩，你看那道壕，叫野狐壕，大正午你要经过就是迷路哩。"汪惠梅脸色苍白如纸，我戳了老村长一下，笑着说："你别有意吓汪老师……”老村长回过头来，嘿嘿一笑说：“汪老师，没啥害怕的，都是传说，说一说提提神……现在孤寡得连个贼娃子都不来了。”说完老村长忙呸了几口，就像看到什么了。这是上庄人的习俗，说了不吉利的话怕应验了，就会呸几口表示悔过挽救。老村长说：“前些年说有条路想从这里通过，只是让挡山挡住了。那时候年轻，有点二劲，你说这山莽奘得，能挖通？就说能挖通，啥测量仪器都没有，从两头挖就能对上？你说年轻时二不二？”

然而，就在这夜，梁家寨老梁操心（喂养）的三十多只羊被贼偷了。我捎老村长赶往梁家寨时，老村长说：“你说我这嘴毒不毒？说贼贼就来了，连夜都不过。”又呸呸呸吐了几口唾沫。

梁家寨我已去过，村庄背倚挡山，左右有两道对称的山岭，像是挡山伸出来的两条胳膊，前面有一条沟。中间是一个盆地，平坦如砥。左边山岭顶上有一个寨子，寨墙高而厚，有古城的气势，比较完整，明朝的史志上就有记载，说宋朝时这里就驻兵。

进梁家寨要翻越村庄前面的沟。沟壁上有一群羊，羊群不大。沟里的草要比山坡上厚，羊吃得很稳。我拍了照片，却不见放羊人，吼了几声，声音顺着沟穿行，羊们抬起头看看我，咩咩咩地叫了几声，又专心吃草了。我坐在沟坡上，看到不远处升起袅袅青烟，知道有人隐在那里吃烟。走下去，看到老梁蹴在一个土坎下冒烟。我忽然明白自己吓着老梁了。封山禁牧羊是不准出山的，只要在山野发现羊那是要没收还要罚款的，我是干部。我叫了声老梁，老梁站起来，尴尬地笑着说：“羊跟人一样，圈得久了也憋闷得慌，赶出来散散心，就像你们城里人散步一样，这就赶回去。”我递给他一根烟说：“那就让多散会儿心吧。”他看看我说：“其实这沟里的草不吃也恢复不了个啥生态，一场过雨，水把底下掏空了，崖壁就塌了。”我点点头，说：“上庄像你有这么一群羊的人家不多了。”他说：“年前我看日历，知道今年汉民过年跟回民过节凑到一达里（一起）了，就把这些年攒下的那点钱拿出来买了三十来只羊，过年时牛羊价格定会大涨，到时卖了给二孙子拉扯媳妇。”他笑笑说：“跟押宝一样，这一宝押着了，离过年还有两三个月哩，羊的价钱已经涨起来了。”我说：“这群羊能卖多少钱？”老梁说：“卖五六万把握哩。”

登上古寨墙，老梁指点江山：“东边这道梁叫大龙山，西边这道梁叫小龙山，前边这条沟叫长虫沟，长虫就是蛇，蛇在属相里叫小龙。挡山我们梁寨叫蟒蛇岭，突兀出来那岗子叫卧龙岗，沟口左右两座小山，像不像守门神？你看我们梁家寨风水好不，就是一座皇城么，以前来喇嘛看过，说这里有帝王之气哩。”我点点头。“唉，那年兴修水利，大龙山那边建了个水库，炸掉了半面山，说把龙脉炸断了么。”老梁有些激动，“以前我们梁家寨名气可大得很，我们梁家在这方圆是大户，人也硬扎心气齐，民国二十几年，世道乱得麻一样，这方圆就起了匪，东一山西一沟的，那时间这长虫沟还有水，土地年种年收，家户殷实，土匪都打过我们梁家寨的主意，硬给我们梁家人打了回去，没占上便宜。那时间主事的是我爷，我爷是个厉害人，一条毡蘸过水往身上一披，头戴一顶毡帽，往城头上一站，提着筒枪跟土匪干，打退土匪，回来一抖，毡上子弹头、铁砂、铁珠子抖了半瓦盆。解放后，运动一茬接一茬，‘文化大革命’那么紧张，我们梁家寨都没受冲撞。有一年公社那革委会主任来驻队，不知道我们梁家寨水有多深，派了二十几个民兵，全副武装要押我爷，民兵一入沟口，大钟一响，我们把沟口封了。那主任说你要造反，我爷说反不反的你心里明白，老佛爷没动过我，国民党没动过我，土匪没抢过我，你想押我就押？谁不知道你爹是个啥东西，当土匪把人祸害够了，看革命快胜利了，见风使舵，投靠了政府。僵住了，事闹大了，县上来了人，到了我家一看，我家祖宗牌位上供的是毛主席像，还有红军留下的字条。这谁还敢讲啥，都灰溜溜走了。”

盆地有上千亩大，只有几档子碧绿，反倒像军黄的衣服上打了几块绿色的补丁。“这川道（盆地）可是天心地胆，寸土寸金，再旱的年景也是有收成的，以前种地为争二指宽点地埂出过人命，现在都撂荒了，没人了，咱梁家寨是上庄最大的一座自然村，六十四户人家，现在就十二户有人。”老梁颇有些伤感。他剥开一个玉米棒子掐掐，说：“还吃不成。”

我和老村长进了窑洞，老梁包着头睡在炕上，人蜷成一个疙瘩，一抽一搐地痉挛。老梁勉强坐起来扑闪着一双眼睛不说话。老伴声音沙哑，是大放悲声哭过了，“咯儿”“咯儿”地打着哭嗝。

老梁下了炕，佝偻着腰带我们来到羊圈，羊圈空空荡荡，院里蹦蹦车碾轧的辙印还很鲜明，老梁说：“把蹦蹦车开进院里，就像从自家院里拉羊一样。”

我说：“狗呢？你不是喂着两只狗，好凶的。”

老梁指了一下墙旮旯，说：“都让给麻翻了，狗日的麻药下得太重了，到这阵麻药没过，狗还不会张嘴。”

两只狗卧在墙旮旯，嘴前放着瓦盆，盛着食，却不吃，目光呆滞，全然失去那天我来时的凛凛威风。我蹲下去摸摸它们。

老村长说：“就是狗不麻翻，一个老汉老婆子能咋样？叫起来没人么，顶上劲了，还不失人命？没失人命就万幸了。”

“把门从外面扣了，”老梁踢着几个过滤嘴烟蒂，“你看，狗日还蹴在院里消停地吃了几根烟，有说有笑的，哪有这么做贼的，这分明是给抢了么。”

老村长说：“土匪来了都占不上便宜的梁家寨都遭贼抢了。”

我说：“报案没？”

老梁说：“梁虎媳妇回来坐月子，带着手机，到山顶给报了。”

直到中午两个警察才骑着摩托车来了，灰头土脸的。我给他们一人点了一根烟，说：“早晨报的案，咋这时才到，来早一点追说不定能追上。”大胖子警察打量我几眼说：“说得轻松的，我们三更就出警了，从李铺子村赶来的。”问了情况，记录了一下又匆忙要赶往张台山。我说：“这么急？”另一个警察说：“张台山出了车祸，两死一伤，到山顶上了接到的电话，你说急不急？”大胖子警察说：“镇上地盘大，上千平方公里，几十公里的省道日常治安运行也归镇上管理。”另一个警察看看我说：“你是干啥的？”老村长说：“干部，省上的。”大胖子警察递过一根烟说：“没办法么，一共八个人，一个所长，两个副所长，一个户籍警，真正能跑的就四个，镇上正在搞环境整治，拆迁清障，一个跟着镇长去了，今儿又是镇上的大集，乱大集，乱大集，一个留在集市上值班。”另一个警察笑笑说：“有一回来了大领导，让在路口上站岗，我们几个人就骑着摩托车，这个路口站得领导车队过去，骑上摩托往下个路口赶，一截一截地换岗，领导车开得又快，跑得揣鞋拾帽子的。”我说：“就不能再增添些协警？”大胖子警察说：“没钱么，以前也雇过联防队员，可是工资太低养不住人，上面呢又说人都去城里打工了，剩下些老汉、女人、娃娃，能出啥事，就把雇的人都裁减了。黄岗子去年探出煤了，就更麻达了，挖了个乱三分，农民回来守着地要钱，天天事不断，研究说是给配些协警，可上面还没批下来。”我说：“这案有没有希望破？”大胖子警察说：“难，咱这草鞋镇人称旱码头，牛羊市场天天都是集，每日拉羊的南来北往的，估计半晚上就上路了，开着蹦蹦车偷羊，那都是老贼了。”另一警察说：“没办法，现在人都进城打工了，村庄子上人稀少了，都是些老人娃娃，抗不住贼了，这现状我们也知道，只能靠自己好好防范了。”

回到上庄，老村长在高音喇叭上一遍遍“紧急通知”：家家户户晚上把牛羊赶到自己睡的窑里，顶好门，拴好狗，夜里警醒点，遇事敲脸盆。

46

十一我提前回了城。扶贫一年了，眼看到年底了，大事做不了，做点小事也行，看能不能找点钱来把老梁、老苟几个特困家庭的问题解决解决。一是我得找领导，让单位挤出点钱来，二是我想找找老功，看能不能为上庄做点事。我去镇上上网专门查了功全泰，知道他是功臣集团的董事长，以煤起家，产业涉及能源、旅游、房产等诸多行业，实力雄厚，近年来热心公益事业。回城前，我去找老村长，把老村长扶贫记录本儿带上，这样对领导有说服力。老村长说你那单位穷，不要太过为难，你放心我会把字签好，年底再给你送个锦旗。我说不搞送锦旗的事。老村长说对你有用哩，过去当官的在地方上做官一场，临走不还要个万民伞呢么？上面认这东西哩，再说你这一年比别的都强。

回城一下车，我就去了单位，把老村长记的本儿掏出来摊开在领导面前，领导翻着看看，拿着笔在便笺上一下一下剟着说："咱们单位情况你也知道，那点经费已经超支了，还有老大的亏空，许多工作都按年初计划开展了，花的钱还欠着，文化是软实力，首先这经费就软得不行么。"我说："眼看一年了，多少得有点吧，一点都没有，总结时也不好说，万一大会上点了名就是个麻达。"领导直挠头。我说："把年终联谊晚会取消了，经费挪出来就够了，把几个特困户慰问慰问，这可是个好新闻，我让媒体给咱们好好报道报道。"领导苦笑着说：“咱们这么多演艺团体，一年不搞台晚会咋行？只有每年的联欢晚会领导们才会光临，咱们也才有机会和领导亲近，趁机汇报汇报，领导看高兴了，还能解决点问题，再说这已是常规，不搞晚会领导会怎么想我们？而且今年计划中也写进去了，你说不搞就不搞了？”我说：“可这扶贫……”领导挠着头说：“还有两三个月，我再想想办法。”叫来了办公室主任，领导说：“你给财政打个报告，假期过后我就找领导去，看能不能争取点经费。”我说：“谢谢领导。”领导拍拍我说：“谢啥，这是工作，难道是你家的私事？”我说：“让秦腔剧团下去一趟演一场戏吧，也算文化扶贫。”领导说：“这主意好，反正每年有送戏下乡任务，让下去多演上几场。”

从领导办公室出来，我就联系老功，老功说：“你在家先陪陪老婆，我闲了联系你。”我心里发凉，我可是把为上庄做点事的希望寄托在他的身上的，可他却跟我说“闲了跟我联系”。老板都忙，尤其眼看到了年底，他什么时候才“闲了”呢？回到家，老婆说：“啊呀，你咋回来了？我打算这周末给你打电话，去上庄过黄金周哩，这时间的上庄肯定漂亮。”我说：“一片枯黄，千户萧疏啊。”

三天后老功就“闲了”，我和老功去了另一个上庄。朱光耀在城里打工，母亲去了女儿家给女儿带孩子。老功就像个访贫问苦的老干部，坐在村巷的老人堆里，问这问那地过渡到了朱光耀身上，一位鸡皮鹤发的老奶奶说那娃孝顺，吃啥都想着娘，有一回带回啥日本蛋糕，坏了，他娘舍不得扔吃了，拉了几天肚子。村巷里几个老人说去年带着他娘去北京几天，上了天安门，啧啧啧，一个儿子的做得到，几个儿子的做不到。老功想去朱光耀的姐姐家见见这位母亲，可刚下过一场暴雨，一道沟扯了一公里，把路截断了。老功感慨地说这在古时候，是能进二十四孝的。

回来的路上，我跟他谈起上庄，希望他到上庄看看。老功明白我的意思，说："那一带没少跑，我太了解了，你说我能为上庄做些什么呢？"我一时茫然，回答不出来，一个为干旱所折磨又为孤寡所困扰的村，我确实想不出他能为上庄做些什么。我想到老村长一再提说的搬迁，老功说："那难度太大，一个村往哪里搬？得有接收地，这是政府的事，政府要搬迁我可以考虑在这方面做些事。"老功问学校咋样？有多少学生？我说："四十多个。"老功说："从现在起我全资助了，他们念到什么程度我资助到什么程度。"我说："学生都被资助了。"老功呃了一声。我把老梁、老苟几个特困户的情况说了，老功没有说话，分手时，老功说："你想想为上庄我能做些什么，到时候联系吧。"

第二日，我去了照相馆。相片已经洗出来，我挑出一部分，装了相框，连要带买又装了十几本照相馆自做的简易相册。出门时，遇到了孙达，我眼睛一亮，咋把这个家伙给忘记了。一人捣了一拳，紧紧搂抱一下，孙达说："你说怪不怪，昨晚梦见你，今日就相见了，咱们多少年没见了?!"

孙达是我在省报时的同事，一个办公室坐了好几年。报社记者都有分口，他分的是工商口，大小企业都是他的自留地。他很会做事，经常为企业策划宣传方案，擅长组织策划老板与官员之间的互动，抢抓领导与老板交谈、握手、碰杯的镜头，洗出来装裱好，送给领导、老板，深得老板赏识。我拍拍脑袋，在解决盼香的问题时咋就没想到他呢？我装作回信息，翻手机通讯录，果然把他的号码也丢了。

吃饭还早，我们进了一家茶楼，喝茶、叙旧、抬杠，热身过后，把想法说了，我说："上庄那一带的情况你也熟悉，我在上庄扶贫一年，不能啥事都不做呀。"孙达说："这些年老板们做扶贫助学都是围绕那一带，时间太久，他们都失去了激情，对那方土地麻木了，因为无药可救啊。”我就说起老功，孙达说：“老功这人很有爱心，这几年公益事业做了几千万。”我说：“问题是我想不出来老功在上庄能做些什么，我把几个特困户的情况说了，他没反应。”孙达说：“贫困户这些年老板们见得也实在太多了，他们也麻木了。”我说：“那咋办？我总得为上庄做点什么呀。”孙达说：“凡事预则立，不预则废，这事需要策划，你回上庄跟村长商量商量，我也想着。”又说，“上庄的事咱们就在老功的身上做文章。”

晚上，汪惠梅打来电话说她家里有点事，请我帮她代一周课。我说你忙去，我也没啥事。回到上庄，我跟老村长商量，老村长说做啥都得有人，没人能做啥呢？我说修路？老村长说危房危窑改造都没几个人响应，修路谁走？让人家花那钱做啥？你和他商量吧，能做啥就做个啥，实在没啥做的，也别勉强，不要让人家花没意义的钱。

过几日，我给孙达打了电话。孙达说让老功给上庄人民拜个年吧，上庄不是革命老区么，1935年红军经过上庄，还住过几日，老板给革命老区贫困村拜年，这还是有新意的，老功肯定兴奋，老板们热心公益事业，也希望产生社会效益。我想也只能这样了，说到老梁、老苟几个特困户，孙达说到时候安排老功访贫问苦，到特困户家走访走访，他自然会准备红包。我说他们的困境不是红包解决得了的。孙达说见面时你提出来，我敲边鼓促促，几万十几万对他不是个啥，你先跟他沟通一下，把大致意思说一下，不要说找过我，别让他觉得咱们合起来给他做套，老板们忌讳。给老功打了几次电话，老功不是出差，就是开会。我担心老功太忙，把这事不当回事，我又给孙达打电话，孙达笑笑说我约他他保证有时间。我说那拜托了。他说客气个毬！忘了我老家是那一带的，我联系好了给你电话。

47

天色微明，敲门声响起，拉开门一看，门前一团白晃晃的东西，吓得我直冒冷汗，几乎叫出声来。“孝子给你行礼了。”是老村长的声音，我注目细看，是一个披孝的孩子。孩子“咿咿咿”磕了三个响头。我忙拉起来，认出是二年级学生马晚生。老村长说：“晚生，作个揖起来。”晚生作了揖起来。

早晨已有些寒凉，老村长不停地擤着清鼻涕，我说：“快进屋来说。”老村长进了屋，晚生还站在外面，我说：“晚生快进来。”老村长说：“他不能进来，披孝之人不能随便进人家屋里。”我说：“没那么多讲究。”老村长说：“该讲究的讲究一下吧，跟你把事说一下，还得去请人。”

老村长说：“晚生的爷夜里没了。”我吃了一惊，说：“前天我还见了，提着个蛇皮袋子，在山上拾地软，搂发菜……”“心脏病最要命，不管你精神不精神。晚上还吃了两老碗面，半晚夕不行了，装着救心丸，还是几年前的，都失效两年了，给喂上没顶用，折腾了一顿就没事了。唉，要是在城里拉到医院还能抢救过来，”老村长咳了一口痰从门口吐出去，又追出去，用脚抹了，说，“要不是晚生这个碎东西，连个戴孝应时应卯的人都没有啊。”我说：“不还有三个孙子么？”老村长说：“女娃能戴孝不能应事么。”老村长把提着的两瓶酒放到桌子上，说：“请你抬重，抬重你懂不懂？”我说：“懂，就是抬棺。”老村长说：“晚生家的祖坟又在后岗子，五六里地，得两拨人换着抬，没出五服的子孙又不能抬重，哪有儿孙自己把先人往坟里抬的，女人也不能抬重，八个抬重的人凑不够，实在没办法，只能请你帮个忙吧，你没啥忌讳的吧？”我说：“我去，我去，我爹说赶上送亡人，这是积修福分，一定要搭把手。”老村长说：“你说这老东西，给人个措手不及么，几个儿一个都不在跟前，你倒是睡上一年半载的炕，儿女们也都能回来见上一见，尽尽孝心，后事也能准备周全一些，走了也就走了。”吃了根烟，老村长说：“像你这样的干部能抬他送他，他也是个有福的人。”又说，“小儿子贵兵在南边一个厂里干，还回不来，一走半年工钱就没了。”我把酒递给老村长，老村长说：“这是请抬重的规矩，别乱了规矩。”

老村长拉着晚生的手说：“走，赶紧去瓦梭村，迟了老夜猫子赶集走了，打坟坑就差下人了。”我说：“等等，我骑摩托捎你们去。”老村长说：“按规矩孝子只能走着去请人。”我说：“晚生才多大，一来回得多久？规矩得与时俱进。”一个上午跑了八个村庄，该请的人请了个差不多，老村长说：“多亏你呀，要不然我这副老骨头带着这碎东西非跑散伙了不可。”说着抹抹晚生的头，“赶紧吃点，跪你爷灵前烧灵纸。”

老村长跪下去在老马的灵堂前点了张纸，我也跪下去点了张纸，老村长掏出烟，在纸火上点了一根，从灵堂出来，靠着墙根，老村长说：“你说现在能守个啥规矩？咱这里，见了重孙，到那世就没罪了，因此，重孙一出月，就得先让太爷爷见，老马得了个重孙，到现在还没见一面，你说这些娃，日他娘都钻到钱眼里了。”

两个唢呐吹手在大门口一左一右，也是两个老汉，来人烧灵前纸，唢呐就吹一段，吹的是《寡妇哭坟》《王祥卧冰》，凄凄惨惨的。有几个戴孝的小孩子，白的孝帽上缀着小红花，像一朵朵鲜艳的梅花。我说为啥他们头顶有小红花。老顾说那是些重孙，老马年纪不大，但在马家辈分大，不是亲的么。

灵堂搭在拐窑，贴了一副挽联：舍弃尘寰归主国，离开浮生到天家。灵床是一页门板，三个阴阳开始念经，两个在挂灵幡。这阴阳正是给长武家补土的张阴阳，张阴阳敲着木鱼在念：

众孝子进门来双膝跪倒，烧黄纸烧黄表十炷长香：一炷香烧予了玉皇大帝，二炷香烧予了关公中郎，三炷香烧予了三星娘娘，四炷香烧予了四海龙王，五炷香烧予了五方六帝，六炷香烧予了南斗六郎，七炷香烧予了北斗七星，八炷香烧予了八大金刚，九炷香烧予了九天仙女，十炷香烧予了十殿阎君。

抬重的八个人，年纪最大的是老村长，除过我，年纪最小的是添福，五十二了，如果不是个哑巴，肯定也出外打工了。四个换肩（预备）的都是六七十的老汉。

老顾记礼，嘿嘿一笑说："没人么，强赶鸭子上架哩，农民识字那会儿识了几个字，你别笑话。"我上礼，老顾说："你把名字写上就行了。"我写了名字，老顾说："你是抬重的，礼不用上，咱这里所有帮忙的都不上礼。"说着在我的名字旁边写了个"在东"，给我解释说"在东"的意思就是在东家，东家一看这就明白你是帮忙的。我坚持要上礼，老顾说："上了礼也富不了他们，他们倒还落下了话把，连抬重人的礼都收了，说出来不好听，算了。"

下午三点半，除了小儿子贵兵，老马的儿女都回来了，院子里立时哭声大起。老马的孙子回来几个，但孙媳妇一个也没回来，重孙也就没抱回来。老村长问马贵成："你孙子没抱回来？"马贵成说："路远，娃才几个月，抱上受罪。"老村长忽然火了，说："放驴屁着哩，羞你老先人去，你咋没想到你爹受罪，不知道老人见了重孙到那世没罪？你爹想见重孙盼得眼里滴血哩，驴日下的你也是抱孙子的人了，做毬的啥事么?！”马贵喜说：“老二，这阵就去挡山上打电话让往回赶。”马贵成就往外走，老村长说：“这阵往回赶个毬！活着见不上，让你爹死了睡在地上等几天？不知入土为安？”马贵成嗫嚅着说：“我、我也想叫回来，可儿媳妇不愿回来，没办法么。”老黄、老曹、张六几个老汉立刻你一言我一语说起来。几个儿子赔着笑脸敬烟。

太阳落尽，开始“领牲”。老家亡了人也有“领牲”的仪式。仪式开始，众孝子按辈分依次跪在灵前，主事人把“牲”（羊或猪）牵进人圈内，请求亡人：“您老领了！”众孝子边磕头边称呼亡人说“爸——领了”，“爷——领了”。如果“牲”浑身抖毛打战，就说明亡人领“牲”了，灵魂已附在“牲”身上得到超度了。如果“牲”不抖毛打战，那说明亡人还有牵挂，于是主事和众孝子就要一遍遍猜想、说叨亡人在世上尚有的牵挂和未了的心愿，直到说得“牲”抖毛打战。那是一次灵魂的对话，是亡人最后一次借活人的口陈述心声。

献的“牲”是只大羯羊。孝子们跪成一圈，将羯羊箍在里面，老村长说：“老马，领了去，你看看，该来的能来的都来了。”

羯羊在转人圈里一圈一圈走着，真像是在一个个查看。老村长说：“领了，领了。”可大羯羊不抖毛打战。老村长说：“知道你挂念贵兵，可娃回不来，路途又遥远，一来一去顺当了得七八天，不顺当得十几天，能撵上埋你？人家厂里也不答应，工厂正赶活哩，一回来半年工钱就没了，工作也丢了，你忍心娃把几千块钱撂了？把工作撂了？这能怨娃？要怨就怨你自己，你咋就不挣扎着多活上几个月，年跟前咽气，月闲岁满的，不都见上了？领了去，快领了。”

羯羊还是不抖毛打战，老村长继续说："贵兵没回来心回来了，电话里哭得稀里哗啦的，该出的钱一分没少出，就是少了你几个头，年三十回来到坟上给你好好磕磕。"说着一把扯过晚生说："儿子没回来，孙子晚生在呢么，一样的，晚生往前跪跪。"

晚生被推到羯羊跟前跪下，磕了三个头，嗷嗷大哭。

老村长说："快领了噻，你看孙子哭得多伤心。"

羯羊不抖毛打战，又一圈一圈走。

"谁的日子谁会过，后辈儿孙一个个日子过得火焰一样，社会好着呢，光景好着哩，你还有啥扯心的？操了一辈子心还没操够？领了，领了上路。"

老村长就像是给人做思想工作。

"一昼夜经够了，你走得太突然，时间仓促，啥也准备不及，儿子们都把心举下了，三周年给你念三昼夜的黄经大过，来，孙子孙女都进来，送爷爷上路，入土为安。"

七个孩子齐刷刷跪在羊跟前，最小的才一岁，哇哇大哭，那羊真就偏着头一个个看了一遍，还去舔孩子的手、脸。老村长就说："看你后辈多重，七个孙子五个男孙，上庄还有人的后辈有这么重的？重孙才几个月，天气又凉了，一两千公里的路程，路上得个病你心里过意得去？有了重孙，阎王爷知道哩，罪就给你全免了，快领了早早上路吧，都忙忙的。"

羯羊站在中央扫视着人群。几个人抓住羊用酒洗耳碗、鼻子、脸，又在身上浇了两马勺水，把毛捋了又捋。老村长说："你看给你抬重的，有干部哩，你把牌子耍圆了，大麻子多日能的人，也没干部给他抬重，还要咋？"

我往前站站，那羊抬头看看我，我摸了摸羊头，羊甩了甩头，老村长说："甩头不算，打战抖毛大领一下，别给儿孙心里放事，让儿孙心安。贵武，给'牲'再洗洗，洗得干干净净让你爹好好领一下。"

羊还是无动于衷，老村长吼着说："儿孙都过来，跪到羊跟前哭，说！"

儿孙们都跪到羊跟前叽叽咕咕地哭诉祷告起来。

老村长点了一根，抽完，又续了一根，抽完，对老黄几个说："往身上浇水浇酒，耳朵、鼻孔、腿裆、脊背，多浇上些。"

几个老汉按老村长说的，把羊几乎浇得像从水中捞起来，羊打了几个喷嚏，浑身大抖几次，孝子们一片哭声，人群中传来唏嘘啜泣之声。老村长的眼泪也落下来，说："你个老㞞，你死了我给你主事哩，我死了还不知咋回事哩，你好好走吧。"

回去的路上，老村长说："领牲就是了亡人心愿的过程，你得把他心里想着却没说出的话说出来，这是亡人最后一次说话了。领牲的事神奇着哩，不是看在你面子上，老马是不会领的，得了个重孙到死没见上，你说心里能痛快？这些娃做事也太差了。"

第二日下午朝庙。朝庙也叫送香，是丧葬中一个非常重要的仪式，也是最古老的仪式。《礼记·檀弓》就有记载："朝庙之义丧之朝也，顺死者之孝心也。其哀离其室也，故至于祖考之庙而后行。"一个猪头摆在八仙桌上，由两人抬着，走在送香队伍前面，到了庙里，阴阳念经，鼓乐打吹，孝子上香祷告，鞭炮齐鸣。送香的目的是告诉祖先，某某去世了，就好像是阳世生了小孩给亲戚朋友报信一样，所以，从死者家里出发，选择一条沿途人家多、道路长的路，而且回来时不走重复路。家乡也是这风俗，我想这样是在宣扬孝子们的孝心。

第三日五更，告别、入殓、封棺一切仪程走完了，该出殡了，老村长喊一声："孝子贤孙三叩首！"戴了孝的齐刷刷跪下去，白茫茫一片虔诚，哭声在寂静的黎明悠长而伤悲。

受那个年代"彻底打倒孔老二及其孝子贤孙"的影响，"孝子贤孙"这词在我的脑海中一直是个贬义词，老村长为这个词平反了。

说是五六里地，其实说的是个大概，要翻两架梁一道沟，应该十里不止，整整走了一个半小时。等到坟上，我已气喘如牛，两腿打战，汗如水浇。几个老汉倒在坟地里四仰八叉大张着嘴喘气。

马家的祖坟几十座坟墓，金字塔式排列着，整齐得像个军阵，四周长满槐树。

棺木下葬，纸活燃尽，坟堆鼓起，丧棒插毕，人们回去了，只有抬重的老汉们还没缓过气来，就那么躺着闲谝。

老许说："今年眼看一年完了，我还想着没人走了，老马却上路了。"

老顾说："世事就是这么说不明白，你说老苟罪受得，屋里进去一股死人味儿，就是不死，天狗吃月那晚，我看到一颗星星落了，方向是榆树壕，我当老苟要下世了，心想老苟把罪受尽了，该享福去了，谁能想到是老马走了。"

老许说："日也忙，夜也忙，一双空手见阎王。人活一辈子到这世上就是来受苦的，活着啥都不够，死了啥都不要了。老马活着日子过得细成啥样了，舍不得吃，舍不得穿，病都舍不得花钱看，路上见个一拃长的柴棍棍都往家里捏，躺到这里两手一摊啥都够了。"

老顾说："人吃土地一辈子，土地只吃人一口，人活一世白白儿的。"

老村长说："每年总要走一两个人，几年没娶进一口人了，谁能想到咱上庄的日子会变成这样?!”

老许说：“这话不对，咋能说没娶进来呢？只是都在城里办了。”

冯有说：“老村长说的意思是几年村里没办喜事了。”

老许说：“也是啊，村里该有五六年没办喜事了。”

我散了一圈烟过来，一个个点了，立刻一片咳嗽声。

老周说：“你说老拐子这老㞞，一直跟我拧着一股劲儿，像上辈子就是冤家，我们打架那次，给我装死，讹得我花掉了几百块，那时间几百块钱顶现在几千块钱，你说他能想到死了是我给他抬重？”

老村长说：“说喔㞞话有啥意思，这世上不走的路走三遍，不用的人用三遍。”

杨六郎说：“唉，这么下去，以后死了非得埋在自家院里。”

老顾说：“你可不敢说这话，你儿是名牌大学生，以后把你们接进城当城里人哩，到时一把火烧了，一股子青烟直接进天堂了。”

杨六郎说：“烧了零干，往个小匣子里一装，一个娃娃就抱回来了。”

老许说：“你老㞞嘴上说的不是心里话，真到时候拉去烧你，你还不气得活过来往回跑。”

老顾说：“都别卖嘴，现在啥规矩守得住？城边上人死了连丧都不哭了，雇人哭哩，哭一天给五十，还管两顿饭哩。”

张六说：“死了死了，一死百了，哪怕让狗啃了。”

老村长说：“这话没错啊，就是埋到这儿又能咋？再过二十年，咱们这一茬老㞞一埋，上庄就没了，路都没了，天老地荒的，还指望他们回来给你坟头上添土压纸？”

一种小虫子一团一团飞着，就像烟雾一般，老顾眯着眼睛盯着虫子说："你说这虫子就活一天，这么飞呀舞呀的，晚上就没了，就像没活过一样，人活一辈子你说跟这虫子像不像？就是多活些天么。"

我想，这小虫子是不是庄子写过的朝生夕死的蜉蝣呢？

老顾唱起来：

人活（着）一世（哟）干（呀啊）毬蛋，
就像（着）那个蚂蚁搬（呀）搬土山。
东边（哟嗬）搬到那个西边（者）去，
最后（呀）钻到（了）土（呀）土里面。
…………

48

我去猪头峁送照片。

小姑娘正在院里跳绳，花裙子一起一落，就像一只蝴蝶起起落落的。弟弟一拐一拐地学走路，袖口的铃铛丁零当啷的。小姑娘看看我，我说："不认识了？"小姑娘说："烧成灰都认得。"我笑了。这是大人的口气。看到照片，小姑娘咯咯地笑了，睨了我一眼说："你、你真洗出来了。"我说："你没信我？""信了哩，婆说你是干部。"小姑娘蹦跳着喊，"婆，婆，相片，相片。"屋里走出个婆婆。我给两个孩子一个装了两个相框。婆婆接在手里，满脸皱纹都溢满笑容："洗了这么多，还装了框框，快进屋喝口水。"我说："不进去了。"婆婆说："咋能连口水都不喝哩，你等等我给你取钱去。"我说："不收钱。"婆婆说："这都是花了钱的。"我说："大婶，真不收钱。"小姑娘已捧着一个瓷缸子出来说："喝点，快喝点。"我忙接过来，喝了一口真甜。小姑娘说："你喝噻，我放了蜂蜜，可甜了。"我把缸子放在窗台上，说："儿子在哪里打工？地址知道么？我给寄照片过去。"婆婆说："不晓得么，没个定信，前年说是在兰州，去年说是在西安么，今年不知道在哪达。"我"呃"了一声，婆婆说："给老村长打电话了，说是过年回来哩，回来就能见上，不敢再麻烦你了。"

从婆婆院里出来，没走几步，院里的声音传出来：

“啧啧啧，这甜得，你放了多少蜂蜜？”

“三勺子。”

“锤头大的缸子，你放了三勺子，一勺子就够了。”

“人家给咱做了事么，又不收钱，不说相片，光这框框得多少钱？你见过这么好看的框框？得是。”

“你个碎贼娃子咋知道婆蜂蜜放在哪达？”

“嘻嘻，你当你能藏过我？你啥都藏不住我。”

“你个碎贼娃子，眼睛比锥子还尖。”

“嘻嘻，婆，你说我爹我妈看了能认出来是我吗？”

“别、别喝光了噻，你个馋痨，给弟弟灌点，娃这两天干得，屙下的屎都成羊粪豆豆了。”

“婆，这么甜，你说干部咋不喝？”

“人家喝满腹着呢，再说还嫌弃咱不干净么。”

老常正挑着一担水过来，每个水桶只有半桶，上面还放着几片葵花叶子。

我说：“来我挑上。”

老常笑笑说：“半桶水不重，不敢打满，满了往外闪，糟蹋了。”

我说：“还放葵花叶儿做啥？”

老常说：“放葵花叶儿压着点，水就不往外闪了。”

进了院子，老常把水倒进缸里，几个娃已经扑过来了，盯着我叽叽喳喳的，我把相片掏出来，老常一张一张翻着，娃娃们立刻像鸡扑食围上来，一扑一跳的，老常一张一张递给孙子们说：“别叼，撕扯了我一人给你们一巴掌，看了就让婆收起来。”我把装好的几个相框和相册递给老常，老常说：“还费心地装了相框。”老婆婆过来看，笑着说：“照了这么多？这相框好的，怕得不少钱。”老常对婆婆说：“别看了，以后慢慢看，赶紧烧水泡茶去，把儿子买的那茶放上，多抓一把。”对我说：“快进屋。”屋就是崖窑。老常说：“今儿就在家里吃个饭。”我说：“好。”婆婆把茶端上来，我闻出来是铁观音，老常又说：“把老瓜子喊来。”婆婆出门去了，老常说：“你坐着喝，鞋扳掉靠在被摞上，腿抻展舒坦。”说着老常把我的鞋给扳掉了。喝了几口茶，听得院里鸡叫，我跳下炕，穿上鞋出来，见老常已经把一只鸡的头剁掉了。我说：“洋芋面就行了。”老常说：“你能吃多少？这些碎东西也馋了。”

白老汉进来，老常说：“老瓜子，不但把你的老相给照好了，都给你装进相框子了，你现在死了就能用上。”白老汉说：“罪孽大得死不下么。”看了相片，看看我说：“你这水平比照相馆的高，看把我照得喜色的，像拾了狗头金。”老常说：“就是你喔驴脸太长了些。”白老汉笑着说：“我也觉得，再吃胖点，把脸上这坑坑洼洼的往起填填，就富态了。”老常说：“回去让婆娘给你多加几把料。”白老汉说：“我这一辈子照过两次相，一次是办身份证，一次是大孙子考上县一中了，送孙子去学校，和孙子在县一中大门口照了一张，都十几年前的事了，这是第三次照相，比前两次照得都好。”白老汉抱着相框说：“做饭了没？我让那边做了。”老常说：“人在我这边哩，你那边做?!”

白老汉出去了，婆婆端个热气腾腾的陶盆进来，鸡已经在陶盆里了。老常说：“咋就煮到里面了，毛还拔下来做掸子哩。”婆婆说：“那不把鸡皮拔烂了，烫下来的毛晾干扎不一样？得是。”老常说：“那就没光泽了，不好卖。”老常骑在门槛上拔鸡毛。

白老汉进来抱着一只鸡，提着两瓶酒，老常说：“没看鸡宰下了，领空头人情？”

我说：“别宰了。”

白老汉说：“一只鸡还不够你那群狼娃子撕扽的，都炖上。”

白老汉把鸡递给老常，老常却把刀递过来，白老汉说：“你顺手宰了，让我再糊个血手？”

老常说：“你吃肉让我害命？得是。”

白老汉宰了鸡，拾掇出来，老常对老伴说：“一只炖上，一只炒上，鸡血做血面，用荞面吧，城里人兴吃荞面。”

鸡还炖着，酒却已经打开，白老汉说：“先喝着等着。”

我端起酒说：“我敬二位老叔一杯。”

老常说：“不敢，不敢，哪敢给你们干部当叔？叫我们老汉就行了。”

老常掏出三百，白老汉掏出二百，我推回去，老常说：“收下吧，你又不是开照相馆，也是掏了钱的。”

我说：“没几个钱。”

老常说：“日子也都好过着哩。”

白老汉说：“就是，儿女人不回来，钱经常打回来的，日子没你们干部好过，也不难过。”

我说：“不说了，咱们喝酒，喝酒。”

两个老汉喝慢酒厉害，一直喝到了后晌，一路上走走停停，回到上庄已经黄昏。村口跪着一群人在烧纸，我明白老马已经头七了。想想抬埋老马还像是昨日的事，却已经过去了七天。这是送七。按照老家的规矩，老人去世是要送七——每七天都要奠酒点香升表烧纸，以家为起点，一七比一七远一点，一七比一七远一点，七七四十九天送到坟上，就像梁山伯与祝英台长亭更短亭的十八相送，表达绵延不尽的思念之情。我跪下去给老马也点了张纸。

进了村，马贵武跟了上来，说："干部，等一下。"

天色已经昏暗下来，也有些冷，我说："进房里坐。"

进了房间，他掏出烟来，给我递了一根，点了，搓着手，说老爹这一去世就没了拖累，老六媳妇春芳在村上也站不住了，开春就进城，晚生、春生念书就没办法，想转到他打工的城市，问我那边认识人不？我摇摇头，确实没有关系。他长出一口气，一脸沮丧，我说："农民工孩子在打工城市入学国家不是有许多硬政策，不都得接受吗？"他说："说是那么说，可条条框框的，哪一条不符合就框在外面了，没有熟人难办着哩，花钱都找不到门路么。"

每个学年开始，我与教育的关系就紧密了，对于从农村出来的我，与家乡千丝万缕的关系这些年集中体现在为老乡的孩子入学上，能用的关系已经用了好几年，我只要给他们打电话，他们都发毛了，接我的电话都有些神经质了，有些干脆不接了。我知道他们的难处，我只能是威胁利诱耍无赖地努力着，我多么希望不通过关系而能够让进城打工者的子女名正言顺地进入学校，可这有如蜀道之难。父母身份证明、暂住证、户口所在地教育部门或政府同意其外出就学的证明、父母从业证明或用工合同、房产证或房屋租赁合同或相关居住证明、计生证明、原就读学校的学籍证明及转学证明、出生证明、儿童预防接种证……虽然说这几年，在国家三令五申中所需证明不断精简，但依然需要很多证明，而老乡最缺的证明又是那样的稀缺，许多证明他们就没有过，许多老乡除了身份证，再一件也拿不出来，就是身份证，拿出来与户口本上的信息不相符，就被拒绝了。除了证件，还有各种门槛要迈，2012年9月6日，《工人日报》报道，魏双恒孩子已经八岁了，因为不懂郑州市外来务工人员子弟上学的政策，已经耽误一年了。今年好不容易按照政策规定，办齐了孩子入学的各种手续，被分到建设路三小，报名时遭遇面试，因为孩子胆怯，几道题回答得支支吾吾，校方将孩子拒之门外，最后要他去医院给孩子测定智商：智商合格原校接收，智商不过关，送育智学校就读。这个条件是打着“因材施教”的幌子，颇有些冠冕堂皇。城市孩子入学不需要测定智商，而农民工的孩子要测智商，有人称之为制度性歧视。其实这已不是歧视，而是污辱了。

送马贵武出门，马贵武走了两步，回头又说：“你在你的同学朋友中联络联络，看那边他们有没有认识的，我们花钱哩。”

49

从镇上回来的路上，进入野狐壕，前面走着一个人，他手里提着个蛇皮袋子。上庄人出门手里会提着一个装过肥料的蛇皮袋子，就像城里人出门手里提着皮包一样。拾到东西，往塑料袋里一装。到跟前一看，是张实生。张实生每个月都会去镇上，在农行刷折子，看儿子挣的钱打到折子上没，他说不控制着点存不下，现在这娃手脚大的，城里又到处是花钱的窟窿。

我说：“又去镇上查儿子的账了。”

他一笑。

张实生眼睛有病，应该是青光眼导致视力极度下降。在外面打工，被车撞折了一条腿，处理时，人家说他眼睛有问题，最后只赔了医疗费，给了两千块钱的误工费，还是出于人道。张实生腿好了再不敢出门。因为家贫，张实生三十五岁上才娶了个聋哑老婆，生了一儿一女，就再不敢生了。在上庄同年龄人中，一儿一女的家庭，负担要算轻的。这日子是看得清楚明白的日子，不用谋划，将来换亲也行，收彩礼也行，用他的话说，就是“将你的泥疙瘩堵我的墙窟窿”，“我没想着在女儿身上长一分钱”。这样他要努力的就是只要收拾出来三间房子，摆十几桌宴席就把事办了。儿子没上高中就出门打工了，一年能拿回来几千一万，这些年他靠种地养羊也积攒下点钱，“我身体残了，出了车祸后啥都不对劲了，说不定哪天就走了，儿子媳妇一娶，我就解脱了，哪怕早晨给娃把婚事办了，下午死了也没啥遗憾的。”

女儿十六岁了，要出去打工，村子里女娃都出门打工了。张实生就想女儿长这么大没出过门，让出去见见世面，一结婚，也得出门打工，让出去熟悉熟悉，以后出门少受点磨难。第一年女儿还拿回来三千块。可是，第二年，女儿就自己谈了个对象，张实生得了消息，气得跑到城里找了趟女儿，要把女儿领回来，可女儿躲了。张实生回来就给女儿张罗对象，想着年底女儿回家就把儿子和女儿的婚事一起办，一娶一嫁。可是过年女儿没回来。张实生又找到城里寻死觅活的，结果没把女儿逼回来，反倒把女儿逼得嫁了。“严严捂捂的日子让这不懂事的狗日的一指头就戳了个窟窿，这是给我挖了个坑要埋我呀。”“棍棒下面出孝子，都是惯坏了，不惯她没这么大的胆子，娃少，从小就惯么。”女儿女婿上门来，张实生没让进门，发了毒誓，断绝了父女关系。这两年虽然女儿女婿来过三四趟，张实生一次都没让进家门。我问他女婿家的情况咋样？他说我偷偷去看了一回，比咱这达山还大，沟还深，还都是石头山，没一窝窝平地，石头缝里种庄稼，你说能好到哪达？一个寡妇娘，家里能好到哪达？两间房子都是土坯房，风一吹都晃荡，比我家还穷。那村上女人都是在外面打工连哄带骗领回去的。“我气也气到这点上，你选也选个好一点的，嫁了也就嫁了，将来总还能帮帮你哥么，你说娶一个媳妇子，十几万的彩礼，你说我和你娘倒是像别人一样囫全（健康）着能吃能挣也不说了。退后一步说你自己日子也不受罪么，你说那狗日的就是个倒眼窝，大睁着眼睛走瞎路么，你自己把不来？现在喔电视上也演着呢么，女娃嫁人都是挑家里条件好的，看也看会了。”他说，“你别笑话我们这些人，没办法的事，有一份奈何，也不逼娃娃嘛。”我说：

“女婿咋样？”他说：“女婿我端详过，是个老实娃，务正，能吃苦，学下一门电焊手艺。”我说：“就不认了？”他说：“就一个女儿咋能不认？迟早得认，就是一口气咽不下去么，抛过别的都不说，名声不好听么，一说起来就是跟着人跑了，你说这啥名声，坏了门风么，再熬狗日的几年。”我说：“事已这样，认了吧，别给他们心里放事，你不认，孩子心里也不好受，过日子也没心劲，影响他们扒光阴。你认了，他们心情愉快，好好过日子，日子过起来了，到时候他们还能不帮衬？”他不说话了。

出了野狐壕，上了五黄梁，在梁顶我们坐下，张实生放下蛇皮袋子。我往起提提，还挺沉的，撑开看看，里面有长短不一的木棒，铁丝，骨头，塑料袋，扎捆用的塑料绳子、布穗，还有双旧皮鞋。对于他们来说什么都没有多余的，这些都是有用的。

张实生笑笑说：“女儿女婿打回来钱了，五千块钱。从你的话上来了，两口子说了，给她哥娶媳妇他们担一半的花销。”我捣他一拳说：“这不好了。”张实生叹息一声说：“前段时间我到城里去看了一回，两个娃也可怜，女儿也干电焊了，要说我女儿长得乖着呢，人又白俊，现在给电烤得，我都觉得一下子老了十几岁，我说你不要干电焊了，另找个活干，女儿说干电焊来钱快……唉，娃不易，你说结婚几年了，连个娃都不敢怀，生下养不起么，还惦记着给她哥娶媳妇，婆婆又是个药罐子，一天不吃活得了？不吃药活不下去么。”他从地里拔了根冰草，放在嘴里嚼，“儿子也不省心，要说彩礼吧，这些年攒下的也差不多了，方圆打捞了几个，死活不同意，在城里谈了个对象，城里娃是你娶得起的，人家一张口就要楼房，啧啧啧，你说说，一套楼房你们城里人买都吃力么。我说你哪怕找个对象，先娶回家，再在城里谋算也不迟，不听话么。”我说：“你索性不要管了，你着急有啥办法？反正年龄还小么，只要不走歪路，让他自己努力，他要娶城里女娃，自然会努力。”

入上庄村口，碰上汪惠梅从挡山上下来。国庆节回来后，汪惠梅往老疙瘩峰上跑得更勤了。我说家里事没料理完？你回去继续料理吧，反正我也没啥事。汪惠梅一笑说：“正想跟你说，又不好意思开口。”我说：“有啥不好意思的，谁家里没事？再说要不是你考上特岗分配到上庄来，教书不还是要我教么。”

50

老村长又在广播上通知："通知，通知，明天，省秦腔剧团将来上庄演出，千载难逢，望大家互相转告，不收钱，都来看。"

老村长的喊声通过梁顶上架着的大喇叭，翻山越岭，音传四野，声震八荒。

老村长已经连续通知三天了，汪惠梅说："秦腔有啥看的，一遍一遍地通知，就像要来多大的领导一样。"

我说："对于他们来说，秦腔就是你们的流行歌曲和明星演唱会。"

通知了五六遍，老村长又接着通知开会。我到了后，老村长递给我文件，是县上关于推动养殖业大发展的优惠鼓励政策。我刚开始念，张六说："开场白就别念了噻，开场白开场白，开场都是白话么。"

老村长一绷眼睛说："从头念，精神还是要掌握的，让你们知道上头为咱们在想啥在干啥，别都当上面在搞腐败。"

张六说："我觉得问题不是要咱们知道上头在想啥在干啥，是要上头知道我们在想啥在干啥。"

老村长说："你喔东西闲了，借给女人养娃去。"

张六说："你喔东西大，借给女人养娃不受疼。"

老村长扒下鞋底就砸了过去，张六接在手中"嗖"一声扔到院墙外面去了，说："我说错了，上头为咱们想啥干啥，那就该知道咱们在想啥在干啥，不知道咱们在想啥干啥，他们咋能想对路？”

老董说：“就是就是，这话真真的。”

我又从头念：“为贯彻落实党的十八大精神，我县把加快生态养殖业的发展作为农民增收的重要选项，通过保种补贴、优惠政策、技术扶持、基地带动等一系列措施，促进农民收入增加，加快农民增收致富步伐。

“全县每年将发放畜牧养殖专项贷款四千万元，养殖户与财政各承担利息的百分之五十，分季进行结息。通过贷款贴息，力争每年扶持三百户年育肥规模羊超过两千只、牛超过二百头的育肥专业户，带动两千户年育肥规模羊超过二百五十只、牛五十头的养殖户。

“为了鼓励发展养殖业，县财政将实行‘四个二’的补助标准，即给予集中养殖牛五百头以上、羊三千只以上、猪两千头以上、鸡一万只以上的专业养殖户，按每头牛二百元、每只羊二十元、每头猪二十元、每只鸡两元的标准给予奖励；对于规模化集中养殖小区采用配方科学饲喂技术的饲料机械，政府给予补贴，从事专业养殖的农户在配备标准圈舍上给予重点扶持。

“每个养殖项目有不同的补助标准，一般我县畜禽圈舍建设是按每平方米（建筑面积）一百二十元至一百五十元给予补助。为了配合政策的落实，全县畜牧技术人员做好相关技术服务，积极上门协助规模业主搞好圈舍规划设计，做好养殖技术咨询服务，指导引进优良品种、疫病预防注射和无公害畜产品养殖方法等具体工作。

“申报程序：先到县农牧局领取项目申报表，据实填报并请当地畜牧兽医站、当地乡镇政府审核后报……”

老村长说：“不念了，表我领回来了，你给他们发一下。”

我发表给张六时，张六说：“我不要，这跟我有啥关系？这分明就是给老板制定的政策么，要是能养得起五百头牛，三千只羊，两千头猪，啧啧啧，我是大老板了，还把喔点钱看在眼里？”

老顾说：“就是么，一头牛都过万了，不要说五百头，连五头我也买不起，三千只羊，没封山禁牧的时候，全村也没那么多羊。”

老董说：“老黄瓜，以后这样的文件别拿回来念了，听得人心上泼烦的。”

张六说：“老黄瓜，你到底是给我们办好事，还是给我们气受？你说一户要养两头牛、十只羊、一百只鸡给补助，我倒想弄弄哩。”

老村长说：“鼓励你们当大老板哩，当是害你们哩？散会。”说着在张六的头上拍一巴掌，“头搁得像个鸡巴，说得头头是道么，这娃是当干部的料么，可惜生错地方了。”

张六追过去说：“我说错了，我倒觉得以前提的‘四个一’实在，这‘四个二’有点二。”

我说：“‘四个一’是咋说的？”

老曹说：“就是墙上写的，人均十只鸡，强比卖草席；人均一头猪，等于小储蓄；户均一头牛，砖瓦起高楼；人均十只羊，致富奔小康。挺顺口的，也实际。”

张六说：“赶紧收拾戏台子，这才是正事。”

老董拍我一巴掌说：“省剧团能到咱们这儿，托你的福，不说咱们掏不起钱，就是掏得起钱，人家也看不上来咱这里演。”

老曹说：“不会晃我们吧，我咋觉得像做梦哩。”

我说：“我打保票，不来大家拿我是问。”

老曹说：“说个笑话，你这人扎实，不像有些干部冒失，说话口气大的，芝麻大点事都不办。”

老顾说：“能点戏么？”

我说："当然能点。"

老顾说："那咱们得好好合计一下，得看几场全本的，折子戏不过瘾，正看美咧没了。"

老村长对大家说："都给你们亲戚把消息传到了？"

"传了，能来的肯定都来哩。"

老村长又播送了两遍"好消息"，我说："都播三天了，还播。"

老村长说："这么大的剧团，那是在大场面上唱过的，人少了对不住人家。"

我说："人多人少没关系，村上的情况我也都给他们说过了。"

第二天秦腔剧团到了，老村长把自家的羊杀了一只招待剧团。我拦也拦不住，老村长说："人家这么大的剧团来咱上庄，吃个羊算啥？咱不能失礼数。"剧团杨团长让老村长点戏，老村长有些害羞地说："这么大的剧团，我哪里敢点戏，您看着演。"杨团长笑着说："你点，两个全本，啥都能唱，这次演员阵容是最强的，都是一二号的演员，领导说了，一定要把最好的演员带下来，最好的戏带下来。"又看了我一眼说，"我们的干部在这里扶贫，我们当然要演最好的。"老村长说："那我跟大家商量一下，你们来一趟可真不容易。"商量的结果是《锁麟囊》《赵氏孤儿》，这都是大戏。吃饭的时候老村长赔着笑脸说："这两本戏大，平时看不了全本，都听了折子了，要难了，换戏也行。"杨团长拍着老村长说："你这只羊吃上，他们劲大着哩，让他们吼。"

虽然给老村长说人多人少没有关系，但我也担心人少，人太少了，演员进入不了状态，演出效果会大打折扣。可到了晚上，大队部院子里人山人海，挡山那边的人都来了。演了两个晚上，按领导交代的，他们把伙食费也算了结了，老村长死活不要，杨团长说："你让我回去受处分？我们这也是工作。"

老村长每人给准备了十斤干枣，一箱苹果。杨团长看我，我看老村长，老村长说："收下吧，这都是咱们自产的，就当留个纪念。"

送走了剧团，老曹说："这么大的剧团，连咱镇上都没演过，来咱上庄，以后咱上庄比别人长着一口气哩。"

老村长说："镇上？来县上演，书记县长接待人家哩。"

51

早晨起来，天上挂了云，出了大门，改子在打扫小卖部门前，我说天怕要下了。改子说下不了，老天爷给咱上庄一场雨难怅着哩，人穷不上亲戚门，天旱不盼瓦儿云，这是瓦儿云，不下雨的云，就像你们这些人是闲人。我笑笑，上庄人把话说得很形象，很到位。改子问我今儿去哪个村？我说瓦棱村。改子笑笑说提了一根指头粗细又端又直的棍子出来，说挡狗么还提那么笨重的棒子，这鞭杆提上又轻巧又顺手。

秋阳坦荡，秋风浩荡，席芨谷白云舒卷，浪花飞溅，云海一般壮观。我拍照的时候，看到老曹在拔席芨。我走过去，老曹笑着说封山禁牧有效果哩，你看这东西长得，比人还高，以前啊羊一口驴一口的长不高，公家这政策好。我给他拍照片，他说我有啥拍的，你好好拍拍这景，我往远里躲躲，别把这景糟蹋了。我说就需要你，没你这景就没意思了。

老曹说瓦棱村过了驴脑子沟就是，是从我们曹家湾分出来的，是一个先人的后，剩下几户人了，怕都在地里忙乎，不定能见上，还去我们曹家湾吧，中午在家里吃饭。我说你忙你的。

驴脑子沟宽且陡，两边崖壁刀砍斧劈一样，路盘旋在崖壁上。翻沟过去，看看时间，用了一个小时。村巷里有些鸡，公鸡打鸣，母鸡唤伴，甚是悠闲。走过几家，门都锁着。终于发现一家大门没上锁，我推推大门，门从里面闩上了。门板上面写着曹水军家，又写着曹海家。这曹水军和曹海是不是父子？如果是，谁是儿子谁是老子呢？敲了半天，没人应答。门上的漆脱落光了，几个节疤干缩脱落，像一只只眼睛。从节疤望进去，望不出个啥结果。我心里疑惑，不会是有人病在屋里吧。院墙有个豁豁，我翻墙而入，才发现窑门是锁着的。原来这家人是从里面闩了大门翻墙走的。墙壁上几串干辣椒只剩下把把了，一排成串的玉米棒子，籽粒已经脱落干净，蜜蜂就地取材，造成了蜂巢，蜜蜂闹嚷嚷地忙碌。我复闩好门，翻墙而出，继续沿着村巷往里走，忽然传来“哐哐哐”三声锣声，我吓了一跳。循着声音走去，见一门洞里坐一个老人，抱着水烟壶呼噜噜地吸，他睨了我一眼。看不出他的年龄，从双眼四周的核桃纹和瘪进去的两腮看，该在八十岁开外了吧。他旁边放着一个铜锣。我递给老汉一根烟，老汉接了夹在耳后。水烟壶很是精美，雕着“寿”字图。“噗——”老汉吹去水烟壶里的烟灰疙瘩，把水烟壶递给我，我看看递回去，老汉说：“这把年纪了，我不哄人，是新货，不值钱。”又说，“没古董了。”我笑笑说：“刚才是您敲的锣？”他说：“惊花鸨、老鹰、鹞子，秋上了，这些野东西添膘过冬，祸害鸡兔哩。”

翻梁过去就到了曹家湾，村巷里停着一辆“长城”越野，有些新奇，上庄很少来车。村巷里老人孩子不少，我想曹家湾在村里的大概都出现了。到车跟前时，见大炮和三个西装革履的人从院里出来，一个戴墨镜的对大炮说：“老实点，好好过日子，真要闹事也轮不上你。”

大炮笑笑说：“这我明白，真正闹事还要你们这号人。”

那汉子往大炮跟前走了一步说：“跟我耍嘴皮子是不？”

大炮说：“哪敢？我掂量得清，跟你耍嘴皮子那不是把白萝卜往黄萝卜洞洞里擩么，粗细咱把握得来。”

经过我身边的时候看了一眼，一个夹着手提包的大约看我背着相机，盯了我两眼，说："记者？"

我摇摇头。

另一个说："那你是做啥的？倒卖文物？"

我说："走走。"

戴墨镜的说："闲毬的，在这里有啥晃荡的？"

夹包的说："现在有帮子闲人哩，吃上闲得没事干，碎娃娃的锤子闲打浪。"

戴墨镜的对我说："这里有啥转的？该做啥做啥去。"

大炮说："人家是扶贫的干部。"

戴墨镜的说："县上的？"

大炮说："省上的。"

几个人走了，大炮呸了一口，我说："他们是做啥的？"

大炮说："打招呼来了。"

我说："打啥招呼？"

大炮说："只准老老实实，不准乱说乱动。"

我笑笑。

"用你们的话说维稳来咧，"大炮说，"那戴墨镜的是个司机，看喔驴日的德行，还把自己当个人物，老时候就是个抬轿的轿夫，拉马的马夫，吆脚的脚夫，在我们这些人跟前猪鼻子插葱，装个毬，见了领导点头哈腰的屃样，就像日本人的狗腿子，跑到我们这些人跟前装大来了。喔驴日的就是张家峁的人，一回庄子上戴白手套，头上抹油，谁见谁骂。他驴日的再能，一辈子也就是个吆脚的，想当官墙洼里挂门帘门都没有，他是工人身份，当不了官，人家都是笼屉里的馍馍往大里长哩，他这辈子就那么大了，我把他的底挖透着哩，多亏狗日的没当上官，要当了官肯定是个大贪官，还有我们这些人活的路？要到你这位置上，还不知咋显摆哩。”

我“噢”了一声，大炮说：“刚开始退耕还林，朱瞎子是村长，把补下来的钱贪了，冒领乱扣，我看着心气不顺，找镇上镇上不管，我去县上找领导，后来，把朱瞎子给撤了。朱瞎子拿贪下的钱到处打关系包工程，几年里就发了，一见我就拿狠话壅我，有一回我表弟娶儿媳妇，在镇上福兴酒楼待客，我去吃席，朱瞎子跟镇上的头头们在雅座里一起喝酒哩，把我硬扯进去耍笑了一顿。朱瞎子指头戳着我的眼窝说再去告么，你狗日的一告我就有好运，你看你告了，我把村长丢了，结果我揽了大工程，一下弄了几百万，让你驴日的背上还把你驴日的压死。我就是贪了，不服气告去么。你说气人不气人，把人撤了，退耕还林几年克扣贪污了几十万，那就是实的，就该把钱追回来退给大家是不？我又去告，镇长说你这人咋这么黏？村长都撤了，还要咋？我说那贪下的钱总该退吧。镇长说证据呢？我说没证据你们咋把他撤了？再说你问我要证据，要你们是干啥的？镇长说我看你啊就是半夜里打鸣的瓷怪子（猫头鹰），不是个好鸟。你说这是啥话，我告错了么？我冤枉人了？这啥事么？你把事弄公平了，我毬闲得没事干了，惹这身臊气？我说我明白了，朱瞎子有钱，把你们维下了么，要不镇上大小工程咋都给他包了干？镇长说你再这么胡说，别怪我不客气。回来我气不过，我就找老苟写了信，亲自寄给了县长，可县长又把信给了镇长，镇长把我叫去日妈噘爹地吼骂了一顿，说有本事把日子过到人前头，早上吃了找晚上的，还跳腾得歪毬得很，再不老实就把我收拾了。日他妈，朱瞎子倒没毬事了，一见我就唱歌，还唱的是《翻身农奴把歌唱》。唉，这下好了，把我打上了黑名单，记住了，盯上了，只要来干部，总会来看看我。”说“看看”的时候，他有些失笑的模样。“老苟那信写得扎实，啥中饱私囊、鱼肉百姓的，用了好多词，全是古的，他们说看了许多词都不大懂，问我谁写的，要我献人，我哪里能献？大丈夫做事一人做事一人当，我不做失火带邻家的事，我说我写的，人家又把我好好要笑了一顿。你没看那信，不一定能写过他。那信我想留着给儿子看，让儿子学习，我去要信，可人家说装到给我准备的袋子里了，我说那你们把袋子给我。人家说袋子给你？那就是你的档案，你还想要回去，你说我一个打牛后半截的，他们还给我弄了个档案。政府记仇哩。”

“个驴日的，人家都是腊月里驴毬往后缩哩，你往前抻，抻个啥头？”

声音从背后传来，我回头一看，是个拄拐杖的老人，大概是中风或者脑梗，头摇得像个拨浪鼓，说话倒利索，声若洪钟。

我递给老人一根烟，点了，老人说：“不懂事么，宁跟叫驴绊蛮，不跟做官的纠缠，跟官斗你斗得过？”

大炮说：“路不平有人铲，理不端有人喘，由着他还不把人气死？不是把他弄下台了？”

“个驴日的嘴还犟，老话咋说的，出头的椽子先烂，天天从檐下过，看不明白？给人一扇乎，摸不着天高地厚。”

“好了好了，骂了半辈子了，事能回得了头？谁没从年轻处过过，你年轻时好得很？背个包子（炸药包）炸人家大队部哩，追得一大队的干部只嫌眼前路不平，让人家捉了劳改，白干了几年活，不白干那几年，我姐还饿不死，我爷还斗不死哩。说开人了嘴方便得很，到了自己只讲过五关斩六将，咋不讲走麦城失荆州？要说这还不都是脑勺子上长个脚把骨——反骨，是遗传。人家说我时咋说的？他爹就不是个好东西。他爹就是你！”

老汉抡着拐杖扑过来，我忙拦住，说：“消消气，消消气。”

老汉说：“个驴日的，老子说一句你拿十句等着哩，人吃亏都是嘴头子不饶人。”

大炮说：“快走你的路吧，多走几步，别明早又僵住了起不来动不了，害得人往起抬你。”对我说，“宰了一辈子猪，猪大肠吃得多了，油把血管糊住了。”

老汉拄着拐杖一挪一挪地走了，大炮说：“唉，十几年前的事么，那时候还年轻气盛的么，就一件事，还给我定了反复上访。政府就是软处取土哩，说我黏，他们比我还黏，记仇哩，你说镇上人马都换了几茬了，那镇长最后也栽了，这阵在牢里坐着哩，还把我不当好人，我觉得咋就像那些年弄反革命分子哩，日个驴都是反革命，这要搁那些年，哼，早把我打成坏分子押上批斗台了，你说心里泼烦不？瞎眼睛了，把我们这些人当维稳对象哩，那能算个毬事，盯着我们这些人，那是抓了芝麻放过了西瓜，我们这些人能把天翻了地覆了？

“我在矿上挖煤那会儿，说小煤窑要关，石矿长要我们去上访，一天给一百元，还发一包十元的烟，管三顿饭。大家都去了，三百多号人，浩浩荡荡的。挖一天煤才给八十元，谁不去？让我们打横幅：我们要吃饭。你说跟我们有毬关系，可觉悟低么，人穷志短，马瘦毛长，见利忘义么。要我说那些老板才是不稳定因素，只把我们这些人盯了个紧。只要省上、国家开个啥大会，干部准来，上面有文件，上访一票否决，好像考试（考核）啥的，他们一年就白干了，去年不知谁把镇长给告了，把黑名单上的人叫去一个个审了一遍，恨不得把我们关了。这不快换届了么，前两天把我们弄到乡上开了个会，讲有事先找乡上，直接找县上市上省上中央，就是越级上访，那是犯法，接回来没轻的。软的硬的一起上，一人发了一条烟，两瓶酒，招待吃了饭，客气着哩，可人心里不畅快么。”

“长城”越野又掉头回来了，在不远处又停下，那戴墨镜的下车对大炮招手，大炮过去，两个人说了些什么，车又掉头扬起一条土龙走了。大炮回来，说：“他们有些不信你是扶贫的，说扶贫干部都是打一头就走，谁会住在这里？让我给他们说实话，你到底是做啥的？是不是我请来的？他们以为你是记者，他们怕记者哩。”我笑笑说：“给你惹事了。”大炮说：“能惹啥事？前几年来了吹胡子瞪眼的，一进院子声高嗓门大就像跟人骂架一样，总问最近老实不老实，你说这啥话？现在态度好着哩，问这问那的，还递烟拍肩膀的，你看这烟就是他们给我递的，好烟，吃得太快了，把字吃掉了，一盒没几十块下不来。镇上有个救济啥的，总能想到我。可只要有人告状，定然怀疑到我，唉，其实还是不待见我们这些人，心里隔着哩。”

大炮说：“他们去找秃瓢了。”

我说：“秃瓢？”

大炮说：“另一个村的，头上没毛，和我一样，也是个有问题的人，我呢只是嘴不好，所以人都叫我大炮，啥话都敢往出说么，那人比我麻缠，是个老上访，几十年了，北京都去过，我们是一条绳上拴的蚂蚱。”

进到窑里，坐下不一会儿，大炮老婆就端上几个菜来，一个炒鸡蛋，一个炖鸡，一个韭菜炒腌肉，一个洋芋烧兔块，大炮拧开一瓶酒。我说：“这是……”大炮笑笑说：“今日是我六十岁的生日。”我说：“那得贺贺。”大炮说：“有啥贺的，按说六十大寿是儿女们要给操办哩，哪有自己操办的，可儿女在哪里？日子孤寡了。”他边斟酒边说：“你说把那时间的欢和现在的活给结合起来，那日子就美气了，那时间虽说吃不好穿不好的，可欢么，现在这日子活得很，就是太孤寡了。”

欢和活组起来，那就是欢活，多好的一个词。

我说：“老父亲呢？”大炮说：“在我们老二家，已经给端过去了。”我端起酒杯敬了他一杯，说：“我还真有口福。”大炮喝了，说：“我也算是有福的人，你说这六十大寿，孤寡得过不过有啥意思？没想到维稳的干部来了，扶贫的干部来了，也算给我贺寿哩。”又碰了一杯酒，大炮给给给一笑说：“那几个维稳的干部闻着肉香走不动了，还揭开锅看了，说你这日子过得不错，囫囵鸡炖着哩，兔子爆炒上，酒都准备好了，还有啥不满的？乱跳腾个啥。我知道他们想吃饭，要说赶到饭口了，现在又不是吃了上顿寻下顿哩，吃顿饭能把人吃穷？可心气不顺么，我就是不留他们吃饭，咱们一起吃肉喝酒多开心，你跟他们不是一路人，这些年年年来扶贫的，光脸麻子都不知道，就是走过场。”又说，“我给你说，现在干部跟下面联系不紧密，想在谁家吃个饭，难着哩。”

52

老村长拉着驴过来，驴是一头黑驴，蔫呆呆的。驴备了鞍子，上面备了栽绒褥子，还搭个褡裢，一头装着一个羊羔，头耷拉在外边。“你要去跟集？”我问出来了，又一想今日不是集，又说，“走亲戚？”老村长说：“我去趟镇上，冬天眼看就要到了，我得跟他们去磨学校的取暖费，拉点炭，再看这碎了的玻璃能不能换上，天气凉了，纸箱子钉窗户太多了，光线暗得对娃的眼睛不好。再给困难户要点救济，下面经费紧张，跑得勤，总能要点，你要不跑，就让别人要走了，会哭的娃娃有奶吃么。”我说：“这羊羔是送给他们的？”老村长笑笑说：“你别想多了，不是那个意思，现在的干部都挺帮忙的，不给他们送羊羔，该办的他们也得办，人么总得记着情分，羊羔又是自家喂的，都是些老熟人了。”我说：“我送你去吧，骑上毛驴啥时间才能到。”老村长说：“骑驴逍遥自在，你喔电驴子蹦子流星的，能把人骨头颠散了，老骨头经不起颠簸了，骑驴晃晃悠悠的，你就是睡着了，它都能把你驮回家，这老伙计跟人是最对心思的。”我拍拍驴，老村长说：“你们有什么要买的要办的？”我和汪惠梅把手机和电脑给了老村长让他帮我们充电。

老村长一骗腿儿骑上了驴，晃悠着两条腿打着驴肚子走了。

汪惠梅说：“老村长这人真是大公无私。”

杨六郎提着一大包东西，满面笑容风风火火走过来，紧紧攥住我的手。我说："你不是去城里了么？"他说："昨晚回来，就想来找你，太晚了。"我说："这么喜气洋洋，有喜事？"杨六郎说："谢谢你，太谢谢你了，家泰考上了，郊区王堡镇的副镇长，就在省城边边上哩。"我说："确实是喜事。"杨六郎说："不是你给娃开窍，娃还在黑路上走着哩，你说副镇长跟草鞋镇副镇长一样大吧。"我说："一样大。"

进了房子，杨六郎把一包东西放在桌子上说："两瓶酒，两条烟，家泰给你买的。"

我说："你提着。"

他说："儿子给你买的，我提着？儿子给我也买了，比你的多。"

我知道说啥他也不会提走。

他说："今儿你别乱走，喝羊腥汤，这季节正是时候，我这就去刘罗锅家看羊去，老家伙喂了个羯羊两年了，喝羊腥汤的羊要老一些，至少四颗牙以上才好。"

我说："算了，弄两个菜咱就在我这里喝几杯。"

他说："不光是咱两个人，我要请全上庄的人喝羊腥汤，家泰一走正道，我家这一河的水都开了，喝顿羊腥汤算个啥？以后的日子好着哩，半截子不是说我张狂么？我就再张狂一次。"

我说："噢噢，老村长去镇上了，不知回来不？"

杨六郎说："回来，我刚碰上给说了。"

说完又风风火火地走了。

在上庄，喝羊腥汤代表着一种喜庆。

晌午才过，杨六郎风风火火又来了，我说："说好了？"

他说："老家伙不愿意，说喂这个羯羊是给他过七十寿准备的，今年儿孙都回来给他过七十寿，小儿子刘安不是也坐牢回来了么，想在家里热闹热闹，我多掏钱都不行，没办法，我实话实说了，儿子考上副镇长了，才答应了，钱也不多算了，就在他家炖了，你知道不，其实别人家也有大羯羊，买他的大羯羊就是要他的手艺，他在公社灶上做过饭，羊腥汤做得省上的领导都撵下来吃，市上一个领导要把他带到市上去，可他没那个命，那领导出了车祸，他的事也黄了。后来公社变成镇了，灶也不办了，他就回来了，不过也没闲着，村子上嫁娶的事多，他就给人家做席，席也做得好。这几年不行了，嫁娶的事几年村上都没一宗么。但那套做席的家什还在，有两口大锅，炖羊腥汤美得很，全村的人都吃得过来。”

点了根烟，我说：“家泰上班了吧？”

他说：“上了，我去的第二天就去镇上报到了，组织上送过去的，小车来了两辆。我去那镇上看了，嘿，比咱县城还漂亮，那楼又稠又高，看得人眼晕。”

我笑笑说：“你心病除了吧？”

他忽然捣我一拳说：“天神呀，你咋给教训了一顿么？一下把娃的七筋八脉都打通了，我这次去跟往次去简直是天上地下，仁义了，陪我吃饭、逛街，你看我这身衣裳，多少钱？八百六十块，非要给我买，啊呀，心疼死我了，可又舒坦死我了，你说咱这身上，啥时挂过这么贵的东西？这些年都是扶贫拉来的衣裳，有的衣裳说也老贵的，可是旧衣裳，人家穿得不穿了，自已买一身从没过百。”说着掏出个手机，“非要给我买个这，你说我给谁打，花这钱做啥？可是，这钱花得舒坦么。”

我笑笑。

他说：“啊呀，棍棒打人睡着呢，舌头打人跪着呢，你说从去年到今年，我跟家泰掀桌子、摔杯子，不骂的话都骂过，越弄越僵了，见了我就像见了阶级敌人，眼睛绷得像铜铃铛，要是个牛，一头抵上来哩，简直拗得没办法，我估摸我要再跟他叨咕，非像那几年跟我断绝父子关系。你只是沟通沟通，就把脖子给拧过来了，真是秀才杀人不用刀么。”

又说：“有文化的人还是要有文化的人降哩，家泰傲着呢，一般人都不放在他眼里，把干部骂得没一分人气，半截子的儿子说在一个公司，把茶水泼了老总一脸。”

他激动地坐下站起，站起坐下，说：“说实话，我心都死了，觉得这娃书白念了，自己活的都没意思了，现在看来，书只要念下，是没白念的，只要往前走就好嘛。”

我笑笑说：“其实儿子就是心里有些堵，疏通了就好了。”

他说：“我们这些人还是儿子说得对，见识短浅，成远那娃真是出息得大气得很，摆了宴席给家泰庆贺哩，花了几千块。”

我说：“老周没去？”

他说：“去了，那人不行，还别别扭扭的，我懒得理毬他，你记着骑马不骑骡子，交人不交矬子，矬子心眼多得很。”

老村长回来，杨六郎通过广播播送喝羊腥汤的邀请。近一点的老人娃娃都来了，有四十多号人，刘罗锅院子里一时拥挤起来。随着刘罗锅大“嗨”一声，大家排起长队，就像食堂打饭一样。院里摆着桌子、板凳，却没有人坐，都蹴在墙根，一片呼噜之声。我把酒和烟拿出来，杨六郎也把酒和烟拿出来，老人娃娃围着一张桌子喝起来。

老村长说：“没喝过这么好的羊腥汤吧？”

我点点头。药补不如食补，食补不如汤补，在养生大潮席卷餐桌的当下，食疗、食补甚嚣尘上，在省城，羊腥汤已经成为餐厅的看家菜，各种以滋补为名的汤很多，而根据《本草纲目》和《金匮要略》记载，羊肉味甘、性温而无毒，入脾肾二经，具有益气补虚，温中暖下的功效，而以羊肉为主要原料的羊腥汤对虚劳羸瘦、腰膝疲软、阳痿早泄、产后虚冷、腹痛寒疝、体弱贫血、中虚反胃等都有辅助治疗作用，羊腥汤更为人们追捧，开发出了当归羊肉汤、枸杞羊肉汤、黄芪羊肉汤、羊肉豆腐汤、猪蹄羊肉汤等十几个品种，因为加的作料太多，反而失去了羊腥汤的本味儿。有几家专营羊腥汤的餐馆很火爆，李老虎羊腥汤那是要排队才能吃上的，但与刘罗锅的羊腥汤相比，味道还是差远了。要说刘罗锅做羊腥汤比城里做羊腥汤简单多了，羊肉块下锅，加了青萝卜疙瘩，只撂一把花椒，一老碗舀出来，抓一撮香菜红葱丝往碗里一撂，配一碗荞面饸饹。

老村长说："别看你城里都是厨子做，但做这羊腥汤的手艺抵不上咱这刘罗锅，原料也不好，城里有这么好的羊肉？杂七杂八的羊充滩羊肉卖，母羊安个公羊鞭子当羯羊卖，我听说有些羊腥汤都是做不了手抓肉、清炖羊肉、羊肉小炒的烂肉熬的，不是下了几年羔的母羊肉，就是打过几年羔的骚胡羝胡肉，精气都抽光了，全是皮和油串子。"

老顾说："城里那羊腥汤哪里是羊腥汤，啥都伙到一起炖，就是中药汤。"

羊腥汤喝过，老汉们都上了桌子，开始喝酒。

老村长忽然抹下杨六郎的帽子玩飞盘一样一扔，老胡在杨六郎的光头上"啪"拍一巴掌，杨六郎刚追回帽子扣到头上，张六又抹下来扔了飞盘，杨六郎嘿嘿笑着说："喝酒，喝酒，咋都像娃娃，这么好的酒，一瓶三百多哩。"

老曹说："你儿都成镇长了，咋脾气反倒没以前大了？"

老顾说：“人家这叫低调，是不？”

杨六郎只是给给给地笑。

老胡说：“下回要喝茅台哩，再弄其他酒别叫我们陪你快活。”

大炮说：“就是，喝这酒不丢你儿的人？咱草鞋镇的干部都喝茅台，你儿还是镇长助理，喝茅台算啥？”

杨六郎满面红光地说：“明年给你们喝，保险让你们喝上茅台。”

53

黄家川是我去的上庄最后一个自然村，和上庄所有的村庄一样，黄家川也是夹在两道岭夹峙的一个川道里，居住相对比较集中，在阳面的山坡从山头延向山尾，错落有致。一户一户地走，竟然没有一户有人，连一只狗也没见到。心里有些疑惑，按老村长说的，除了梁家寨，黄家川是人口最多的，也是现在有人的家户最多的，可是进入村巷，一个人都没见到。沟对面有一个村庄，倒显得人很多，唢呐阵阵，还不时传来鞭炮声，我想可能是谁家过事。上庄人的许多词汇意味深长，十分经典。比如无论是红事（喜事）、白事（丧事），还是满月、寿辰，统称为“过事”，就像“事”就在你的日子必经之路上，你必须“过”一下。

翻过沟，进了村巷，树上、墙上、碾子上、水窖上都贴着写着“喜”字的红纸片，果然有喜事，黄家川的人该是都来跟事了。跟着“喜”字来到贴着大红对联的大门口，楼子两边各有一个老汉吹着唢呐，正是在晚生家丧事上吹的两个唢呐手。门里迎出两个老汉来，说：“请了，请了。”一人弓着腰引我往前走，一人在前面喊：“六指村长，来稀客了，是干部。”我以为老村长也在，心里埋怨村里有人过事也不告我一声。我被引到一张比其他桌子大的圆桌前。看看桌上坐的人，发现没有老村长。看来我到了另一个村了。

村长戴着没镶边的大圆坨的石头墨镜，他站起来说：“记者？”

我说："扶贫的。"他旁边的老汉给我腾出位置，我忙说："老叔，您坐。"戴石头镜的老汉说："你坐，你是稀客。"说着按着我的肩膀把我按着坐下。我拍拍相机说："我照会儿相。"

席就摆在院里，十几桌，没搭顶棚。人已上桌，娃娃最多，有二十几桌。新房是一孔崖窑，除了一大立柜，没有几样家具，倒很宽敞。墙上挂着新郎新娘结婚照。窑里拥挤着耍房的。照相时才发现新郎是个哑巴，而新娘很漂亮。他们又开心又羞涩。

典礼开始后，他们开始耍公婆——这里有耍公公婆婆的习俗，公公婆婆打扮得越丑越滑稽，说明人缘越好。婆婆头戴大红花、涂着红脸蛋，耳朵上挂着红辣椒做的耳坠，脖子上挂着指头胖的麻绳绾成的项链，坠子竟是个驴粪蛋子。公公则一对白眼窝，打着伞，戴一顶纸糊的小八角帽，耳朵上挂两个萝卜片子掏成的铜钱耳翅，反穿皮袄，手拿扇子给婆娘扇凉，两个扭着秧歌步。

从他们的笑容和配合大家的耍弄上看得出他们的幸福是从心里溢出来的。

我想到了马悦然《吊陆文夫》中的一段话："我当天在报纸上读过一篇报道，说一个中国贫农会花他所有的财产为儿子办婚礼。'何必呢？'我给陆文夫说。'这你不懂！'陆文夫说，'你到末日的时候，会追溯你的学术生涯，跟自己说，啊，你这个人没白活着，你对汉学研究有一定贡献。我也会安慰自己说，我的小说写得还不错。可是那个贫农呢？他唯一能说的是：我啥子功劳都没得，一辈子在田里做苦工。可是我儿子结婚的时候，我请了两桌村里的客人打牙祭喝烈酒，让大家吃得饱，喝得醉。还让他们抽一条最好的香烟哩！——你千万不要夺去他那唯一的乐趣！'"

照过相出来见人们攒成一堆，笑闹如潮，过去一看，是在人堆的旁边摆着一张桌子，有人在记礼，我走过去，扫了一眼多数是三十、五十，我上了两百。

回到桌前刚坐下，一个小伙子跑过来说："六指爷，干部把礼上了。"六指村长说："礼你就不上了。"我说："恭贺新禧么。"六指村长喊："锁子，去叫大脚板和老猴子来。"说着，递过一根烟来，我看到他左手大拇指上背着一个小指头。不一会儿公公婆婆过来，六指村长说："先端个酒再说话。"男的直把女的往前推，村长嘿嘿一笑说："老猴子，晚上也这么推？把大脚板推到我窑里来？"大脚板说："怕你没那个本事了，都尿鞋面了，还贪劲大得很，多长一个指头也不顶那用。"老猴子端起两杯酒敬给村长，六指村长说："不是我左手拉住，右手早给你一个砍脖子，一点规矩都不懂，干部是稀客，这不懂。"老猴子忙把酒又敬到我面前，好事成双，我喝了两杯，六指村长说："今儿这酒可不是这么个喝法，按说得喝一年，十二个酒，念你远道上来，疲累着，就图个吉利，六个酒，六六大顺。"推辞不过，我只能喝了。

六指村长说："干部的礼你们收不？"

大脚板说："这样的贵客请都请不到，来就是看得起我们这些人了，添喜添福哩，还哪敢收你的礼？受不起。"

六指村长说："我当你们那么没涵养哩。"

我说："哪有吃席不出礼的？恭贺新禧，添喜添福。"

大脚板说："不是钱的事嘛，你说你天南海北的，以后上哪达找着给你还礼去？"

我说："不用还礼。"

大脚板说："那咋行？欠礼到下辈子就是债。"

我说："婚礼不出礼不够礼数，赶上了，喜事么，随个喜。"

六指村长说："礼就不要出了，赶上了你能进来是他们的福气，给他们多照几张相留下就当贺过了。"

我说："照相是照相，礼还是要出的。"

一小伙子把二百块钱递给六指村长，六指村长装进我的口袋说："入乡随俗，按咱这规矩吧。"

大脚板说："你给我孙子取个名儿吧。"

我笑笑说："娃不是才办喜事么？"

大脚板说："老大的，快生了。"

我说："生下再取，现在不知道是男是女么。"

大脚板说："肯定是男孙，你就照着男孙给我取。"

六指村长把嘴巴贴我耳朵上说："花钱照过B超了。"

我说："我回去取好了让人捎过来。"

大脚板说："可把好事捞着了，我儿有手机，我让他把号留给你，一定。"

大脚板递过来一包烟，我不接，村长说："烟不好，你别嫌弃，按规矩帮忙的一人一包烟。"

我说："我没帮上啥忙。"

大脚板说："你这又照相又起名的，帮了大忙了。"

我发了一圈烟，一个个点了，六指村长感慨地说："将就班子凑合戏，老天爷公平得很，世下个这，就会世下个喔，儿的娘寡过着，女的爹光棍着，寡妇嫁给了光棍，寡妇的儿娶了光棍的女，两个娃都不咋正常，男娃哑巴，女娃羊角风，就是城里人说的癫痫，不然也不会回来办的。几年了咱村里没起过一栋新屋，没过过一宗喜事了。"

我说："噢，那得好好贺贺。"

一老汉说："老鸹站猪背，豁豁对嘤嘫，为了儿女谁也不嫌谁。"

六指村长说："在上庄扶贫吧？"

我点点头。

六指村长说："我们也来扶贫干部，打了一头就回去了。"看了我一眼，又说："蹲下也没事干，不回去做啥？"

我说："村上一共有多少人？"

六指村长说："全村一千四百多人，三百多户，在村上的基本都来了，唉，你看来的全是老汉老婆娃娃，以前过事一院子摆不下，一茬子待不完，没人了。"

正说着话，有人来说："上庄的老村长来了。"

六指村长没抬屁股说："安到另个桌子让坐毬去。"

老村长已到了，说："我偏就坐毬这桌，你家的喜？日能的，不愿意挪别处去。"

六指村长说："你这是黄鼠吃过地圪塄了。"

老村长说："不服气，你也往圪塄那边吃呀。"

六指村长吊着脸子说："少跟我说毬话。"

老村长也吊着脸子说："土都淹到脖子上了，没毬完没了，把你家娃捏死了，还是把你婆娘睡了？这是人家的喜事，脸子吊得秤砣一样，没个掌握！"

六指村长说："夹住你婆娘喔货不行？"

老村长说："明明是你婆娘喔货敞着哩才惹的事么。"

人都笑了，大脚板走过来嘻嘻一笑说："哎呀呀，明明是打捶的事要骂仗么，不行了先到驴圈里两个人踢上一阵咬上一阵，还是表兄弟哩，当着干部的面不嫌寒碜。"

六指村长旁边一老汉让出了位置，老村长坐下时顺手把六指村长的帽子扔了飞盘，六指村长跳起来说："啥毬人么，少招惹我。"立刻有人捡回了帽子。

老村长说："咱今儿摆开来说，分地时你没活动？恨不得把婆娘让给人家睡了。"

六指村长说："噢，你把婆娘让人家睡了工作组才偏刃子斧头砍的。"

老村长说："毬德行，不都是为了队上？轮到你我头上才多几亩？倒是为自家的事嘿，扎上个势，有意思没意思，还不如你那婆娘，还叼空到我家里睡一晚上哩。"

六指村长又把老村长的帽子扔了飞盘。立刻又有人捡了回来，老村长弹弹帽子上的土说："有本事种去么，窝子地都荒着呢。"

六指村长说："耍阴谋诡计，还要么？我们几百亩窝子地都撂了，今儿我做主全给你种去。"

老村长问我："你咋在这里？"

我说："去黄家川，村里没一个人，听这边喜庆，过来看看。"

六指村长说："干部是你家的？咋就不能到我这达来？村是两个村，省是一个省。"

老村长说："他在我村上扶贫哩，你有本事叫一个来住下。"

正说着，传来争吵声，一老汉跑过来，六指村长说："咋了？莫不是娘舅家的人给慢待了，要掀桌子抡盘子？"老汉看了我一眼说："不是，你过来看看嘿。"六指村长说："你说你的，藏藏掖掖的，没外人。"老汉说："大头子上了礼不坐席要走人。"六指村长说："个老㞞，我去看看。"我跟了过去，六指村长双手叉在腰里说："一大把年纪活驴哩，鼻子汤到眼窝里倒来了，这场合较劲？"大头子是个老汉，抹一把鼻涕说："你想咋说你说去，席我不坐。"六指村长说："那礼也不收，把礼钱退了。"大头子说："礼不能退，我有他家的礼哩，我是还礼来了，要不是有他家的礼，八抬大轿都抬不来。”六指村长说：“今儿是两个娃的喜日子，你在这日子上起事？”大头子说：“他多歪呀，逼得人上庙赌咒，有杀人的心哩。”六指村长说：“关老爷还有三把邪火哩，半截都揣到土里头了，还脚梁背上看事？两个娃是顶当娃也不说了，你吃也好，不吃也罢，席得给我坐，要走把你的礼撤走！”说完，掉头背着手走了。那老汉被几个人连说带劝按到一张桌子上。六指村长说：“都是犟尿，老猴子倔，大头子更倔，都十几年前的事了，还都咬住不放。”

席是十三花的席，满碟满碗的，鸡是整鸡。酒是用五斤的塑料桶壶的糜子酒。丸子真好吃，我吃了一个又去搛，老村长说：“一桌席待八个客，只有八个丸子，一人只能吃一个，吃了人家会不高兴，脾气倔的人会和你理论的。”这么说着，就把自己的一个搛给我，六指村长也搛给我一个，结果其他人都不吃了，说：“你吃，我们常吃哩。”我哪好意思，又一个个搛回他们碗里。

新人来敬酒时，几个老汉刁难着戏耍了一会儿。

六指村长喊：“老猴子，大脚板，你们不敬酒？”

老猴子给给给地只顾着笑，老村长说：“猴子偷桃偷着了，还是两个大桃，高兴得嘴咧得像个鞋口子。”

大脚板说：“我两个姨奶奶，哪个桃儿大？”

六指村长立刻回过头来说：“现在这个大，奶过两个男人，连吃带披人。”

老村长说：“没你婆娘的大，像熟累的桃子，兜不住掉到地上就是一摊。”

六指村长说：“大脚板，喜事么，你也不拾掇拾掇，倒把老猴子拾掇得狗戴礼帽有个人样儿。”

大脚板说："忙得人揣鞋拾帽子的，拾掇啥？"

老村长说："小心老猴子不要你了，蔫牛踢死人哩。"

大脚板说："不要了才好哩，反正媳妇子拉扯到家了。"

老村长说："老猴子，大脚可荒了这些年，再不打起精神领不住。"

六指村长说："快去拾掇拾掇，喜事么，让干部好好给你们拍几张，也挂到墙上。"

大脚板说："一脸褶褶子，显山露水的还拾掇啥？丑死了，不照了，给娃多照照。"

两个人敬了一圈酒，又去别的桌上敬酒。

"大脚守这么多年，多少人不嫁，心思稠着哩，事在这里谋着哩。"六指村长说着，在旁边一个老汉头上拍了一巴掌，"老耿，你狗吃油渣心还汪得很，光看你这门楼盖（额头）明得赛灯泡哩，痴心妄想了半辈子，没解透人家的心思么。"

老耿抓起酒杯咕儿灌下去，说："咱女人没给咱生下女儿么，咱没钱给人家娃娶女人么。"

两个人还是收拾了，我给他们拍了照片，说："回去我洗出来，给你们送过来。"

一个女人过来说："八爷，你那孙子官名儿叫个啥？"

老村长说："你搂着睡了多少年了，娃娃睡了一大堆，问我？"

女人说："就没叫过么。"

老村长说："白日不叫，晚上也不叫？"

六指村长说："你老驴瓜了吧，晚上还顾得上叫名字。"

一老婆婆接话说："你男人叫叫驴，你就让记个叫驴，快说名噻，等着记礼哩，不怕外人笑话。"

六指村长看我一眼说：“笑话啥？喜事三天没大小。”

老村长说：“李进，进去的进。”

女人把一杯酒浇到了老村长头上给给给地笑着跑了。

老村长说：“你看咱这里人活的，都四五十岁的人了，连男人的官名都不知道。”

老汉都喝得晕晕乎乎的，还有几个婆婆也喝醉了，嬉笑追闹。

回去的路上，老村长说：“那老东西对我怀恨在心，这些年不走动哩。那时候为冰草塬，上庄和蔡前庄争，两个大队的人经常打架，上面划分地界按地主的地契划分的，我看蔡前庄的老地主受气，一做工作老地主就搬到上庄来了，这一招把冰草塬从蔡前庄硬讹来了，那可是一千多亩平地。”

又说：“那事做得漂亮，长脸哩！”

我说：“你和六指村长有亲戚？”

老村长说：“要说亲着哩，他二爷娶的是我奶奶的妹妹，可这土地上的事寸土必争，不能讲亲戚的，那时间把土地看得重的，就像歌里唱的，祖国的好山河寸土不让，两个大队为交界的土地打过仗，民兵都上了。”

54

一大早老村长过来说："今儿十月朝，你知道不？"我说："知道，十月一，送寒衣。"老村长说："那你过来吧，和你婶子一起给你家老人沾上几身衣裳。你就在十字路口烧吧，先人也能得上，现在都在改革么，阴间阳世一个路数。"笑笑又说，"就是你家先人到上庄来穿回衣服，路途太远了些。"

说来很惭愧，每年十月一，我能做到的也仅仅是在十字路口烧个纸，从未送过寒衣。在一个十字路口，将纸衣铺好，一件件点了，祭酒、焚香、烧纸，将借口一一泼散，并扔了几根烟在火中。老周走过来，我说："你不是去南岗子么？"老周说："叼个空回来给老人送寒衣，不回来就没人送了，不耽误活，明早起个五更过去。"我说："活苦不苦？"老周说："不苦，赶着驴把东西拉上山就行。"我说："那注意身体和安全，儿子的事别太着急。"老周说："不急，你找的那人是个官吧？那工头对我好着哩，今年能干到年底，明年还有活儿哩，不过我干活卖力，他也看上了，没给你们丢人。"我拍拍他的肩膀。

老村长上坟归来，擤了一把清鼻涕，往鞋底上一抹，说："明天我就和你婶去城里了，七十寿快到了，儿女要在城里给过，日子都定了，这个周末，你说过得个啥么？"我说："七十大寿要过呢，儿女们的心意么，城里也兴过。"老村长说："人活一辈子，七十寿是个大事，人活七十古来稀，那是人活着的节坎，当然要过呢，可要过也该在村里过，生在这达，死了还要埋在这达，家里有个大小事情，老先人的魂魂会回来么，老先人能跟到城里去？跑到城里过啥寿?！这上庄方方圆圆多少人从净沟子（光屁股）耍大的，吵吵嚷嚷一辈子，把老老少少都叫来热热闹闹，这一进城就孤寡冷清了么，唉，为啥说老地方难舍？你们不懂。”又说，“这都不说了，人家都在城里么，为了人家方便么。可我是老历腊月初八的生辰，你说哪有这么过七十大寿的？可你婶的儿子最近刚提了局长，下周要出国考察，儿女们要给人家祝贺送行，就说也把我的生日一起过了。你说这是啥事？分明就是捎带着过了，要我前些年的脾气，敢跟我这么提说，我不一鞋底扇到驴日的脸上才怪哩，哎呀，我都羞得没法跟人提说。”

老村长长叹一口气说：“人老了就可怜了，得看儿女们的脸色，得按儿女们的心思，再说这前方的儿后方的女的，还得考虑你婶子，不由得自己啊。”我说：“我也去县城给你贺一下，七十大寿也是大喜么。”老村长说：“你当摆十桌八桌哩，就是家里人吃顿饭，你去了咋整？要是在这村里，你不来我还多心哩。”又说，“我这人说话直，你别往心里去，这年纪了，说话就直了，也实了。”我说：“话实了好听。”老村长说：“你也回吧，咱这里的日子就这么个日子，不是扶贫文件上说的领导讲的那么简单，也不仅仅是个扶贫的事。”

我点点头，说：“一年扶贫也眼看结束了，我想请几个老人吃顿饭。”老村长说：“算毬了，你这人没架子，吃不吃饭的没啥，他们对你印象好得很，不像有些干部，炕上都不坐，倒茶都不喝，就像咱们有多脏一样。”我说：“吃顿饭没啥，就是想和大家热闹热闹，抬抬杠，谝谝传，走了会想念他们的。”老村长说：“那村上摆一场子，也该送送你。”我说：“由我来，在上庄写了不少东西，挣的稿费多，顺便也给你提前贺贺寿。”老村长说：“别提贺寿，我有儿子，你操持着过寿，惹人家笑话，人老了，得顾及儿孙的名声。”我说：“买只大羯羊，我去镇上买点熟牛肉、猪肉，烤上几只鸡，再让馆子整几个菜……”老村长说：“你听我的，就像杨六郎那次，喝羊腥汤，比啥都实惠，老董家喂着个羯羊，我去拉来，让刘罗锅做。”我说：“就说有老板要买，怕说我买，人家不好要价。”老村长说：“这我晓得，省几个钱你心里不畅快。”

我还是去了趟镇上，买了熟牛肉、猪肉，四只烤鸡和烟酒，食堂里整了十个菜，都要了双份的，回来，就听老村长在广播扶贫干部请上庄人喝羊腥汤的通知。

像坐席一样，六张桌子摆开，菜摆出来，也还有十几道，老村长说：“这也是过事。”杨六郎说：“也别让干部掏钱，咱们打平伙吧。”我说：“我都成了黄鼠狼了，吃了上庄多少鸡，请大家喝顿羊腥汤还要打平伙？”酒喝开后，老曹说：“说实话，也就是你，别的干部到上庄要着吃个鸡也未必要得上，现在跟过去不一样了。”张六说：“那是，现在人不像以前那么怕干部了。”老曹说：“我问你一句话，你别多心。”我说：“有啥多心的？”老曹说：“要是你不是个作家，不是为了写东西，你能在上庄住一年么？”我说：“住不了一年。”老曹说：“实诚，你这人值得交。”老胡说：“咱这还是第一次吃干部的。”大炮说：“吃瞎吃好是个啥？吃的是个心！”

女人娃娃喝过羊腥汤陆续散了，老汉们继续喝酒。喝了个差不多，又折牛腿（也叫掀牛九，用的牌叫牛九）。折牛腿四个人一组，分成两摊子。我说：“我也掀。”张六说：“你会折不会折？这可输钱哩。”我说：“不会掀总会输钱么。”老董说：“痛快！”他们腾给我一个位置。折了一晚上的牛腿，输了七块钱。鼻洞被煤油烟熏得黑乎乎的。

老村长去城里的第二天是周末，吃过午饭，我也踏上了回城的路。汪惠梅说你走吧，我留两个女生做伴。过五更岭时，一个孩子顺着山梁走着唱着：

生命就像一条大河
时而宁静时而疯狂
现实就像一把枷锁
把我捆住无法挣脱
这谜样的生活锋利如刀
一次次将我重伤
我知道我要的那种幸福
就在那片更高的天空
我要飞得更高
飞得更高
狂风一样舞蹈
挣脱怀抱
我要飞得更高
飞得更高
翅膀卷起风暴
心生呼啸
飞得更高
一直在飞一直在找
可我发现无法找到
若真想要是一次解放

要先剪碎这有过的往
我要的一种生命更灿烂
我要的一片天空更蔚蓝
我知道我要的那种幸福
就在那片更高的天空

天气已经寒冷了，西北风噎人，可这首《飞得更高》孩子唱得气厚声长，有板有眼的，竟然一字不落地唱下来。

我以为孩子是曹家沟的，翻过五更岭就该到家了，当我走了一段回头再看时，他又在另一道大坡上走着，那坡叫野猪岭，路就像从山顶甩下的一根绳子，在风中曳动。

到了镇上，我给在县城的同学打了个电话，让他帮我给老村长送了蛋糕和鲜花。

55

回到城里，我就抓紧联系功老板。对于我那个文化单位，我实在不敢寄予厚望，年底了，按照往年的惯例，应该压了一堆的发票、条子没办法处理，领导应该整日苦瓜着一张脸。

我先给孙达打了电话，孙达说给革命老区拜年的策划已经跟老功沟通过，老功很赞赏这一创意，基本同意。每户准备一个大礼包：一百斤面粉，一百斤大米，十斤油，十斤糖，二斤茶叶，两箱水果。六十岁以上的老人、十六岁以下的孩子每人一身过冬的羽绒服。我说那特困户呢？孙达说："那你得提出来，我再促促，我这就安排跟功总见面。"半个小时后，老功的电话来了，问我在不在省城。我说刚从上庄回来。老功笑着说："我约几个记者朋友晚上坐坐，你回来了，也算给你接风洗尘。"我笑笑，是啊，哪个老总都有不少记者朋友。

做记者十年，许多人都熟悉。孙达捏着我的手挤挤眼睛说："政府大员么，难得一见。"喝了一阵酒，我就把事提出来，老功笑笑说："孙主任，你说说吧。"孙达做了一番说明，说："虽说功总处世低调，淡泊名利，做事追求心灵上的境界，但就这件事本身，我们觉得需要大张旗鼓地宣传，向全社会传达正能量，就以记者走基层，我到时亲自跟随，新闻标题都想好了，就是《功臣集团革命老区上庄拜年记》，这多有新闻价值，肯定有轰动效应，绝对是头条。"其他记者立刻表示将跟进。功总说："这个策划我很赞赏，上庄有多少户人家、六十岁以上的老人、十六岁以下的孩子你统计一下，给我个数字。"

我给老功敬了一杯酒，自己喝了三杯，然后把老梁、老苟、玉武家等几个特困户单独提出来，老功说："你就说几户，得多少钱。"我说："共有七户，一户得三万。"老功沉吟了一下，孙达说："功总，看望贫困户这些细节是需要的，这叫有点有面，报道写出来就扎实了，至少三千字，头版转二版。"功总笑笑，说："好，那就这么定了，一户三万。"我又敬了功老板一杯，自己喝了三杯。

我走出雅座，跟老村长通了电话，把情况说了，老村长高兴地说："这事得早做，万一到年关跟前下一场雪，路就不好走了，事别黄了。"回到雅座，我给老功敬了一杯酒，自己喝了三杯，提出能不能尽早把年货送到上庄，"万一来一场雪，就把事误了。"功老板说："既然是拜年，当然要等到年关近了送过去，早去了不合适吧？你说是不是孙主任？"我踢了孙达一下，孙达说："就是，就是，去早了就不是拜年了。"我还想说什么，孙达又踢了我一脚。我借故出门，给孙达打了电话，孙达出来，我说："你别老讲新闻效应，万一下场雪，大雪封山就麻烦了，事怕就要黄了。"孙达说："这我知道，但说的是拜年，你说提前送去合适，他会不高兴，说他处世低调，淡泊名利，那是抬抬老功，他这人做事是很注重新闻效应的。你放心，也太小看我的面子了，一切都在掌握之中，这样吧，先把稿子写出来给他看了，他就不会改变了，你写篇三千字的稿子传给我。"我说："抓差啊？"孙达说："你的事么，我现在一提写稿子，头有背篼大。"进来，老功说："日子就放在腊月二十三，小年拜年。"我端了酒给功老板敬了一杯，自己又喝了三个。功老板说："你这人挺真心的。”我给老功说大卡车进不了村，可以到驴嵝崄那儿把东西卸下，让上庄人过去拉。老功说皮卡可以进去吧。我说皮卡、越野都能到。

应酬结束，我跟老村长又通了个气，老村长说：“那咱们就祈求老天爷年关跟前千万别给上一场雪。”我说：“七户特困户您把握一下，得把名单报过来，他们要做牌匾。”

第二日，我去了单位，我想让我们单位掏点钱，老梁三十多只羊，少说五六万没了，老汉可怜，整日包在被窝里，抖得就像寒风中的树叶。给领导汇报老功给上庄拜年的事，领导拍着手说：“好，这事办得好，这也算是我们的工作么。”我说：“老板拿钱做这事，人家肯定会带记者，到时候记者一报道，咱们一分钱不拿，说不过去，有可能记者会只写功臣集团。”领导说：“这样吧，这两天我开个会研究一下。”出来我抽了根烟，想这事还得运用媒体的力量，就又给孙达打了电话，让孙达去采访一下我们领导，孙达说：“那你再写篇稿子，我带着去见你们领导。”

孙达采访出来，领导就打电话把我叫进办公室，说：“单位拿出两万块钱吧。”我说：“谢谢领导。”领导笑着说：“跟我说谢谢，好像扶贫是你一个人的事。”递给我一根烟，说了对稿子的看法，提了几点意见让我给孙达说，说自己说不好意思，怕人家不发了。我就给孙达打电话，把稿子要改的意思说了，孙达说那你就自己按要求再改一遍。领导说：“功老板啥时去拜年？”我说：“年关跟前。”领导想想说：“到时候我也下去一趟，单位扶贫一年，不下去一趟也说不过去。”我说：“那最好了。”

我就只剩下祈祷了，祈祷老天爷照顾，年关前千万别开恩给上庄下一场雪，尽管上庄是多么需要一场雪，瑞雪兆丰年么。

一天，我接到了老村长的电话。老村长咳嗽了半天才说：“实在不好意思，你看这汪老师考到银行去了，专门来给我说了一趟，没办法的事么，有那么个出路不容易，眼泪落地有声的，银行要她上班，咋也不能把汪老师的前程耽误了。这还有一个月，娃放羊了……”

我说：“老村长，我明白，我这就过去。”

老村长又咳嗽了一阵，我说：“你感冒了？”

他说：“引起肺部感染。”

我说：“赶紧去医院看看，别扛。”

他说：“我就在医院，到城里的第三天就住进来到现在了，你说进城不到一月，就住了二十天医院。”

我忽然来了眼泪，他说：“也就剩一个月了，实在没办法的事，你就再受上一个月的罪吧。”

我说：“我马上就过去。”

老村长说：“你先过去，我过两天马上就回去。”

我说：“你把病看好了，就在城里过冬吧，享天伦之乐吧，学校的事你放心。”

老村长说：“唉，没福消受，就是个受苦的命，整日闷葫芦一样，捂闷得气都透不上来，开个窗户透口气就感冒了，你说我在上庄啥时感过冒？就是有个头疼脑热的，喝几碗蛋汤，炕煨热，裹住睡上一天，就好好的了，这城里一天几百地花哩，越看越重了。”

刚刚挂了老村长的电话，汪惠梅的电话就打了进来，问我今天有没有安排？我说：“没安排。”她说：“那我们一起吃个饭吧。”我说：“好。”她说：“就海鲜馆自助火锅，咋样？”我说：“好。”她说：“下午六点，不见不散。”

六点我到了海鲜馆自助火锅，汪惠梅已经在那里了，她冲我笑笑。

我坐下，她说：“老村长给你打电话了吧？”

我点点头。

她咬咬嘴唇说：“这几年我一直在应考，研究生、公务员、企事业单位招工，我都考，没给你说实话是怕考不上丢人，也怕传出去没脸见学生，对不住老村长，对不住上庄人。”

我说：“能理解。”

她给我敬杯酒说：“你也别笑话我，不是我不想奉献，其实我挺喜欢老师这个工作的，我也觉得这些娃挺可怜的，可是，你说这个地方的人都往城里跑，我在这里能待了一辈子？说个实话，要不是你，晚上我会吓死的，这么大的院子，空荡荡的，一到晚上，风就尖叫……按教育部2007年8月公布的一百七十一个汉语新词中收录的剩女解释，二十七岁或以上的单身女性就是剩女，我已经二十八了，在这里待上三年过了三十，那就是名副其实的剩女了。男的一生或许有许多灾难，女的一生唯一的灾难就是嫁不好，你也知道剩女不好嫁，也嫁不好，对我来说现在把自己嫁出去是一等一的大事。”

我点点头，这是她必须面对的现实。

她边说边剥虾放在我的盘里，说：“说是三年后可以调动，但没背景没关系就能保证调回城里？和我一起考上的，有背景有关系的都分在了城里，没背景没关系的就发配到这种地方来了。我爹是个环卫工人，扫了大半辈子街，虽然现在坐办公室，但能说上话的最大的官也就是个科长，我娘就是社区阅览室的管理员，都是那些默默无闻的小职员，要是他们有能力，考上特岗我能分配到这里？要说我成绩还在前十名。”

我说：“是啊，这是拼爹拼娘时代么。”

她说：“本来刚来我就想走的，可一看学校再没老师，走了学生娃就放羊了，不忍心，老村长又那么热情，啥都给你拾掇得好好的，我就留下了，不过辞职报告那时我就递上去了，让他们早做准备。和我一起考上特岗分到这样地方的，去看了一趟，报到都没报到……我原本想着招考成绩出来得半月到一月，准备面试总得一个月，筛选也得大半月时间，这个学期我就能教下来，耽搁不了孩子们，可没想到一个多月，一切就办结了，我已经参加培训了。”她倒了满满两杯红酒，递给我一杯，自己举了一杯，说，“幸亏有你，谢谢。”说着她一饮而尽。

我也一饮而尽，说：“谢啥？这次挺顺利的，祝贺。”

她说：“这次是中央直属银行全国统一招人，又正规又严格。”

我说：“你一走，上庄小学将进入由扶贫干部支教的轮回。”

她说：“唉，政府你就咬咬牙，把其他工程减减么，把这些孩子弄到城里让寄读去，城里不都有寄宿制学校么？几十个学生，能花多少钱？抓一个贪官没收来的还不解决几个村的学生上学问题？像那刘铁男、刘志军，哪个不是几个亿，一个腐败分子能解决十个上庄的问题。”

这令我刮目相看，或许这确是一个办法。

汪惠梅带着两大包东西，一包塑料皮儿的笔记本和文具盒，一包孩子的小手套，还给老村长准备了烟酒，她说：“怎么说，也对不起这些孩子们。”

56

小年意味着一年的结束，也是出门人回家的节点。随着小年渐近，陆续有回来的人，凹凸不平的村巷里箱包发出的“橐橐橐”声渐渐稠了，村巷也喧闹起来。“李上超市”的生意也红火起来，消费力最强的依然是孩子。许多娃一年甚至两三年爹妈没见面，给的见面钱肯定不会少。

我买了包烟，进来几个小青年，他们应该是“八〇后”“九〇后”，流行的发型，染了玫红鹅黄的颜色，时尚的短大衣，手揣在斜口袋里，都打着鲜艳的领带，皮鞋锃光瓦亮，耳朵塞着耳机，随着音乐摇头晃脑。有两个耳朵上还挂着耳环。他们不仅时尚，还有些另类。

他们一进门，操着夹杂着上庄方言与声调的僵硬的普通话高声大气地说：

“来两包芙蓉王。”

改子说：“没有。”

“芙蓉王都没有?!”

“来一个桶装的木糖醇。”

“没有。”

“桶装的木糖醇都没有?!”

“来几瓶口子窖。”

“没有。”

“口子窖都没有?!”

“干红有吧？”

“啥干红？”

“就是红酒。”

“葡萄酒有。”

“葡萄酒二三十块钱，谁喝？是干红，一瓶一二百的。”

“没有。”

“方便面总有吧？要桶装的。”

“没有桶装的，只有袋装的。”

“袋装的谁吃?!”

“你这啥都没有，咋还叫了超市？”

改子不耐烦了，说：“走，走走，咱这庙小，接不了你们这号大神，没有你们能买的，到城里买去，城里只要你们有钱。”

他们互相看看，还摊开双手做了个无奈的动作。

他们并不走，椅着柜台，依旧高声大气地说着，超市里立刻有些嘈杂了。

改子皱着眉头说：“走，走走，你们把地方都占了，别人还买不买？”

“改子，你这店不大脾气倒不小。”

“做生意讲究个和气生财，就你这脾气要在城里，只能饿死。”

“在城里都讲微笑服务，顾客就是上帝，不微笑谁去？”

“要是在城里给你发到微信上，你就惨了。”

他们依然不走，而是与改子开起玩笑：

“改子，我给你说李上可不老实，在城里可经常耍小姐哩。”

“胡说，李上不要小姐，人家包二奶哩，改子，小心二奶转正，李上把你踹了。”

“对着哩，李上领的那个不是小姐，是人家的秘书。”

“改子，你out了！”

改子忽然恼了，说：“滚，滚，小心我翻脸。”

“我们说的是实话，装潢最能挣钱，李上现在牛着哩。”

几个人买了几瓶十二块钱的糜子酒，提着出门去了。

改子撇撇嘴说：“尿样，像个二货，挣了几个钱么？就烧得毛都长不住了，挣一个花两个，谁不知道谁的锅大碗小，屎沟子（屁股）还没擦干净，瞎毬显摆。”

是啊，这确实是一种肤浅甚至拙劣的显摆，他们是在极力地避免着与上庄的雷同。他们的表情充满着对上庄的不屑，他们的目光饱含着对上庄的蔑视，他们的一举一动表达着对上庄的叛逆，与上庄的决裂。

在村巷里他们唱起了《春天里》，他们唱得投入而卖力，声嘶力竭，且配合着有些笨拙的舞蹈。不可否认，歌词记得很准确，旋律把握得很到位，而且沧桑的味道很足，显然，他们是经常出入歌舞厅、KTV，这歌他们是练过。一个小伙还用手机在给他们拍摄。上庄窄而短的村巷有两个大嗓门就很喧闹了，而他们足以让上庄的村巷喧嚣了，立时吸引了许多人出来看。

还记得许多年前的春天/那时的我还没剪去长发/没有信用卡没有她/没有24小时热水的家/可当初的我是那么快乐/虽然只有一把破木吉他/在街上在桥下在田野中/唱着那无人问津的歌谣//如果有一天我老无所依/请把我留在在那时光里/如

果有一天我悄然离去/请把我埋在这春天里//还记得那些寂寞的春天/那时的我还没留起胡须/没有情人节没有礼物/没有我那可爱的小公主/可我觉得一切没那么糟/虽然我只有对爱的幻想/在清晨在夜晚在风中/唱着那无人问津的歌谣//也许有一天我老无所依/请把我留在在那时光里/如果有一天我悄然离去/请把我埋在在这春天里//凝视着此刻烂漫的春天/依然像那时温暖的模样/我剪去长发留起了胡须/曾经的苦痛都随风而去/可我感觉却是那么悲伤/岁月留给我更深的迷惘/在这阳光明媚的春天里/我的眼泪忍不住地流淌//也许有一天我老无所依/请把我留在在那时光里/如果有一天我悄然离去/请把我埋在在这春天里……

在一间不到十平方米只有一张放着几个空啤酒瓶的小桌子的简陋出租屋中，农民工王旭和流浪歌手刘刚赤裸上身，在只有一把吉他，一个话筒的条件下，用沙哑苍凉的嗓子吼唱着汪峰的歌——《春天里》。几个农民工听友用手机录了下来。后来他们传到了网络视频上，结果这一视频立刻红遍网络，媒体报道称“旭日阳刚”的《春天里》“唱哭了很多‘七〇后’‘八〇后’”。由此引发的话题也占领了媒体显著的版面。《人民日报》发表了“农民工版《春天里》为何走红”，这样说：出租屋与歌词共同营造的氛围，切中许多城市中奋斗者的艰辛；演唱者独特的情感，也演绎出许多人面对现实时的心境：有不公、有失意，但也有努力、有梦想。这些，使农民工版《春天里》拥有打动人心的力量。所以，在为农民工版《春天里》感动时，更要关注铺垫出这样一种群体性感动的广阔“社会图景”。其中折射出一定程度上的“民生艰难”，也折射出无数人希望以奋斗改变人生的渴望。社会的管理者们，应该重视这份艰难、回应这份渴望，以太阳般的公平正义，使更多人能留在这温暖的“春天里”。网友“an03”感叹道：“两个很MAN的其貌不扬的男人，尽情宣泄着情感，落魄和艰辛，困境和希望！这样真实的呐喊，是站在精美舞台上的歌手不能给予我们的。”热捧他们的粉丝群体取名“钢镚儿”。

“六〇后”的湖南省委书记周强是个重量级的粉丝，他两度推荐《春天里》，11月7日，周强主持湖南省委常委中心组集中学习会，在总结发言时说，最近在网上看到农民工王旭和流浪歌手刘刚演唱《春天里》的视频，他们用吉他弹奏出了、用歌喉唱出了身居社会底层，但对梦想执着追求的生命力，非常令人感动。11月9日，在湖南省优秀大学生村官表彰会上，周强再次坦言，《春天里》“唱出了农民工生活上的清贫，但充满着乐观向上的精神，我很受感动和教育”。“旭日阳刚”为什么选择这首歌，他们说：“《春天里》刚一出来，我就喜欢上了，每天唱，一直唱，就像在说我自己的故事。”

2011年春晚，农民工组合“旭日阳刚”就是凭借《春天里》登上了春晚。可以肯定地说，《春天里》这首歌不是写给农民工的，正如有网友指出《春天里》应该是唱给这样一群人：一是，中年；二是，中产。他们痛苦，并因痛苦而怀旧。有人说《春天里》让两个农民工一唱，这首歌成了“农民工之歌”。我倒不这么看，真正让这首歌成为“农民工之歌”的，是它的歌词，它的旋律，在《春天里》，涌动着无奈、不安和忧伤，散发着苍凉、悲壮、绝望情绪。

看着他们类似摇滚的纵情演唱，我想他们还没有真正理解《春天里》这首歌的沧桑与悲壮，没有感受到这首歌浸骨的寒凉，他们只是用这首流行歌所代表的城市元素来表达他们的脱胎换骨，与众不同。

我想到了另一首歌。20世纪80年代初《在希望的田野上》传遍了大城小市，大街小巷，男女老少都在唱，“我们的家乡在希望的田野上，我们的理想在希望的田野上，我们的未来在希望的田野上”，“炊烟在新建的住房上飘荡，小河在美丽的村庄旁流淌。一片冬麦那个一片高粱，十里哟荷塘十里果香……禾苗在农民的汗水里抽穗，牛羊在牧人的笛声中成长，西村纺花那个东岗撒网，北疆哟播种南国打场……人们在明媚的阳光下生活，生活在人们的劳动中变样，老人们举杯那个孩子们欢笑，小伙儿哟弹琴姑娘歌唱”，这首歌让农民自豪，让市民神往。然而，仅仅几年后，农民便背着铺盖卷抛家弃田，潮水一样涌向城市，他们抛弃了这首歌，抛弃了这首歌里的每一个句子每一个词，开始了漫长的打工之路。在时隔三十年后的今天看来，《在希望的田野上》倒像是一个预言，一首提前怀旧的挽歌，现在也只有在一些晚会或者音乐会上才能听到了。

从《在希望的田野上》到《春天里》，两首歌之间的距离是整整三十年时光，距离依然存在，我想起泰戈尔的那首《世界上最远的距离》：“世界上最远的距离/不是树与树的距离/而是同根生长的树枝却无法在风中相依/……世界上最远的距离/是鱼与飞鸟的距离/一个在天，一个却深潜海底。”

唱完了《春天里》，他们又唱起了《江南Style》。他们用手机放着音乐，不知是什么品牌的手机，声音够震撼的。他们用酒瓶做麦克风，舞动身姿，摆着pose。他们终于闹腾得有些乏了，抽烟，拿着手机互相拍摄，仿佛对上庄来说，他们是游客。我知道他们都是博客、微信的主力军，他们会把照片发在他们的博客与微信上，只是不知道他们将如何表述这些照片。进而我想到，如今流行的寻根热，或许他们会在表述中成为最年轻的寻根者。

“这破地方，连信号都没有。”

“天聋地哑的，熬到过了年，我非疯了不可。”

“明年打死我都不回来。”

“明年在城里租房过年。”

“走上挡山，发微信，圈子都撂冷了。”

“上挡山，我得喂喂我养的宠物。”

他们勾肩搭背上挡山去了。这倒让我想起了《红楼梦》中所说“昨怜破袄寒，今嫌紫蟒长”。

老村长说：“些驴日的，小时候哪个不是在粪堆上滚大的，还把他们洋气得不行了。”

又说，“你说，还指望他们回来？”

又说，“狗日的，穿得像个烧料子，到挡山玩手机，够他们受的。”

烧料子是烧包的意思，跟土豪的含义很相近。

57

还好，进入腊月，上庄没有落一粒雪。老村长说今年怕又是个干冬，明年开春又麻达了。老村长本要到城里去过年，也一时走不了。我说：“你进城吧，这里有我照应。”他说：“那咋行？人家大老板这么有心，我一个村长不在，不是失了礼数？”

上挡山打电话的人也多了，都是去询问儿女归信的老人。“小年置膝尤钟爱，晚岁含饴当食珍”。这样的天伦之乐需要他们去打听，去求。他们都找老村长借手机，老村长说：“我这手机就是公用电话，全是长途，每年腊月手机费好几百，打了给你三块五块，你说你好意思收？”我让他们用我的打，他们就用老村长的。找我的人也多了，都是为了孩子转学的事。我应承着，说：“只能等下学年开学。”他们千恩万谢的。

腊月二十三这天，天却阴了。老村长一早就出出进进，就像热锅上的蚂蚁。我说不会下的。按老村长的意思，腊月二十三这天，我写标语，贴满了上庄村巷的墙壁。虽然学校放假了，学生还是被组织起来。下午一点左右，十六辆由越野和皮卡组成的车队声势浩大地开进了村巷。上庄所有在村的人倾巢而出。车队停下，老功、随行、媒体记者、我们单位的领导十几人一下车，学生列队夹道高喊着“欢迎欢迎感谢感谢”的口号，那破鼓烂镲也派上用场，老黄、老喜敲打着，人们都卖力地鼓着掌。

老功穿一军大氅，戴着礼帽，很有风度。给老梁、老苟、玉武等七个特困户每户三万，都是做了像汇票一样的大牌匾。老功把大牌匾和银行卡一户一户递过去，记者又拍又录的。老功真是个细心人，不但给老苟买了轮椅，还买了一对拐子，老苟老婆说："唉，害得您白花钱了，我一个死老婆子，能把死鬼抱起来放到这车车上？"玉武娘说："你不要了给我去，把我孙子放到里面，我推上，胳膊疼得实在抱不动了。"老功被触动了，掏了五百块钱，说："给娃买个推车。"玉武娘跪下就磕头，记者抢拍，我悄声跟孙达说："这照片就不要发了吧？"孙达说："当然不会发了，拍了给功总。"领导给了我一个惊喜，带来了三万块，按老村长的意思，给了老梁两万，另一万包了十几个红包一一发了。

本来安排的老功要走几家特困户访贫问苦，可老天不作美，飘起了雪花。老村长催我们赶紧回转，要是大雪封山，车队就出不去了。老功看看孙达，孙达跟老村长说就近找几家走走，让电视台的记者录几个镜头。老村长就在上庄选了几户，老功又包了几个红包，走过几户，雪飘得很大了。村巷里几个孩子仰面朝天，大张着嘴，抻着舌头，追着舔一瓣儿一瓣儿的雪花。

老村长紧紧拉着老功的手说："您真是贵人，给上庄带来了一场雪，上庄过年有三年都没下雪了。"孙达说："多好的话语，写进报道里就是文眼。"老功高兴起来，说："小王，车后面的烟和酒都给老村长放下。"小王抱下了几箱子，老村长说："这、这太沉重了。"孙达说："这是多么好的细节。"

这时，老胡双手一拱，说道：

老板生得是好英武，
好似财神爷下凡尘，

行走压的是千里马，
军大氅披身赛将军，
挡山虽然是高入云，
挡不住老板帮穷人，
大车小辆是轰隆隆，
带来了瑞雪兆年丰。

老功大为高兴，掏出一个红包递给老胡，对孙达说：“这词给我记下没？”

孙达说：“录音机录下了。”

等我们走出上庄，过了驴嵎崄，雪已经覆盖了梁峁沟壕，大地一片苍茫。老王掏出一个信封递给我，我说：“领导要奖励我？”老王说：“上庄小学打窖你不是以单位名义出了三千块么，另外两千是奖励，咱们拿了先进，这是咱们单位今年最高的一项荣誉，老村长把锦旗和感谢信都送到扶贫办去了。”老王把几页纸递给我，说：“这感谢信有收藏价值，毛笔写的，现在谁能写这么好的毛笔字，词语都是古语，老秀才写的，你看一下，我可就收藏了。”我一看知是出自老苟之手。我想这段时间老村长一直待在上庄，那么锦旗和感谢信只能是他在县城住院期间送去的。上了公路，我接到了老村长的电话，问上公路没。我说：“刚上公路。”他说：“那就好，嘱咐路上开慢点。”我问他在哪里打电话，他说：“我在挡山上。”我说：“这么大的雪你爬挡山？”他说：“没啥事，问问就放心了。”我眼里模糊了，说：“你也快走啊，不然雪下厚了，进不了城。”他说：“我不进城过年了，正好落一场雪挡住了，是个借口，这雪多好。”我说：“快回去，小心感冒了。”老村长嘿嘿一笑说：“在上庄，我感冒不了。”

图书在版编目（CIP）数据

上庄记／季栋梁著．— 北京：北京十月文艺出版社，2014.5

ISBN 978-7-5302-1385-8

Ⅰ．①上… Ⅱ．①季… Ⅲ．①长篇小说—中国—当代 Ⅳ．①I247．5

中国版本图书馆 CIP 数据核字(2014)第 055938 号

十月长篇小说创作丛书

上庄记

SHANGZHUANGJI

季栋梁　著

*

北京出版集团公司
北京十月文艺出版社　出版

（北京北三环中路 6 号）

邮政编码：100120

网　址：www．bph．com．cn

北京出版社出版集团总发行

新华书店经销

三河市三佳印刷装订有限公司印刷

*

700 毫米×990 毫米　32 开本　12.25 印张　294 千字

2014 年 5 月第 1 版　2015 年 5 月第 4 次印刷

ISBN 978-7-5302-1385-8

定价：36.00 元

质量监督电话：010－58572393